U0132435

廣州話普通話同形詞對比詞典

周無忌 饒秉才 歐陽覺亞 編著

商務印書館

廣州話普通話同形詞對比詞典

作　　者：周無忌　饒秉才　歐陽覺亞

責任編輯：楊克惠　李瑩娜

封面設計：涂　慧

出　　版：商務印書館 (香港) 有限公司

　　　　　香港筲箕灣耀興道 3 號東滙廣場 8 樓

　　　　　http://www.commercialpress.com.hk

發　　行：香港聯合書刊物流有限公司

　　　　　香港新界大埔汀麗路 36 號中華商務印刷大廈 3 字樓

印　　刷：陽光印刷製本廠有限公司

　　　　　香港柴灣安業街 3 號新藝工業大廈 6 字樓 G 及 H 座

版　　次：2015 年 2 月第 1 版第 1 次印刷

　　　　　© 2015 商務印書館 (香港) 有限公司

　　　　　ISBN 978 962 07 0379 9

　　　　　Printed in Hong Kong

目　錄

前　言

　　本書是我們三位編著者所合作的廣州話系列辭書中新的一部。

　　本書收錄普通話與廣州話同形異義詞 1160 條。所謂"同形異義詞",是指兩種話中各自的某一個詞,它們字形相同,但是詞義(包括本義、引申義、比喻義)不相同或不完全相同。這是使用着相同的字的一對詞。

　　廣州話方言詞中,有少數詞或者有音無字,或者本字太生僻,從方便使用的角度出發,我們不得不借用群眾熟悉的同音字來代替。這種借用字,在我們以前出版的幾本字典、詞典中已經使用,實踐證明可行,因而在這裏我們就用它作為廣州話方言詞來與普通話詞進行比較了。

　　同形異義詞其詞義不相同或不完全相同,是指它們或者所指的事物不同,或者詞義範圍大小不同,或者詞性不同,或者語法功能不同,或者用法上有差異。對於這些不同和差異,本書將一一加以闡述和解釋。

　　兩種話之間同形異義詞的存在是一個有趣的語言現象,它同時又會給學習語言帶來一定的障礙。人們學習另一種話遇到某一個詞時,往往僅想到自己熟悉的話它所表達的意思,而不知在另一種話裏它的意思可能會產生變化,從而妨礙了理解。本書試圖通過對普通話和廣州話同形異義詞的分析、解釋,幫助讀者明晰分辨、正確掌握有關的詞,掃除學習和使用上的障礙。

　　謹請各方不吝賜教。

編著者

凡　例

　　一、本書收錄普通話和廣州話的同形異義詞。"同形"指兩種話的某一個詞字形相同（包括廣州話方言詞所使用的借用字）；"異義"指該字形相同的詞在兩種話裏詞義（包括本義、引申義、比喻義）不同或不完全相同。

　　二、釋義。詞條解釋時，先說明該詞兩種話相同的含義、用法；再先後說明普通話特有而廣州話沒有的含義、用法，以及廣州話特有而普通話沒有的含義、用法；最後說明其他有關事項。

　　三、舉例。每處說明均視必要舉出例詞或例句。廣州話例詞、例句之後用 [ ] 譯出普通話說法。普通話例詞、例句只在必要時譯出廣州話說法。兩種話含義相同的地方，一般只舉普通話例子。

　　四、排列。詞條按詞語首字筆畫多少排列。首字筆畫相同者，按起筆 [一]、[｜]、[ノ]、[、]、[─] 順序排列。

　　五、注音。在詞條名稱後注普通話和廣州話讀音，前者為普通話讀音，後者為廣州話讀音。普通話注音用《漢語拼音方案》；廣州話注音用根據 1960 年廣東省教育廳行政部門公佈的《廣州話拼音方案》修訂的拼音方案。

筆畫索引

在還那麼窮]。

1畫

【一】

一　🔊 yī　🔊 yed¹

①指最小的正整數。②表示同一，統一，另一，專一，一旦，整個等意思。③用在重疊的動詞中間，或動詞之後動量詞之前，表示動作是第一次，或短暫的，或僅是試試。例如：嚐一嚐｜試一試｜看一眼｜商量一下。④用在動詞或動量詞前面，表示先做某個動作。例如：一伸手就把牠抓住了｜老師在門口一站，課堂裏立刻安靜下來了。⑤組成"一……就"或"一……便"結構，表示兩個動作緊接着發生。例如：一學就會｜一下班便回家。⑥表示加強語氣。例如：一至於此｜一貧如洗。

廣州話用在重疊的單音形容詞中間，表示"很"的意思。這樣的結構一般作補語。例如：綁到實一實[綁得緊緊的]｜搽到紅一紅[塗抹得十分紅]｜扮得靚一靚[打扮得很漂亮]。

一日　🔊 yīrì　🔊 yed¹yed⁶

指一天。

廣州話又表示終歸，歸根結底。有埋怨、指責意。例如：一日都係你唔好，唔怪得邊個[歸根結底都是你不好，不能怪哪一個]｜一日都係老公爛賭，搞到而家重咁窮[歸根到底是丈夫好賭，弄得現

一把火　🔊 yībǎhuǒ　🔊 yed¹ba²fo²

指一個火把點亮的火。

廣州話又指無名火起，怒火中燒，怒不可遏。例如：提起佢我就一把火[一提起他我就無名火起]｜佢已經一把火咯，你重激佢[他已經怒火中燒了，你還氣他]！

一味　🔊 yīwèi　🔊 yed¹méi⁶

表示單純地，一個勁地。例如：一味推辭不肯答應｜一味強調客觀原因｜一味說好話。

廣州話讀 yed¹méi⁶⁻² 時表示總是，一直是。例如：逢喈碰到嗰嘅事佢就一味推[每逢碰到這樣的事他總是推託]｜佢就一味掛住玩，唔想讀書[他總是想着玩，不想讀書]。

一度　🔊 yīdù　🔊 yed¹dou⁶

指一次，一陣，例如：一年一度的運動會快到了｜經過一度的補習，他對考試的信心增強了。又表示過去發生過，有過一次，例如：訓練班一度停辦。

廣州話指一番，一回，多用於有關享受、享樂的事。例如：牛奶咖啡一度[喝一番牛奶咖啡]｜西裝一度[穿一身西服]｜春風一度[風流快活一陣子]。

一陣　^普 yīzhèn　^廣 yed¹zen⁶

表示動作或狀況持續的一段時間。例如：下了一陣雨｜會場爆出一陣笑聲｜痛了好長一陣。

廣州話變調讀 yed¹zen⁶⁻² 時，表示：①一會兒，片刻。例如：等一陣我就去［等一會兒我就去］｜而家賣晒，一陣重會有嘅［現在賣完，等一會還會有的］。②待一會兒（表示假設）。例如：一陣佢唔認賬點算［待一會兒他不認賬怎麼辦］？｜你話一陣佢會唔嚟嗎［你說待一會兒他會不來嗎］？又作"一陣間"。

一排　^普 yīpái　^廣 yed¹pai⁴

指擺成一個行列。

廣州話又指一段時間。例如：前一排［前一段時間］｜喺北京住咗一排［在北京住了一段時間］｜佢要一排至翻嚟［他要一段時間才回來］。

一路　^普 yīlù　^廣 yed¹lou⁶

①指整個行程。例如：一路平安｜一路上大家有說有笑。②指同一類。例如：一路貨色｜他們不是一路人。③一起（來，去）。例如：他倆是一路來的｜我和你一路走。④一個勁地，一直。例如：金價一路飆升。

廣州話又表示：①一向，向來，從來。例如：我一路都冇食煙［我從來不抽煙］｜佢食嘢一路都咁講究嘅［他吃東西一向都那麼講究］｜佢一路都係做老師嘅［他一向都

是當教師的］。②兩個動作同時進行。例如：大家一路行一路傾［大家一邊走一邊談］｜佢一路睇電視一路織冷衫［她一邊看電視一邊打毛衣］。

一頭　^普 yītóu　^廣 yed¹teo⁴

兩種話都表示：①兩個動作同時進行，相當於"一邊兒"。例如：大家一頭爬山一頭互相鼓勵｜他一頭煮飯一頭看書。②一端。例如：扁擔一頭挑着布袋，一頭挑着籮筐。③相當於一個頭的高度。例如：你比媽媽差不多高出一頭了（**廣州話**更多說"一個頭"）。④滿頭。例如：急出一頭大汗。

普通話又表示：①徑直。例如：他一頭闖進辦公室。②一下子，突然。例如：沒想到在這裏一頭碰見他。③作頭部往下扎的動作。例如：一頭扎進河裏。④同一夥。例如：打橋牌我跟他一頭，你們倆一頭。**普通話**"一頭"的這些用法，**廣州話**口語裏都沒有。

2畫

【一】

二奶　^普 èrnǎi　^廣 yi⁶nai⁵⁻¹

指有配偶的男人暗地裏非法包養的女人。

普通話"二奶"一詞近年才出現，來自方言。

廣州話的"二奶"歷史較長,原來指妾,北方叫小老婆、姨太太。現在含義有變化。

丁　 （普）dīng （粤）ding¹

指成年男子。又指人口。

普通話又指蔬菜、肉類等切成的小粒。例如:蘿蔔丁 | 黃瓜丁 | 肉丁 | 雞丁。**廣州話**不叫"丁",叫"粒、粒粒、呢粒"。

廣州話"丁"可用作量詞,用於人,表示人數很少。例如:得三五丁人 [只有三五個人] | 剩翻兩丁友 [剩下兩個人]。

廣州話"丁"又形容極少量。例如:丁咁多 [一丁點兒]。

丁香　 （普）dīngxiāng （粤）ding¹hêng¹

常綠喬木。葉長橢圓形,對生。夏季開花,花淡紫紅色。果實長球形。我國廣東、廣西有栽培。花蕾、根、果實均可入藥。種子可榨丁香油,為重要香料。

廣州話又用作形容詞:①形容人嬌小或物品小巧。例如:佢生得好丁香 [她長得很嬌小] | 呢個欖核雕刻幾丁香嘞 [這個橄欖核雕刻多精巧呀]。②形容東西量少。例如:嘩,碟餸真丁香 [哎,這盤菜真夠少的]。

十足　 （普）shízú （粤）seb⁶zug¹

表示十分充足,例如:幹勁十足 | 十足的理由。又表示成色純,例如:十足的黃金。

廣州話又表示:①非常像,極像。例如:佢行路、講話都十足佢老豆 [他走路、説話都非常像他父親] | 佢嗰鋪牛頸十足佢大佬 [他那犟勁極像他哥哥]。②完美。例如:人邊處有咁十足㗎 [人哪有那麼完美的]?

七彩　 （普）qīcǎi （粤）ced¹coi²

指日光光譜的七種顏色,即紅、橙、黃、綠、藍、靛、紫。泛指多種顏色。

廣州話引申指色彩斑斕,鮮豔奪目,例如:七彩花燈 | 七彩氣球。

廣州話又表示:①鬥爭激烈。例如:兩個鬥到七彩 [兩個鬥得不可開交]。②受傷嚴重。例如:佢畀人打到七彩 [他被人打得頭破血流]。③因過度勞累而頭暈眼花。例如:呢排做到我七彩 [近來忙得我頭暈眼花]。

七零一　 （普）qīlíngyī （粤）ced¹ling⁴yed¹

指序數第七百零一。

廣州話又指"八"。這裏"零"是加上的意思,七加上一等於八。"八"是"八卦"或"八卦婆"的省説,指人愛管閒事或太注重帶迷信色彩的舊習俗。例如:個嘢正式七零一㗎嘅 [那傢伙真是個愛管閒事的人] | 咪咁七零一喇 [別那麼愛管閒事吧]。(參看"[P5]八"、"[P5] 八卦"兩條。)

【丿】

人工　普 réngōng　粵 yen⁴gung¹

指人為的(區別於"天然")，例如：人工湖｜人工降雨。又指人力做的工(區別於"機械做的工")，例如：人工作業｜人工包的餃子。還指一個人做工一天的工作量，例如：修建這個豬圈要多少人工？

廣州話 又指：①工資。例如：支人工［發工資］｜每個月有幾多人工［每個月有多少工資］？②工夫。例如：織冷衫好花人工嘅［打毛衣很費工夫的］｜冇人工去做［沒工夫去做］。③工藝。例如：呢套傢俬人工確實靚［這套傢具工藝的確好］。

人事　普 rénshì　粵 yen⁴xi⁶

①指人的情況，包括境遇、離合、存亡等。②指人際關係。③指事理人情。④指人的意識的對象。例如：不省人事。⑤指人力能做到的。例如：盡人事。⑥關於工作人員錄用、培養、調配、獎懲等工作。例如：人事部門｜人事安排。

廣州話 變調讀 yen⁴xi⁶⁻² 時，特指親友間能夠憑藉的關係，利用這種關係可以取得某些利益或方便，大致相當於普通話"人情、情面、關係、靠山"等意思，例如：要講原則，有人事都唔得［要講原則，有靠山也不行］。又表示人品，人緣，例如：你真係好人事嘅［你真好］｜佢喺呢度幾好人事㗎［他在這裏人緣很好］。

入　普 rù　粵 yeb⁶

指進來或進去。又指參加到某種組織中，例如：入伍｜入學。又指收入，例如：量入為出｜出入均衡。還表示合乎，例如：入時｜入情入理。

廣州話 還表示把東西放進容器裏。例如：入落個樽度［裝進瓶子裏］｜啲錢早就入咗佢嘅袋咯［錢早就進了他的口袋了］。

入水　普 rùshuǐ　粵 yeb⁶sêu²

指進入水中。

廣州話 又指灌水，上水。例如：入滿水［灌滿水］｜汽車要入水咯［汽車要上水了］。

入味　普 rùwèi　粵 yeb⁶méi⁶

指有滋味，例如：這些菜很入味。又指有趣味，例如：這本書越看越入味。

廣州話 指烹飪或醃製食物時，配料的味道進入了食物的內部，吃起來覺得可口。例如：鹽放少咗，唔入味［鹽放少了，不夠味道］｜蘿蔔酸再醃半日至入味［酸蘿蔔再醃半天才夠味道］。

入圍　普 rùwéi　粵 yeb⁶wei⁴

指經過選拔進入某一範圍。例如：評選先進，他入圍了｜他筆試入圍了。

廣州話又指被錄取。例如：呢次
招工佢入圍 [這次招工他被錄取
了] | 考高中佢入咗圍 [考高中他
考上了]。

入夥　⑳ rùhuǒ　⑭ yeb⁶fo²

指加入某個集體或集團。

普通話又指加入集體伙食。**廣州
話**沒有這樣用法。

廣州話又指遷進新居。例如：新
屋幾時入伙呀 [甚麼時候搬進新屋
居住呀] ？ | 佢哋入伙好耐咯 [他
們搬進新家很久了]。

八　⑳ bā　⑭ bad³

在**普通話**裏，這只是一個數字，
表示七加一後所得的數目。

在**廣州話**裏，"八" 的含義要複雜
一些。除了作數字用外，"八" 有
時作為 "八卦" 的省說而含有 "八
卦" 的一個方言義，即多管閒事。
廣州話所說的 "八卦婆、八卦妹"
一般可以省稱為 "八婆、八妹"，分
別指多管閒事的婦女和女青年。由
此，廣州話的 "八" 有時就變成形
容詞了，例如：個嘢好八 [那傢伙
很愛管閒事]。這是**普通話**沒有的。

廣州話的 "八"，由於音近發財、發
達的 "發" 而被賦予吉祥的色彩，
特別讓人鍾愛。這點還影響到方言
區外的廣大地區，現在無論是說**普
通話**的還是操其他方言的，很多人
特別是生意人，他所用的數字，包
括電話號碼、門牌號碼、車牌號碼
等等，總喜歡使用這個 "八" 字。

八月十五　⑳ bāyuè shíwǔ　⑭ bad³yüd⁶ seb⁶ng⁵

普通話指西曆或農曆八月份的第
十五日。

廣州話多指農曆的八月十五日，
口語中常用來代稱中秋節。例
如：你八月十五喺邊度過呀 [你在
哪兒過的中秋節] ？

廣州話的 "八月十五" 還用作諧
謔語，戲稱人的屁股。因按俗例
農曆八月十五中秋節多吃柚子，
廣州話叫柚子為 "碌柚"，音近俗
稱屁股的 "囉柚"，故有此說。例
如：跌一跤，拖親個八月十五添
[摔了一跤，蹾了屁股了]。

八卦　⑳ bāguà　⑭ bad³gua³

指古書《周易》中八種具有象徵意
義的圖形。相傳為伏羲所造，後
來用來占卜。

廣州話中 "八卦" 還可作形容詞，
它有兩個含義：①形容人注重帶
有迷信色彩的舊習俗、舊禮儀和
諸多禁忌的行為。例如：佢好八
卦，嘟啲都要查通勝 [他很迷信，
動不動都要查看黃曆]。②形容人
愛管閒事，喜歡打聽別人的隱私
並到處宣揚。例如：佢好八卦，
好中意打聽是非 [她愛管閒事，很
喜歡打聽是非]。

八妹　⑳ bāmèi　⑭ bad³mui⁶⁻¹

普通話指排行第八的妹妹。

廣州話裏，排行第八的妹妹也叫
"八妹"，但是 "妹" 要讀原調 mui⁶

或讀變調 mui[6-2]。如果"妹"變調讀成 mui[6-1]，"八妹"就是"八卦妹"的省稱，意思就變成愛管閒事的女孩了。

八哥　　粵 bāgē　廣 bad³go¹

指排行第八的哥哥。

普通話還指一種經訓練後能模仿人說話的某些聲音的鳥，即鸲鵒。

廣州話口語沒有"八哥"的說法，人們常把八哥叫"鷯哥"。其實八哥和鷯哥是大小、形狀、色澤、生活習性都很相像的兩種鳥，只是鷯哥自眼至後頭有鮮黃色肉質垂片，而八哥沒有。

八寶　　粵 bābǎo　廣 bad³bou²

普通話稱多種食材混合製成的飯菜為"八寶"。例如：糯米加上蓮子、桂圓肉、果料兒等，煮成粥叫"八寶粥"，蒸成甜食叫"八寶飯"；由黃瓜、萵苣、花生米、核桃仁、杏仁等混合在一起的醬菜叫"八寶菜"。這點與廣州話是相同的，不過廣州話指的範圍要廣些，只要是八樣或多樣材料做成的食品都可以叫"八寶"。例如：八寶涼茶｜八寶冬瓜盅。

廣州話"八寶"還指法寶，即神話中能夠降妖伏魔的寶物，常常用來比喻行之有效的辦法、妙計。例如：出盡八寶［使盡所有的辦法］｜睇佢有乜八寶［看他有甚麼妙計］。

【一】

又　　粵 yòu　廣 yeo⁶

兩種話都表示：①重複；繼續。例如：他把要點說了又說｜一步又一步地往前走。②幾種情況或性質同時存在。例如：這是個海港，又是旅遊勝地｜海水又鹹又苦。③意思上更進一層。例如：走這邊要遠些，又是山路。④有所補充。例如：答應了對方的條件，他們又提出新的要求。⑤列出有矛盾的兩件事。例如：他吞吞吐吐，想說又不想說。⑥可是。例如：本想給他打個電話，一忙又忘了。⑦用在否定句或反問句裏，加強語氣。例如：這方面的事我又不是沒幹過，你放心好了｜你這樣做，又能解決問題嗎？

廣州話又表示：①也。例如：佢去我又去［他去我也去］｜又係嘅［可也是］｜嗽又係［那倒也是］。②怎麼。例如：又會嘅［怎麼會呢］？

乜　　(一) 粵 miē　廣 mé¹

用於"乜斜"一詞，指眯着眼斜視。

(二) 粵 —　廣 med¹

廣州話借來作疑問代詞，表示：①甚麼。例如：有乜講乜［有甚麼說甚麼］｜乜都啱［甚麼都合適；甚麼都行］｜你叫乜名［你叫甚麼名字］？②怎麼，為甚麼。是"做乜（為甚麼）"的省說。例如：乜

唔見佢嘅［怎麼不見他呀］？｜乜
咁亂喫［為甚麼這麼亂］？｜乜而
家至落班［怎麼到現在才下班］？

（三）⏚ niè ⏛ mé⁶

姓。

3 畫
【一】

三姑六婆
⏚ sāngū liùpó ⏛ sam¹gu¹ lug⁶po⁴

據元代陶宗儀《輟耕錄》，三姑指
尼姑、道姑、卦姑(占卦的婦女)，
六婆指牙婆（從事人口買賣中介的
婦女）、媒婆、師婆（女巫）、虔婆
（鴇母）、藥婆(給人治病的婦女)、
穩婆（接生婆）。"三姑六婆"常用
來比喻不務正業的婦女。

廣州話通常泛指社會上形形色色的
油滑婦女，尤指那些能説會道，好
搬弄是非，到處胡混的婦女。

工   ⏚ gōng ⏛ gung¹

指工人，工作，工程，工業。又
指工程師；一個勞動者一個勞動
日的工作；技術和技術修養。還
表示長於，精巧等。兩種話基本
相同。

"工"表示工作時，**普通話**偏重於
指勞動、業務，不單用。例如：
上工｜趕工｜誤工｜歇工。**廣州話**
偏重於指職業，常單用。例如：
搵工做［找工作；找職業］｜打兩

份工［兼做兩份工作］｜你中意打
乜嘢工［你喜歡幹甚麼職業］？

工人   ⏚ gōngrén ⏛ gung¹yen⁴

指靠工資收入為生的人，多指體
力勞動者。

廣州話又特指從事家務勞動的保
姆。受**普通話**影響，現在也叫"保
姆"或"阿姨"。

工夫   ⏚ gōngfu ⏛ gung¹fu¹

普通話指佔用的時間，例如：一
會兒工夫他就做完了｜這活花不
了多少工夫。又指空閒時間，例
如：這幾天沒工夫去｜你有工夫就
去看看他吧。

廣州話指工作，活兒，例如：呢
啲工夫好易做［這些工作很容易
做］｜剩番呢啲工夫邊個做［剩下
這些活兒誰幹］？｜工夫長過命［熟
語。意指工作是永遠幹不完的］。

工友   ⏚ gōngyǒu ⏛ gung¹yeo⁵

稱工人。也用於工人之間的互相
稱呼。

普通話還指機關、學校的勤雜人
員。

廣州話"工友"是一種敬稱，用來
稱呼城市裏一般不認識的人（現已
少用）。**普通話**不這樣稱呼，一般
稱"師傅"或"同志"。

下   （一）⏚ xià ⏛ ha⁶

兩種話都表示：①位置在低處的；

次序或時間在後面的；等次或品級低的。②向下面。例如：下發｜下行。③屬於一定範圍、情況、條件等的。例如：名下｜門下｜在這情況下。④當某個時間或時節。例如：時下｜日下｜年下。⑤方面，方位（用在數目字後面）。例如：兩下都已同意｜四下無人。

還表示：①由高處到低處。②降落。例如：下雨｜下雪。③發佈，遞送。例如：下命令｜下挑戰書。④去，到。例如：下鄉｜下基層｜下館子。⑤退場。例如：教練讓3號上2號下。⑥卸載，撤下。例如：下裝｜下了敵人的槍。⑦放入。例如：下種｜下網｜下本錢。⑧做出。例如：下決心｜下結論｜下批語。⑨使用，開始使用。例如：下工夫｜下毒手｜下筆。⑩動物生產。例如：母豬下崽｜雞下蛋。⑪攻克。例如：連下三城。⑫完成，結束。例如：下班｜下工｜下課。⑬低於，少於。例如：不下兩百人。

（二）⊜xià ⊜ha⁵

兩種話都用作量詞。①表示動作的次數。例如：敲了兩下門｜在痛點周圍用藥酒多擦幾下。②用在“兩、幾”後面，表示本領、技能。例如：沒有兩下能來這裏混嗎！｜他確實有幾下。

廣州話又指收摘（指把果子全部從樹上摘下來）。例如：今日下荔枝[今天收摘荔枝]｜呢扃柑下得咯[這棵柑子可以摘了]。

廣州話又作助詞。①用在重疊動詞之後，表示動作正在進行時發生變化或發生某事。例如：佢睇睇下突然有新發現[他看着看着突然有新的發現]｜整整下居然整好咗[弄來弄去居然弄好了]｜大家行行下唔知佢去咗邊度[大家走着走着，不知他到哪裏去了]。②動詞加“下”後再重疊，表示動作緩慢、輕微地持續着。例如：佢攞住本書，睇下睇下就瞓着咗[他拿着一本書，看着看着就睡着了]｜傾下傾下都唔知到天黑咗[談呀談呀天黑了都不知道]。③用在動詞之後，表示動作的短暫。例如：過嚟睇下啦[過來看看吧]｜你問下佢[你問問他]。④用在“幾”及形容詞的後面，使意思變得委婉。例如：呢包書幾重下㗎[這包書夠分量的]｜本小説幾好睇下[這本小説挺好看的]。

（三）⊜xia ⊜ha⁶

普通話用在動詞後面，作趨向動詞。①表示動作由高處到低處。例如：坐下｜掉下眼淚。②表示動作的完成或結果。例如：打下基礎｜準備下紙筆。③放在“來、去”前面，表示動作的趨向或繼續。例如：大幕慢慢落下來｜請你唸下去。④表示有空間，能容納。例如：會議室坐得下三十人｜這屋子睡得下四個人。**廣州話**口語不説“下”，一般説“落”。

下下　　⊜xiàxià ⊜ha⁶ha⁶

指最下等，最差，例如：這是下

下策。又指比後一個時期更往後的時期，例如：下下星期｜下下個月。

廣州話變調讀 ha⁵ha⁵ 時，表示每次，樣樣。例如：咪下下都要人哋話至得 [不要每次都要人家說才行]｜總之下下都要聽佢嘅 [總之樣樣都要聽他的]。

下作　🈹 xiàzuo　🈹 ha⁶zog³

指卑鄙，下流。

廣州話指舉止不斯文，不文雅。例如：佢食嘢好下作 [他吃東西很不斯文]。

下腳　🈹 xiàjiǎo　🈹 ha⁶gêg³

普通話表示走動時把腳往下踩。例如：無處下腳。

廣州話指下腳料，廢料。

大　🈹 dà　🈹 dai⁶

表示在體積、面積、數量、力量、強度等方面超過所比較的物件 (與 “小” 相對)。

廣州話的 “大” 在讀本調 dai⁶ 時，其含義和用法與**普通話**相同。讀高平變調 dai⁶⁻¹ 時，則表示 “小” 的意思。例如：塊木板得咁大 (dai⁶⁻¹)，唔夠用 [木板這麼小，不夠用]｜你咁大 (dai⁶⁻¹) 個，唔開得車 [你這麼小，不能開車]。如果讀高升變調 dai⁶⁻² ，則表示 “僅僅這麼大，不算大” 的意思。例如：呢度啲花盆最大就咁大 (dai⁶⁻²) 嘅

喇 [這裏的花盆最大就這麼大了]｜得咁大 (dai⁶⁻²)，有冇大啲㗎 [才這麼大，有沒有更大的]？

大力　🈹 dàlì　🈹 dai⁶lig⁶

指很大的力量，例如：出大力｜下大力。又指用很大的力量，例如：大力整頓｜大力協作。

廣州話還指力氣大。例如：呢度佢最大力 [這裏他力氣最大]｜冇人有佢咁大力 [沒有誰比他力氣大]。

大夫　🈹 dàfū　🈹 dai⁶fu¹

古代官職，位於卿之下、士之上，有上、中、下三級。

普通話讀成 dàifu 則是指醫生。**廣州話**沒有這樣的說法。

大牙　🈹 dàyá　🈹 dai⁶nga⁴

指磨牙 (通稱 “槽牙” 或 “臼齒”)。

普通話又指門牙。**廣州話**無此說法。

大冬瓜　🈹 dàdōngguā　🈹 dai⁶dung¹gua¹

指個兒大的冬瓜。

廣州話又用來比喻塊頭大而動作笨拙不靈活的人。

大出血　🈹 dàchūxiě　🈹 dai⁶cêd¹hüd³

普通話指由於動脈破裂或內臟損傷等引起的大量出血。

廣州話還比喻商品不惜蝕血本賤賣。這往往是商家促銷時嘩眾取寵的宣傳用語。

大米　㊂ dàmǐ　㊐ dai⁶mei⁵

普通話指稻穀去殼去皮後的米，即廣州話叫的"米"。

廣州話戲稱薯類或芋頭，尤指甘薯。例如：捱大米 [靠甘薯度日]。

大字　㊂ dàzì　㊐ dai⁶ji⁶

指面積較大的字。例如：大字標題。

廣州話又指字體大一點的毛筆字，一般指中楷或大楷。例如：佢好細個就寫大字喇 [他小小年紀就學習寫毛筆字了]。

大把　㊂ dàbǎ　㊐ dai⁶ba²

表示很多的意思。

普通話"大把"一般只用於指很多錢。例如：每逢過年他都要大把用錢｜不能這樣毫無節制大把花錢。

廣州話"大把"的使用範圍要寬得多，意思上強調多的是、有的是。例如：呢啲嘢我哋嗰度大把 [這些東西我們那裏多的是]｜嗰度大把嘢賣 [那裏有很多東西賣]。

大車　㊂ dàchē　㊐ dai⁶cé¹

普通話表示：①指牲口拉的載重車。②尊稱火車司機或輪船上的大副 (主管機器的人)。

廣州話"大車"一般用來稱呼輪船大副 (口語更多稱"大偈")。而牲口拉的載重車，牛拉的叫"牛車"，馬拉的叫"馬車"；火車司機就叫"火車司機"。

大使　㊂ dàshǐ　㊐ dai⁶xi³

指由國家派駐他國或國際組織的最高一級外交官。

廣州話如果讀成 dai⁶sei²，指的就是大手大腳花錢。例如：咁大使，幾多錢至夠你使呀 [花錢這麼大手大腳，多少錢才夠你用啊]！普通話沒有這樣的説法。

大泥磚

㊂ dànízhuān　㊐ dai⁶nei⁴jun¹

指用黏土做的不經燒製的大磚塊，建土房子用。

廣州話還用來比喻：①形容做事不靈活，總是礙手礙腳的人。例如：成嚿大泥磚噉，喺度阻住晒 [就像一塊大泥磚，老礙事]。②指由於語言舉止不當而影響店舖生意的店員 (像大塊泥磚堵住店門似的妨礙顧客光顧)。

大信封

㊂ dàxìnfēng　㊐ dai⁶sên³fung¹

指大號的信封，面積大的信封。

香港地區指解僱信。老闆要辭退員工往往把解僱通知放在較大的信封裏發給該員工。廣州話其他地區無此習俗，因而無此説法。

大帝　 普 dàdì 　粵 dai⁶dei³

普通話稱建立了偉業豐功、威震四方的帝王。

廣州話又戲稱那些輕狂、喜歡搞亂、難以對付的人。例如：嗰班大帝將呢度搞到亂晒坑［那班傢伙把這裏搞得亂七八糟］｜呢個大帝總係喺度搞搞震［這個傢伙老在這裏胡搞］。

大炮　 普 dàpào 　粵 dai⁶pao³

通常指口徑大的火炮。

普通話又比喻好發表激烈意見或好說大話的人。

廣州話又指謊話、大話，也指人好說謊話、大話。例如：係真嘅，唔係大炮［是真的，不是謊話］｜佢咁大炮你都信［他這麼愛吹牛你也相信他］？

大洋　 普 dàyáng 　粵 dai⁶yêng⁴

指海洋。廣州話的“洋”讀本調。

廣州話的“洋”讀變調 yêng⁴⁻² 時指銀圓。又叫“光洋（yêng⁴⁻²）”。

大班　 普 dàbān 　粵 dai⁶ban¹

普通話指幼兒園裏由歲數較大的兒童編成的班級。

廣州話本來是對洋行中的洋經理的俗稱，後也泛稱公司總裁等大商行大企業的首腦。是英語 taipan 的音譯。現在內地已少用。在香港又指舞廳場務員。

大馬　 普 dàmǎ 　粵 dai⁶ma⁵

指大的馬匹。例如：大馬帶着小馬。

廣州話又指馬來西亞。

大娘　 普 dàniáng 　粵 dai⁶nêng⁴⁻¹

普通話的“大娘”來自方言，指伯母，又用於尊稱年長的婦女。

廣州話的“大娘”（“娘”讀變調）是個貶義詞。①指打扮舉止俗氣的女人。②形容女人土氣、俗氣。例如：着起呢件衫就夠晒大娘咯［穿上這件衣服夠土不拉嘰的了］。③指多嘴多舌的女人。

大紙　 普 dàzhǐ 　粵 dai⁶ji²

指大張的紙。例如：拿一張大紙來包住它。

廣州話指面額大的鈔票。例如：將張大紙暢散佢［把那張大錢破開］。

大圈　 普 dàquān 　粵 dai⁶hün¹

指大的圈兒。

廣州話舊時指省城廣州。江湖黑話稱城為“圈”，廣州為大城，所以叫“大圈”（在地圖上，城市標誌為圈。或說城牆為圈）。現在這個詞僅香港地區還在使用。例如：大圈仔［泛指從大陸到香港作案的人］。

大魚　 普 dàyú 　粵 dai⁶yü⁴

指大條的魚。例如：大魚吃小魚。

廣州話又指鱅魚（普通話又叫胖頭魚）。也叫"大頭魚"。

大款　⟨普⟩ dàkuǎn　⟨粵⟩ dai⁶fun²

普通話指很有錢的人。

廣州話原為形容詞，指人高傲、架子大。例如：個嘢好大款［那傢伙架子很大］。後又接受了普通話的説法，作名詞，指很有錢的人。

大菜　⟨普⟩ dàcài　⟨粵⟩ dai⁶coi³

普通話指酒席中的重頭菜。又指西餐。

廣州話指瓊脂（用海藻膠製成，可製冷食）。有的人又指西餐中的牛肉，因為它在西餐中常作主菜。

大話　⟨普⟩ dàhuà　⟨粵⟩ dai⁶wa⁶

普通話指虛假誇張的話。

廣州話指的是謊話，與普通話有所不同。例如：講大話［撒謊］｜你呢啲大話係呃唔到人嘅［你這些謊話是騙不了人的］。

大媽　⟨普⟩ dàmā　⟨粵⟩ dai⁶ma¹

兩種話所指完全不同。

普通話指伯母。又用於尊稱年長的婦女。

廣州話舊時指嫡母，即妾所生的子女稱父親的妻子。隨着納妾被禁止，廣州話裏這一稱呼也就消亡了。

大難　⟨普⟩ dànàn　⟨粵⟩ dai⁶nan⁶

指大的災難。例如：大難不死，必有後福。兩種話沒有不同。

廣州話如果讀成 dai⁶nan⁴，指的就是難以幫助別人。例如：佢好大難，唔使指擬會幫你［他懶於助人，別指望會幫助你］｜大難仔［不願做事的人］。現已少説。普通話沒有這樣的説法。

【丨】

上　（一）⟨普⟩ shàng　⟨粵⟩ sêng⁶

兩種話含義、用法基本沒有區別。

作名詞或名詞詞素。①表示位置、等級、品質高的。例如：上部｜上級｜上等。②表示向上面。例如：上繳｜上税。

作方位詞。表示次序或時間在前的。例如：上冊｜上月。

　（二）⟨普⟩ shàng　⟨粵⟩ sêng⁵

作動詞。兩種話含義、用法基本一樣，表示：①由低處到高處。②呈遞。例如：上書。③出場。例如：比賽該你上了｜見困難就上。④增添。例如：上水｜上煤。⑤安裝，撐緊。例如：上螺絲｜上刺刀｜上發條。⑥塗，搽。例如：上藥｜上色｜上油漆。⑦登記，登載，在廣播、電視中播放。例如：上賬｜上報｜上廣播｜上春晚。⑧到規定時間開始某些活動。例如：上班｜上課｜上操。⑨獻上，進獻（飯菜等）。例如：上菜｜上酒｜上食。⑩達到一定的數量或程度。例如：來了上百人｜他已經上年紀了。

"上"作動詞，**普通話**還有一個重要的用法，就是表示去，往，到。例如：上圖書館了｜上街買東西去了｜他這幾天上哪兒去了？**廣州話**口語一般不說"上"而說"去"。上面例句要說成：去圖書館咯｜去街買嘢｜佢呢兩日去咗邊度呀？

"上"還作趨向動詞。例如：技術員爬上鐵塔修理線路｜他如願考上了大學｜窗門全都鎖上｜終於跟他聯繫上了。除了第一個例句，**廣州話**口語較少這樣說。

　　（三）⊜ shang ⊜ sêng⁶

"上"作方位詞還表示：①在物體的表面。例如：牆壁上｜臉上｜封面上。②表示在某種事物的範圍之內。例如：操場上｜書上｜會議上。③表示某一方面。例如：組織上｜領導上｜事實上。其中①②兩種情況，**廣州話**口語多說"上面"或者把"上"省去。

上下

　　（一）⊜ shàngxià ⊜ sêng⁶ha⁶

指在職務上、輩分上較高的人和較低的人，例如：全公司上下都在忙這件事｜全家上下都高興。又指（程度）高低，強弱，優劣等，例如：不相上下｜難分上下。還指從上到下，例如：他用懷疑的眼光上下打量着我。

普通話還指從低處到高處或從高

處到低處。例如：山上修了公路，汽車上下方便多了。**廣州話**少說"上下"多說"上落"。

　　（二）⊜ shàngxià ⊜ sêng⁶ha⁶⁻²

用在數量詞後面，表示大概是這個數量，例如：二十個上下就夠了｜大概十天上下就能完工。**廣州話**又可以用在"咁"後面，例如：係咁上下啦［大概就是這個樣子吧］。

廣州話還可以用在動詞的前面，表示將近、快要。例如：上下落雨咯［快下雨了］｜飯上下得咯［飯將近好了］｜佢上下翻嚟咯［他快回來了］。**普通話**沒有這樣的用法。

上算　⊜ shàngsuàn ⊜ sêng⁶xun³

表示合算。例如：這樣做不上算｜考慮一下，哪個方案更上算？

廣州話則表示：①高明。例如：噉做確實上算［這樣做的確高明］。②值得。例如：咁平，買晒佢都上算［這麼便宜，包圓兒都值得］。

上鋪　⊜ shàngpū ⊜ sêng⁶pou¹

指雙層牀或三層牀上面的一鋪。

廣州話讀成 sêng⁵pou³ 則指商店晚上收市關門。

小肚　⊜ xiǎodǔr ⊜ xiu²tou⁵

普通話指一種食品，用豬的膀胱，裝入和有澱粉的豬肉末製成。

廣州話指小肚子，即人的小腹。又指做菜餚用的豬、牛、羊的膀胱。

小兒科　⓵ xiǎo'érkē　⓶ xiu²yi⁴fo¹

指醫院裏專為兒童診病的部門。比喻簡單、容易辦到、不值得重視的事物，小意思。還形容小氣，被人看不上。

廣州話還表示幼稚。例如：搞呢啲嘢佢重係小兒科 [幹這些事他還嫩呢]。

小氣　⓵ xiǎoqì　⓶ xiu²héi³

指吝嗇。例如：太小氣了，多給一點吧。

廣州話還指小心眼兒，氣量窄小。例如：咪咁小氣，人哋提啲意見就唔高興 [別那麼氣量小，別人提點意見就不高興]。

小鬼　⓵ xiǎoguǐ　⓶ xiu²guei²

迷信的人稱鬼神的差役。

普通話又作對小孩的親暱稱呼。

廣州話還指撲克牌中的小王。

口　⓵ kǒu　⓶ heo²

指人和動物的嘴。又指人口，口味。又指容器通外面的地方，出入通過的地方。還指刀、剪等的刃。

普通話又指馬、驢、騾等的年齡。廣州話很少這樣說。

廣州話又指：①言語，話。例如：講爛口 [説髒話]｜講粗口 [説髒話]｜口花花 [多嘴，亂説話]。②口感。例如：爽口 [食物吃着脆]｜膩口 [吃過於油膩食物的感覺]｜淡口 [未加鹽醃製的(食物)]。③蚊子、蟲等叮咬過的地方。例如：蚊口 [皮膚上蚊子叮過的地方]｜楊桃有蟲口。④打針留下的痕跡。例如：針口。普通話沒有這些説法。

兩種話的"口"都可以作量詞。普通話用於：①某些家畜。例如：一口豬｜一口羊。②某些器物。例如：一口井｜一口缸｜一口鋼刀。③吃到口中的食物；吸入的空氣。例如：扒了兩口飯｜喝了一口茶｜吸了一口氣。廣州話都改用其他量詞，不用"口"。廣州話量詞"口"用於香煙、針、釘等，例如：食口煙仔 [抽支香煙]｜跌咗口針 [掉了根針]｜搵幾口釘嚟 [找幾枚釘子來]｜燒口炮仗 [點個爆竹]。廣州話的這些例子裏的"口"，普通話都使用別的量詞。

口淡　⓵ kǒudàn　⓶ heo²tam⁵

普通話的"口淡"來自方言，指菜或湯的味不鹹，又指人愛吃味道淡一些的飲食。也説"口輕"。

廣州話的"口淡"則指人口內淡而無味，食慾不振。例如：今日口淡，唔想食嘢 [今天嘴巴淡淡的，不想吃東西]。

口輕　⓵ kǒuqīng　⓶ heo²héng¹

普通話指菜或湯的味不鹹，又指人愛吃味道淡一些的飲食，也説"口淡"。還指馬、驢、騾的年齡小，也説 "口小"。

廣州話指人隨便許諾，説話不算數。例如：咪咁口輕，講過嘅就要做到 [別隨便許諾，説過的就要做到]。

口齒　⬚ kǒuchǐ　⬚ heo²qi²

指説話的發音，例如：口齒清楚。又指説話的本領，例如：口齒伶俐。

普通話又指馬、驢、騾的年齡。**廣州話**沒有這説法。

廣州話另指説話的信用。例如：做人要有口齒 [做人要講信用]｜唔能夠冇口齒㗎 [不能説話不算數]｜我幾時都係講口齒嘅 [我無論甚麼時候都是講信用的]。

山　⬚ shān　⬚ san¹

指地面上由土、石構成的高聳部分。又指像山的東西，例如：冰山。

廣州話又形容地方山多而偏僻，例如：我鄉下好山㗎 [我家鄉很多山很偏僻]｜嗰度山過呢度 [那裏比這裏更多山更偏僻]。又指墳墓，例如：一掛山 [一座墳墓]｜新山 [新墓]｜拜山 [掃墓]。

【丿】

千秋　⬚ qiānqiū　⬚ qin¹ceo¹

泛指很長的時間，例如：千秋萬代｜千秋盛事。又敬稱人壽辰。

廣州話又指鞦韆（一種運動和遊戲用具）。例如：打千秋 [蕩鞦韆]。

彳　⬚ chì　⬚ qig¹

普通話不單用，僅用於 "彳亍" 一詞，表示慢步行走或走走停停。

廣州話可單用，形容人跛腳走路的樣子。例如：佢腳痛，行路彳彳下 [他腿疼，走路有點瘸]｜睇佢彳下彳下噉行，好辛苦定喇 [看他走得一瘸一瘸的，肯定很難受]。

勺　⬚ sháo　⬚ sêg³

普通話指勺子，一種有柄的舀東西的用具。例如：飯勺｜鐵勺。

廣州話指酒提、油提（打酒或打油的用具）。例如：呢個勺係打油嘅，嗰個勺係打酒嘅 [這個是油提，那個是酒提]。

【一】

子雞　⬚ zǐjī　⬚ ji²gei¹

普通話指剛孵化出來的小雞。也作 "仔雞"。

廣州話指筍雞，嫩雞。又叫 "童子雞"。例如：炸子雞｜蘑菇燉子雞。

女　⬚ nǚ　⬚ nêu⁵

指女性。例如：女人｜女醫生｜女裝｜男女平等。

又指女兒。**普通話**不單用。**廣州話**一般變調讀 nêu⁵⁻²，可單用，例如：佢有兩個女 [他有兩個女兒]｜佢個女讀緊高中 [他的女兒正在唸高中]。

廣州話還泛指女孩子，例如：呢個女好文靜 [這女孩很文靜]｜佢確實係個乖乖女 [她的確是個聽話本分的女孩]｜叻女 [聰明的女孩]｜飛女 [女阿飛]。又指女朋友、女戀人，女的（前面加"條"字。不在嚴肅場合使用），例如：你條女冇同你一齊嚟咩 [你的女朋友沒有跟你一起來嗎]？｜你媽中唔中意你條女呀 [你媽喜歡你的對象嗎]？｜條女好正 [那女的真漂亮]｜條女夠晒惡 [那女的夠兇的]。

4 畫

【一】

王　⑪ wáng　⑲ wong⁴

兩種話都指：①君主。②封建社會的最高爵位。③同類中最突出或最大的。例如：蜂王｜百獸之王｜花中之王。④尊稱祖父母（僅用於書面語）。例如：王父（祖父）｜王母（祖母）。

又指首領，頭目。例如：佔山為王｜擒賊先擒王。**廣州話**口語要變調讀 wong⁴⁻²，例如：呢班細路佢做王 [這群孩子裏他是頭兒]。

廣州話變調讀 wong⁴⁻² 時，又指撲克牌中的 K。例如：葵扇 K[黑桃K]｜一隻 K[一張K]。

天光　⑪ tiānguāng　⑲ tin¹guong¹

普通話指天色，例如：天光微明｜

天光還早。又指天空的光輝，日光，例如：天光逐漸隱沒。

廣州話指天亮。例如：就嚟天光咯，起身啦 [快天亮了，起牀吧]｜天未光雞就叫 [天還沒亮雞就叫了]。

天時　⑪ tiānshí　⑲ tin¹xi⁴

指天氣，氣候。

普通話又指適宜做某事的氣候條件，例如：莊稼活要趁天時。還指時候，時間，例如：天時尚早。**廣州話**沒有這樣說法。

天棚　⑪ tiānpéng　⑲ tin¹pang⁴

指涼棚。

普通話又指房屋內部在屋頂或樓板下面所加的一層東西，有保溫、隔音、美觀作用。類似廣州話所指的"吊頂"。

廣州話指曬台，即屋頂上的露天平台。

元宵　⑪ yuánxiāo　⑲ yün⁴xiu¹

指農曆正月十五日夜晚。這一天叫"元宵節"或"上元節"。

普通話又指元宵節的一種應時食品。球形，用糯米粉等做成，有餡。**廣州話**叫"湯圓"。

木　⑪ mù　⑲ mug⁶

指樹木，木頭。又形容人質樸或呆頭呆腦。還指麻木。

廣州話也形容人呆頭呆腦。普通話多指反應遲鈍，廣州話則多指面無表情。

木魚　🔊 mùyú 🔊 mug⁶yü⁴

一種打擊樂器，木製，中空。通常為圓形，但廣東音樂和曲藝用的卻是長方形的。

廣州話地區流行的一種民間說唱曲藝也叫"木魚"。其唱本叫"木魚書"。

不　🔊 bù 🔊 bed¹

普通話作副詞用，表示否定。

廣州話"不"僅用於書面語。例如：不卑不亢｜不成體統｜不打自招｜既往不咎。口語不説"不"，表示否定一般用"唔"。例如：唔去[不去]｜唔舒服[不舒服]｜唔見咗[不見了]｜睇唔出[看不出]｜做唔到[做不到]。

不宜　🔊 bùyí 🔊 bed¹yi⁴

表示不適宜。例如：病人不宜過多活動｜不宜操之過急｜兒童不宜。

廣州話"不宜"還表示提出更好的主意，相當於普通話的"不如"。例如：不宜去睇電影重好[不如去看電影還好]｜不宜就住呢間旅館罷啦[不如就住這間酒店吧]。

太　🔊 tài 🔊 tai³

①至高，最大。例如：太空｜太

湖。②過於。例如：天氣太熱｜房子太小。③很，極。例如：太好了｜這畫太美了｜不太夠｜不太滿意。④身份最高或輩分更高的。例如：太老師（老師的父親；父親的老師）｜太夫人（尊稱別人的母親）。

廣州話讀變調 tai³⁻² 時是"太太"的省稱。是對已婚女性的尊稱。使用時一般要在前面加上其丈夫的姓氏。例如：陳太[陳太太]｜王太[王太太]｜老太[老太太]。

太空人　🔊 tàikōngrén 🔊 tad³hung¹yen⁴

指宇航員、航天員等乘坐太空船在宇宙空間工作、生活的人。

香港人戲指全家在國外，獨自留在香港工作的人。意思是"太座（戲指妻子）暫時空缺的人"。

友　🔊 yǒu 🔊 yeo⁵

指朋友或有友好關係的，例如：好友｜益友｜友邦｜友鄰。又形容親近，相好，例如：友善｜友情｜友愛。

廣州話變調讀 yeo⁵⁻² 時：①指某些人，帶諧謔意。例如：發燒友[對某一事物十分有興趣以致入迷的人]｜西裝友[穿西服的人]｜大炮友[愛吹牛的人]｜道友[戲稱吸毒者]。②指某方面的愛好者。例如：拍友[攝影愛好者]｜牌友[喜愛打牌的人]｜麻雀友[打麻將愛好者]。③指某人，帶輕蔑意，相當於"傢伙"，搭配的量詞用"條、菟"。例如：嗰條友仔唔係善良之輩 [那傢伙並不是善良之輩]｜呢菟友幾食得嘞 [這傢伙能吃啊]。

牙　⟨普⟩ yá ⟨粵⟩ nga⁴

指牙齒。又指形狀像牙齒的東西。又特指象牙。舊時指買賣介紹人。

廣州話變調讀 nga⁴⁻² 時指：①螺紋。例如：睇準牙上螺絲 [看準螺紋上螺絲]｜螺絲釘滑咗牙 [螺絲釦勬（yì）了]。②齒輪的齒。例如：齒輪崩咗只牙，要換咯 [齒輪斷了個齒，要換了]。

切　（一）⟨普⟩ qiē ⟨粵⟩ qid³

表示用刀割開。

　　（二）⟨普⟩ qiè ⟨粵⟩ qid³

兩種話都表示：①合，符合。例如：切合實際｜文章切題。②貼近，親近。例如：切身利益｜親切關懷。③急切，急迫。例如：迫切｜懇切｜歸家心切。④務必，一定。例如：切記｜切不可大意。

普通話又表示中醫診脈治病。例如：切脈｜望聞問切。**廣州話**口語說"把脈，摸脈"。

廣州話又相當於"及（趕上）"，用於以下詞語：嚟得切 [來得及]｜嚟唔切 [來不及]｜唔嚟得切 [來不及]｜我得一日抄唔切 [我只有一天時間來不及抄]。

切菜　⟨普⟩ qiēcài ⟨粵⟩ qid³coi³

指用刀把蔬菜割斷或割成所需要

的形狀。

廣州話又指乾蘿蔔絲、乾芥藍絲。

【丨】

止咳　⟨普⟩ zhǐké ⟨粵⟩ ji²ked¹

指制止咳嗽。

廣州話指頂用，靈驗，有效，解決問題。例如：扭親搽呢種藥酒止得咳㗎 [扭傷擦這種藥酒有效的]｜呢個辦法唔止咳 [這個辦法不頂用]｜要佢嚟至止得咳 [要他來才能解決問題]。

少　⟨普⟩ shào ⟨粵⟩ xiu³

指年紀輕（跟"老"相對），例如：少男少女｜老少平安｜青春年少。又指年紀輕的人，例如：惡少｜闊少｜遺少｜翩翩年少。

廣州話又表示：①舊時對丈夫的兄弟的當面稱呼，前面需加上排行。例如：大少 [丈夫的大哥]｜三少 [丈夫的三哥或三弟]。②"少爺"的省稱，多為舊時傭人稱呼年輕的男主人用，面稱、背稱都可以。例如：大少 [大少爺]｜表少 [表少爺]｜張二少 [張家二少爺]。

中意　⟨普⟩ zhòngyì ⟨粵⟩ zung¹yi³

兩種話都表示合意，滿意。例如：房間這樣擺設您中意嗎？｜這幾款帽子她都不中意。

廣州話又表示：①喜歡，喜愛。例如：我哋都中意唱歌 [我們都喜

歡唱歌] | 佢好中意細蚊仔 [她很喜愛小孩]。②愛，鍾情。例如：你係唔係真心中意佢 [你是不是真心愛他]？ | 你中意你就嫁界佢啦 [你愛你就嫁給他吧]！本作"鍾意"，但多寫成"中意"。

水　　🅟 shuǐ 🅖 sêu²

兩種話都指：①一種無色、無味、無臭的液體，是氫和氧的化合物。②河流。③江、河、湖、海、洋的總稱。例如：水寨 | 水戰 | 水陸交通 | 水上人家。④稀汁。例如：墨水 | 藥水。⑤附加的費用；額外的收入。例如：匯水 | 貼水 | 升水 | 外水。

廣州話又指：①湯（某些食物或藥物加水熬成的飲料）。例如：綠豆水 | 冰糖雪梨水 | 茅根竹蔗水。②水準低，品質差，程度淺。例如：我捉棋好水㗎 [我棋藝很差] | 我哋嘅對手水準唔水㗎 [我們的對手水準不低啊] | 呢啲都係水嘢 [這些都是劣質產品]。③錢，錢鈔。例如：磅水 [給錢] | 撲水 [籌錢] | 度(dog⁶) 水 [借錢] | 水緊 [缺錢] | 要幾多水至夠 [要多少錢才夠]？④用在某些名詞、動詞、形容詞等的後面，本身所表示的意義比較模糊，大概有樣子、狀況的意思。例如：命水 [命運；命] | 毛水 [動物羽毛的顏色、光澤] | 心水 [心意；心智] | 色水 [顏色] | 醒水 [醒悟；警覺] | 反水 [叛變] | 威水 [威風；氣派] | 老水 [辦事老練、沉着]。

兩種話都用作量詞。普通話用於衣物等洗的次數，例如：這牀單洗過兩水 | 這裙子洗幾水也不掉色。廣州話一般用於新衣服的浸洗次數。另外，廣州話旅客乘船或水路運貨往返一次叫"一水"，例如：由廣州坐船去梧州，一水要幾日 [由廣州坐船到梧州，往返一次要幾天]？ | 呢條水路我走過好多水咯 [這條水路我走過多次來回了]。

水色　　🅟 shuǐsè 🅖 sêu²xig¹

普通話指海洋或湖泊、水庫、池塘中水在現場所呈現的顏色，用以估計水的光學性質。

廣州話又指形勢，風聲。例如：水色唔對，鬆人 [形勢不對，走]！

水草　　🅟 shuǐcǎo 🅖 sêu²cou²

某些水生植物的統稱。

普通話又指有水源和長草的地方，例如：牧民擇水草而居。

廣州話又指一種長而韌的水生草，舊時市場上多用來捆紮肉、菜。又叫"鹹水草、鹹草"。

水貨　　🅟 shuǐhuò 🅖 sêu²fo³

普通話指：①通過水路走私的貨物。②泛指通過非正常途徑進出口的貨物。③劣質產品。

廣州話泛指走私貨，因為廣東的走私貨多從水路而來，故稱。又指假冒、仿造的產品。

水路　　普shuǐlù　粵sêu²lou⁶

指水上的交通線。

廣州話又指路程，包括水路和陸路。例如：去嗰度好遠水路㗎[去那裏路程很遠啊]｜咁遠水路要好多水腳喇[這麼遠的路程，要很多路費的]。

水線　　普shuǐxiàn　粵sêu²xin³

指船殼外面與水平面的接觸線。

廣州話又指電源負極線，即回路線。

水頭　　普shuǐtóu　粵sêu²teo⁴

指河流裏洪峰到達的勢頭。又指水的來勢，例如：這口井水頭很旺。

廣州話指洪峰，例如：預計水頭聽日到呢度[預計洪峰明天到達這裏]。又指錢，例如：呢排水頭鬆啲[這一陣子有了點錢]｜佢水頭夠[他有錢]。

【丿】

手　　普shǒu　粵seo²

普通話指人體上肢前端能拿東西的部分；**廣州話**則指整個胳膊。在**廣州話**裏，豬的前腿也叫"豬手"，例如：鹹豬手(西菜名)｜白雲豬手(粵菜名)。

兩種話都指：①拿着。例如：人手一冊。②親手。例如：手抄｜手稿｜手植。③小巧而便於拿的。例

如：手冊｜手槍。④手段，手法。例如：心狠手辣｜眼高手低｜妙手回春。⑤做某種事情或擅長某種技能的人。例如：水手｜炮手｜拖拉機手｜生產能手。

又作量詞，用於技能、本領等，例如：寫得一手好字｜做得一手好菜｜懷有一手絕活。**廣州話**又用於使人為難、害怕，或人所忌諱的事情(事情往往不明說)，例如：呢手嘢諗起就怕[這件事想起來就使人害怕]｜嗰手嘢好難辦㗎[那種事情很難處理啊]。

手工　　普shǒugōng　粵seo²gung¹

指靠手的技能做的工作，例如：做手工。又指用手操作的方式，例：手工勞動｜手工做的。

普通話口語又指給予手工勞動的報酬。例如：改這件衣服要多少手工？

手巾　　普shǒujīn　粵seo²gen¹

普通話指土布做的擦臉巾，毛巾。

廣州話指毛巾。例如：呢條係洗面手巾[這條是洗臉的毛巾]。

手重　　普shǒuzhòng　粵seo²cung⁵

指動作時手用力較猛。

廣州話又指做菜下鹽多。例如：佢好手重，整餸鹹[他做菜下鹽多，做出的菜鹹]。相當於**普通話**的"口重"。

手軟   嘗 shǒuruǎn   粵 seo²yün⁵

形容不忍下手或下手不狠。例如：心慈手軟。

廣州話又指手部因疲勞或受傷而引起的發酸無力。例如：抄書抄到手軟｜數錢數到手軟。

手眼   嘗 shǒuyǎn   粵 seo²ngan⁵

普通話指本領、能耐，例如：手眼高強｜手眼通天。又指待人處世所用的不正當的方法，例如：耍手眼騙人。

廣州話指手腕骨頭突出的地方，即橈骨、尺骨下端鼓起之處。

手勢   嘗 shǒushì   粵 seo²sei³

為了表達意思而用手做出的姿勢。

廣州話還指：①手工勞動的技藝，手藝。例如：佢聯衫好好手勢［她縫衣服手藝很好］｜呢個餸係我整嘅，睇下手勢點樣［這個菜是我做的，看看廚藝怎麼樣］。②抓鬮、摸彩、賭博等活動中的運氣，手氣。例如：今日好手勢，十鋪贏咗八鋪［今天運氣好，十盤贏了八盤］｜我買彩票手勢唔好，冇次中［我買彩票運氣不好，沒有一次中獎］。

手腳   嘗 shǒujiǎo   粵 seo²gêg³

指舉動或動作，例如：手腳敏捷｜手腳利索。又指為了達到某種目的而暗中採取的行動，例如：做了手腳。

廣州話指：①武功。引申指本領，能耐。例如：唔使兩下手腳就打低佢喇［用不了兩下子就把他打趴了］｜呢個嘢有兩度手腳嘅［這傢伙是有點能耐的］。②對手。你唔係佢嘅手腳嘅［你不是他的對手］。

手臂   嘗 shǒubì   粵 seo²béi³

普通話指胳膊。

廣州話有時指上臂，即胳膊的手肘以上部位。

手藝   嘗 shǒuyì   粵 seo²ngei⁶

指手工業工人的技術。例如：他的木工手藝不錯。

廣州話又指：①技能，技藝（不一定是手工技藝）。例如：多學幾門手藝幾好㗎［多學幾種技能是不錯的］｜有門手藝去邊度都唔怕［身懷一門技藝到哪兒都不怕］。②某些人用來消遣的事情、工作。例如：冇乜手藝，好無聊［沒甚麼消遣的，很無聊］｜搵牌打，過下手藝［找牌來打，消遣消遣］。

牛   嘗 niú   粵 ngeo⁴

一種大型家畜。

普通話又表示倔強、執拗或驕傲。例如：牛脾氣｜牛氣。

廣州話表示野蠻，橫（hèng）。例如：佢好牛嘅，啷啷講打［他很野蠻，動不動就要動拳頭］｜未見過似佢咁牛嘅［沒見過像他那麼橫

（hèng）的]｜佢牛到死，有人講得聽嘅 [他橫（hèng）得要命，沒有誰的話聽得進]。

廣州話"牛"又指做成食品的牛肉，一般不單用。在詞語前面時讀原調，例如：牛扒 [牛排]｜牛河 [牛肉炒米粉條]｜牛腩粉 [牛腩煮米粉]；在詞語末尾時變調讀 ngeo⁴⁻²，例如：炒滑牛 [嫩炒牛肉]｜鐵板牛 [鐵板燒牛肉]。

牛仔　🔊 niúzǎi 🔊 ngeo⁴zei²

指小牛犢。又指美國西部的騎馬牧人，是英語 cowboy 的意譯。

廣州話又指流氓少年，阿飛。

牛皮　🔊 niúpí 🔊 ngeo⁴péi⁴

指牛的皮。

廣州話用來罵人皮厚。例如：佢係牛皮嚟㗎，唔怕打嘅 [他皮厚，不怕打]。

牛皋　🔊 niúgāo 🔊 ngeo⁴gou¹

章回小説《説岳全傳》裏的人物，岳飛手下勇將。

廣州話根據小説所寫牛皋脾氣火爆、行動魯莽的性格，把"牛皋"作為形容詞，形容人野蠻、粗野。例如：佢好牛皋嚟 [他很野蠻的]｜要講道理，唔好牛皋 [要講道理，不要粗野]。

牛腸　🔊 niúcháng 🔊 ngeo⁴cêng⁴⁻²

指牛的腸子。

廣州話又指牛肉餰粉。

毛布　🔊 máobù 🔊 mou⁴bou³

普通話指用較粗的棉紗織成的布。

廣州話指絨布，即帶絨毛的棉布。

升　🔊 shēng 🔊 xing¹

表示由低往高移動。又表示等級提高，例如：升級｜升官。

廣州話又表示：①摑，（用掌）摑。例如：升佢一巴掌 [摑他一巴掌]｜一巴掌升過去 [一巴掌摑過去]。②下象棋時，車、炮向前移到靠近中線的位置。例如：升車｜升高只炮 [將炮往前挪]。

升降機
　　🔊 shēngjiàngjī 🔊 xing¹gong³géi¹

指建築工地、高層建築等用來載人或載物升降的機械設備。有的也叫電梯。

廣州話舊稱垂直上下的電梯，不包括電動扶梯。

片　（一）🔊 piàn 🔊 pin³

兩種話都指：①平而薄又不太大的東西。例如：布片｜玻璃片｜名片｜鐵片｜藥片。"片"**普通話**要兒化。②切成片兒。例如：片肉片兒。③零碎的，簡短的。例如：片面｜片段｜片刻｜片紙隻字。④電影、電視劇等。例如：片約｜片頭｜片源。其中①②**廣州話**一般變調讀 pin³⁻²。

又作量詞。用於成片的東西或景象、聲音、心意等。例如：兩片麵包 | 一片汪洋 | 一片豐收景象 | 一片真心。

（二） 普 piān 粵 pin³⁻²

指平而薄又不太大的東西，用於"相片，畫片，影片，唱片"等詞。**普通話**"片"要兒化。

廣州話又指尿布，是"屎片"的省稱。例如：押片 [披尿布] | 換片 [換尿布]。

仆　　普 pū 粵 pug¹

指向前跌倒。例如：前仆後繼。

廣州話又指趴，俯臥。例如：仆低 [趴下] | 仆住瞓 [趴着睡] | 仆街 [罵人話。死在街頭]。

化學　　普 huàxué 粵 fa³hog⁶

指自然科學中的一門基礎學科，專門研究物質的組成、結構、性質和變化規律。

廣州話又轉作形容詞使用，指易壞的、不耐用的、品質差的。例如：呢個模型真化學，一砧就爛 [這個模型太不結實，輕輕一碰就損壞] | 對鞋化學到極，着兩日就爛咗 [這鞋品質太差，才穿兩天就破了]。又引申為靠不住、玄。例如：佢好化學嘅，講嘅嘢至多聽一半就夠嘞 [他很靠不住，他說的話頂多聽一半就可以了] | 呢啲小道消息好化學嘅，唔好信 [這些小道消息很玄的，別信]。

反面　　普 fǎnmiàn 粵 fan²min⁶

①指物體的背面。②指壞的、消極的，例如：反面教員 | 反面材料。③指事情、問題的另一面。例如：正面、反面意見都要聽。

廣州話"反面"變調讀成 fan²min⁶⁻² 時，又指翻臉。例如：本嚟傾得好好嘅，點知褸尾反咗面 [本來談得好好的，誰知後來翻臉了] | 佢兩個反面好耐咯 [他們倆翻臉不來往很久了]。

今朝　　普 jīnzhāo 粵 gem¹jiu¹

指現在，目前。例如：數風流人物還看今朝。

廣州話指今天早上，今早或今天上午。例如：佢今朝一早就起程咯 [他今早清早就啟程了] | 今朝我到而家都冇食到嘢 [今天上午我到現在都沒吃過東西]。又叫"今朝早"。

凶神惡煞　　普 xiōngshén'èshà

粵 hung¹shen⁴ og³sad³

指兇惡的神，常比喻兇惡的人。

廣州話又形容人惡狠狠的樣子。例如：佢凶神惡煞噉衝入嚟 [他惡狠狠地衝進來]。

公公　　普 gōnggong 粵 gung¹gung¹

普通話稱丈夫的父親。又用於尊稱年老的男子。

廣州話稱外祖父。

公證　⦿ gōngzhèng　⦿ gung¹jing³

指公證機關依法對法律行為或事實、文件確認其真實性和合法性的活動。

廣州話又指在糾紛中不偏袒任何一方的見證人或仲裁者，例如：呢件事邊個做得公證 [這件事誰能做公正的見證人]？｜搵佢嚟做公證啦 [找他當仲裁者吧]。又指體育競賽或遊戲的裁判員、仲裁員，例如：呢場比賽邊個做公證 [這場比賽誰當裁判員]？｜這個公證唔公正 [這個裁判員不公道]。

月　⦿ yuè　⦿ yüd⁶

兩種話都指：①月球，月亮。②計時單位，一年分為 12 個月。③每月的。例如：月刊｜月票｜月薪。④形狀像滿月的。例如：月餅｜月琴｜月門。

廣州話變調讀 yüd⁶⁻² 時又指月餅（不單用）。例如：五仁肉月｜雙黃蓮蓉月。

月光　⦿ yuèguāng　⦿ yüd⁶guong¹

指月亮的光線。例如：月光如水。

廣州話又指月亮。例如：今晚月光好圓 [今晚月亮真圓]｜月光重未出嚟 [月亮還沒有上來]。

月份牌

⦿ yuèfènpái　⦿ yüd⁶fen⁶pai⁴

普通話指舊式的單張年曆，現在也指日曆。

廣州話指日曆。

月頭　⦿ yuètóur　⦿ yüd⁶teo⁴

指月初。

普通話又指滿一個月的時候，多用於財物按月的支付。例如：到月頭了，該交房租了。**廣州話**沒有這樣的用法。

廣州話又指一個月。例如：呢次訓練要兩個月頭 [這次訓練要兩個月]｜上個月頭使用好大 [上月花銷很大]。

勻　⦿ yún　⦿ wen⁴

指均勻。例如：分配不勻｜顏色調配要勻。

普通話又指：①使均勻。例如：兩部分有多有少，要勻一下。②抽出一部分給別人或做別用。例如：勻出部分原料支援他們吧｜勻出時間去看望看望他吧。**廣州話**口語沒用這樣的用法。

廣州話又指：①遍（用在動詞之後作補語）。例如：搵勻都唔見 [找遍都沒有]｜行勻咁多間超市 [走遍所有的超市]｜睇勻晒呢啲資料 [看完了所有的資料]。②量詞。次，回。例如：去過一勻 [去過一次]｜呢勻你走唔甩咯 [這回你跑不掉了]｜勻勻都有佢份 [每次都有他]。

勾　⦿ gōu　⦿ ngeo¹

兩種話都表示：①畫出鈎形符

號，表示刪除或截取。例如：一筆勾銷｜勾出精彩句子。②畫出形象的邊緣，描畫。例如：勾勒輪廓｜簡單幾筆就把人物勾出來了。③招引，引起。例如：勾引｜勾魂攝魄｜勾起回憶。④結合，串通。例如：勾結，勾通。

普通話又表示：①調和使黏。例如：勾芡。②用灰、水泥等塗抹磚石建築物的縫。例如：勾牆縫。**廣州話**口語沒有這樣的説法。

廣州話又表示歲（量詞），含詼諧意，僅指約數，一般用於三十歲以上。例如：佢有四十幾勾咯〔他有四十多歲了〕｜幾十勾嘅人重咁唔定性〔幾十歲了還那麼不穩重〕。

【、】

之　⑱ zhī　⑲ ji¹

普通話多用於書面語。①作人稱代詞或指示代詞。②作助詞。例如：赤子之心｜光榮之家｜中國之大。③作動詞，表示往，去。

廣州話又用作連詞，表示語氣的轉折，相當於但是、可、只是。例如：人哋都做得咁好，之你呢〔人家都做得這麼好，但是你呢〕？｜個個都噉做，之佢就唔係〔每個人都這麼幹，可他就不是〕｜隻手唔痛喇，之重係冇力〔手不疼了，只是還是沒勁〕。

文　⑱ wén　⑲ men⁴

兩種話都指：①字。文字。②文章。③文言。④文華，辭采。例如：文質彬彬｜文勝其質。⑤文雅，不猛烈。例如：文雅｜文火。⑥非軍事的。例如：文臣武將｜文武雙全。⑦舊時指禮節儀式。例如：繁文縟節。⑧社會發展到較高階段表現出來的狀態。例如：文明｜文化。⑨自然界的某些現象。例如：天文｜水文。⑩在身上、臉上刺花紋。例如：斷髮文身｜文了雙頰。⑪掩飾。例如：文過飾非。

又作量詞。**普通話**用於舊時的銅錢，例如：一文錢｜分文不取。**廣州話**變調讀 men⁺¹ 指"元、塊（錢）"，例如：十文八文〔十塊八塊〕｜三千零文〔三千來塊〕｜兩文七〔二元七角〕。

文化衫
⑱ wénhuàshān　⑲ men⁴fa³sam¹

普通話指一種印有文字或圖案的針織短袖衫。

廣州話指短袖圓領針織衫（不管是否印有文字圖案）。

火　⑱ huǒ　⑲ fo²

指物體燃燒時所發的光和焰。又指火氣，怒氣，軍火等。又形容紅色，興旺。還比喻緊急，發怒。

廣州話又用作電燈的功率單位，即"瓦"。例如：呢個燈膽係百二火嘅〔這個燈泡是一百二十瓦的〕｜買個四十火嘅燈膽〔買一個四十瓦的燈泡〕。

心地　⑲ xīndì　⑭ sem¹déi⁶

指人的內心，心腸。例如：心地善良｜心地極好。又指氣量，例如：這人心地狹隘。**廣州話**口語多說 sem¹déi⁶⁻²。

普通話又指心情，心境，例如：心地開朗｜心地輕鬆。**廣州話**口語少這樣說。

心機　⑲ xīnjī　⑭ sem¹géi¹

指心思，計謀。例如：心機周密｜費盡心機｜他外表老實，其實很有心機。

廣州話又指：①精神，心血。例如：做呢啲嘢好嘥心機嘅 [做這些事很費神]｜嗰件事嘥我好多心機 [那件事費了我很多心血]｜畀心機做 [用心去做]。②耐心，恒心。例如：佢做嘢好有心機 [他做事很有耐心]。③心情。冇咁好心機 [沒那麼好心情]｜冇心機讀書 [無心向學]。

【一】

引　⑲ yǐn　⑭ yen⁵

①指拉，牽引。例如：穿針引線｜引而不發。②伸長。例如：引領而望｜引吭高歌。③引導。例如：引路｜引進｜引人入勝。④引起，使出現。例如：引火｜拋磚引玉。⑤惹，招致。例如：引人注目｜引火焚身。⑥引用作證據或理由。例如：引經據典｜引以為戒。⑦離開。例如：引退｜引避。

廣州話又指：①引誘。例如：你咪引佢做壞事 [你別引誘他幹壞事]｜畀人引壞晒 [讓人引誘壞了]。②導火線，引線。例如：炮仗引 [爆竹引線]｜點引 [點燃導火線]。

5畫

【一】

未　⑲ wèi　⑭ méi⁶

兩種話都表示還沒有，不曾，例如：未婚｜方興未艾｜聞所未聞。又表示不，例如：未免｜未置可否｜未敢苟同。

普通話"未"只用於文言語句裏，口語一般不用。

廣州話"未"多用於口語：①放在動詞前面時，相當於"還沒（有）"。例如：未去 [還沒去]｜未食 [還沒吃]｜未洗 [還沒有洗]。②放在動詞帶補語前面時，相當於"沒（有）"。例如：未去過 [沒去過]｜未食完 [沒吃完]｜未洗乾淨 [沒洗乾淨]。③放在形容詞前面時，相當於"沒（有）"。例如：飯未熟 [飯沒熟]｜天未光 [天沒亮]。

未曾　⑲ wèicéng　⑭ méi⁶ceng⁴

普通話表示沒有過。例如：未曾批准｜未曾出發｜未曾有過的壯舉。

廣州話表示還沒有，尚未。例

如：我未曾諗到呢一層［我還沒有想到這一層］｜我未曾見到佢［我還沒有見到他］。

打　⓿ dǎ ⓰ da²

"打"的含義和用法很廣泛，很多用手或與手有關的動作，都可以用"打"，例如：打門｜打鐵｜打架｜攻打｜打傢具｜打井｜打傘｜打包｜打醬油｜打糧食｜打電話｜打魚｜打牆。人的許多活動也可以用"打"，包括身體的某些動作，做某些事，做某些遊戲，採取某種方式，某些與人交涉的行為等，例如：打哈欠｜打戰｜打工｜打球｜打官腔｜打馬虎眼｜打官司｜打交道。表示定出、計算時也可用"打"，例如：打主意｜打草稿｜打成本。這是兩種話基本相同的。

普通話的"打"還表示：①因撞擊而破碎。例如：茶杯打了｜雞飛蛋打。②攪拌。例如：打滷｜打餡。③編織。例如：打毛衣｜打草鞋。④通過割、砍等動作收取。例如：打柴｜打草。⑤做介詞，相當於"從"。例如：打這兒往東去｜打今兒起我不再抽煙了｜打水路走。**廣州話**表示這些意思除成語如"雞飛蛋打"外都不用"打"。

廣州話的"打"還有它的方言義：①計算時表示加。例如：三個八打七個四等於十一個二［三塊八加七塊四等於十一塊兩毛］。②計算在內，預算。例如：呢條數已經打入去咯［這筆數已經計算在內了］｜打埋我嗰份［也算我一份］。

③連詞，跟。例如：唔理你哋邊個打邊個［不管你們是哪個跟哪個（做的）］。

打包　⓿ dǎbāo ⓰ da²bao¹

普通話指包裝物品。例如：零散東西託運要打包。

廣州話又指在飯館用餐後把吃剩的飯菜包好帶走。例如：剩落啲餸唔好浪費，打包啦［剩下的菜餚不要浪費，包好帶走吧］。這意思源於香港，現在**普通話**也這樣說了。

打理　⓿ dǎlǐ ⓰ da²léi⁵

普通話指經營、管理。例如：打理生意。又指料理。例如：打理家務。

廣州話的"打理"還表示理睬、答理、管的意思。例如：唔好唔打理人哋［不要不理睬人家］｜咪打理佢［別管他］！

打敗仗
⓿ dǎbàizhàng ⓰ da²bai⁶zêng³

普通話指在戰爭或競賽中失敗。

廣州話戲指生病，特指發生不久的疾病。例如：今日打敗仗，要請假咯［今天不舒服，要請假了］｜睇你冇厘精神噉，打敗仗咩［看你一點精神都沒有，生病了嗎］？

打靶　⓿ dǎbǎ ⓰ da²ba²

普通話指按一定規則對靶子進行

射擊。

廣州話口語指槍斃、被槍斃。例如：嗰個殺人犯應該打靶 [那個殺人犯應該槍斃] | 嗰個大毒梟已經打靶咯 [那個大毒梟已經被槍斃了]。

廣州話也説"槍斃"。"槍斃"可以帶賓語，"打靶"不能帶賓語。

打靶場

　　⏺ dǎbǎchǎng　⏺ da²ba²cêng⁴

普通話指打靶的場地。

廣州話指刑場，即槍決犯人的地方。

正　　⏺ zhèng　⏺ jing³

兩種話都表示：①垂直或符合標準方向，不歪。例如：正東方 | 前後對正 | 那張合影掛得不正。②位置在中間，不偏，不側。例如：正殿 | 正中。③好的，積極的。例如：正能量 | 正道。④正直。例如：公正 | 正派。⑤正當。例如：正路 | 正版。⑥純正。例如：正紅 | 味道很正。⑦合乎法度，端正。例如：正楷 | 正規 | 正品。⑧基本的，主要的。例如：正文 | 正餐 | 正職。⑨改正，糾正。例如：正誤 | 正本清源。⑩動作、狀態在持續着。例如：正在調查 | 正在下雨。

廣州話又表示：①地道的，正宗的。例如：呢啲係正嘅四會砂糖桔 [這些是地道的四會砂糖橘]。又説"正斗"。②十足的，不折不扣的。例如：佢正膽小鬼嚟嘅 [他是不折不扣的膽小鬼] | 佢正蛇王 [他是十足的懶漢]。③剛好符合，碰巧（又音 zéng³）。例如：畀佢話到正晒 [被他説個正着] | 撞正佢又去 [碰巧他也去]。④指陽光的輻射熱或反射熱。例如：晏晝熱頭好正 [中午太陽很熱] | 頂樓冇隔熱層，好正 [樓頂一層沒有隔熱層，很熱]。

廣州話讀 zéng³ 時表示好，美。例如：呢間廠嘅產品好正 [這家工廠的產品挺好] | 呢度風景真正 [這裏的風景真美]。

正式　　⏺ zhèngshì　⏺ jing³xig¹

指合乎公認的標準的；合乎一定手續的。例如：正式訪問 | 正式比賽。

廣州話又表示確實是，真是，十足。例如：佢呀，正式好人一個 [他呀，真是一個好人] | 你呢個人正式傻仔嚟嘅 [你這個人是個十足的傻瓜]。又説"正一"。

正氣　　⏺ zhèngqì　⏺ jing³héi³

指光明正大的風氣，例如：正氣壓倒邪氣。又指剛正的氣節，例如：一身正氣 | 正氣凜然。中醫指人體的抗病能力。

廣州話指食物性清涼而不寒，對人體有益。例如：正氣馬蹄粉 | 正氣葛菜湯。

扒　　（一）⏺ bā　⏺ pa¹ 又 pa⁴

①抓着，依附着。例如：扒牆頭 | 扒着欄杆。②刨開，挖開，拆

掉。例如：扒土｜扒坑｜扒掉舊房子。③剝，脫掉。例如：扒下衣服跳進河裏｜扒開他的偽裝。

廣州話沒有這些説法。

（二）⒫pá ⒴pa⁴

指用手或工具使東西聚攏或散開。又指從別人身上偷竊財物。

普通話又指燉爛，煨爛，例如：扒羊肉｜扒鴨。**廣州話**沒有這樣説法。

廣州話又指：①划（船）。例如：扒龍船［賽龍舟］｜扒艇仔［划小船］。②貪污，受賄。例如：佢扒咗唔少錢［他貪污了不少錢］｜扒咗嘅錢都要嘔出嚟［貪來的錢都得退出來］。③排（讀變調pa⁴⁻²，煎好的厚肉片）。例如：牛扒［牛排］｜豬扒［豬排］｜鋸扒［吃肉排］。

功夫　⒫gōngfu ⒴gung¹fu¹

指武術，尤指拳術。

普通話又同“工夫”。還指本領，造詣，例如：沒有一定的功夫做不出這個紫砂壺來｜他這方面功夫很深。

廣州話指武術、拳術。近數十年**普通話**也吸收方言的意義。例如：練功夫｜功夫片。

去　⒫qù ⒴hêu³

兩種話都表示：①往，從所在地方到別的地方。②離開。例如：去職｜去國｜去世。③除掉。例如：去火｜去偽存真。④失去，失掉。例如：大勢已去。⑤距離，差距。例如：相去百多里｜去之甚遠。⑥過去的時間（多指去年的）。例如：去冬今春｜去秋。⑦發出，寄出。例如：去電｜去函。

普通話還可以：①用在另一個動詞前表示要做某事。例如：問題自己去解決｜好好去研究一下。②用在動詞或動詞結構後面表示去做某事。例如：散步去了｜看電影去了。③用在動詞結構（或介詞結構）與動詞（或動詞結構）之間，前者表示方式，後者表示目的。例如：他要到山區去當教師｜要用發展的眼光去看問題。以上各點，**廣州話**在用法上有區別：第①種情況，廣州話多把“去”去掉。第②種情況，廣州話多把“去”放在動詞（或動詞結構）前面，上面例句一般説成“去咗散步｜去咗睇電影”。第③種情況，第一個例句“到山區去”廣州話往往説成“去山區”；第二個例句“他要到山區去當教師”的“去”一般去掉不説。

普通話“去”還表示扮演（戲曲裏的角色）。例如：在《西廂記》中她去紅娘。**廣州話**沒有這樣的説法。

廣州話“去”又表示前進或前進速度快。例如：隻船唔去嘅［船沒有開動；船走得慢］｜佢游水好去［他游泳很快］。**普通話**沒有這樣用法。

瓦　（一）⒫wǎ ⒴nga⁵

指鋪屋頂用的建築材料。又指用

泥土燒成的，例如：瓦器｜瓦盆。

普通話又作電的功率單位瓦特的簡稱。**廣州話**指電燈的功率時多說"火"，也說"瓦"（參看"[P25]火"條）。

（二）⑧ wà ⑧ nga⁵

指蓋瓦，鋪瓦。例如：房頂明天瓦（wà）瓦（wǎ）｜瓦刀。**廣州話**沒有這樣的說法。

世界　⑧ shìjiè ⑧ sei³gai³

兩種話都指：①自然界和人類社會的一切事物的總和。②地球上所有地方。③社會的形勢、風氣。例如：現在這個世界是要講公正平等的。④人的某種活動範圍，領域。例如：內心世界｜海底世界｜兒童世界。

廣州話又指：①日子，生活光景。例如：歎世界[享受生活]｜捱世界[熬艱辛日子]｜幾十年世界[幾十年的光景]｜而家真係好世界[現在日子真好啊]！②錢財，財富。例如：撈世界[找錢；謀生]｜佢老豆留落大把世界[他父親留下大量財富]。③機會。例如：嗰度大把世界[那裏很多機會]。④美好前程。例如：你重後生，大把世界[你還年輕，前程遠大]。

本心　⑧ běnxīn ⑧ bun²sem¹

兩種話所指完全不同。

普通話指本來的心願。例如：出於本心他一直堅持着｜他本心做個醫生，後來卻當了記者。

廣州話卻指良心。例如：做人要有本心[做人要有良心]｜靠本心做嘢[憑良心做事]。

本事　⑧ běnshi ⑧ bun²xi⁶

兩種話都指本領。例如：有本事｜本事大。

普通話還指戲劇的重要內容說明書。

廣州話還指能幹，有能耐。例如：佢真本事[他真能幹]｜嗰都做得到，真本事[這樣都能做到，真有能耐]。

可　⑧ kě ⑧ ho²

表示同意，許可或可能。又表示值得，例如：可愛｜可憐｜可悲｜可貴。

普通話"可"可作連詞，相當於"可是"。又可作副詞，有加強語氣作用，例如：那裏的風景可美哪！｜都瞧不起他，可誰真正了解他呢！｜派他去他可答應？**廣州話**沒有這樣的用法。

廣州話還可作歎詞，有希望對方同意自己意見的意思。例如：係嗽可[是這樣啊]｜行嗰邊可[走那邊啊]｜你琴日去過可[你昨天去過了吧]？

左近　⑧ zuǒjìn ⑧ zo²gen⁶

兩種話都指附近。例如：學校左

近有一家書店。

廣州話 又表示大致是這個數量，相當於 "上下，左右"。例如：呢個木箱 40 斤左近啦 [這個木箱 40 斤左右吧] | 嗰個人 50 歲左近 [那個人 50 歲上下]。

石　(一) 🔊 dàn (古讀 shí)　🔊 ség⁶

容量單位，10 斗為 1 石。

(二) 🔊 shí　🔊 ség⁶

指石頭。又指石刻，古代治病的石針等。

廣州話 又表示手錶上的鑽。例如：21 石手錶 [21 鑽的手錶]。

石山　🔊 shíshān　🔊 ség⁶san¹

指石頭山。

廣州話 又指人工做的假石山，包括盆景裏的小石山。

平　🔊 píng　🔊 ping⁴

表示：①平坦，不傾斜。又表示使平坦。②兩相比較沒有高低先後。例如：平輩 | 平局 | 平起平坐。③公平，平均。例如：平分 | 不平則鳴。④安定，寧靜。例如：太平 | 平穩 | 風平浪靜。⑤平定，平息。例如：平亂 | 平叛 | 平息怒火。⑥普通的，一般的。例如：平凡 | 平時 | 平信。

廣州話 讀 péng⁴ 時表示便宜（價錢低）。例如：平沽 [低價出賣] | 又平又靚 [又便宜又好]。

【丨】

卡　(一) 🔊 kǎ　🔊 ka¹

用於卡片、磁卡、卡車、卡通等詞。

廣州話 指：①火車車廂，車皮。例如：貨卡 [貨運火車] | 餐卡 [餐車]。②指餐飲店或火車廂裏用板障等分隔開的座位。例如：卡位。③量詞，用於車廂、車皮。例如：一卡貨 || 呢列火車有十二卡 [這列火車有十二個車廂] | 我喺第八卡 [我在八號車廂]。

(二) 🔊 qiǎ　🔊 ka¹

兩種話都指：①檢查站，崗哨。例如：關卡 | 稅卡 | 邊卡。②夾在中間，不能活動。例如：魚刺卡在喉嚨裏。③阻擋，留住。例如：卡住敵軍的補給通道 | 把不必要的開支都卡下來。

普通話 還指：①用手的虎口緊緊按住。例如：卡住敵人的脖子。**廣州話** 口語説 "撳 (nin²)" 不説 "卡"。②夾東西的器具。例如：髮卡。廣州話説 "夾" 不説 "卡"。

凸　🔊 tū　🔊 ded⁶

指比周圍高。例如：凸起 | 凹凸不平 | 凸透鏡。

廣州話 又指：①數量超過，有富餘。例如：拎一百文去買夠有凸咯 [拿一百塊錢去買足夠有餘了] | 呢啲木料鬥個櫃，夠有凸啦 [用這些木料造一個櫃子，足夠有餘了]。②鼓出。例如：凸眼金魚

[鼓起眼睛的金魚]｜肚腩凸出 [肚子鼓起來]。

申　魯 shēn　粵 sen¹

表示説明，表明。例如：申述｜重申。

廣州話又表示折合，折算。例如：1磅申成斤係幾多呀 [1磅折合成斤是多少]？｜由英尺申成米，你嚟申一下 [由英尺折合成米，你來折算一下]。

田雞　魯 tiánjī　粵 tin⁴gei¹

指一種外形略像雞而體形略小的鳥。又通稱青蛙。

廣州話指可供食用的大青蛙。

由　魯 yóu　粵 yeo⁴

兩種話都表示：①原因，緣由。例如：事由｜由頭｜理由。②經由，經過。例如：由此路進｜必由之路。③順隨，聽從。例如：由着性子｜由不得你。④歸（某人去做）。例如：由你負責設計｜由他當組長。⑤憑藉。例如：由此可見他的真正用意。⑥起點。例如：由這裏出發｜由南到北。

廣州話又表示任由，隨。例如：由得你啦 [隨你便吧]｜唔見咗就由佢啦 [不見了就算了吧]。口語多讀 yeo⁴⁻²。

叻　（一）魯 lè　粵 lig¹

指新加坡。我國僑民稱新加坡為

"石叻""叻埠"。

（二）魯 —　粵 lég¹

廣州話表示聰明能幹，棒。例如：呢個細路真叻，一學就會 [這小孩真聰明，一學就會]｜唱歌跳舞佢最叻 [唱歌跳舞她最能幹]。**普通話**沒有這樣的説法。

四方　魯 sìfāng　粵 séi³fong¹

指東、南、西、北，泛指各處。

普通話又指正方形或立方體的。

廣州話一般指正方形，例如：四方形 [正方形]｜四方嘫 [四方框框]｜四方凳 [凳面四方形的凳子]｜砌四方城 [打麻將]。少指立方體。

四周　魯 sìzhōu　粵 séi³zeo¹

指周圍，即圍繞中心的部分。

廣州話又指到處。例如：四周嗽揾 [到處找]｜呢啲嘢四周都有 [這些東西到處都有]。

【丿】

生　魯 shēng　粵 sang¹

兩種話都表示：①生育，出生。②生命，生存，生平。③生長，生計。④（果實）未成熟。⑤未煮熟的。⑥未進一步加工的，未經鍛煉的。例如：生鐵｜生漆｜生石灰。⑦生疏，不熟練。例如：生字｜面生｜生手。⑧生硬，勉強。例如：生搬硬套｜生造。⑨學習的人。例如：學生｜畢業生｜門生｜生徒。⑩舊指讀書人。例如：書生｜儒生。⑪戲曲角色行當，扮演男子。例如：老生｜武生｜小生｜鬚生。⑫某些指人的名詞後綴。例如：醫生。

兩種話還指：①活的，具有生命力的。例如：生物｜生豬｜生龍活虎。在口語中，**普通話**多説"活"，**廣州話**多説"生"。例如**普通話**説"這條魚是活的"，**廣州話**口語則説"條魚係生嘅"。②產生，滋生。例如：生病｜生疑｜觸景生情｜惹是生非。表示這一意思的有些詞語，**普通話**口語多説"長（zhǎng）"，**廣州話**還是説"生"，例如**普通話**説"長瘡｜長滿了草｜長蝨子"，**廣州話**則説"生瘡｜生晒草｜生蝨乸"。③生育自己的。例如：生父｜生母。**廣州話**僅用於書面語，口語則説：親生老豆｜親生老母。

普通話還有：①用在某些表示感情、感覺的詞的前面，表示程度深，相當於"很，甚"。例如：生怕｜生恐。②作某些副詞的後綴，表示加重語氣。例如：好生｜怎生。③表示使燃燒，例如：生火｜生爐子。以上**廣州話**很少這樣説。

廣州話又表示：①某些用來生吃的食物。例如：魚生 [生魚片] ｜蝦生 [拌活蝦]。②"先生"的省稱。用於口語。前面需加對方的姓氏，例如：趙生｜李生；不知道對方姓氏時，可稱"阿生"，例如：阿生，有乜可以幫到您 [先

生，有甚麼需要幫忙嗎]？

生人   🔤 shēngrén   🔤 sang¹yen⁴

指陌生人，不認識的人。

普通話又指（人）出生，例如：他1990年生人。**廣州話**沒有這樣的用法。

廣州話又指活人（與"死物、死人"相對），用於幾個俗語。例如：生人勿近 [活着的人不宜接近。形容人十分兇惡] ｜生人唔生膽 [形容人膽小] ｜生人霸死地 [指霸佔着地方而不作為]。

生水   🔤 shēngshuǐ   🔤 sang¹sêu²

指沒有燒開過的水。

廣州話指：①活水（與"死水"相對）。例如：呢個人工湖有生水入 [這個人工湖有活水注入] ｜呢池係生水定死水 [這一池是活水還是死水]？②芋頭等煮熟後硬而不爛。例如：生水芋頭。

生油   🔤 shēngyóu   🔤 sang¹yeo⁴

指沒有煉過的食用油。

廣州話又指花生油。

生性   🔤 shēngxìng   🔤 sang¹xing³

指從小養成的性格、習慣。例如：生性耿直｜生性活潑。

廣州話又指懂事，一般用於青少年，例如：佢個仔好生性 [她的兒子很懂事] ｜咁大個仔重唔生性 [這麼大了還不懂事]。引申指有出

息，爭氣，例如：你應該生下性咯［你該爭點氣了］。

失音　∰ shīyīn　∰ sed¹yem¹

指發音障礙，説話時聲音微弱，聲調變低，甚至發不出聲音。

廣州話 又指：① 不敢出聲。例如：嚇到佢失音［嚇得他不敢吭聲］。②失去音信，無消息。例如：佢失音好耐咯［已經很久沒有他的音信了］。

失真　∰ shīzhēn　∰ sed¹zen¹

指形象、聲音、語言內容等跟原來的不一致。例如：聲音失真｜傳寫失真。

廣州話 又指不搭配，不相稱。例如：上面着西裝，下面着波鞋，失真咯［上面穿西服，下面穿球鞋，太不搭配了］｜間屋裝修陳設都幾好，就係呢張爛沙發失真［房子裝修陳設都很好，就是這張破沙發不相稱］。

失禮　∰ shīlǐ　∰ sed¹lei⁵

指違背禮節，沒禮貌。又指失敬。

廣州話 用作客套話，表示不成敬意或不像樣子。例如：啲咁多嘢，失禮晒［一點點東西（禮物），不成敬意］｜獻醜嘅嘑，失禮失禮［獻醜罷了，不像樣子］！

廣州話 又表示丟臉，失面子。例如：噉搞法，好失禮人㗎［這樣做，很丟人啊］｜你噉做就失禮佢嘞［你這樣做就丟他的臉了］。

禾　∰ hé　∰ wo⁴

普通話 指禾苗，即穀類作物的幼苗，特指水稻的植株。

廣州話 指水稻。例如：種禾［種水稻］｜割禾［割水稻］｜禾田［稻田］｜禾稈［稻草］。

仗　（一）∰ zhàng　∰ zêng⁶

兵器的總稱。又指拿着（兵器），例如：仗劍。還指憑藉，依仗，例如：仗勢欺人｜狗仗人勢。

（二）∰ zhàng　∰ zêng³

指戰爭或戰鬥，例如：打勝仗｜大家都有信心打好冬修水利這一仗。

廣州話 又作量詞，用於動作的次數，相當於次，回，趟。例如：呢仗又係佢第一［這次又是他第一］｜睇過一仗［看過一回］｜你就去一仗啦［你就去一趟吧］。

仙　∰ xiān　∰ xin¹

指仙人，神仙，神話或宗教指長生不老、神通廣大的人。

廣州話 又指銅圓，銅子兒。是英語 cent 的音譯。

白粉　∰ báifěn　∰ bag⁶fen²

白色的粉末，一般指白色的化妝粉。

廣州話 又指毒品海洛因。**普通話**

叫"白麵兒"。

白菜　⊜ báicài ⊜ bag⁶coi³

一種常見蔬菜，草本，一年生或二年生。**普通話**與**廣州話**所指範圍不同。

普通話"白菜"指的是一個總類，包括白菜的各個品種及變種，如大白菜、小白菜、塌棵菜、菜薹等。通常特指大白菜。大白菜是我國北方主要蔬菜，葉片薄而大，橢圓或長圓形，俗稱黃芽菜。

廣州話"白菜"一般指小白菜。小白菜是我國南方主要蔬菜，葉子直立，綠色，莖白。其中葉柄肥厚呈勺形的叫"匙羹白"。而白菜的其他品種則另有稱呼，如：大白菜叫"黃芽白"或"紹菜"，塌棵菜叫"矮腳白菜"，菜薹、拗心白菜叫"菜心"。

白話　⊜ báihuà ⊜ bag⁶wa⁶

指**普通話**的書面形式。與"文言"相對。

普通話"白話"另一個同形詞的詞義是，指不能實現的或沒有根據的話。例如：空口說白話。**廣州話**沒有這樣的說法。

廣州話的"白話"讀 bag⁶wa⁶⁻² 時還指：①以廣州話為代表的"廣府話"，往往特指**廣州話**。例如：講白話大家聽唔聽得懂[講**廣州話**大家聽得懂嗎]？②指廣西東南部的粵方言。**普通話**沒有這樣的叫法。

仔　（一）⊜ zǎi ⊜ zei²

普通話同"崽"。指兒子。又指幼小的動物。該詞來自方言。

廣州話指兒子。又指：①男孩。例如：呢個仔真叻[這個男孩真聰明]｜百厭仔[淘氣鬼]｜跳皮仔[調皮鬼]。③嬰兒（不分性別）。例如：臊蝦仔[嬰兒]｜牙呀仔[嬰兒]｜啤啤仔[嬰兒]。④用在指人的名詞後面，表示小稱或愛稱。例如：姑娘仔[小姑娘]｜姨仔[小姨子]｜叔仔[小叔子]｜哥仔[小伙子，小男孩]｜姐姐仔[小姑娘]。⑤具有某些特徵、職業、身份、性格、嗜好的人。例如：叻仔[聰明的孩子]｜四眼仔[戴眼鏡的人(含貶義)]｜打工仔[務工的人]｜街市仔[菜市場裏擺攤的人]｜打仔[打手]｜馬仔[惡霸的爪牙，嘍囉]｜賭仔[參賭的人]｜世界仔[善於交際應酬的人]。⑥相熟的年輕男性互稱（帶上對方的姓或名字中的一個字，有時或加"亞"）。例如：陳仔｜堅仔｜亞雄仔。⑦某些"戶"。例如：客仔[客戶，顧客]｜耕仔[佃戶]｜債仔[債戶，欠債的人]。⑧用在地名之後，表示某地方的人（含貶義）。

（二）⊜ zǐ ⊜ ji²

指幼小的（牲畜、家禽等）。例如：仔豬｜仔雞。

（三）⊜ zī ⊜ ji¹

用於"仔肩"一詞，指所負擔的責任。

瓜   普 guā 粵 gua¹

統稱一類果實可以吃的蔓生植物，如黃瓜、西瓜、南瓜等。

廣州話還用"瓜"來戲稱死。例如：嗰個衰神瓜咗咯 [那個壞傢伙完蛋了]。又叫"瓜柴、瓜得、瓜直、瓜老襯"等。

令   普 lìng 粵 ling⁶

指命令，時令。又表示美好。又作敬辭，用於對方的親屬和有關係的人。

又表示使，使得。**普通話**多用於書面語，例如：令人振奮｜利令智昏。**廣州話**口語也經常使用。例如：令我難做 [使我為難]｜令我激氣 [使我生氣]。

廣州話還表示導致。例如：佢一句話就令雙方談判破裂 [他一句話就導致雙方談判破裂]｜飼料缺乏令肉價大漲。又説"令到"。

甩   普 shuǎi 粵 led¹

"甩"在**普通話**和**廣州話**裏是截然不同、互不相關的兩個詞，僅僅是詞形相同而已。

普通話的"甩"有以下含義：①揮動、擺動、掄。例如：甩手運動｜甩開膀子大幹。②用甩的動作扔、丟。例如：甩包袱｜甩手榴彈。③拋開，使落在後面。例如：他已經把身後的選手甩開十多米遠｜長途汽車甩客。以上這些含義**廣州話**的"甩"都不具有。

廣州話借用了這個"甩"字，使它變成方言詞，表示以下的意思：①脫落，掉。例如：牆上張畫就快甩喇 [牆壁上那幅畫快掉下來了]｜曬甩咗一層皮 [曬脫了一層皮]｜甩銔 [脫臼]。②斷開，脫離。例如：件衫甩咗粒紐 [衣服掉了一顆鈕子]｜畀佢走甩咗 [讓他跑掉了]。③消淡。例如：甩色 [掉色]。以上這些含義**普通話**的"甩"也都不具有。

甩手   普 shuǎishǒu 粵 lêd¹seo²

普通話指手前後擺動。又指扔下不管，例如：甩手不幹。**廣州話**口語沒有這樣説法。

廣州話表示脫手，多指貨物賣出。例如：呢批貨甩手，就有資金周轉咯 [這批貨賣出去，就有資金周轉了]｜你件嘢甩咗手未 [你那件東西脫手沒有]？

犯   (一) 普 fàn 粵 fan⁶

"犯"作動詞時，表示違犯、觸犯、侵犯等意思。

普通話"犯"常表示人出現某種毛病。例如：他愛犯懶｜你又犯迷糊了｜老毛病又犯了。

廣州話的"犯"還有妨的意思，即迷信的人認為另一人或物對某人不利。例如：佢話屋企種呢種花犯佢，要將花搬出去 [她説家裏種這種花對她不利，要把花搬出去]。

    (二) 普 fàn 粵 fan⁶⁻²

"犯"作名詞時，表示罪犯、犯

人。例如：主犯｜搶劫犯。

普通話"犯"作名詞一般不單用。**廣州話**可以單用。例如：將個犯押番監倉 [把那個罪犯押回監獄去]｜個犯年紀唔算大 [這個犯人年齡不算大]。

外出　　粵 wàichū　粵 ngoi⁶cêd¹

普通話指到外面去。特指到外地去，例如：外出打工。

廣州話作方位詞，指外面。例如：外出落緊雨 [外面在下雨]｜住喺外出 [住在外面]。

外家　　粵 wàijiā　粵 ngoi⁶ga¹

普通話指：①外祖父、外祖母家。②書面語又指岳父母家。③娘家。這意義來自方言。④舊時已婚男子在自己原來的家以外另成的家。⑤與有妻男子另外成家的婦女叫做那個男子的外家。

廣州話指娘家。

外埠　　粵 wàibù　粵 ngoi⁶feo⁶

普通話指本地以外較大的城鎮。

廣州話指國外的城市。有時又泛指外國，例如：過外埠 [出國]｜佢細佬去外埠好耐咯 [他弟弟出國很久了]。

冬　　粵 dōng　粵 dung¹

指冬季。例如：秋去冬來｜過冬。

廣州話又特指冬至。例如：今日係冬 [今天是冬至]｜冬大過年 [俗語。過冬至比過年還重要]。

包　　粵 bāo　粵 bao¹

兩種話都表示以下意思：用紙、布等裹東西；裹好的東西；裝東西的口袋；包圍，容納；全部承擔；擔保，管保等。

物體或身體表面上鼓起的疙瘩，**普通話**叫"包"，**廣州話**則多叫"瘤"。例如，**普通話**說"樹幹上有個大包｜頭上撞起一個包"，**廣州話**則說"樹身上面有個瘤｜頭殼扻出個瘤"。

"包"兩種話都可用於罵人。但是所配搭的詞不同，語氣輕重也不同（**廣州話**一般語氣要重些）。例如：**普通話**的"壞包兒｜淘氣包兒｜病包兒"；**廣州話**的"衰女包 [討厭的女孩，壞丫頭]｜死仔包 [該死的男孩]｜喊包 [愛哭的倒楣鬼]"。

廣州話的"包"還有兩個意思：①包圓兒，即把所有的貨物或剩下的貨物全部買下。例如：呢批貨我包晒佢 [這批貨我包圓兒了]｜剩番唔多，你包晒佢啦 [剩下的不多了，您包圓兒吧]。②表示最後一個完成某事，一般用於"包尾、包枱"兩詞（**普通話**叫"壓尾、壓桌"）。這兩個意思，**普通話**一般不單用"包"。

包保　　粵 bāobǎo　粵 bao¹bou²

兩種話都表示作出某種保證，但用法上有細微差別。

普通話的"包保"表示承攬某一或某方面任務並保證完成。例如：包保這村子的群眾脫貧。

廣州話的"包保"表示準保，管保，保證，所保證的內容要寬些。例如：包保你滿意 [保證您滿意]｜下晝包保落雨 [下午準保有雨下]｜聽我話包保你冇錯 [聽我的話管保你沒錯]。一般多用"包"。

【、】

半　⓹ bàn　⓺ bun³

普通話指二分之一。也表示"在……中間"或"不完全"。

廣州話單用時與普通話含義和用法相同。但是，如果用在兩個相反的形容詞之前，則相當於普通話的"半……不……"或"半……半……"。例如：半親疏 [半親不疏]｜半鹹淡 [半鹹不淡]｜半新舊嘅衫褲 [半新不舊的衣服]｜飯煮到半生熟 [飯煮得半生不熟]｜半肥瘦嘅豬肉 [半肥半瘦的豬肉]。普通話一般不這樣使用。

【一】

尻　⓹ kāo　⓺ geo¹

古書上指屁股。

廣州話借指男性生殖器（粗話）。

出山　⓹ chūshān　⓺ cêd¹san¹

指長者或有一定名望的人出來擔任某一職務或從事某項工作。例如：大家請您出山擔任理事長。

廣州話又指出殯。

出車　⓹ chūchē　⓺ cêd¹cé¹

指開出車輛。

廣州話舊時還指當妓女（婉詞）。

出身　⓹ chūshēn　⓺ cêd¹sen¹

指個人早期的經歷或由家庭所屬階層所決定的身份。例如：學生出身｜出身貧寒｜出身於書香世家。

廣州話還指年青人自立，進入社會參加工作。例如：孫仔孫女都出晒身咯 [孫兒孫女都自立了]｜你嘅仔出身未呀 [你的兒子出來工作了嗎]？

出面　⓹ chūmiàn　⓺ cêd¹min⁶

指出頭，即親自出來或以某種名義出來做某事。例如：由你出面談判｜這事非你出面不可。

廣州話還表示把內心情感表露在表情或形體上。例如：佢嬲到出面 [他氣得臉色都變了]｜做到出晒面 [做得太露骨]。

出恭　⓹ chūgōng　⓺ cêd¹gung¹

普通話指排泄大小便。多用於書面語。

廣州話口語常用，只指大便，一般不指小便。

出氣　⊜ chūqì　⊜ cêd¹héi³

指發泄怨氣。

廣州話"出氣"還用於表示：①返潮（指乾了的食物因吸收了空氣中的水分而變軟）。例如：餅乾出咗氣咯 [餅乾皮了]。②泄氣，跑氣。例如：嗰樽汽水出晒氣咯 [那瓶汽水跑了氣了]。

奶奶　⊜ nǎinai　⊜ nai⁵⁻⁴nai⁵⁻¹

指祖母。又指跟祖母輩分相同或年紀相仿的婦女。

廣州話讀 nai⁵⁻⁴nai⁵⁻² 時是媳婦對婆婆的面稱，不過現已少用，多隨丈夫稱"媽"。舊時女僕稱呼女主人也叫"奶奶（nai⁵⁻⁴nai⁵⁻²）"。

加料　⊜ jiāliào　⊜ ga¹liu⁶⁻²

指增添原料。又指原料比一般用得多、品質比一般好的製成品。

廣州話"加料"多指增加分量。例如：呢碟餸係加料嘅 [這盤菜是加大了分量的]｜教練專門為佢加料 [教練專門為他增加訓練內容]。

皮　⊜ pí　⊜ péi⁴

①指人或生物體表面的一層組織。例如：牛皮｜樹皮｜蕎麥皮。②指皮革，皮毛。③物體的表面。④包或圍在外面的一層東西。例如：包袱皮兒。⑤某些薄片的東西。例如：豆腐皮｜鐵皮。⑥頑皮。例如：這孩子太皮。

⑦因經歷多了而滿不在乎。例如：他被罵皮了。

普通話又表示：①有韌性的。例如：皮糖｜皮紙。②酥脆的東西受潮後變韌。例如：花生放皮了。**廣州話**沒有這樣說法。

普通話又指橡膠，例如：橡皮｜皮筋｜皮管。**廣州話**橡膠叫"膠"，例如：膠鞋｜膠管｜膠擦 [橡皮]。

廣州話又表示水邊，近水的地方，但僅限於下面兩詞：海皮 [海濱]｜河皮 [河濱]。

廣州話又作量詞。①俗指元，塊錢。例如：三幾皮 [三幾塊錢]｜五皮嘢 [五塊錢]｜百零皮 [百來塊錢]。②指圓形物體周邊的一圈。例如：呢個缸比嗰個大一皮 [這個缸比那個大一圈]｜病咗一輪，瘦咗一皮 [病了一番，瘦了一圈]。③指等級，級別。例如：你共佢差減一皮 [你跟他差了一個級別]｜佢叻你一皮 [他比你更能幹]。④一定的差距。例如：睇差一皮 [看走了眼；估計錯了]。

廣州話變調讀 péi⁴⁻² 時，表示：①皮貨，皮子，皮桶子。②皮革製成的衣服。例如：着皮 [穿皮衣服]。③本錢，本兒。例如：幾多至夠皮 [多少才夠本兒]？｜落重皮 [下大本錢]｜慳皮 [省錢]。④引申指基本要求的滿足。例如：食到夠皮 [吃個夠]。

幼 ⓟ yòu ⓖ yeo³

表示：①年紀小。例如：幼兒｜幼年。②未長成。例如：幼苗｜幼蟲。③小孩，少兒。例如：男女老幼｜扶老攜幼。

廣州話表示細（跟"粗"相對）。例如：幼沙［細沙］｜幼冷［細毛線］｜嗰條棍幼啲［那根棍子細一點］。又説"幼細"。

---

6 畫

【一】

圩 （一）ⓟ wéi ⓖ wei⁴

普通話指圩子，又作"圍子"，即圍繞房屋、田地等修建的防水堤壩。

廣州話作"圍"。

（二）ⓟ xū ⓖ hêu¹

是"墟"的簡化字，古書中作"虛"。

廣州話指集市。例如：圩市［集市］｜趁圩［趕集］｜圩日［集日］。**普通話**這樣的説法都來自方言。

扤 ⓟ wù ⓖ ed¹ 又 nged¹

普通話指杌子，即矮小的凳子。

廣州話借指：①塞，擠，壓。例如：將啲嘢通通扤晒入個袋度［把東西通通塞到袋子裏］｜扤實啲［壓緊點］。②強使。例如：一於扤佢要［一定要他要］｜唔好扤佢食喇

［別逼他吃了］。

吉 ⓟ jí ⓖ ged¹

表示吉祥、吉利。

廣州話地區有人用來表示"空"。廣州話"空"與"凶"同音，有的人認為不吉利，便改用"吉"。例如：吉屋［空房子］｜吉車［空車］｜吉手［空手］｜吉身［空身］。

扣 ⓟ kòu ⓖ keo³

兩種話都指：①套住或搭住。②把器物口朝下放置。③扣留。④比喻安上（罪名或壞名義）。⑤繩鈕，紐鈕。⑥從原數額中減去一部分。⑦用力朝下擊打，例如：扣球｜扣籃。

廣州話又指：①用別針固定。例如：搵釦針扣住［找別針別住］。②把手指伸進喉嚨，使嘔吐。

托 ⓟ tuō ⓖ tog³

①指用手掌或其他東西向上承受物體。②指托子，座兒。例如：茶托｜花托。③陪襯。例如：襯托｜烘托。④委托。例如：托人辦理｜受人之托。⑤推托。例如：托故｜托病｜托詞。⑥依賴。例如：托福｜托庇。⑦假托。例如：托名。（④⑤⑥⑦常作"託"）

普通話兒化後指配合騙子誘人上當的人。例如：醫托｜這個人是個托兒。該詞來自方言。**廣州話**沒有這樣的用法。

廣州話又表示拍馬屁，是"托大腳"的簡說。例如：佢好會托〔他很會拍（馬屁）〕｜佢係靠托起家嘅〔他是靠拍馬屁起家的〕。

圳　⓵ zhèn　⓶ zen³

指田邊的水溝。**普通話**該詞來自方言。

廣州話指引水進田的溝、渠，例如：一條圳〔一條水溝〕｜開圳〔挖水渠〕。又用於地名，例如：深圳｜圳口。

老　⓵ lǎo　⓶ lou⁵

兩種話都指年歲大。又指：①老年人。例如：尊老愛幼｜趙老。②存在已久的，原來的。例如：老朋友｜老脾氣｜老習慣｜老辦法。③陳舊的，過時的。例如：老房子｜老腦筋。④（蔬菜）長得過了適口的時期，（食物）煮得過了火候。例如：芥菜太老了｜牛肉炒老了。⑤富有經驗，老練。例如：老手｜老到｜老於世故。⑥很，極。例如：老早｜老遠的地方。⑦衰老。例如：歲月催人老｜這半年他老得很快。⑧婉辭，指老人去世（**普通話**必帶"了"，**廣州話**必帶"咗"）。⑨前綴，用於稱人、排行次序、某些動植物名。例如：老劉｜老表｜老三｜老鼠｜老玉米。

普通話又表示：①經常，很久。例如：得獎的老是他｜這幾天老不見他。②總，一直。例如：不要老以為自己正確｜這幾天老颳風。**廣州話**很少這樣說，一般說"總"

或"總係"。

普通話還表示排行在末了的。例如：老兒子｜老閨女｜老妹子。**廣州話**不用"老"，用"孻（lai¹）"。

廣州話還表示（秤）大。例如：呢把秤好老，每斤少一兩〔這桿秤很大，每斤少一兩〕。

老大　⓵ lǎodà　⓶ lou⁵dai⁶⁻²

形容年老。又指排行第一的人。還是某些幫會或黑社會團夥對首領的稱呼。

普通話還表示很，非常，多用於否定式。例如：心中老大不忍｜他老大不高興。**廣州話**沒有這樣用法。

廣州話舊時又指自家的老人。例如：我屋企老大幾好〔我家裏的老人很好〕。現在多說"老人"。**普通話**沒有這說法。

老手　⓵ lǎoshǒu　⓶ lou⁵seo²

指對於某種事情富有經驗的人。例如：種地老手｜開車老手｜刀筆老手。

廣州話又作形容詞，形容有經驗，熟練。例如：影風景相佢好老手〔拍風景照他很有經驗〕｜處理呢啲問題，冇人有佢咁老手〔處理這些問題，沒有人比他熟練〕。

老公　（一）⓵ lǎogōng　⓶ lou⁵gung¹

指丈夫。**普通話**的"老公"來自方言。

廣州話"老公"原用於背稱，後也作面稱。

（二）⟨普⟩ lǎogong ⟨粵⟩ lou⁵gung¹

普通話指太監。廣州話口語沒有這說法。

老兄　⟨普⟩ lǎoxiōng ⟨粵⟩ lou⁵hing¹

是男性的朋友或熟人相互間的尊稱。

廣州話模仿普通話讀音說成"撈松"（lao¹sung¹）時意思起了變化，指說普通話的外省人（略含輕蔑意）。並仿造出"撈佬"（lao¹lou² 說北方話的男人）、"撈妹"（lao¹mui⁶⁻¹ 說北方話的女孩）、"撈仔"（lao¹zei² 說北方話的男孩）等詞。

老外　⟨普⟩ lǎowài ⟨粵⟩ lou⁵ngoi⁶

戲稱外國人。

普通話又指外行。例如：這方面我是個老外。

廣州話變調讀 lou⁵ngoi⁶⁻² 時是對岳父的戲稱（背稱）。

老母　⟨普⟩ lǎomǔ ⟨粵⟩ lou⁵mou⁵⁻²

普通話指年老的母親。

廣州話指母親，不管年輕的還是年老的。多用於背稱。

老伯　⟨普⟩ lǎobó ⟨粵⟩ lou⁵bag³

普通話用於尊稱父親的朋友或朋友的父親。也用於尊稱老年男子。

廣州話只用於尊稱老年男子。也叫"亞伯"。

老身　⟨普⟩ lǎoshēn ⟨粵⟩ lou⁵sen¹

普通話用作老年婦女的自稱。多見於早期白話。

廣州話指植物因生長時間長而顯得成熟或結實。呢只瓜咁老身，可以做種 [這個瓜老一點，可以做種]。

老表　⟨普⟩ lǎobiǎo ⟨粵⟩ lou⁵biu²

普通話指表兄弟。廣州話所指包括表兄弟、表姐妹（不論姑表、姨表）。

普通話還用於對年齡相近的陌生男子的客氣稱呼。這用法來自方言。廣州話沒有這樣用法。

"老表"還是江西省以外的人對江西人的戲謔稱呼。

老鄉　⟨普⟩ lǎoxiāng ⟨粵⟩ lou⁵hêng¹

指同鄉。又作對不知姓名的農民的稱呼。

廣州話又指土包子，土氣的人，帶輕蔑意，例如：正一大老鄉 [就是一個土包子] || 成個老鄉樣 [完全像個土包子]。還形容人土頭土腦，土，例如：佢好老鄉嘅 [他土頭土腦的] || 着起呢脫衫真老鄉 [穿起這套衣服真夠土的]。

老爺　⟨普⟩ lǎoye ⟨粵⟩ lou⁵yé⁴

舊社會對官吏及有權勢的人的稱

呼。又舊社會官僚、地主等有權勢人家的僕人等稱男主人。又比喻陳舊的、式樣老的（車、船等），例如：老爺車｜老爺機器。

普通話又指外祖父，也叫"姥爺"。**廣州話**沒有這樣的用法。

廣州話舊時是兒媳稱呼公公（背稱"家公"）。現多跟丈夫叫"爸爸"。不過港澳地區稱"老爺"仍較普遍。

老媽子　⦿lǎomāzi　⦿lou⁵ma¹ji²

普通話舊時指年齡較大的女僕。現已少用。

廣州話指年老的母親（背稱）。又指家中的老婦人，包括年老的保姆。

老漢　⦿lǎohàn　⦿lou⁵hon³

普通話指年老的男子，也作年老男子的自稱。**廣州話**口語沒有這一說法。

廣州話模仿普通話音調，說成lou⁵hang¹，用來指年老的男子（帶有不尊重意思。一般不自指），相當於"老頭子""老傢伙"。

老實　⦿lǎoshi　⦿lou⁵sed⁶

指誠實。又指循規蹈矩，不惹事。還作婉辭，指人不聰明。

廣州話又指：①顏色、款式樸素大方。例如：呢件衫好老實[這件衣服樸素大方]。②價錢公道。例如：呢個價已經好老實喇，唔能夠再減喇[這個價錢已經很公道

了，不能再減了]。

老頭子　⦿lǎotóuzi　⦿lou⁵teo⁴ji²

普通話指年老的男子，多含厭惡情緒。又妻子稱年老的丈夫。幫會中人用來稱首領。

廣州話又指年老的父親（背稱）。

地　（一）⦿dì　⦿déi⁶

表示地球、地殼、陸地、土地、地板等。又表示地方、地區、地點等。

廣州話又有如下用法：①用在姓氏之後，表示某世家大族。例如：一路到山邊嘅田都係黃地嘅[一直到山邊的田都是黃家的]｜呢間舖頭係陳地嘅[這家店舖是陳家的]。這裏"地"讀déi⁶。②指某一地方。例如：香港地[香港這地方]｜西關地[西關這地頭]｜曬地[曬場]。這裏的"地"讀déi⁶⁻²。

（二）⦿de　⦿一

普通話"地"作助詞。表示它前邊的詞或詞組是狀語。例如：妥善地處理｜竭盡全力地解決問題｜天漸漸地暗下來。

廣州話口語沒有這樣的用法。說以上例子時，一般是把"地"改說為"噉"。

（三）⦿de　⦿déi⁶⁻²

兩種話的"地"都可以用在疊音形容詞後面，但所表示的意思和語法作用都不相同。

普通話疊音形容詞（或多音形容詞，或詞組）加"地"以後，只作狀語。

廣州話疊音形容詞加"地"以後，表示程度輕微、稍微的意思。例如：塊面紅紅地［臉兒有點兒紅］｜我覺得凍凍地［我感覺有點兒冷］｜我有啲怕怕地［我有點兒害怕］。疊音形容詞加"地"一般作謂語或補語。

地下　（一）⓿ dìxià ⓿ déi⁶ha⁶

指地面之下。例如：地下鐵道｜地下商場。又指秘密活動的、不公開的。例如：地下團夥｜地下活動。兩種話沒有差別。

（二）⓿ dìxia ⓿ déi⁶ha⁶⁻²

指地上，地面上，例如：放在地下。又指地板，例如：地下很髒。

廣州話又指樓房的底層，樓下，一樓。例如：我住喺三單元地下［我住在三單元一樓］｜地下近街，嘈啲［樓下近街，吵一點］。

地方　⓿ dìfāng ⓿ déi⁶fong¹

指處所、部位，某一區域，例如：你在甚麼地方？｜甚麼地方不舒服？｜你是甚麼地方的人？又指部分，例如：把錯誤地方指出來。

廣州話又指目的地。例如：到咗地方就打個電話嚟［到了目的地就打個電話來］。

地牢　⓿ dìláo ⓿ déi⁶lou⁴

指構築在地面之下的牢獄。

廣州話指地下室，地窖。例如：地牢商場［地下商場］｜將酒放落地牢度［把酒放到地窖裏］。儲物的地下室又叫"地庫"。

地盤　⓿ dìpán ⓿ déi⁶pun⁴

指所控制的地方，勢力範圍。例如：這是他的地盤｜軍閥爭奪地盤。

普通話又指建築物的地基。這説法來自方言。廣州話沒有這一説法。

廣州話又指建築工地。例如：佢喺地盤做嘢［他在建築工地工作］。

地頭　⓿ dìtóu ⓿ déi⁶teo⁴

指田地的兩端。例如：大家都在地頭休息。廣州話叫"田頭"。

廣州話另指地段（往往從商業角度看）。例如：嗰度地頭好旺，開舖頭唔錯［那裏地段很興旺，開店舖不錯］。又指勢力範圍。例如：呢度係人家嘅地頭［這裏是別人的勢力範圍］。

地膽　⓿ dìdǎn ⓿ déi⁶dam²

普通話指一種為害農作物的小昆蟲，即芫菁。

廣州話指久居某地、對當地情況很熟悉的人。例如：呢度有乜好玩好食，搵個地膽問下［這裏有甚麼好玩的地方、好吃的東西，找個熟悉的人來問一問］。又指當地的地痞頭子。

耳 （普）ěr （粵）yi⁵

指耳朵，人和動物的聽覺器官。引申指形狀像耳朵的東西，例如：木耳｜銀耳。又指位置在兩旁的，例：耳房｜耳門。

廣州話還指器物的提手，把子。例如：鑊耳｜籮耳｜藤唅耳［藤箱提手］｜茶壺耳［茶壺把］。

耳門 （普）ěrmén （粵）yi⁵mun⁴

普通話指大門兩側的小門，正門旁邊的小門。

廣州話指耳朵眼入口的地方。

共 （普）gòng （粵）gung⁶

表示相同的，共同具有或承受，例如：共性｜同甘共苦｜共患難。又作副詞，表示一齊，總計，例如：有目共睹｜同舟共濟｜一共｜總共。

廣州話"共"還表示以下意思：①同，跟，與。例如：呢啲話你可以共佢講［這些話你可以同他說］｜冇人共佢做［沒有人跟他一塊兒幹］。②和。例如：唔知頭共尾［不知道來龍去脈］｜我共佢都受過專業訓練［我和他都受過專業訓練］。③參與，湊。例如：我亦想共一份［我也想湊上一份］。

西裝 （普）xīzhuāng （粵）sei¹zong¹

指西式服裝。有時特指男子穿的西式上衣、背心和褲子。

廣州話又指分頭（男子的一種髮型）。例如：飛個西裝［理個分頭］。

有心 （普）yǒuxīn （粵）yeo⁵sem¹

指有某種心意或想法。

普通話又表示故意。例如：有心搗亂。**廣州話**多說"存心"或"故意"。

廣州話又用於對別人的問候表示感謝。一般單獨使用，也可以在前面加"真、真係、確係"等副詞在句中作謂語。例如：我嘅病好好多喇，有心［我的病好多了，多謝問候］｜咁熱嘅天氣嚟睇我，真係有心咯［天氣這麼熱還來看望我，真謝謝您了］。

有限 （普）yǒuxiàn （粵）yeo⁵han⁶

表示有一定限度。又表示存量不多，程度不高，例如：數量有限｜水準有限。

廣州話表示：①認為某事物性質、程度不理想，帶不滿意情緒。例如：坐呢趟車快極有限［坐這趟車再快也快不到哪裏去］｜佢叻極有限［他再能幹也能幹不到哪裏去］。②一點點，不多。例如：你高過我有限嘅［你比我高一點點罷了］｜佢好人有限［他可不怎麼好］。

有限公司 （普）yǒuxiàn gōngsī （粵）yeo⁵han⁶ gung¹xi¹

即"有限責任公司"，企業的一種

常見的組織形式。

廣州話戲稱東西不多，水準不高。例如：剩番有限公司，唔夠分 [剩下的不多了，不夠分] ｜我睇佢不過係有限公司嘅嘛 [我看他的水準不過如此而已] ｜你都知我嘅專業知識係有限公司啦 [你都知道我的專業知識水準不高嘛]。

有得　⊜ yǒudé ⊜ yeo⁵deg¹

表示有體會，有心得。例如：學習有得｜下鄉有得。

廣州話表示某種情況存在，相當於"有……的"。例如：有得賣 [有賣的] ｜有得你睇 [有你瞧的] ｜呢本書有得借嗎 [這本書有外借的嗎]？

死　⊜ sǐ ⊜ séi²

兩種話都指：①失去生命，死亡。②不活動的，固定的。例如：死心眼｜規定死的｜死水一潭。③不可調和的，解不開的。例如：死對頭｜死敵｜死結。④始終，表示堅決。例如：死不讓步｜死不開口｜死不服輸。⑤熄滅，平息。例如：死灰復燃｜死心。⑥不能通過的。例如：死胡同｜把路堵死。

兩種話都可以表示達到極點，但用法有不同。**普通話**"死"直接作形容詞用，例如：死頑固｜死不要臉。又可用在動詞、形容詞後面，例如：喜歡死他了｜高興死了。**廣州話**口語則多用在形容詞和助詞"到"的後面，例如：熱到死 [熱得要命] ｜孤寒到死 [吝嗇得很] ｜難睇到死 [難看得要命]。

兩種話都可以表示拼死，拚命地，用法也略有不同。**普通話**用在動詞前面，例如：死戰｜死守陣地｜死記硬背。**廣州話**口語卻用"死咁"加上動詞的格式，例如：死咁做 [拚命幹] ｜死咁喊 [不停地哭] ｜死咁咪 [拚命讀書]。

廣州話還表示去，但帶有較重的不滿情緒。例如：佢侵早就唔知死去邊度 [他大清早就不知去了哪裏] ｜佢梗係死咗去賭嘞 [他肯定是賭錢去了]。這是**普通話**沒有的。

死人　⊜ sǐrén ⊜ séi²yen⁴

指死去的人，失去生命的人。

廣州話又表示：①用在指人的名詞前面作罵人語（一般非真罵），相當於普通話的"死"。例如：死人肥佬 [死胖子] ｜死人張三 [死張三]。也説"死"。②糟糕，不好了，完蛋了。例如：死人，鎖匙鎖喺屋企度 [糟糕，鑰匙鎖在屋裏了] ｜嗰份文件唔見咗，呢次死人咯 [那份文件丟失了，這次完蛋了]。

死黨　⊜ sǐdǎng ⊜ séi²dong²

指頑固的反動團體。又指效忠於某人或某團體的亡命之徒。

廣州話又指十分要好的朋友。例如：佢同我係死黨嚟㗎 [他跟我是鐵哥們兒]。

成 （一）chéng xing⁴

表示完成、成功、成全、成為、成果，以及已經定形的等意思。兩種話在用法上完全相同。

普通話還有以下用法：①表示可以、行。例如：成，就按你說的辦｜甚麼時候來都成。②表示有能力。例如：接受這個任務，你成！｜沒有誰說你不成。**廣州話**的"成"沒有這樣用。

（二）chéng qing⁴

十分之一叫一成。兩種話都這樣用。但是**廣州話**要讀 qing⁴。

成日 chéngrì
séng⁴yed⁶ 又 xing⁴yed⁶

表示整天的意思。例如：成日遊手好閒。

廣州話還有老是、總是的意思，多帶不滿或厭惡情緒。例如：腰骨成日痛，點都醫唔好 [腰老是疼，怎麼都醫不好]｜唔好成日怪人哋，要問下自己至得 [不要老是埋怨人家，要自問一下才行]。

成數 chéngshù qing⁴sou³

普通話表示不帶零頭的整數，如八十、一百二十、五萬等。**廣州話**沒有這個說法。

普通話又指比率。**廣州話**也有這用法，但多指成功率，再引申指可能性。例如：我睇呢次成數高 [我看這次很可能成功]｜呢個報告批嘅成數低 [這個報告批准的可能

性小]。

至 zhì ji³

兩種話都表示：①到。例如：自始至終｜至死不渝。②至於。例如：甚至。③達到極點，最。例如：至高無上｜出於至誠｜至遲下周要完成。

廣州話又作副詞，相當於才，再，其作用是：①加強確定的語氣。例如：咪話人，你自己至係傻嘅 [別說人家，你自己才是傻瓜]｜噉做至啱 [這樣做才對]。②強調兩個動作的先後。例如：食完飯至去 [吃完飯再去]｜我翻到屋企至落雨 [我回到家裏才下雨]。③連接兩個事物，表示前者是後者的條件。例如：佢要人齊至講 [他要大家到齊了才說]｜呢啲工人工畀得高至會有人制 [這種工作要工資高才會有人願意幹]。④表示動作或情況出現得晚。例如：乜咁遲至講佢知㗎 [怎麼這麼晚才告訴他]？｜就嚟落班佢至翻嚟 [快下班他才回來]。以上的"至"又可說"先"或"先至"。

至好 zhìhǎo ji³hou²

指最相好的朋友。又叫"至交"。

廣州話又表示：①最好。例如：至好你去 [最好你去]｜至好唔係你 [最好不是你；希望不是你]｜至好噉安排 [最好這樣安排]。②才好。例如：你要小心至好 [你要小心才好]｜有個人陪下佢至好 [有

人陪陪他才好]。③才能夠。例如：水滾至好沖茶［水開了才能沏茶］｜做完功課至好去玩［做完作業才能去玩］。

【丨】

早晨 ⓟ zǎochén ⓖ zou²sen⁴

指從天將亮到八九點鐘的一段時間。

廣州話 裏是人們早上乃至整個上午第一次見面時的問候語，相當於"早上好"。又表示早，例如：你今日嚟得咁早晨呀［你今天來得這麼早］。

曳 ⓟ yè ⓖ yei⁶

表示拖，拉，牽引。例如：拖曳｜搖曳｜棄甲曳兵。

廣州話 讀 yei⁵ 時表示：①劣，次，差。例如：曳貨［劣質貨］｜曳嘢［次東西］｜呢只米好曳［這種米很差］｜成績唔曳［成績不錯］。又音 yei⁴。②淘氣。例如：佢細個嗰陣好曳嘅［他小的時候很淘氣］｜個個都唔曳［個個都乖］。

同 ⓟ tóng ⓖ tung⁴

表示相同，一樣。又表示共同，一齊。還作連詞，表示聯合關係，跟"和"相同。

又作介詞，跟"跟"相同。①引進動作的物件。例如：我先同他商量一下｜同腐敗現象作鬥爭。②引進比較的事物。例如：這個班同那個班條件差不多｜他同我一樣高。③表示與某事有無聯繫。例如：他同這事有點關係。**廣州話**"同"作介詞時又表示替人做事，相當於"給，替"，例如：我同佢站崗［我替他站崗］｜同我攞支筆嚟［給我拿支筆來］。

吊鐘 ⓟ diàozhōng ⓖ diu³zung¹

即吊鐘花，北方又叫"鈴兒花"。一種落葉灌木，早春開花，花形像懸掛着的小鐘。廣州人春節期間喜歡擺在家裏，供觀賞，添喜慶。

廣州話 又指懸雍垂（俗稱"小舌"）。例如：吊鐘都紅晒，梗係喉嚨發炎嘞［小舌都紅了，肯定是喉嚨發炎了］。

因 ⓟ yīn ⓖ yen¹

表示：①憑藉，根據。例如：因勢利導｜因地制宜｜因材施教。②原因。例如：起因｜事出有因｜前因後果。③沿襲。例如：因循守舊｜陳陳相因。

又表示因為，由於。**普通話**多用於書面語，例如：因故延期｜因小失大｜因噎廢食。**廣州話**口語也經常使用，例如：你因乜唔參加呀［你因為甚麼不參加呀］？

廣州話還表示估算，估量。例如：你因一下，睇錢夠唔夠［你估算一下，看錢夠不夠］｜因下呢度有幾闊［估量一下這裏有多寬］。

回　⦿huí　⦿wui⁴

表示答覆，回報，例如：回答｜回信｜回禮｜回敬。還用作量詞，指事情、動作的次數，例如：見過一回｜去過兩回。

普通話還表示：①從別處到原來的地方。例如：回鄉｜放回原處｜氣溫回升。②掉轉。例如：回頭｜回眸｜回過身來。③回稟，向上級或長輩報告。例如：回長官｜回老奶奶。④退回，辭退，謝絕。例如：把送來的禮物全回了｜預定的酒席回了吧｜孩子上幼兒園了，可以把保姆回了。**廣州話**口語很少以上的説法。

廣州話的"回"也和普通話一樣表示退回的意思，例如：回貨［退貨］｜回水［退錢］。但還表示把收受的東西退回一部分。例如：回禮［退回部分賀禮］｜回樽［用完瓶裝的東西後把瓶子退回商家］｜回傭［回扣］。這是**普通話**所沒有的。

肉　⦿ròu　⦿yug⁶

指人和動物的肌肉。又指某些瓜果裏可以吃的部分。

廣州話又指芯兒，瓤。例如：信肉［信封裏的信，信瓤］｜錶肉［手錶內部的機件］｜枕頭肉［枕頭芯］｜戲肉［戲的精彩地方，高潮］。

【丿】

年頭　⦿niántóur　⦿nin⁴teo⁴

指年份。例如：他幹這工作有三個年頭了。

普通話又指：①多年的時間。例如：這個花瓶年頭可不短｜他練習書法有年頭了。②某個特定的社會時期。例如：那年頭，婚姻都由父母包辦｜這年頭生活節奏很快。③年成。例如：今年年頭好，家家都增加收入｜遇上好年頭，畝產可以過千斤。**廣州話**的"年頭"沒有上面這些用法。

廣州話"年頭"又指年初。

先　⦿xiān　⦿xin¹

兩種話都指：①指時間或次序在前的。例如：先進｜先鋒｜人人爭先｜有言在先。②祖先，祖上。例如：先人。③尊稱死去的人。例如：先父｜先烈｜先賢。④暫時，暫且。例如：這事先不考慮。

普通話口語還表示先前，例如：他的字寫得比先好多了｜你先不是這樣説的。**廣州話**沒有這樣的説法。

"先"表示時間在前意思時：①**普通話**把它放在動詞之前，例如：你先走｜我先説兩句。**廣州話**則把它放在動詞之後，例如：你走先｜我講兩句先。②**廣州話**放在時間詞之前時，相當於"前、頭"。例如：先幾日［前幾天；頭幾天］｜先個月［前個月；頭個月］｜先幾年［頭幾年；前幾年］｜先啷排［前段時間］。③**廣州話**又表示暫且，先這樣以後再説。例如：係噉先啦［先這麼着吧］｜攞嚟頂住檔先［拿來湊合用再説］。

廣州話可以作動詞，在比較時表示領先。例如：我哋先過佢哋一步 [我們領先他們一步]｜睇下邊個先 [看看誰領先]。

廣州話又作副詞，表示再，才。例如：落咗班先去 [下了班再去]｜諗清楚先做 [想清楚才幹]｜搞咗三年先完成 [搞了三年才完成]。

先生　⊜xiānsheng ⊜xin¹sang¹

稱老師。又作為對知識分子和有一定身份的成年男子的尊稱。還稱別人的丈夫或對人稱自己的丈夫。

普通話舊時稱管賬的人，又稱以說書、算卦、相面、看風水等為業的人。廣州話沒有這樣的說法。

廣州話又指中醫醫生。

先頭　⊜xiāntóu ⊜xin¹teo⁴

表示時間或位置在前的，例如：先頭出發｜先頭學過這技術｜先頭部隊。又表示前頭，前面，例如：他走在隊伍的先頭。

廣州話又表示剛才。例如：先頭佢嚟過，啱走 [剛才他來過，才走]｜先頭你講乜吖 [剛才你說甚麼來着]？也可以說“頭先”。

竹　⊜zhú ⊜zug¹

指竹子，多年生常綠植物，莖中空有節。

廣州話又指竹竿。例如：攞支竹嚟晾衫 [拿根竹竿來晾衣服]｜支竹放喺門扇底度 [竹竿放在門背後]｜

盲公竹 [盲人用來探路的竹竿]。

自　⊜zì ⊜ji⁶

兩種話都表示：①自己。例如：自愛｜自衛｜自給自足｜自告奮勇。②自然，當然。例如：自不待言｜自當努力｜公道自在人心。③從，由。例如：自小｜自古到今｜自北京來｜出自《論語》。

廣州話又作助詞，經常與否定副詞（咪、唔、唔好、未等）和動詞配合使用，有“先別”、“暫時不”的意思。例如：咪行自 [先別走]｜而家唔講自 [現在暫時不說]｜唔好應承佢自 [先別答應他]｜未食得自 [還不能吃]。

自在　（一）⊜zìzài ⊜ji⁶zoi⁶

表示自由，不受拘束。例如：自由自在｜逍遙自在。

（二）⊜zìzai ⊜ji⁶zoi⁶

普通話表示安逸舒適。例如：小倆口日子過得挺自在。

廣州話表示舒服。例如：呢張馬笝坐得幾自在 [這張躺椅坐着挺舒服的]｜搵到一份自在工 [找到一份清閒舒服的工作]。

自然　（一）⊜zìrán ⊜ji⁶yin⁴

表示：①自然界。②自由發展，沒有人力干預。③理所當然。

（二）⊜zìran ⊜ji⁶yin⁴

表示不勉強，不侷促，不呆板。

例如：他表情很自然，不像在撒謊｜她表演很自然，一點也不做作。

廣州話還表示舒服，舒暢。例如：瞓喺海邊沙灘度曬太陽，夠曬自然 [躺在海邊沙灘上曬太陽，十分舒服]。如果前面加上否定詞，説成"唔自然"，則表示身體不舒服，生病。

血色　⊜xuèsè ⊜hüd³xig¹

指皮膚紅潤的顏色。

廣州話又指氣色。例如：病咗幾日，血色就差好多 [病了幾天，氣色就差了很多]。

似　⊜sì ⊜qi⁵

兩種話都表示：①相像，如同。例如：類似｜近似｜歸心似箭｜驕陽似火。②似乎。例如：似曾相識｜似是而非｜似不足信｜似可試行。③用於比較，表示超過。例如：日子一天好似一天｜生活一年強似一年。**普通話**多用於書面語；**廣州話**口語常用。

廣州話還表示可能（一般前面加"都"，放在句末）。例如：又打乞嚏又流鼻水，感冒都似 [又打噴嚏又流鼻涕，可能感冒了]｜咁耐冇見，唔認得都似 [這麼久沒見面，可能認不出來了]。

行　⊜xíng ⊜heng⁴ 口語hang⁴

兩種話都表示：①行走；行駛。例如：步行｜行車｜飛行｜日行千里。②旅行；跟旅行有關的。例如：行程｜行囊｜西部之行。③流通，傳佈。例如：發行｜行銷｜風行。④流動性的，臨時性的。例如：行營｜行宮｜行商。⑤施行，做。例如：舉行｜執行｜行醫｜行善｜行之有效。⑥進行某項活動。例如：另行處理｜即行查封。⑦行為。例如：品行｜善行｜罪行｜言行一致。⑧將要。例如：行將啟程｜別來行及半載。

普通話又表示：①可以。例如：這樣行不行？｜不説清楚不行。②能幹。例如：你真行，一下子就修好了｜處理這方面的問題，他行。**廣州話**口語沒有這樣説法。

廣州話口語讀hang⁴，指：①走開。例如：行啦，我哋講嘢你唔好聽 [走吧，我們説事情你不要聽]｜行啦你 [去你的吧]。②比喻來往，交往。例如：唔好同佢行 [不要跟他來往]｜同佢行咁埋冇益嘅 [跟他來往太密切沒有好處]。③談戀愛。例如：佢兩個行咗好耐咯 [他倆談戀愛談了很久了]｜佢哋行緊 [他們正在談戀愛]｜佢以前行過一個 [她過去跟一個對象談過戀愛]。

行頭　⊜xíngtou ⊜hang⁴teo⁴

指戲曲演員演出時用的服裝。也泛指服裝（詼諧的説法）。

廣州話又指辦事的門道、門路、章法等。例如：夠行頭 [處事有門路]｜執輸行頭，慘過敗家 [俗語。辦事如果在門道、章法上吃虧了,在總體上就要輸得很慘]。

合手

（普）héshǒu　（粵）gab³seo² 又 geb³seo²

普通話指:①配合順當,例如:這對搭檔很合手。②工具用起來順手,例如:這扳手很合手。這兩個義項,**廣州話**:①項少說"合手"多說"拍檔",②項一般說"順手"。

廣州話的"合手"指的是合力、協力。例如:大家合手嘅話,聽日就可以做完[如果大家共同努力,明天就能完成]｜大家合手做[大家齊心合力幹]。

合計

（一）（普）héjì　（粵）heb⁶gei³

指合起來計算。例如:全校合計八百二十人。兩種話用法一樣。

（二）（普）héji
（粵）gab³gei³⁻² 又 geb³gei³⁻²

普通話指:①盤算。例如:他老合計怎樣解決這個困難。②商量。例如:回去跟大夥合計合計｜大夥一合計,覺得還挺划算。

廣州話沒有①的說法。讀成 gab³gei³⁻²(geb³gei³⁻²) 時意思接近②,但與②仍有較大不同。**普通話**的"合計"(héji) 偏重於交換意見;**廣州話**的"合計"(gab³gei³⁻²) 則強調共同出謀劃策,例如:碰到難題就大家合計解決｜呢件事係唔係你哋合計嘅[這件事是不是你們共同謀劃的]?｜大家合計整蠱佢[大家合謀捉弄他]。

合眼

（普）héyǎn　（粵）heb⁶ngan⁵

普通話指:①合攏眼皮。②睡覺。例如:整晚沒合眼｜合了一下眼。③婉辭,指死亡。

廣州話則是合乎自己的眼光,對眼,看得過去的意思,例如:噉樣擺設幾合眼[這樣擺設對眼]。又表示合意,中意,例如:你覺得合眼就買[你認為合意就買吧]。

企

（普）qǐ　（粵）kéi⁵

表示抬起腳後跟站着,例如:企足而待。現又表示盼望:企盼｜企及｜企求。

廣州話借以表示:①站立。例如:企起身[站起來]｜企埋一邊[站在一旁;站一邊去]｜企唔穩[站不穩]。②立,豎直。例如:啲書企起嚟放[書立着放]｜打企擺[立着放]。③陡,斜度大。例如:樓梯太企,好聲上[樓梯太陡,小心上]｜竹竿唔好放得太企[竹竿不要放得太直]。

廣州話變調讀 kéi⁵⁻² 時,表示家。是"屋企"的省說。例如:翻企[回家]｜喺企[在家]。

多

（普）duō　（粵）do¹

表示數量大,超出原有或應有的數目。例如:人多力量大｜多才多藝｜每畝多打五十斤糧。又表示過分的、不必要的。例如:多手｜多慮｜多心。還表示相差大。例如:這間房子比那間大得多｜修改後比原來好多了。

普通話的"多"放在數量詞後面表示有零頭。例如：一里多路｜三米多高｜二十多歲。其中的"多"**廣州話**都説"幾"或"零 (léng⁴)"，不説"多"。

普通話的"多"作副詞用時，不管是疑問句、感歎句還是陳述句，**廣州話**也不説"多"而説"幾"。例如：她多大年紀？｜這河有多寬？｜這需要多大的氣魄！｜多雄偉！｜多艱難的日子都熬過來了。這些例句裏的"多"**廣州話**都説"幾"。

廣州話的"多"還有其特殊用法：①表示某種情況經常出現。例如：我幫襯呢間超市多 [我經常光顧這家超市]｜放假我都係去圖書館多 [放假我經常上圖書館去]｜喺海邊梗係食海鮮多啦 [在海邊當然是經常吃海鮮了]。②和"唔"組合表示否定，有不太、不大的意思。例如：我唔多會講英文 [我不大會説英語]｜佢講嘅嘢我唔多信 [他説的東西我不大相信]。**普通話**沒有這樣用法。

多口　　⒨ duōkǒu　⒢ do¹heo²

指説了不該説的話。

普通話多説"多嘴"。**廣州話**"多口""多嘴"都説。

普通話又指多個人，如"多口相聲"。**廣州話**沒有這用法。

多少　　⒨ duōshǎo　⒢ do¹xiu²

兩種話都指數量的大小，例如：多少不等｜多少都歡迎。又表示或多或少，例如：他説的多少有點道理｜他多少有些積蓄。還表示稍微，例如：外出打工，他興奮之餘多少有點惆悵。

廣州話有時還表示一些，一點兒，少量。例如：要多少就夠喇 [要一點兒就夠了]｜今日豬肉平咗多少晻 [今天豬肉便宜了一些]。

普通話"多少"還作疑問代詞，用於問數量。例如：你們工廠有多少人？｜你訂了多少份雜誌？又表示不定的數量。例如：這種貨物你們有多少我們就收購多少｜這群鴨子真能吃，多少飼料都不夠。這兩種情況**廣州話**都不説"多少"而説"幾多"(有時可説"幾")。

多多　　⒨ duōduō　⒢ do¹do¹

普通話"多多"不單獨使用，只用於"多多益善，多多關照"等少數語句裏。這些語句**廣州話**也使用。

廣州話"多多"可以單用，意思上強調程度深，例如：你好過我多多 [你比我強多了]｜呢件事麻煩你多多喇 [這件事太麻煩你了]。此外，"多多"還用於"多多聲"(用於比較，表示很多)、"多多事幹"(事情很多；多管閒事) 等少數詞語，例如：呢個好過嗰個多多聲啦 [這個比那個好多了]｜細路仔唔好多多事幹 [小孩別多管閒事]。這些都是**普通話**沒有的。

多數　普duōshù　廣do¹sou³

指較大的數量。例如：多數人同意｜少數服從多數。

廣州話還指：①多半。例如：禮拜日我多數喺屋企［星期天我多半在家裏］｜呢個時候佢多數去咗健身房［這個時候他多半去了健身房］。②可能性大，大概。例如：佢多數會唔同意［他很可能不同意］｜呢件事多數係佢做嘅［這件事大概是他幹的］。

【、】

冰　普bīng　廣bing¹

指水因冷凝結成的固體。又指像冰一樣的東西。

普通話還表示：①因接觸冷的物體而感覺寒冷。例如：深秋了，河水冰腿。②把東西和冰或涼水放在一起使涼。例如：把西瓜冰一下。**廣州話**沒有①的用法。

廣州話的"冰"還指冷飲、冷食。例如：飲冰［喝冷飲］｜食冰［吃冷食］｜冰室［冷飲店］。

亦　普yì　廣yig⁶

表示也，也是。

普通話僅用於書面語。例如：人云亦云｜亦無不可｜反之亦然。

廣州話口語也經常使用。例如：佢亦係［他也是］｜你參加亦得，唔參加亦得［你參加也行，不參加也行］｜冇人見亦要守規矩［沒人看見也要遵守規矩］。

交關　普jiāoguān　廣gao¹guan¹

普通話指相關聯。例如：性命交關。

廣州話的"交關"指程度深，有"厲害，夠嗆"意思，一般作補語，並且帶貶義。例如：今日熱得交關［今天熱得夠嗆］｜乜事嘈得咁交關［甚麼事吵得那麼厲害］？｜兩個打得好交關［兩個打到不可開交］。

米　普mǐ　廣mei⁵

指稻米，大米。又指小粒細碎像米的東西。

普通話泛指去掉殼、皮的子實或小粒食物。例如：花生米｜高粱米｜菱角米｜蝦米。**廣州話**則不一定稱"米"，如花生米叫"花生仁"，菱角米叫"菱角肉"等。

"米"又指公制長度的主單位。1米等於 100 厘米。**廣州話**口語須讀 mei¹ 音。

字　普zì　廣ji⁶

指文字，字音，字體，字眼。又指書法作品，字據，表字等。

普通話俗指電錶、水錶等指示的數量。例如：這個月電錶走了 45 個字，水錶走了 18 個字。**廣州話**沒有這樣的説法。

廣州話又指 5 分鐘，由鐘錶盤上每 5 分鐘標有一個"字"而來。**廣州話**地區群眾指時間不習慣説"分鐘"，"點"下面分 12 個"字"。例

如：而家三點八個字 [現在三點
四十分] | 差一個字五點 [差五分
鐘五點] | 過兩個字我至去 [過十
分鐘我才去]。

安　⓿ān　⓿on¹ 又 ngon¹

表示安定、安全、安心、安頓、
安裝等意思，還表示外加上、強
加等意思。

普通話的"安"還可以表示存着、
懷着某種念頭（多指不好的）。例
如：他沒安好心 | 你安的甚麼心？
廣州話沒有這樣的用法。

廣州話的"安"另外有捏造、編
造的意思（**普通話**多用"編"）。例
如：生安白造 [無端編造] | 呢件
事係佢安出來嘅 [這件事是他編造
的]。**普通話**的"安"沒有這個意
思。

安樂　⓿ānlè　⓿on¹log⁶ 又 ngon¹log⁶

兩種話都表示安寧而快樂的意
思。例如：安樂生活。

廣州話的"安樂"表示的意義範圍
要大一些。它還含有以下意思：
①心情舒暢，無憂無慮。例如：
佢下半世好安樂 [他晚年很自在] |
有安樂茶飯食就咪咁勞碌啦 [衣食
不愁就別那麼辛苦勞累了]。②安
心。例如：個個仔女都出晒身，
佢而家安樂咯 [個個子女都出來工
作了，他現在安心了]。③懸着的
心可以放下了。例如：聽講佢病
好咗，我個心安樂晒 [聽説他病好

了，我的心可以放下了]。④舒服
（作反語用）。例如：唔將錢輸晒
佢唔安樂 [不把錢全輸光了他就不
舒服]。以上這些含義都是**普通話**
沒有的。

【一】

收　⓿shōu　⓿seo¹

表示收穫，獲得（經濟利益），收
回，收復，接受，結束（工作）
等。又表示逮捕，拘禁。

還表示約束，控制。**普通話**多指
感情或行動，例如：放完假該收
心了 | 他的狂妄有所收斂。**廣州話**
還可更強烈地表示制服，收服，
例如：揾人嚟收你 [找人來收服
你] | 收掂佢 [把他制服]。

廣州話又表示：①藏。例如：收
埋啲嘢 [把東西藏起來] | 啲嘢收
喺邊度 [東西藏在哪裏] ？②收
拾。例如：食完飯收碗 [吃完飯收
拾碗筷]。

收工　⓿shōugōng　⓿seo¹gung¹

普通話指在田間或工地上幹活的
人結束工作。

廣州話又指下班，例如：五點半
收工。還指完工，例如：要下禮
拜至收得工 [要下星期才能完工]。

收口　⓿shōukǒu　⓿seo¹heo²

指編織東西時把開口的地方結起
來，例如：這件毛衣該收口了。
又表示傷口癒合，例如：刀傷收

口了。

廣州話又指閉嘴,停止説話。例如:講咗咁多,好收口囉喎[説了那麼多,該停止了]|叫佢收口[讓他閉嘴]。

收尾　⑪ shōuwěi ⑭ seo¹méi⁵

指結束事情的最後一段,煞尾,例如:工程接近收尾。又指文章的末尾。

廣州話變調讀 seo¹méi⁵⁻¹ 時,表示最後,後來。例如:收尾佢哋表示道歉[最後他們表示道歉]|佢收尾至嚟[他最後才來]|收尾點呀[後來怎麼樣]?

好　⑪ hǎo ⑭ hou²

兩種話含義和用法大致相同。

兩種話的"好"放在形容詞或動詞前面都表示程度深。**普通話**同時帶有感歎語氣。例如:好漂亮|這樓好高|捱了好一頓罵|害得我們好找。**廣州話**表示程度深時,只放在形容詞前面,而且不一定帶感歎語氣。例如:我覺得唔係好靚嘅[我認為並不是很漂亮]|呢棟樓的確好高[這幢樓確實很高]。

普通話的"好"有容易的意思。例如:這種東西好買|這種人才不好找。在一定的語境中還表示以便、便於等意思。例如:把刀磨快了好砍柴|吃飽飯好走路。

廣州話的"好"還表示應該意思,多用於提醒別人。例如:太夜

喇,好瞓覺喇[太晚了,該睡覺了]|好出發囉喎[該出發了]|做咗咁耐,好唞下咯[做了這麼久,該休息一會了]。

好人　⑪ hǎorén ⑭ hou²yen⁴

兩種話的"好人"是名詞。指:①品行好的人,心腸好的人。②沒有傷、病、殘疾的人。③老好人,即不得罪人的人。

廣州話的"好人"還可以做形容詞,形容人人品好、心腸好。例如:佢幾好人㗎[他人品不錯]|佢好好人,實會幫你嘅[他人很好,一定會幫你的]|睇嚟佢好人有限[看來他不是甚麼好人]。**普通話**沒有這樣用法。

好心　⑪ hǎoxīn ⑭ hou²sem¹

指善良的心意。例如:他這樣做是出於好心的|不要辜負大家一片好心。

廣州話的"好心"還表示:①心腸好。例如:佢真好心[他心腸真好]|都係大家好心幫我,我至過得呢個骨[都是大家心腸好幫助我,我才能度過這個難關]。②積德,行好。例如:好心你收聲啦[你積積德吧,別説了]|好心你就幫幫佢[你就幫他一下得了]。

好在　⑪ hǎozài ⑭ hou²zoi⁶

普通話的"好在"表示存在某些有利的情況。例如:這些演出服我帶回去洗吧,好在我家有兩部洗

衣機｜大家有意見就提吧，好在這裏沒有外人。

廣州話的"好在"有幸好、幸虧意思，與**普通話**不同。例如：出嚟唔記得帶遮，好在冇落雨 [出來忘了帶傘，幸虧沒下雨]｜好在你哋嚟幫忙，唔係就搞唔掂 [幸虧你們來幫忙，要不就完成不了]。

好多人
　　⑲ hǎoduōrén ⑭ hou²do¹yen⁴

指很多人。

廣州話又作反話，意思是沒有人。例如：咁曳嘅嘢，好多人買咯 [這麼差的東西，誰來買呀]｜佢咁高寶，好多人睬佢咯 [他這麼傲慢，沒人會理睬他]。

好氣
　　⑲ hǎoqìr ⑭ hou²héi³

普通話的"好氣"在口語裏使用時要兒化，指好態度。多用於否定句。例如：他看見別人亂停車就沒有好氣兒。

廣州話的"好氣"表示：①話多，囉嗦。例如：佢真好氣，講開就冇斷嘅 [他話真多，一講就沒個完]｜冇你咁好氣 [沒有你那麼囉嗦 (不跟你廢話)]。②有耐心，脾氣好。例如：佢真好氣，問乜都答 [他真有耐心，問甚麼都回答]。

好過
　　⑲ hǎoguò ⑭ hou²guo³

普通話指生活上困難少，日子容易過。又指好受，例如：把話都説出來，心裏好過多了。

廣州話則指相對更好，還要好。例如：不如買嗰樣好過 [不如買那樣更好些]｜噉做重好過 [這樣做更好]｜重係去睇電影好過 [還是去看電影好]。

好話
　　⑲ hǎohuà ⑭ hou²wa⁶

指有益的話，讚揚的話，好聽的話。

廣州話的"好話"屬於客套話，用於：①感謝別人的問候或祝願。例如：呢排幾好嗎？——好話喇，幾好 [最近好嗎？——謝謝，挺好]。②回答別人的讚揚，表示謙虛。例如：你係得嘅！——好話，好話 [你真行！——哪裏，哪裏]。

7畫

【一】

批
　　⑲ pī ⑭ pei¹

表示：①用掌擊打。例如：批頰 (打耳光)。②對文件或文章寫上意見或評語。③指出缺點、錯誤，例如：批評｜批駁。④大量的，例如：批發｜批量生產。

廣州話又指：①抹灰 (在牆上)。例如：批蕩 [抹灰在牆上使光滑]｜呢度要批滑啲 [這裏要抹光滑一點]。②承租。例如：批咗幾畝田嚟種 [租了幾畝田耕種]。③猜，預計。例如：我早就批佢考得上大學嘅嘞 [我早就預計他能考上大學]｜呢次畀我批中咗 [這次讓我猜對了]。④算命。例如：批八字。⑤一種有餡的西式餅食。是英語 pie 的音譯。**普通話**叫"派"。

扯　　⑧ chě　⑨ cé²

表示拉。例如：拉扯｜孩子們扯着衣襬過馬路。又表示漫無邊際地閒談。例如：閒扯｜東拉西扯。

普通話還有撕、撕下的意思。例如：扯布做衣服｜扯掉牆上過期的通知。**廣州話**沒有這一説法。

廣州話另表示：①抽（風、氣）。例如：煙通高，扯風［煙囪高，抽風］｜扯氣［捎氣。即人臨死時的喘氣］。②吸（濕、水）。例如：地面灑啲石灰扯晒啲濕氣［地面撒些石灰吸濕氣］｜用虹吸管扯啲水過呢便［用虹吸管吸水過這邊來］。③拉動使升起。例如：扯旗［升旗］｜扯哩［升帆］。這些含義**普通話**的"扯"是沒有的。

廣州話還借用"扯"來表示走、離開、回去的意思。例如：扯咯，夠鐘咯［該走了，到點了］｜佢啱啱扯［他剛剛離開］｜扯翻歸［回家］。這也是**普通話**的"扯"所沒有的。

走　　⑧ zǒu　⑨ zeo²

兩種話都指：①行走。②（車、船等）運行，移動。③逃跑。例如：逃走｜棄甲曳兵而走。④離開，去。例如：車已經走了｜他要過兩天才能走。⑤趨向。例如：走紅｜商品走俏。⑥改變或失去原

樣。例如：走樣｜走味｜走調。⑦婉指人死。

兩種話都指跑。"跑"是走的古義。現代**普通話**僅用於書面語，例如：奔相走告｜不脛而走。但是，**廣州話**口語上"跑"一般都還説"走"，例如：走起啲［跑快點］｜走唔切［來不及跑］｜睇你走得去邊度［看你往哪跑］！

普通話還表示：①出入，往來。例如：走親戚｜走娘家。②泄漏，漏出。例如：走氣｜走風｜走了消息｜説走了嘴。**廣州話**口語沒有這樣的説法。

走水　　⑧ zǒushuǐ　⑨ zeo²sêu²

普通話指流水，例如：水渠走水不暢。又指漏水，例如：房頂修了還是走水。

廣州話指豬、牛等大牲畜錯過了發情期。例如：隻牛呢次走咗水，唔配得種［這頭牛錯過了發情期，（近期）不能配種了］。

走路　　⑧ zǒulù　⑨ zeo²lou⁶⁻²

普通話指在地上走，例如：孩子剛會走路。又指離開，走開，例如：這個搗蛋鬼讓他走路！

廣州話指逃跑，逃亡。例如：佢滾咗人哋好多錢走路咗［他騙了人家很多錢逃跑了］｜佢刮咗一大筆想走路，卒之畀捉翻嚟［他貪污了一大筆錢想逃亡，終於被抓回來］。

近年來**普通話**吸收**廣州話**"走

路"這個詞，説成"跑路"，表示逃離、溜走等意思，與廣州話近似。

芒　⑧máng ⑧mong¹

指一種多年生草本植物，生長在山地和田野間，葉可編織草鞋。又指麥、稻等子實殼上的細刺。

廣州話又指：①發育期間的青年男女。例如：芒仔［正在發育的男青年］｜芒女［正在發育的女青年］。②發育期間的家禽、家畜。例如：芒雞｜芒豬。③差勁，不好，（規模、格局等）不成熟、不健全。例如：佢間廠得幾個人，好芒嘅［他那間工廠才幾個人，很差勁的］｜公司啱成立，芒啲［公司剛剛成立，條件是差些］。

抓　⑧zhuā ⑧za¹

兩種話都指：①用手或爪拿取東西。例如：抓了一把糖果給他｜緊緊抓住他的手。②用指甲或爪等在物體上劃。例如：抓癢癢｜被貓抓破了手。③捕捉，捉拿。例如：抓小偷｜貓抓老鼠。④加強領導，特別着重（某方面）。例如：要抓好改革｜他分工抓工業。

普通話還指：①吸引（人注意）。例如：她開口一唱，就抓住了全場觀眾。②搶着做。例如：三抓兩抓就把工作抓完了。**廣州話**口語沒有這樣的説法。

廣州話讀 zao² 時又指（用鐵絲等）捆緊。例如：張凳岌（ngeb⁶）岌

貢，要攞鐵線抓實佢至得［這張凳子搖搖晃晃的，要用鐵絲捆緊它才行］｜抓翻好個圍欄［把欄杆捆紮好］。

坎　⑧kǎn ⑧hem²

指田野上像台階形狀的東西。例如：田坎｜土坎。

又作量詞。是發光強度單位坎德拉的簡稱。**廣州話**用於炮，例如：嗰度擺住好多埝炮［那裏擺着許多門炮］。

廣州話還表示：①坑穴。前面有個大坎［前面有個大坑］｜因住，咪跌落坎度［小心，別掉坑裏去］！②埝，點種時挖的小坑。例如：挖坎種豆｜種瓜嘅坎要挖深啲［種瓜的坎要挖深點］。③臼。一個舂米坎｜一坎米。**普通話**沒有這樣説法。

扭　⑧niǔ ⑧neo²

兩種話都表示轉動。例如：扭旋鈕｜扭耳朵｜扭乾衣服。

兩種話還表示：①走路身體搖動。例如：扭秧歌｜她往前扭了兩步。②揪住。例如：扭打｜扭送。③不正。例如：字寫得歪歪扭扭。

普通話又表示掉轉，例如：扭頭就走｜扭回身｜扭過頭往後看。**廣州話**口語很少這樣説，上面例句一般説成：掉頭就走｜擰轉身｜掉轉頭睇後面。

普通話還表示擰傷（筋骨）。例如：扭了腰。**廣州話**也有這樣

説，但更多的是説"屈"。尤其表示擰傷四肢時，一般用"屈"少用"扭"，例如：屈親腳 [腳扭了]｜隻手屈親咗 [手扭了]。

廣州話還表示：①設法謀取，多方要求。例如：佢呢幾步棋都係想扭我隻"車" [他這幾招棋都是在用計吃我的"車"]｜佢扭我買隻靚錶畀佢 [他纏我買塊好錶給他]。②詐騙。例如：你因住畀人扭晒啲錢 [你小心被人家騙光了錢]。

把 （一） 普 bǎ 廣 ba²

在口語上，**普通話**使用得較多，**廣州話**使用得較少。

兩種話都表示：①掌握，控制。例如：把舵（**廣州話**叫"把舦"）｜把緊方向盤。②把守，看守。例如：把關｜把門（**廣州話**多説"看門"）。③長條形的東西捆紮成的捆子。例如：火把｜草把。

有時，**普通話**用"把"，**廣州話**口語不用"把"而改用其他詞（書面語仍用"把"）：①表示拿，持。例如：兩手把住衝鋒槍（**廣州話**説"揸"或"搦"）｜把玩｜把酒問青天。②表示從後面用手托住小孩兩腿，讓他大小便。例如：把尿。**廣州話**用"勒"（參看"[P121] 勒"條）。

普通話又表示：①把持，把攬。例如：這方面的工作，他一個人把着不放手。②緊靠。例如：把着門邊站着｜他家就把着胡同口。③約束住不裂開。例如：把住裂縫。④指自行車、三輪車、摩托車等的車把。例如：撒把騎車

很危險。⑤指結拜關係。例如：把弟｜把嫂｜把兄弟。**廣州話**沒有這些説法。

普通話的"把"可以加在百、千、萬或某些量詞後頭表示約數，例如：千把塊錢｜百把人｜斤把重｜里把路｜個把月。**廣州話**口語可以説"把"，但更多説"零（léng⁴）"，前面例子多説"千零文｜百零人｜斤零重｜個零月"。

"把"可以作介詞，相當於"將"。例如：把嘴一撇扭頭就走｜把桌面收拾收拾｜把問題弄清楚｜把他氣壞了。這些例子的"把"**廣州話**口語都説"將"。**普通話**介詞"把"，如果它的賓語是後面動詞的施事者，表示發生了不如意的事情，例如：正需要他的時候偏偏把他病了。**廣州話**沒有這樣的用法。

"把"可以作量詞，但是兩種話使用的範圍有不同：①用於帶把手的器具時：**普通話**用"把"，**廣州話**多數用"把"，少數用其他量詞。例如，**普通話**説"一把剪子｜一把扇子｜一把掃帚｜一把劍"，**廣州話**也説"一把鉸剪｜一把扇｜一把掃把｜一把劍"。但是，**普通話**説的"一把茶壺｜一把椅子"等，**廣州話**卻不用"把"而用其他量詞，要説成"一個茶壺｜一張椅"等。②用於一隻手所能抓取的數量時：**普通話**用"把"，**廣州話**不用"把"而改用其他量詞。例如"一把米｜一把沙子"**廣州話**説"一拃米｜一拃沙"。③用於捆紮起來的東西時：大的，**普通話**用"捆"，**廣州**

話用"把"。例如**普通話**説"一捆柴火｜一捆稻草"，**廣州話**説"一把柴｜一把禾稈草"。小的，**普通話**用"把"，**廣州話**一般用"絜"（少數物品如青菜等也可用"把"）。例如**普通話**説"一把掛麵｜一把青菜"，**廣州話**説"一絜掛麵｜一絜（把）青菜"。④**普通話**量詞"把"可以用於某些抽象的事物。例如：一把年紀｜加把勁。**廣州話**沒有這樣的説法。⑤**普通話**量詞"把"可以用於手的動作。例如：拉他一把｜幫他一把。**廣州話**沒有這樣的説法。⑥某些事物，**廣州話**使用量詞"把"，**普通話**則使用其他量詞。例如**廣州話**説的"一把秤｜一把弓｜幾把嘴"，**普通話**則説"一桿秤｜一張弓｜幾張嘴"。

（二）ⓟ bà ⓖ ba²

普通話指：①器具上供人用手拿的部分。例如：刀把｜茶壺把。**廣州話**不説"把"説"柄"或"耳"，前面例子要説"刀柄｜茶壺耳"。②植物花、葉或果實的柄。例如：花把兒｜葉把兒｜梨把兒。**廣州話**不説"把"，花、葉的柄説"柄"，果實的柄説"棤"，前面例子要説"花柄｜葉柄｜梨棤"。

村　　ⓟ cūn ⓖ qun¹

指村莊，農民聚居的地方。

普通話又用來形容粗俗。例如：村話（用來罵人的粗俗話）｜談吐村俗｜性情村野。**廣州話**的"村"沒有這一用法。

車　　ⓟ chē ⓖ cé¹

指陸地上有輪子的交通工具。又指機器。

廣州話"車"的意義範圍要大得多，包括：①用車運輸。例如：要兩部汽車至車得晒啲嘢［要兩輛汽車才能把東西運完］｜車啲貨去火車站［運些貨物到火車站］。②軋（yà）。例如：部車差啲車親人［那輛車差點兒軋了人］。③指縫紉機。例如：屋企有架衣車縫縫補補方便啲［家裏有一架縫紉機縫縫補補要方便些］。④用縫紉機縫。例如：車衫［（用縫紉機）縫衣服］｜窗簾爛咗，車翻好佢啦［窗簾破了，用縫紉機縫好它吧］。⑤用水車取水。例如：車水上呢窟田［用水車提水灌溉這片田］。⑥扔、擲（大件的或長條形的東西）。例如：搦起張椅就車過去［抄起一把椅子就擲過去］。⑦吹牛，閒扯，説大話。例如：亂車一通［瞎吹一氣］｜車天車地［神聊胡侃］。這裏的"車"是"車大炮"（吹牛、胡扯、撒謊）的省説。

豆皮　　ⓟ dòupí ⓖ deo³péi⁴

即豆腐皮，熟豆漿表面結的薄皮揭下晾乾而成。

廣州話另指麻子，即人出天花後留下的疤痕。

豆角　　ⓟ dòujiǎo ⓖ deo³gog³

普通話近年從南方方言吸收了"豆角"一詞，指的是各種鮮嫩可以做菜的豆莢，包括"豌豆"（**廣州話**叫荷蘭豆），跟廣州話所指不同。

廣州話所説的"豆角"其實是"長豇豆"，是豇豆的一種。

豆沙　⦾ dòushā　⦾ deo³sa¹

普通話指紅小豆、紅豇豆或菜豆煮爛搗成泥或乾磨成粉加糖製成的食品，用來做點心的餡。例如：豆沙包｜豆沙粽子。

廣州話又指用紅小豆或綠豆加糖煮成的帶水的甜食。例如：紅豆沙｜綠豆沙。

豆泥　⦾ dòuní　⦾ deo³nei⁴

指某些豆煮爛後搗成泥，製作食品用。

廣州話又指品質差，水準低，次，劣。例如：呢啲係次豆泥嘢 [這些是次貨]｜嗰批貨好豆泥 [那批貨品質很差]｜佢唱歌重豆泥過我 [他唱歌比我還差勁]。

夾　（一）⦾ jiā　⦾ gab⁶

兩種話都表示：①從兩個相對的方面加壓力，使物體固定不動。②胳膊用力使腋下東西不掉落。③處在兩者之間。例如：兩座建築物中間夾着一條小巷｜兩個警察把罪犯夾在中間｜把字條夾在書裏遞給她。④夾雜，攙雜。例如：雨夾雪｜風聲夾着雨聲｜他夾在人群裏出來了。⑤夾子，夾東西的器具。例如：資料夾｜頭髮夾｜木

夾。夾子的"夾"**廣州話**口語一般變調讀 gab⁶⁻²。

（二）⦾ jiá　⦾ gab³

兩種話都表示雙層的意思，用於衣被等。例如：夾被｜夾布。

廣州話還可以作連詞，用在某些意義有關聯的兩個形容詞中間，有"而且"或"又……又……"的意思。例如：啲梨爽夾甜 [梨子脆而且甜]｜件衫平夾靚 [這件衣服又便宜又漂亮]｜抵食夾大件 [（食物）又便宜又大塊]。

廣州話又表示某些行為帶有強迫性、硬來的意思。例如：夾硬食落去 [硬是吃下去]｜夾粗嚟係唔得嘅 [硬來是不行的]。

夾板　⦾ jiābǎn　⦾ gab³ban²

指用來夾住物體的板子，多用木頭或金屬製成。

廣州話還指膠合板。例如：個櫃係夾板做嘅 [櫃子是膠合板做的]。

【丨】

串　⦾ chuàn　⦾ qun³

兩種話都表示：①連貫。例如：貫串｜串聯。又指連貫起來的東西。例如：羊肉串。也作量詞，用於連貫起來的東西。例如：一串珍珠。②勾結。例如：串通｜串騙。③錯誤地連接。例如：串線。④到另一處走動。例如：串門｜走街串巷。⑤東西因混雜而改變了原來的特徵。例如：串味。

⑥戲曲演員擔任非本行當角色。例如：反串｜客串。

廣州話還表示：①用拉丁字母拼寫外文單詞。例如：你嘅英文名點串呀［你的英文名字怎麼拼寫呀］？｜呢個字噉串至啱［這個(拉丁文) 單詞這樣拼寫才對］。②形容囂張。例如：你咪咁串［你別那麼囂張］。③指遊手好閒、行為不端的青少年。例如：串仔｜串女。

別　⦿ bié　⦿ bid⁶

兩種話都表示分別，另外。又表示區別，差別，類別。

普通話還表示：①用別針固定。例如：把這兩張卡片別在一起｜胸前別着一枚勛章。②插住，卡住。例如：腰帶上別着一支槍｜把窗別上。③禁止，勸阻。相當於"不要"。例如：別去｜別怕，有我｜別瞧不起人家。④揣測（常跟"是"合用）。例如：他別是病了吧？｜對方別是欺騙我們吧？以上這些意思的"別"，**廣州話**都不說，而改用其他說法。

吹　⦿ chuī　⦿ cêu¹

兩種話都表示以嘴送氣，又表示氣流流動，還表示吹捧、說大話。

普通話的"吹"還表示事情不成功或感情破裂。例如：原先的計劃吹了｜他談過兩個對象都吹了。這意思**廣州話**口語說哐（wang¹），不過受普通話影響，現在也說"吹"了。

廣州話的"吹"另有含義：①抽鴉片。例如：舊時嫖、賭、飲、蕩、吹五淫齊［舊時嫖、賭、飲(指花天酒地)、蕩 (指行為放蕩、遊手好閒)、吹 (抽鴉片) 五毒俱全］。②使人生氣，氣壞了，奈何。例如：真係畀佢吹爆［真的被他氣死了］｜我就係噉嘅嘞，你吹脹呀［我就是這樣的了，你奈我何］！

岌　⦿ jí　⦿ ngeb⁶（讀音 keb¹）

形容山高的樣子。僅用於書面語。

廣州話借來形容不穩固，前後搖動的樣子。例如：岌頭［點頭］｜岌岌貢［搖搖晃晃的樣子］｜岌嚟岌去［不停地搖動］。

【丿】

告白　⦿ gàobái　⦿ gou³bag⁶

指機關、機構或個人對公眾的聲明或啟事。

普通話又表示說明、表白。例如：向他坦誠地告白自己的打算。

廣州話則是指廣告。例如：賣告白［登廣告］。

利　⦿ lì　⦿ léi⁶

指鋒利，銳利。**廣州話**多指鋒利，一般單用。**普通話**很少單用，指鋒利時口語多說"快"。

兩種話還表示利益，利潤或利息。又表示順利，便利。

利市

⓰ lìshì ⓰ lei⁶xi⁶（市，讀音 xi⁵）

普通話指利潤。例如：利市三倍。

"利市"古時指吉利。這意思現在普通話和方言中還保存，例如：大吉利｜討個利市。

普通話"利市"還從方言吸收了以下含義：①買賣順利的預兆。例如：發個利市。②送給辦事人的賞錢。

廣州話還表示：①壓歲錢。②每逢紅白喜事為了酬謝親友的幫忙而贈送的錢。③迷信的人聽了不吉利的話，或者看到他認為不吉利事物後，連聲説"利市"或"大吉利是"以避"晦氣"。廣州話利市的"市"讀 xi⁶，不讀 xi⁵，又寫作"利是""利事"。

估

⓰ gū ⓰ gu²

表示估計，揣測。例如：估算｜評估｜低估。

廣州話還表示：①猜。例如：你估下個盒裏頭有乜嘢［你猜猜盒子裏面有甚麼］｜你估佢今年幾歲［你猜他今年多大］｜我有乜把握，都係估估下嘅嘛［我沒甚麼把握，只是猜想一下罷了］。②以為。例如：你估我唔知呀［你以為我不知道］？｜你估我同你講笑咩［你以為我跟你開玩笑嗎］？｜我重估你唔嚟得［我還以為你來不了］｜我估估你已經搵到工作咯［我以為你已經找到工作了］。

估衣

⓰ gùyī ⓰ gu³yi¹

普通話指出售的舊衣服或原料較次、品質較差的新衣服。

廣州話僅指出售的舊衣服。

作

⓰ zuò ⓰ zog³

兩種話都表示：①起。例如：振作｜興風作浪｜槍聲大作。②從事或進行某種活動。例如：作戰｜作弊｜作威作福｜自作自受。③寫作。例如：作文｜作曲｜著作。④作品。例如：傑作｜習作｜成名之作。⑤裝。例如：裝模作樣｜裝聾作啞｜惺惺作態。⑥當成，作為。例如：過期作廢｜認賊作父。⑦發作。例如：作怪｜作嘔。

廣州話又表示：①編造。唔係噉嘅，係佢作出嚟嘅［不是這樣的，是他編造的］｜呢份人乜都作得出嚟［這號人甚麼都能編得出來］。②充當。例如：請你作保［請您作擔保人］｜搵佢作伴（pun⁵）［找他做伴］。③敲竹槓，強取。例如：我知到你哋係想作我嘅［我知道你們是想敲我竹槓的］｜本書畀佢作咗去［書被他硬拿走了］。④幹掉。例如：作咗佢［把他幹掉］。

作死

⓰ zuòsǐ ⓰ zog³séi²

指自尋死路，找死。例如：酒醉飆車，簡直是作死。

廣州話又指人惡作劇，調皮搗蛋。例如：咁作死，整下佢至得［這麼調皮搗蛋，要整他一下］｜你作死咩，等下收拾你［你調皮搗蛋嗎，待會收拾你］！

伯父　⓹bófù　⓺bag³fu⁶

普通話稱父親的哥哥。又用來稱呼跟父親輩分相同而年紀較大的男子。

廣州話"伯父"讀 bag³fu⁶ 時稱父親的哥哥（口語叫"亞伯"或"大伯、二伯……"）。對跟父親輩分相同而年紀較大的男子，一般稱"亞伯"，或加上姓氏稱"陳伯、李伯"等，不能叫"伯父"。

廣州話"伯父"讀 bag³fu⁶⁻² 時是對老年男子的尊稱，相當於**普通話**的"老大爺"或"老頭兒"。

伯公　⓹bógōng　⓺bag³gung¹

普通話的"伯公"來自方言，指：①伯祖，即父親的伯父。②丈夫的伯父。

廣州話的"伯公"指伯祖，即父親的伯父。

伯母　⓹bómǔ　⓺bag³mou⁵

普通話的"伯母"指伯父的妻子。

廣州話的"伯母"一般當面稱朋友的母親，也用來作老太太、大娘的泛稱。而伯父的妻子叫"伯娘"。

伯婆　⓹bópó　⓺bag³po⁴

普通話的"伯婆"來自方言，指：①伯祖母，即父親的伯母。②丈夫的伯母。

廣州話的"伯婆"稱伯祖母，即父親的伯母。

低　⓹dī　⓺dei¹

表示高度小，離地面近。又表示等級在下的，在平均水準之下的。

廣州話"低"放在動詞之後，表示由高處到低處。對這種情況，**普通話**用"下"不用"低"。例如：坐低［坐下］｜瞓低［躺下］｜跌低［摔跤］｜戙低［放下］｜話低［留下話兒］｜剩低［剩下來］。

位　⓹wèi　⓺wei⁶

表示方位，位置。又表示職位，地位，座次。又特指君主之位。還用作量詞，用於人。**廣州話**作量詞用時一般讀變調 wei⁶⁻²。

廣州話又表示座位。例如：冇晒位［沒有空位了］｜窗口位［靠窗的座位］｜你個位喺邊度［你的座位在哪裏］？一般也讀變調 wei⁶⁻²。

佗　⓹tuó　⓺to⁴

指負荷。用於書面語。

廣州話又指：①懷孕。例如：佗仔［懷小孩］｜佢佗人有六個月咯［她懷孕有六個月了］。②牽累，拖累。例如：佗衰人［牽累人］｜畀個仔佗住［被孩子拖累着］。③在身上掛着，帶着。例如：佢佗住支手槍［他掛着一把手槍］｜佗住一個佗錶［掛着一個懷錶］。

身　⑬ shēn ⑭ sen[1]

兩種話都指：①身體或軀幹。②
物體的中部或主幹部分。例如：
車身｜樹身｜河身。③自身，本
身。例如：以身作則｜身先士卒｜
身體力行。④生命。例如：奮不
顧身｜氣絕身亡。⑤品格，修養。
例如：修身｜立身處世。

又作量詞。例如：出了一身汗。
普通話還用於衣服，例如：買了
兩身衣服。**廣州話**衣服的量詞少
用"身"，多用"套"或"脫"。廣
州話又用於打，例如：畀人打咗
一身 [被人揍了一頓]。

廣州話又表示：①器物的外形或
外部結構。例如：企身煲 [較高
的砂鍋]｜企身琴 [立式鋼琴]。
②質料的厚薄。例如：薄身花樽
[薄胎花瓶]｜呢隻絨厚身 [這種呢
子厚]。③動物身體發育情況。例
如：隻雞未夠身，唔好食 [雞還沒
有充分發育，不好吃]。

身子　⑬ shēnzi ⑭ sen[1]ji[2]

指身體。多指身體的健康狀況。
例如：最近身子好嗎？｜看他身子
很弱。

普通話又指身孕。例如：她有
三四個月的身子了。**廣州話**沒有
這個意思。

身家　⑬ shēnjiā ⑭ sen[1]ga[1]

指個人和家庭，例如：身家性
命。舊時又指家庭出身，例如：
身家清白。

廣州話又指家產，家財，例如：
百萬身家 [百萬家財]｜佢而家
身家過億 [他現在家產超過一個
億]。引申指所有的全部的東西，
例如：佢嘅全副身家就係呢兩個
箱 [他的全部家當就是這兩個箱
子]。

坐　⑬ zuò ⑭ zo[6]

兩種話都指：①以臀部放
在物體上，上身直立。②
乘，搭。例如：坐車｜坐電
梯。③（房屋）背對某一方
向。例如：大樓坐北向南。
④同"座"，用於座位。⑤把鍋、
壺等放在爐子上加熱。⑥定罪。
例如：反坐｜連坐。⑦不勞動；
不行動。例如：坐享其成｜坐視不
救。（①②**廣州話**口語讀 co[5]。）

普通話又指：①瓜果結實。例
如：坐瓜｜坐果。②形成疾病。例
如：他的病是長期勞累坐下的。
廣州話口語沒有這樣說法。

廣州話又指把重物放下，放置。
例如：坐低 [放下來]｜盆花坐喺
花墩度 [那盆花放在放花的墩子
上]｜茶煲坐喺風爐度 [燒水鍋放
在爐子上（不一定加熱）]。

妥當　⑬ tuǒdang ⑭ to[5]dong[3]

表示穩妥適當。例如：處理妥當｜
沒通知他，恐怕不妥當。

廣州話表示由於完成得很好而心
裏舒坦。例如：乜都搞掂，妥當
晒 [甚麼都順利完成了，真舒坦]。

肚

(一) 🗣 dǔ 🗣 tou⁵

指作為食品的牲畜的胃。例如：
豬肚｜羊肚｜炒肚片｜拌肚絲｜
爆肚。**普通話**單用時叫"肚子
(dùzi)"。

廣州話"豬肚"又指豬的膀胱。為
了區別，豬的胃又叫"豬大肚"，
豬的膀胱又叫"豬小肚"。

(二) 🗣 dù 🗣 tou⁵

指"肚子 (dùzi)"，即人和動物的
腹部。又指物體圓而凸起像肚子
的部分，例如：腿肚子｜大肚瓶
子。

刨花

🗣 bàohuā 🗣 pau⁴fa¹

普通話指從木料上刨下來的薄
片，多為捲狀。**廣州話**叫"刨柴"。

廣州話也有"刨花"一詞，但特指
某種帶黏性的木頭刨成的薄片。
舊時婦女常把這種薄木片泡水用
來梳頭。

【、】

冷

(一) 🗣 lěng 🗣 lang⁵

兩種話都表示溫度低或感覺溫度
低。又表示：①不熱情，冷淡。
②不熱鬧。例如：冷清｜冷落。③
生僻，少見的。例如：冷僻｜考試
出冷題。④少人過問的。例如：
冷門｜冷貨。⑤乘人不備的，暗中
的。例如：冷箭｜冷不防。⑥灰心
或失望。例如：心灰意冷｜心冷了
半截。

(二) 🗣 — 🗣 lang¹

廣州話指毛線。例如：冷衫 [毛
線衣]｜呢隻冷好幼 [這種毛線很
細]。是法語 laine 的音譯。**普通
話**沒有這樣說法。

冷天

🗣 lěngtiān 🗣 lang⁵tin¹

普通話指寒冷的天氣。

廣州話指天氣冷的時候，例如：
呢度冷天都種得菜 [這裏天氣冷的
時候也能種菜]｜冷天都堅持鍛煉
[天氣冷的時候也堅持鍛煉]。又
指冬天，例如：冷天呢度唔落雪
[冬天這裏不下雪]｜呢度啲樹冷
天好少落葉 [這裏的樹冬天很少落
葉]。

辛苦

🗣 xīnkǔ 🗣 sen¹fu²

兩種話都表示勞苦、勞累。例
如：佢總係揀辛苦嘅工夫做 [他總
挑辛苦的工作幹]｜辛辛苦苦將佢
養大 [辛辛苦苦把他養大]。請人
做某事時，兩種語言都可以用"辛
苦"，例如：呢件事就辛苦你咯
[這件事就辛苦你了]｜重係辛苦你
去一趟啦[還是辛苦你走一趟吧]。

廣州話"辛苦"還表示難受、不
舒服的意思，這是普通話所沒有
的。例如：咳得佢好辛苦｜痛到我
企又唔係瞓又唔係，真辛苦。這
兩個例句說成**普通話**時都不能用
"辛苦"，而要用"難受"，即要說
成：他咳嗽得很難受｜疼得我站也
不是躺也不是，難受極了。

判　⟨普⟩pàn　⟨粤⟩pun³

表示分開，分辨。又表示評定，判決。還表示明顯（有不同），例如：前後判若兩人｜判若雲泥。

廣州話又借以表示全部買下，包圓兒。例如：剩番嘅我判埋佢 [剩下的我包圓兒]。

沙　⟨普⟩shā　⟨粤⟩sa¹

指細小的石粒。又指像沙的東西，例如：豆沙｜沙瓤西瓜。

又指嗓音嘶啞，不清脆。例如：沙啞｜沙音｜沙嗓子。表示這一意思時，**普通話**一般不單用。**廣州話**可單用，例如：聲喉沙 [嗓子沙啞]｜嗌到把聲沙晒 [喊得嗓子都啞了]。

廣州話"沙"又指水中或江邊的小塊淤積而成的平坦陸地，例如：沙洲。珠江三角洲多以"沙"作這些陸地的地名，例如：大坦沙｜黃布沙｜萬頃沙。

沙塵　⟨普⟩shāchén　⟨粤⟩sa¹cen⁴

指在空中飄浮着的小沙粒和塵土。

廣州話用以形容人輕浮，驕傲，好出風頭，愛誇誇其談。例如：後生仔唔好咁沙塵 [年輕人不要那麼輕浮驕傲]｜條友咁沙塵，好乞人憎 [這傢伙輕浮而驕傲，真討人嫌]。

沉　⟨普⟩chén　⟨粤⟩cem⁴

表示物體往下落，往下陷，向下放。例如：紅日西沉｜石沉大海｜沉得住氣。

普通話又表示分量重，例如：石頭很沉。**廣州話**不說"沉"，說"重"，例如：石頭好重。

快手　⟨普⟩kuàishǒu　⟨粤⟩fai³seo²

指做事敏捷的人。

廣州話可作形容詞，形容幹活迅速。例如：佢做嘢好快手嘅 [他幹活很快的]｜大家快手啲，人哋等住要㗎 [大家快點幹，人家等着要的]。

【一】

尿　⟨普⟩suī　⟨粤⟩sêu¹

指尿液。名詞。

廣州話借指把尿。動詞。例如：尿（sêu¹）牙呀仔屙尿 [把小娃娃尿尿]。

忍　⟨普⟩rěn　⟨粤⟩yen²

指忍受，容忍。又指克制，例如：忍耐｜忍氣吞聲。還指忍心。

廣州話又指憋着，忍着。例如：忍屎｜忍尿。

8畫

【一】

奉旨　⟨普⟩fèngzhǐ　⟨粤⟩fung⁶ji²

指接受上級旨意，特指接受帝王

的命令。

廣州話 "奉旨" 是個副詞，表示向來這樣，總是這樣。多用於否定句，意思是一定（不），准（不）。例如：老張嘅意見，佢奉旨反對 [老張的意見，他總是反對]｜同學聚會，佢奉旨唔到 [同學聚會，他一向不參加]｜佢奉旨唔會話你 [他一定不會説你]。

玩完　⓺ wánrwán ⓫ wan⁵yun⁴

普通話口語表示失敗，垮台，死亡等意思，含有詼諧味道。"玩"需兒化。

廣州話還表示結束（一次遊戲）或幹完（一件事）。

青　⓺ qīng ⓫ céng¹（讀音 qing¹）

指草的顏色，又指黑色。又指青草或未成熟的莊稼。又比喻年輕。還指青年。

廣州話又指：①竹子青色的表皮。例如：竹青 [帶外皮的竹篾；竹子表皮青色的薄衣]｜篾青 [帶外皮的竹篾]。②搪瓷器皿表面的釉。例如：甩青 [（搪瓷器皿）掉釉]。

表面　⓺ biǎomiàn ⓫ biu²min⁶

指外表、外面。表示這一意義時，**廣州話**讀 biu²min⁶。

當**廣州話** "表面" 讀 biu¹min⁶⁻² 時，指的是 "錶面" 即手錶、儀錶的錶盤。"錶" 已簡化作 "表"。錶、表

普通話同音，**廣州話**不同音，所以簡化後的 "表面" **廣州話**按其表示的不同意義而有不同的讀音。

抹油　⓺ mǒyóu ⓫ mad³you⁴⁻²

指塗抹一層油。

廣州話指洗油，即清除機械的油泥。例如：手錶唔行，要抹油喇 [手錶不走，要洗油了]。

長　⓺ cháng ⓫ cêng⁴

指兩點之間的距離大（與 "短" 相對）。

廣州話的 "長" 讀本調 cêng⁴ 時，其含義和用法與**普通話**同。讀高平變調 cêng⁴⁻¹ 時，則表示 "短" 的意思。例如：咁長（cêng⁴⁻¹），點夠吖 [這麼短，怎麼夠]｜切成咁長一段 [切成每段這麼短]。如果讀高升變調 cêng⁴⁻² 則表示 "僅僅這麼長" 的意思。例如：支竹就咁長（cêng⁴⁻²），你自己睇下點用啦 [這根竹竿就這麼長了，你自己看看怎麼使用吧]。

長衫　⓺ chángshān ⓫ cêng⁴sam¹

普通話僅指男裝大褂，即身長過膝的中式單衣。

廣州話則既指男裝的大褂，也指女裝的旗袍。

花　⓺ huā ⓫ fa¹

指種子植物的有性繁殖器官。也指能開花供欣賞的植物，形狀像

花朵的東西。又指花紋，顏色或種類錯雜的。還指棉花。又形容模糊迷亂；形容不真實的、使人迷惑的。又比喻事業精華；比喻年輕漂亮的女子；又指妓女或與妓女有關的。以上兩種話是一樣的。

普通話的"花"還指天花，例如：他出過花了。還指作戰時的外傷，例如：他左臂掛過花。**廣州話**口語沒有這樣說。

普通話的"花"另有用，耗費的意思。例如：花錢｜花時間｜花工夫｜花心血。**廣州話**口語也沒有這樣說。

廣州話的"花"又指某些幼小動物。例如：魚花 [魚苗]｜雞花 [孵出不久的小雞]｜鴨花 [孵出不久的小鴨]。**普通話**也有"魚花"、"蠶花"的說法，是從方言吸收過來的。

花名　⓹huāmíng ⓺fa¹ming⁴

原指戶口冊子裏的人名。**普通話**現已少用。現代漢語仍有"花名冊"一詞，指人員名冊。

廣州話讀 fa¹méng⁴⁻² 時指綽號、外號、諢名。例如：唔好同人哋安花名 [不要給別人起綽號]。

花圈　⓹huāquān ⓺fa¹hün¹

指用鮮花或紙花等紮成的圈形物品，祭奠用。

廣州話又指馬路交匯處用以分隔車輛的花壇。例如：小北花圈（在廣州）。

花鼓　⓹huāgǔ ⓺fa¹gu²

普通話指一種民間舞蹈。

廣州話指一種坐具，外形似鼓，瓷質，中空。也可用來放花盆。

花廳　⓹huātīng ⓺fa¹téng¹

普通話指大廳以外的客廳。

廣州話戲指監獄。僅用於"坐花廳 [坐牢]"一詞。現已少用。

坦　⓹tǎn ⓺tan²

①形容地面平而寬廣。例如：坦途｜平坦。②直爽，開朗。例如：坦率｜坦言｜坦然。③露出：例如：坦腹而臥。④敞開（胸懷）。例如：坦懷相見。

廣州話又指水邊狹長的沙地。例如：沙坦｜坦田。

押　⓹yā ⓺ab³ 又 ngab³

①在公文、契約上簽字或畫符號作為憑信。又指所簽的名字或所畫的符號。②抵押，把財物交給對方作擔保。例如：典押｜押金。③拘禁，扣留。例如：關押｜拘押｜羈押。④跟隨着照料或看管。例如：押送｜押運｜押車。

廣州話又表示：①披。例如：押好件裇衫 [披好襯衣]｜押住枝手槍 [披着一枝手槍]。②綰，捲（衣袖等）。例如：押高衫袖 [綰起袖子]｜押高褲腳 [捲起褲腿]。

抶　⦿yāng　⦿yêng¹

指用車軏擊打。

廣州話藉以表示推讓，推託。例如：邊個要都好，唔好抶嚟抶去咯［誰要都好，不要推來讓去了］｜佢哋你抶我我抶你，邊個都唔肯去［他們你推我讓的，誰也不願去］。

廣州話讀 yêng² 時，表示抖，抖摗。例如：抶一下張枱布［抖一下桌布］｜將人哋嘅陰私都抶晒出嚟［把人家的隱私都抖摗出來］。

拍　⦿pāi　⦿pag³

兩種話都表示：①用手掌或片狀的東西拍擊。例如：拍手｜拍蒼蠅。②拍擊東西的用具，拍子。例如：蒼蠅拍｜球拍。③樂曲的段落，音樂的節奏。例如：四分之一拍｜胡笳十八拍。④拍攝。⑤發（電報等）。⑥指拍馬屁。

廣州話又表示攆，趕走。例如：通通拍晒走［全部攆走］｜拍走佢［趕他走］。又説榜（pang¹）"。

廣州話還借指：①並排，靠在一起。例如：拍住佢行［同他並排走］｜兩個拍埋坐［兩人靠着坐］｜拍拖［動力船帶着無動力船並排走（比喻談戀愛）］。②拼合。例如：拍牀［拼牀。把幾塊木板拼合成牀］｜拍木地板。③比較。例如：拍下呢兩種布邊種靚［比較一下這兩種布哪種好］｜呢種波鞋拍得住名牌貨［這種球鞋拍得上名牌貨］。

拍手　⦿pāishǒu　⦿pag³seo²

指鼓掌。例如：拍手叫好。

廣州話又指：①合夥。例如：兩個拍手做生意［倆人合夥做生意］｜佢係我嘅拍手夥計［他是我的生意合夥人］。②協力。例如：你兩個拍手做好佢［你倆共同做好它］。

拍馬　⦿pāimǎ　⦿pag³ma⁵

普通話指諂媚奉承。"拍馬屁"的省説。例如：拍馬溜鬚｜吹牛拍馬。

廣州話指策馬快跑，比喻奮力追趕。例如：你拍馬都趕唔上佢［你無論如何趕不上他］｜落後咁多，拍馬追啦［落後了這麼多，奮力趕吧］！

拎　⦿līn　⦿ning¹

指用手提。例如：拎着一個菜籃。

廣州話又表示：①拿，取。例如：邊個拎咗我本書［誰拿走我的書］｜呢啲禮物你拎翻去［這些禮物你拿回去］。②將，把，以。例如：拎佢做典型［把他做典型］｜拎呢個做標準［以這個為標準］。

抵　⦿dǐ　⦿dei²

表示抵擋、抵償、抵押、抵消等意思。

普通話的"抵"還表示：①支撐，頂住。例如：用大木棒抵住門。②相當，能代替。例如：他一個抵你們倆。以上意思，**廣州話**不用"抵"，一般用"頂住"或"頂"。

廣州話的"抵"另表示：①值得，划得來。例如：抵食〔值得吃（指食品價廉物美）〕｜抵買〔買得過〕｜抵讚〔值得稱讚〕。②便宜。例如：件衫買得好抵〔這件衣服買得很便宜〕｜抵到爛〔便宜極了〕。③該，活該。例如：抵打〔該打〕｜抵佢死〔他倒楣活該〕｜抵，自作自受〔活該，自作自受〕！④忍受。例如：抵住痛〔忍着痛〕｜捱飢抵餓〔忍受飢餓〕｜唔抵得頸〔忍不住〕。

抵死　⑳ dǐsǐ ⑭ dei²séi²

兩種話含義完全不同。

普通話的"抵死"意思是拼死，表示態度堅決。例如：抵死不幹｜抵死不承認。

廣州話的"抵死"則表示：①該死，活該。例如：佢真抵死〔他真該死〕｜抵佢死〔他倒楣活該〕。②缺德。例如：想唔到佢咁抵死〔想不到他那麼缺德〕｜邊個咁抵死亂抄我櫃桶〔誰那麼缺德亂翻我的抽屜〕？③糟糕，討厭。例如：抵死，唔記得帶鎖匙〔糟糕，忘記帶鑰匙了〕｜佢好抵死，成日纏住我〔他真討厭，整天纏住我〕。這些意思都是**普通話**"抵死"所沒有的。

拘執　⑳ jūzhí ⑭ kêu¹zeb¹

普通話表示固執，不知變通。例如：這些事情要變通辦，不能過於拘執。

廣州話表示：①客氣。例如：大家咁熟，重咁拘執〔大家那麼熟，還這樣客氣〕！②拘謹，拘束。例如：嚟到呢度就當喺屋企嗽，唔使拘執〔來到這裏就像在家裏那樣，不必拘謹〕。

拉　⑳ lā ⑭ lai¹

指用力使朝自己所在的方向或跟着自己移動。又表示用車載運，拖長，拉扯，拉攏，招攬，幫助等意思。

普通話還表示排泄（大小便）。**廣州話**沒有這樣用法。

廣州話又表示逮捕，捕捉，抓。例如：個賊仔畀警察拉咗〔小偷讓警察抓了〕｜老虎拉羊。**普通話**沒有這説法。

拉扯　⑳ lāchě ⑭ lai¹cé²

指用力使朝自己所在的方向或跟着自己移動。又表示辛勤撫養，幫助，提攜，牽扯，牽涉等意思。

普通話又表示閒談。例如：不要拉扯了，談正事吧。**廣州話**沒有這樣的用法。

廣州話又表示平均。例如：電燈水喉每個月拉扯要五百文左右〔電費水費平均每月五百元左右〕｜按件計工拉扯每個人每日有三百零文收入嘅〔按件計工平均每人每天有三百來塊錢收入〕。又説"拉勻"。**普通話**沒有這樣用法。

招呼　⊜ zhāohu　⊜ jiu¹fu¹

兩種話都表示向別人致意或問候。

普通話表示：①呼喚。例如：馬路那邊有人招呼你。②吩咐，關照。例如：招呼他下午來一趟。③照料。請個保姆來招呼病人。**廣州話**較少這樣使用。

廣州話表示：①打招呼。例如：見人要招呼〔見到人要打招呼〕｜嚟到呢處都唔招呼一聲嘅〔來到這裏也不打一聲招呼〕。②招待，接待。例如：你幫我招呼下佢〔你幫我招待一下他〕｜招呼唔到〔客套話。招待不周〕。

招牌　⊜ zhāopai　⊜ jiu¹pai⁴

指掛在商店門前寫有商店名稱或所經售貨物的牌子。

廣州話又指能夠代表本店、具有本店特色的事物。例如：招牌菜｜招牌飯｜招牌雞。進而指影視明星、知名歌手等的某些習慣姿勢、服飾等，例如：招牌姿勢｜招牌笑容｜招牌打扮。

披　⊜ pī　⊜ péi¹

指覆蓋或搭在肩背上，例如：披着大衣｜披紅戴綠｜披堅執銳。又表示打開，散開，例如：披卷｜披露｜紛披。

普通話又指（竹木等）裂開，例如：竹竿披了。**廣州話**則借指物體邊緣或表面破損，例如：張枱碰披咗〔桌子碰破了〕。兩者不完全相同。

拗　⊜ ào　⊜ ao³ 又 ngao³

普通話的"拗"是個多音字：讀 ào 時表示不順、不順從的意思；讀 niù 時表示固執、不馴順的意思；讀 ǎo 是來自方言，表示使彎曲、使折斷的意思。

廣州話的"拗"也是個多音字，但表示的意思與**普通話**完全不同：①讀 ao²（又 ngao²），使折斷的意思，又用於"拗手瓜"〔掰腕子〕一詞。②讀 ao³（又 ngao³），爭論、爭辯的意思，如"拗頸〔爭辯、抬槓〕、拗氣〔鬥氣〕、拗撬〔爭執、矛盾〕、拗數〔爭執、討價還價〕"等。其實，②義的"拗"是個借用字，它的原字應該是"詏"。

枉　⊜ wǎng　⊜ wong²

表示：①彎曲，歪斜。②比喻錯誤或偏差。例如：矯枉過正。③冤屈。例如：冤枉｜枉死。④徒勞地，白白地。例如：枉然｜枉費心機。⑤謙詞，使對方受屈。例如：枉駕｜枉顧。

廣州話表示上述④⑤義時多用於口語，常單用。例如：枉做人〔白活了〕｜食枉米〔白吃飯而不會幹事〕｜呢次枉做咯〔這次白幹了〕｜枉你白行一次咯〔讓你白白地走一趟了〕。

板　⊜ bǎn　⊜ ban²

兩種話都指片狀的較硬較平的物體。例如：木板｜鋼板｜石板。

廣州話還有另外一個用法。本指照相館的相片毛樣，後用來指一些商品的樣品、貨樣。例如：相板 [相片毛樣（或省稱“板”）]｜酒板 [樣品酒。即原酒的小型裝]｜布板 [小片樣布]｜米板 [少量的樣板米]。這裏的“板”也寫作“辦”。

板斧　　圕 bǎnfǔ　圐 ban²fu²

普通話指一種刃平而寬的大斧子。

廣州話則比喻：①本事。例如：我就得呢兩度板斧 [我只有這麼兩下子本事]。②辦法。例如：出盡板斧都唔掂 [用盡辦法都解決不了問題]。

板障　　圕 bǎnzhàng　圐 ban²zêng³

普通話指一種用來練習翻越障礙物的設備，用木板做成。

廣州話還指房子內用來分隔各個單間的木板壁，多用膠合板或纖維板做成。例如：用板障將呢間房隔開 [用板障把這屋子隔開]。

枕　　圕 zhěn　圐 zem²

指枕頭。

又指頭枕着東西（**廣州話**讀zem³）。

廣州話又指：①趼子。例如：腳枕 [腳底起的趼子]｜手板起枕咯 [手掌上起趼子了]。②捕捉魚、雞等用的罩子。例如：雞枕｜魚枕｜枕魚 [用枕罩魚]。

事例　　圕 shìlì　圐 xi⁶lei⁶

指具有代表性的事情。

廣州話指俗例，先例，規矩。例如：呢件事點處理，有事例嘅啦 [這件事怎麼處理，有俗例的呀]｜從嚟冇噉嘅事例 [從來沒有這樣的先例]。

事關　　圕 shìguān　圐 xi⁶guan¹

表示關係到，牽涉到。例如：事關重大｜事關案情，不便透露。

廣州話又表示原因。一般放在表示結果的句子後面，即先說結果，再用“事關”引出原因。例如：你肚痛，事關亂食嘢 [你肚子疼，原因是亂吃東西]｜嗰件事冇辦成，事關個個都唔肯出錢 [那件事沒辦成，是因為大家都不願出錢]。

兩　　圕 liǎng　圐 lêng⁵

作為數詞，表示二。

兩種話的用法略有不同。在傳統的度量衡單位前，**普通話**用“二”為多，**廣州話**一般用“兩”，例如：兩尺布 [二尺布]｜兩斤米 [二斤米]。在新的度量衡單位前，兩種話一般都用“兩”，例如：兩公里｜兩噸。

兩份　　圕 liǎngfèn　圐 lêng⁵fen⁶⁻²

表示整體中的兩部分。例如：分成兩份。

廣州話又表示：①（雙方）一起，共同。例如：呢包餅你同細佬兩份食啦 [這包餅你和弟弟一起吃吧]｜我哋兩份做會快啲 [我們一起做會快一點]。②屬於雙方的。例如：嗰間舖頭係我同佢兩份嘅 [那間店舖是我和他共有的］｜呢堆嘢兩份啦［這堆東西咱們各人一半吧］。

兩家　⊜ liǎngjiā ⊜ lêng⁵ga¹

普通話指兩個家庭。

廣州話指：①兩人，兩個。例如：我同你兩家去啦［我和你兩個（一起）去吧］｜我哋兩家齊心協力一定會成功［我們兩個齊心合力一定會成功］。②雙方。例如：你哋兩家傾掂佢［你們雙方協商好］｜兩家訂個合同啦［雙方訂個合同吧］。

來路　(一) ⊜ láilù ⊜ loi⁴lou⁶

指向這裏來的道路。又指來源，例如：要擴大原材料的來路。

廣州話變調說成 loi⁴lou⁶⁻² 時，就是指外來的，進口的。例如：來路貨｜來路嘢［洋貨］｜呢部汽車係來路嘅［這輛汽車是進口的］。

(二) ⊜ láilu ⊜ loi⁴lou⁶

兩種話都指來歷。例如：這個人來路不明。

來頭　⊜ láitou ⊜ loi⁴teo⁴

指來歷，來勢，來由。

普通話又指做某種活動的興趣。例如：打牌沒有甚麼來頭，不如釣魚。**廣州話**沒有這用法。

廣州話又指形勢，勢頭。例如：睇來頭唔係幾對路［看勢頭不大對勁啊］｜睇來頭嚟湊［看形勢行事］。

到　⊜ dào ⊜ dou³

表示到達某一點，往某處去，例如：到期｜車到站｜到北京去。又用作補語，表示動作有結果，例如：找到了｜說到就要做到。

廣州話的"到"還有幾個特殊的用法：①用在動詞和補語中間，表示動作的結果。例如：食到夠［吃個夠］｜笑到肚都痛晒［笑得肚子都疼了］｜畀人打到死死下［被人打得半死］。②用在形容詞和補語中間，表示達到某一程度。例如：白到雪噉［白得像雪那樣］｜衰到死［差勁得要命］｜瘦到一碌竹［瘦得像竹竿］。③用在形容詞或不及物動詞後面，省去補語，表示程度較深。例如：呢兩日熱到……［這兩天熱得要命］｜佢嗰陣時紅到……［她那時紅得不得了］｜嘩，叻到……［啊，聰明極了］！

【丨】

叔公　⊜ shūgōng ⊜ sug¹gung¹

普通話指丈夫的叔叔。

廣州話指叔祖，即父親的叔父。

叔婆　⊜ shūpó ⊜ sug¹po⁴

普通話指丈夫的嬸母。

廣州話指叔祖母，即父親的叔母。

些小　⊜ xiēxiǎo ⊜ sé¹xiu²

表示一點兒，少量，例如：些小感慨。又表示細微，輕微，例如：些小差異｜些小之事。

普通話只用於書面語；廣州話一般用於口語。

卓　⦿ zhuó　⦿ cêg³

表示高而直，例如：卓立。又表示高明，高超，例如：卓見｜卓絕｜卓爾不群。

廣州話又形容人機靈，精明，善於見機行事。略含貶義。例如：呢個後生仔好卓[這小伙很機靈]。

旺　⦿ wàng　⦿ wong⁶

表示火勢熾烈。又形容旺盛，興旺。

廣州話又表示熱鬧，繁華，例如：呢條街時時都咁旺[這條街甚麼時候都那麼熱鬧]｜旺舖[繁華地段的店舖]。又表示生意興隆，例如：呢間舖頭真旺[這家商店生意真好]。還表示使興旺（多帶迷信色彩），例如：旺夫[使丈夫興旺]｜隻狗旺主人[這隻狗會使主人興旺]。

味　⦿ wèi　⦿ méi⁶

兩種話都指：①味道，滋味，氣味。②意味，趣味。例如：這本書越讀越有味｜這篇文章味如嚼蠟。③嚐味，辨味。例如：味之甚甘｜體味。④菜餚，食品，例如：臘味｜山珍海味｜美味｜食不兼味。

又作量詞。用於中藥，例如：這藥丸由十二味藥製成。廣州話又用於：①菜餚。例如：整兩味餸

你食下[弄兩道菜你嚐嚐]｜呢味餸未食過[這樣菜沒有吃過]。②事情（多指不好的）。例如：呢味嘢得人驚[這樣的事情實在使人害怕]｜呢味嘢等我諗下再講[這件事讓我想想再說]。廣州話量詞"味"一般讀變調 méi⁶⁻².

果皮　⦿ guǒpí　⦿ gui¹péi⁴

普通話指植物果實的外皮。

廣州話"果皮"特指烤曬乾的橘子皮，可作湯、粥、菜餡的作料，藥用時稱"陳皮"。

呵　⦿ hē　⦿ ho¹

作為動詞的"呵"，普通話表示呼氣、哈氣。例如：一氣呵成｜冷得他直呵手。

廣州話則另有用法。小孩摔倒以後，大人一邊撫摸其痛處，或者往痛處呵氣，一邊說"呵"，以示同情、安慰。例如：呵兩下就唔痛咯[哈兩口氣就不疼了]｜呵一呵，好過舊時多[俗語。呵一下，比過去還好]。由此而引出以下含義：①撫慰，哄。例如：打咗又呵翻[打完之後又給以安撫]。②疼愛。例如：全家人都好呵佢[全家人都呵護着她]。

明火　⦿ mínghuǒ　⦿ ming⁴fo²

指有火焰的火。又指點着火把（搶劫），例如：明火執仗｜明火打劫。

廣州話指用適當火候不間斷地煮成的。例如：明火白粥｜明火老

湯。

畀　⑪ bì　⑫ béi²

表示給，給以，賜與意思。例如：畀以重任｜畀之財。

普通話僅用於書面語。

廣州話則普遍用於口語，而且使用範圍比普通話大得多，除了表示給、給以意思外，還有以下用法：①作介詞，表示被。例如：畀人撞咗一下［被人撞了一下］｜畀狗咬親［被狗咬了］｜個位畀人坐咗［位置被別人佔了］。②作介詞，表示讓、叫、允許。例如：畀佢贏咗［叫他得勝了］｜畀人家搶先咯［讓人搶先了］｜畀佢入嚟啦［讓他進來吧］。③作介詞，相當於"用"。例如：畀墨水筆寫［用鋼筆寫］｜畀牙咬［用牙咬］｜你估呢個箱畀乜嘢做嘅嚀［你猜這個箱子用甚麼做的］？④表示投入，放入。例如：畀心機做嘢［用心幹活］｜碗湯重要畀啲鹽［這碗湯還要下點鹽］。

忠心　⑪ zhōngxīn　⑫ zung¹sem¹

指忠誠的心，名詞。

廣州話又作形容詞，指忠誠。例如：佢對老闆好忠心［他對老闆很忠誠］。

呢　（一）⑪ ne　⑫ né¹

語氣助詞。

普通話可用在疑問句末尾，表示疑問、追問、反詰、嫌棄等語氣。又可用在陳述句末尾，表示對事實的確認，或表示動作或情況還在繼續。還可用在句子中間表示停頓。

廣州話的"呢"一般不用於陳述句，只用於表示疑問的句子裏，例如：佢為乜噉做呢［他為甚麼這樣做呢］？｜你估佢嚟唔嚟呢［你猜他來不來呢］？有時也可以用在句子中間表示停頓，例如：佢係唔啱，你呢，重錯上加錯［他是不對，你呢，還錯上加錯］。

（二）⑪ —　⑫ ni¹

廣州話作指示代詞，表示近指，相當於"這"。例如：呢個人［這個人］｜呢幾年［這幾年］｜呢啲係乜嘢嚟㗎［這些是甚麼東西呀］？**普通話**沒有這樣用法。

【丿】

非禮　⑪ fēilǐ　⑫ féi¹lei⁵

指不合禮節，不禮貌。例如：非禮行為｜非禮勿為。

廣州話特指調戲、猥褻婦女。例如：非禮少女｜遭到非禮。

制　⑪ zhì　⑫ zei³

表示：①規定，制訂。例如：制禮作樂｜因地制宜。②規章，制度。例如：公有制｜民主集中制。

兩種話都表示限制，限定，但用法略有區別。**普通話**一般用於合成詞，例如：節制｜壓制｜制伏。

廣州話可以單用，例如：制水 [定時或定量供水]｜制電 [限制用電]｜制癮 [某種愛好或癖嗜受到限制]。

廣州話還借來表示：①願意，幹。例如：你制唔制 [你願意嗎；你幹不幹]？｜有邊個制 [沒有誰願意；誰也不幹]｜唔好制嘅 [別幹啊]｜咪制 [不幹]。②合算，上算。例如：制得過 [合算，划得來]｜制唔過 [不合算，划不來]。

知客　　審 zhīkè　粵 ji¹hag³

舊時指辦喜事或喪事的人家請來招待賓客的人。又指寺院中主管接待賓客的和尚。

廣州話又指酒樓中負責接待顧客的服務員。

和暖　　審 hénuǎn　粵 wo⁴nün⁵

普通話指暖和。例如：和暖的春風。

廣州話指溫，溫和，多用於水溫。例如：沖涼水和暖就得喇 [洗澡水溫的就行了]｜粥重和暖，快啲食啦 [粥還溫和，快點喝吧]。

供　　審 gōng　粵 gung¹

表示供給，供應，例如：供過於求｜供他上學。又表示為對方提供利用的條件，例如：僅供參考｜提供方便。

廣州話又指分期付款。例如：供樓 [分期付款買房子]｜供車 [分期付款買汽車]｜月供二千五 [每月付款二千五百元]。

使　　(一) 審 shǐ　粵 sei²(讀音 xi²)

表示：①派遣，支使。例如：使人去問清楚。②使用，運用。例如：使用職權｜這把菜刀很好使｜使插秧機插秧。③讓，致使。例如：使大家放心｜使產量增高。

廣州話又表示：①花（錢）。例如：使咗唔少錢 [花了不少錢]｜慳啲使 [（錢）省點花]。②用，花用。例如：我左手唔曉使鉸剪 [我左手不會用剪刀]｜梘粉使晒咯 [洗衣粉用光了]。③要，需要。例如：使唔使我幫手 [要我幫忙嗎]？｜唔使幾耐就見功嘅嘞 [用不了多久就會見效的]。

(二) 審 shǐ　粵 xi³

指：①古代官名。例如：節度使｜樞密使。②指由國家派到其他國家去辦理事務。例如：出使。③奉使命辦事的人，外交代表。例如：使節｜大使｜使館。

使用　　審 shǐyòng　粵 sei²yung⁶

作動詞，指使人、財、物等為某種目的服務。例如：正確使用幹部｜充分使用廢舊物資。

廣州話又作名詞，指費用，開支，花銷（多指家庭的、個人的）。例如：一個月要幾多使用 [一個月要多少費用]｜使用好大 [開支很大]。

使得

᠍ shǐde ᠍ sei²deg¹(讀音 xi²deg¹)

普通話表示：①能用，可以使用。例如：這台電腦還使得 | 這台洗衣機使得使不得？②可以，能行。例如：這個辦法使得 | 只有你才使得。③引起一定的結果。例如：加強管理使得效率大大提高 | 這一喜訊使得群情振奮。

廣州話表示：①有能力，有辦法，能幹。例如：呢個工程師好使得 [這位工程師真能幹]。②行 (xíng)，頂用。例如：佢邊樣都使得 [他哪樣都行]。③見效，奏效。例如：呢樽藥使得 [這瓶藥見效]。

例規

᠍ lìguī ᠍ lei⁶kui¹

指由慣例而形成的規矩。又指條例和規章。

普通話舊時指按照慣例給的錢物，例如：收例規。**廣州話**沒有這樣的說法。

廣州話"例規"在使用時有強調"按慣例必須這樣"的意思。例如：例規係噉嘅 [按慣例是要這樣的] | 噉做，例規啦 [這樣做，是按慣例的]。

依傍

᠍ yībàng ᠍ yi¹bong⁶

指依靠，指望。

普通話又指模仿（多指藝術、學問方面）。例如：依傍先賢。**廣州話**口語沒有這樣說法。

的

（一）᠍ dí ᠍ dig¹

表示真實，實在。例如：的確 | 的當。

廣州話又借用來表示：①提，提溜。例如：唔該幫我的袋米入嚟 [請幫我把那袋米提進來] | 一手就的起佢 [一隻手就提起它來]。②（用手指）按、摁。例如：的實個窟仔 [用手指摁着那個小窟窿]。**普通話**沒有這兩項用法。

（二）᠍ de ᠍ —

普通話作為助詞的"的"，無論是用在定語後還是組成"的"字結構，**廣州話**口語都不說"的"而說"嘅"(gé³)。如"我的家 | 幸福的生活 | 男的 | 送貨的"中的"的"，**廣州話**都說"嘅"。助詞"的"用在陳述句末尾表示肯定的語氣，如"我是不會答應的 | 我的脾氣你是知道的"，**廣州話**也不說"的"而說"嘅"。

普通話助詞"的"用在謂語動詞後面，強調動作的實施者、時間、地點、方式等，如"誰幹的好事 | 他是網上訂的票 | 這是他用心畫的畫"；又，用在兩個並列的同類的詞或詞組之後，表示"等等、之類"意思，如"燒瓶、量杯的，擺了一桌子 | 前呼後擁的把他迎進門"。這兩種情況，**廣州話**都不用"的"也不用"嘅"，而是改用其他說法。

另外，**普通話**口語中，"的"用在兩個數量詞中間表示相乘或相加。如"四米的五米，合二十平方米｜兩斤的四斤，一共六斤"。**廣州話**沒有這樣的説法。

的士　粵 díshì　粵 dig¹xi²

普通話"的士"來自方言。指計程收費的出租小汽車。是英語 taxi 的粵方言音譯詞。

廣州話舊時也指小轎車，現已少説。

金山　粵 jīnshān　粵 gem¹san¹

指金子做的山，比喻極多的財富。

廣州話指美國三藩市（聖弗蘭西斯科，又叫三藩市），後又泛指北美洲。從北美洲歸國的華僑叫"金山客"，其中年老的叫"金山伯"；北美洲出產的橙子叫"金山橙"。

金牛　粵 jīnniú　粵 gem¹ngeo⁴

指金子做的牛，金色的牛的塑像。

香港地區俗指面額為一千元的港幣。

命　粵 mìng　粵 méng⁶（讀音 ming⁶）

指生命，壽命。又指命運。

廣州話又指人，一般指很少數的人。其量詞用"隻"。帶諧謔味。例如：呢度就呢幾隻命［這裏就只有這麼幾個人］｜剩番我一隻命［剩下我一個人］。

爭　粵 zhēng　粵 zang¹

表示力求得到或達到，例如：力爭｜爭奪｜爭冠軍。又指爭論，爭執。

廣州話又表示：①缺，欠。例如：重爭啲乜嘢［還缺些甚麼］？｜我爭你二十文［我欠你二十元］｜爭住先，聽日補畀你［先欠着，明天補給你］。②偏袒，袒護，向着。例如：你唔好一味爭住佢［你別一味向着他］｜我邊個都唔爭［我誰也不偏袒］｜爭理不爭親［俗語。站在有理一邊，不因親人無理而袒護他］。

肥　粵 féi　粵 féi⁴

指含脂肪多，油水多。又指肥沃，肥料，利益。

普通話又指衣服寬大（跟"瘦"相對）。例如：這褲腿太肥了。**廣州話**不説"肥"而説"闊"（跟"窄"相對）。

普通話的"肥"，除"肥胖、減肥"外，一般只用於動物，不用於人。**廣州話**則既可指動物又可指人。例如：肥豬｜肥佬［胖子］｜肥妹仔［小胖妞］。

廣州話的"肥"還表示油膩。例如：隻碗裝過油，好肥［這個碗盛過油，很油膩］｜炒粉少落啲油，我怕肥［炒米粉少下點油，我怕油膩］。**普通話**沒有這用法。

周至　粵 zhōuzhì　粵 zeo¹ji³

表示做事周到，思考問題周全。例如：出門時媽媽叮嚀周至。

廣州話又表示周正，整齊。例

如：佢打扮得幾周至 [他打扮得
很周正]｜着得好周至 [穿得很整
齊]。現較少説。

忽必烈　⑧hūbìliè ⑨fed¹bid¹lid⁶

即元世祖。

廣州話戲指侵吞集體伙食的人。
忽必烈的先人和他先後攻滅了金
朝和宋朝，大家稱之為"吞金滅
宋"。**廣州話**裏"宋"與"餸（菜
餚）"同音，人們就稱那些侵吞、
剋扣集體伙食自肥的人為"吞金滅
餸"的"忽必烈"。

狗牙　⑧gǒuyá ⑨geo²nga⁴

指狗的牙齒。

廣州話指狗的牙齒時，"牙"讀本
調 nga⁴：如果讀變調 nga⁴⁻²，則是
指狗牙狀的、鋸齒狀的。例如：
支旗鑲住狗牙邊 [旗子鑲着鋸齒
邊]｜張枱布嘅邊係狗牙嘅 [那張
桌布的邊是鋸齒形的]。

【、】

夜　⑧yè ⑨yé⁶

指從天黑到天亮的一段時間。**普
通話**是名詞。

廣州話可作名詞，也可作形容
詞，表示晚。例如：好夜至瞓 [很
晚才睡]｜咁夜重嘈乜呀 [這麼晚
了還嚷嚷甚麼]！｜再夜啲，就有
好多人嚟宵夜嘅嘞 [再晚一點，就
會有很多人來吃夜宵的]。

底　⑧dǐ ⑨dei²

指物體的最下部分。又指事情的
根源或內情。

廣州話的"底"又指物體下面的空
間。例如：樓梯底 [樓梯下面]｜牀
底 [牀下面]｜蓆攝底 [蓆子下面]。

廣州話的"底"又可作量詞，用於
未切開的整塊糕點、烙餅等。例
如：蒸兩底蘿蔔糕｜一底切開八
件｜煎餽罉要一底甜嘅一底鹹嘅
[烙糯米粉烙餅要一塊甜的一塊鹹
的]。

放水　⑧fàngshuǐ ⑨fong³sêu²

普通話指體育比賽中一方故意輸
給另一方。

廣州話的"放水"意義範圍要大得
多，它還表示：①私下給人方便，
有意通融。例如：呢次係老師放
水你至得及格咋 [這次是老師通
融你才能及格的]｜你咪睇見係熟
人就放水 [你不要看見是熟人就
私下方便啊]。②泄露消息，透露
秘密。尤指泄露試題。例如：我
哋嘅計劃對方點會知到？梗係有
人放水 [我們的計劃對方怎麼會
曉得？肯定有人泄露消息]！｜呢
次考試嘅試題，邊個放水邊個負
責 [這次考試的試題，誰泄露誰負
責]！③解小便，撒尿。用於男
性。④給錢。**廣州話**往往以水喻
財，所以這樣説。例如：銀行放
水咯 [銀行發放貸款了]。這些含
義都是**普通話**沒有的。

放電　⑧ fàngdiàn ⑨ fong³din⁶

指帶電體釋放電能。

廣州話特指女子向男子拋媚眼,賣弄風騷。香港地區又説"放生電"。

盲　⑧ máng ⑨ mang⁴

指看不見,瞎。又指對某種事物不認識或分辨不清的人,例如:文盲│色盲│法盲│電腦盲。還指在不用看的情況下操作,例如:盲棋│盲打(不看鍵盤打字)│盲降(飛機在能見度很低情況下,依靠地面導航設備在機場上降落)。

看不見東西,**普通話**一般説"瞎",少説"盲";**廣州話**一般説"盲",不説"瞎"。

盲棋　⑧ mángqí ⑨ mang⁴kéi⁴⁻²

指眼睛不看棋盤而下的棋。又叫"閉目棋"。

廣州話又指下棋時下出的昏着(zhāo),如把棋子白送給對方"吃"等。

法　⑧ fǎ ⑨ fad³

是法律、法令、條例、命令、決定等的總稱。又指方法、方式、標準、模範。也表示仿效、效法。

廣州話的"法"還可以作助詞,起加強語氣作用。它的組合方法是:指示代詞"咁"或"噉",或疑問代詞"點"或"點樣";加謂語動詞,或動賓、動補詞組;再加"法"。例如:佢噉搞法,肯定撞板[他這樣搞,肯定要碰釘子]│佢點樣蝦你法[他怎樣欺負你]?│佢點惡死法[他是怎樣兇狠厲害的]?

河　⑧ hé ⑨ ho⁴

指河流。

廣州話指河流時讀原調,讀變調ho⁴⁻² 則作為"沙河粉"的簡稱。沙河粉(sa¹ho⁴fen²)是一種寬條米粉,是**廣州話**地區常見食品。原產地為廣州沙河,故名。簡稱"河粉"(ho⁴⁻²fen²)或"河"(ho⁴⁻²)。例如:炒河粉[炒沙河粉]│炒河[炒沙河粉]│炒牛河[牛肉炒沙河粉]│牛肉炒河[牛肉炒沙河粉]│炒齋河[素炒沙河粉]。"河"(ho⁴⁻²)只作為詞素使用,不單用。

油　⑧ yóu ⑨ yeo⁴

①指動植物體內所含的液態脂肪;礦產的碳氫化合物的混合液體。通常又稱固體的動物脂肪。②指用油漆、桐油等塗抹。③形容油滑。

普通話還表示被油弄髒。例如:褲子油了。**廣州話**沒有這樣説法。

廣州話還指:①塗抹,漆。例如:油顏色[上色]│油乜嘢色好[漆甚麼顏色好呢]?②用石灰等塗抹,例如:油灰水[刷石灰水]。

廣州話變調讀 yeo⁴⁻² 時表示:①油漆。例如:紅油[紅油漆]。②潤滑油。例如:單車油[自行車潤滑油]│衣車油[縫紉機潤滑油]│手錶要抹油[手錶要洗油]。

油脂　⓹yóuzhī　⓺yeo⁴ji¹

普通話指油和脂肪的統稱。

"油脂"原為 20 世紀 70 年代末期一部美國電影在香港放映時的中文譯名。影片中男女主角一度成為青少年的偶像，他們的服飾被稱為"油脂裝"，他們的舞蹈被稱為"油脂舞"，崇拜他們、在服飾姿態上模仿他們的青年男女則被稱為"油脂仔、油脂女"。

油嘴　⓹yóuzuǐ　⓺yeo⁴zui²

指噴油的噴嘴。又指人說話油滑，善於狡辯。還指油嘴的人。

廣州話又指人偏食，專挑好東西吃。例如：你咁油嘴，專揀好嘅食 [你真會偏食，專挑好的吃]。

泥　⓹ní　⓺nei⁴

普通話指含水的土，例如：泥漿 | 泥坑 | 泥濘。又指像泥的東西，例如：肉泥 | 棗泥 | 印泥。

廣州話的"泥"兼指**普通話**的"泥"（帶水的）和"土"（不帶水的）。例如：一擔泥 [一挑土] | 泥屋 [土房子]。

波　⓹bō　⓺bo¹

指波浪。又比喻事情的意外變化。

廣州話還表示以下意思：①波紋。例如：頭髮電咗個波 [頭髮燙了一個波紋]。②球，籠統稱呼籃球、排球、足球、乒乓球等球形體育用具。是英語 ball 的音譯。③指球賽。例如：睇波 [觀看球賽] | 今晚有場波 [今天晚上有一場球賽]。④檔，排檔（汽車、拖拉機等內燃機車改變行車速度或牽引力的裝置）。例如：二波 [二檔] | 換波 [換檔]。

治　⓹zhì　⓺ji⁶

表示：①治理，管理。例如：治國 | 治水 | 治裝。②政治清明而致安定、太平。例如：治世 | 天下大治。③舊稱地方政府所在地。例如：縣治 | 郡治 | 省治。④研究。例如：治學 | 治經。⑤治療。例如：治病 | 醫治。⑥撲滅，消滅。例如：治蟲 | 治蝗。⑦懲處，懲辦。例如：治罪。

廣州話又表示制伏，鎮，降 (xiáng)。例如：我唔信冇人治得佢 [我不信沒有人能制伏他] | 係佢大佬至治得佢掂 [只有他大哥才鎮得住他]。

定　（一）⓹dìng　⓺ding⁶

表示穩定、固定、決定、確定、規定、約定、一定等意思。兩種話是一致的。

廣州話的"定"還有以下**普通話**所沒有的含義和用法：①表示鎮定，平靜。例如：定啲，唔使慌 [鎮定些，不必驚慌] | 定過抬油 [俗語。比喻非常鎮定]。②表示放心。例如：定啲啦，佢唔會咬人嘅 [放心吧，牠不會咬人的]。③用在動詞之後，表示預先準備。例如：執定行李 [先收拾好行

李]|就嚟落車喇，行定出嚟啦 [快
下車了，先出來吧]。④放在動詞
之後，表示妥當、好。例如：安
排定喇 [安排妥當了]| 商量定 [商
量好]。⑤放在某些動詞後面，表
示清楚、準。例如：睇定至做 [看
準了才做]。⑥作連詞。用在問句
或陳述句裏，表示選擇。例如：
去行街定睇電影 [去逛街還是去看
電影] ？| 食飯定食粥你話事 [吃
飯還是喝粥由你定]。

（二）⑧ dìng ⑧ ding⁶⁻²

廣州話的"定"還作副詞，表示當
然。例如：要定啦 [當然要]| 佢
去定啦 [他當然去了]| 佢真係你
大佬？──係定啦 [他真是你大
哥？──當然是了] ！

普通話的"定"也有類似用法，例
如：這房子我買定了 | 這次我去
定了。其實所表示的意思是不同
的。**普通話**這種情況的"定"表示
說話人的決心不可變更；而**廣州
話**這裏的"定"則表示動作或狀態
的必然如此。

（三）⑧ dìng ⑧ déng⁶ 又 déng⁶⁻²

廣州話裏"定"可作為"定金"的
省說。例如：要落定嘅嘛 [要下定
金的啊]| 落咗幾多定呀 [下了多
少定金啊] ？**普通話**"定"沒有這
樣的用法。

定性 ⑧ dìngxìng ⑧ ding⁶xing³

指確定事物或問題的性質。

廣州話又形容人穩重、文靜，能

靜下心來。例如：個仔幾定性㗎
[這孩子挺文靜的]| 佢讀書好定
性，所以成績唔錯 [他讀書能靜下
心來，所以成績不錯]。

官 ⑧ guān ⑧ gun¹

指政府或軍警中經過任命的、一
定等級以上的公職人員。又指屬
於政府的或公家的，例如：官辦 |
官邸 | 官價。

普通話還指公共的，公用的。例
如：官道 | 官廁所。**廣州話**很少這
樣說。

廣州話舊時尊稱少爺為"官"。例
如：大官 [大少爺]| 二官 [二少
爺]。現已少說。

空降 ⑧ kōngjiàng ⑧ hung¹gong³

指利用飛機、降落傘由空中着陸。

廣州話又比喻由外機構調到本機
構擔任領導職務。

房 （一）⑧ fáng ⑧ fong⁴

指房子。又指房間。還指家族的
分支。

指房子時，**廣州話**多用於書面
語，讀本調。例如：平房 | 樓房 |
房間 | 房東 | 房產。口語多說
"屋"。例如：一間屋 [一所房子]|
木屋 [木房子]| 屋主 [房東]| 屋
簷 [房簷]| 屋頂花園。

（二）⑧ fáng ⑧ fong⁴⁻²

廣州話指房間，屋子。讀變調。

例如：一廳兩房｜廚房｜雜物房｜房門｜入房傾［到屋裏談］。

普通話的"房"也指房間，但指房間時不單獨使用。如果單獨使用則是指房子。

房車　⦿ fángchē　⦿ fong⁴cé¹

普通話指一種汽車，車中配有傢具，並設有廚房、浴室、衛生間，多用於長途旅行。

廣州話指小轎車（多指較豪華、名貴的）。

【一】

屈　⦿ qū　⦿ wed¹

表示：①彎曲，使彎曲。例如：屈指｜屈膝。②屈服。例如：寧死不屈。③（理）虧。例如：理屈詞窮。④冤枉，委屈。例如：叫屈喊冤｜受屈｜屈死我了。

廣州話又表示：①憋氣。例如：有乜事講畀我聽，唔好屈喺心度［有甚麼事告訴我，別憋在心裏］。②蜷縮。例如：佢中意屈住瞓［他喜歡蜷縮着睡］｜成日屈喺書房度［整天縮在書房裏］。③扭傷，崴。例如：屈親條腰［扭傷了腰］｜隻腳屈咗一下［腳崴了一下］。④繞（路）。例如：噉行屈遠咗咯［這樣走繞遠了］｜屈咗個圈［繞了一個圈］。

孤寒　⦿ gūhán　⦿ gu¹hon⁴

普通話的"孤寒"是書面語，是家世寒微，沒有甚麼可以倚仗的意思。口語少說。

廣州話的"孤寒"則表示吝嗇，小氣意思。例如：佢咁孤寒，點會借錢畀你［他這麼吝嗇，怎麼會借錢給你］？｜佢平日孤寒，捐錢救災就好大方［他平時小氣，捐錢救災卻很大方］。

妹　⦿ mèi　⦿ mui⁶

指妹妹。又指同輩而年紀比自己小的女子，例如：表妹｜師妹。

廣州話的"妹"讀本調 mui⁶ 時一般不單用。單用的"妹"一般變調讀 mui⁶⁻²，例如：佢有兩個妹［他有兩個妹妹］。

廣州話的"妹"還可變調讀 mui⁶⁻¹，表示：①婢女。例如：妹仔［婢女］｜妝嫁妹［陪嫁丫頭］｜轎腳妹［陪嫁丫頭］。②丫頭。例如：傻妹｜妹豬［小丫頭。暱稱］｜妹釘［小丫頭。詈稱］。③女青年。例如：工廠妹［工廠青年女工］｜學生妹［女學生］。④妞兒。例如：肥妹［胖妞］｜鬼妹［洋妞］｜打工妹｜外來妹。

姑娘　⦿ gūniang　⦿ gu¹nêng⁴

兩種話都指未婚女子。

普通話口語又稱女兒。**廣州話**沒有這樣用法。

廣州話"姑娘"多用來指女護士。

在香港地區，"姑娘"除稱護士外，還稱其他從事護理工作的女性、在教會中工作的女性、社會工作者中的女性，以及工廠裏的女性管工等職業婦女。

姑爺　普(一) gūyé　廣 gu¹yé⁴

普通話指父親的姑父。

廣州話沒有這樣的説法。

（二) gūye　廣 gu¹yé⁴

兩種話都用於口語，是岳家對女婿的稱呼。

姐　(一) 普 jiě　廣 zé²

稱姐姐，包括同胞姐姐、堂姐、表姐。

如果從姓名中截取一個字，放在"姐"的前面（例如：王姐｜萍姐），**普通話**用來稱呼年輕的女子，**廣州話**則用來稱呼傭人。

（二) 普 jiě　廣 zé²⁻¹

廣州話稱呼平輩女子。一般從姓名中截取一個字，放在"姐"的前面。例如：李姐｜蓉姐。

姊妹　普 zǐmèi　廣 ji²mui⁶ 又 ji²mui⁶⁻²

即姐妹。

廣州話還指：①兄妹；姐弟。統稱兄弟姐妹時，只要其中有一人是女性，即可稱"姊妹"。例如：你有幾姊妹呀[您兄弟姐妹有多少人呀]？｜我哋四姊妹，大哥、大姐出身咯，我同細妹重讀緊書[我們兄弟姐妹四個，大哥、大姐出來工作了，我和小妹還在唸書]。

②女儐相。

始終　普 shǐzhōng　廣 qi²zung¹

表示從頭到尾，自始至終，例如：始終堅持｜始終相信。又表示這一過程，例如：貫徹始終。

廣州話又表示到最後，最終。例如：佢始終有取得對方諒解[他到最後還是沒有取得對方諒解]｜比賽好緊張，對方一直領先，但係始終我哋贏咗[比賽很激烈，對方一直領先，但是最終還是我們勝利了]。

阿公　普 āgōng　廣 a³gung¹

普通話、**廣州話**都指外祖父，即母親的父親。

普通話的"阿公"是從方言吸收過來的。**普通話**中表示親屬的名詞，凡以"阿"字起頭的，如"阿公、阿婆、阿姨"，屬古漢語的留存，或來自方言。

廣州話指人的"阿"往往寫作"亞"，如"阿公"寫作"亞公"。以下各條同。

阿姐　普 ājiě　廣 a³zé²⁻¹

姐姐。同父母（或同父異母，或同母異父）而年紀比自己大的女子。

普通話多叫"姐姐"，口語多稱"姐"。

廣州話用"阿姐"稱姐姐時，"姐"要變調讀 zé²⁻¹ 音。同父母的姐姐叫"家姐"，近房的堂姐還可稱“名字＋姐”，“姐”同樣要變調。“阿姐”如果讀原調a³zé²，舊時用來稱呼父親的妾，即庶母（面稱）；現在則用作對那些聲望很高或正在走紅的影視女演員、女歌星的俗稱。

阿姨　⑪ āyí　⑭ a³yi¹

普通話、廣州話都表示：①母親的姐妹。②稱呼跟母親輩分相同、年齡相仿的非親屬婦女。③稱呼女保姆或幼兒園的女保育員。

普通話裏，“阿姨”既指母親的姐姐也指母親的妹妹。

廣州話裏，“阿姨”只指母親的妹妹。母親的姐姐叫“姨媽”。

阿嫂　⑪ āsǎo　⑭ a³sou²

哥哥的妻子。

普通話口語叫“嫂子”或“嫂”前加排行，如大嫂、二嫂、三嫂等。

廣州話“阿嫂”舊時還可以用作長輩面稱晚輩的妻子，或者面稱平輩的妻子。

阿爺　⑪ āyé　⑭ a³ye⁴

祖父，即父親的父親。古詩《木蘭辭》“阿爺無大兒，木蘭無長兄”句中的“阿爺”則是指父親。

普通話口語叫“爺爺”。

廣州話“阿爺”還用來比喻集體的、眾人的、公家的或國家的，例如：阿爺嘅事大家都要管［集體的事情大家都要管］｜唔能夠話係

阿爺嘅就可以隨便嘥撻［不能說是公家的東西就可以隨便浪費］。

阻　⑪ zǔ　⑭ zo²

指阻擋，阻礙。例如：阻攔｜阻止｜山川阻隔｜暢行無阻。

廣州話又指：①妨礙。例如：唔好阻住人哋開會［不要妨礙人家開會］｜唔阻你喇［客套話，做客告別用語。不妨礙您了。］｜阻手阻腳［礙手礙腳］。②耽誤。例如：畀佢阻晒啲時間［時間都讓他耽誤了］｜因呢件事阻咗幾日［因為這件事耽誤了幾天］。

阻滯　⑪ zǔzhì　⑭ zo²zei⁶

普通話作動詞。指有障礙而不能順利通過。又指使阻滯。

廣州話又作：①名詞。指障礙，麻煩。例如：辦呢件事唔會有乜阻滯嘅［辦這件事不會有甚麼麻煩的］｜諗唔到有咁多阻滯［想不到有這麼多的障礙］。②形容詞。指不順利。例如：佢前兩年都幾阻滯㗎［他前兩年挺不順利的］｜我都有過唔少阻滯［我也經歷過不少不順利的事情］。

9畫

【一】

契　⑪ qì　⑭ kei³

表示：①用利器刻。②刻的文

字。③房地產等的所有權的憑證。④投合。例如:默契|投契|契合。⑤合適的,合得來的。例如:契友|契機。

廣州話又表示:①認乾親。例如:上契[認乾親]|契佢做仔[認他做乾兒子]。②稱呼乾親。例如:契爺[乾爹]|契仔[乾兒子]。

玷 ⓿ diàn ⓿ dim³

指白玉上的斑點。又指使有污點。

廣州話借用指觸碰、摸。例如:唔好玷佢[不要摸它]|玷一玷都唔得[碰一下都不行]。

毒 (一) ⓿ dú ⓿ dug⁶

指進入機體後對機體起破壞作用的物質,例如:毒藥|病毒|毒品。引申指對思想意識有害的事物,例如:肅清流毒。又形容毒辣、猛烈,例如:毒計|心腸狠毒|下午兩三點太陽很毒。

廣州話習慣指某些食物容易引起瘡癤化膿的性質,又叫"發"。例如:竹筍好毒㗎,你生瘡唔好食[竹筍會發的,你長癤子不要吃]。注意:當問某種食物有沒有這種性質時,一般說"毒唔毒[毒不毒]",而不說"有冇毒[有沒有毒]"。

(二) ⓿ dú ⓿ dou⁶

指用毒物殺死(魚、老鼠、害蟲等)。例如:毒老鼠|毒魚。

廣州話又指毒殺蟲子,即吃打蟲藥以殺死腸內的蛔蟲等寄生蟲。

指 ⓿ zhǐ ⓿ ji²

兩種話都指:①手指頭。②用細長物體的尖端對着。例如:用手指着他|用小棒指着地圖解說。③意思上指着。例如:我是指那件事說的。④(頭髮)直立。例如:令人髮指。⑤指望,依靠。例如:指靠。⑥量詞,一個指頭的寬度叫"一指"。例如:那條縫有兩指寬。

兩種話的"指"還表示指點意思,但是用法略有區別:**普通話**一般用於合成詞,例如:指導|指示|指出。**廣州話**可以單用,例如:我指條路你行啦[我給你指出一條路子走吧]。

廣州話還表示指使,指揮。例如:指佢去[指使他去]|咪聽佢亂指[別聽他瞎指揮]。

南風窗 ⓿ nánfēngchuāng ⓿ nam⁴fung¹cêng¹

指朝南的窗戶。

廣州話比喻港澳關係或海外關係。

南無 ⓿ nāmó ⓿ nam⁴mo⁴

佛教表示對佛尊敬或皈依。是梵語 namas 的音譯。

廣州話又指唸經。例如:南無噉聲[像唸經似的聲音]|南無佬[唸經的人。泛指道士、巫師、法師等]。

查實　🔲 cháshí　🔲 ca⁴sed⁶

意思是查證核實。例如：情況已經查實。

廣州話的"查實"則表示"其實"意思。例如：查實係你唔啱嘅[其實是你的不對]｜查實你唔使噉嘅[其實你不必這樣幹]。

相　🔲 xiàng　🔲 sêng³

指：①相貌，外貌。例如：長相｜照相｜狼狽相。②察看，觀察。例如：相馬｜相機行事。③輔助，幫助。例如：吉人天相。

廣州話變調讀 sêng³⁻² 時指相片，照片。例如：曬兩張相[洗兩張照片]｜證件相[證件照片]｜風景相[風景照片]。

相宜　🔲 xiāngyí　🔲 sêng¹yi⁴

表示適宜，恰當。例如：由他主持這項工作最相宜了｜剛喝了熱湯馬上又吃冰激凌不相宜吧？

廣州話又指便宜。例如：收費相宜[收費便宜]。

相思　🔲 xiāngsī　🔲 sêng¹xi¹

指相互思念，多指男女相愛又無法接近所引起的思念。

廣州話又作鳥名，指黃雀。

相與　🔲 xiāngyǔ　🔲 sêng¹yü⁵

指彼此交往，相處，例如：要學會跟人相與。又表示相互，例如：相與研究。舊時又指相好的人。

廣州話又指商量。例如：佢好相與嘅，搵佢啦[他好商量的，找他吧]。

枳　(一)　🔲 zhǐ　🔲 ji²

一種落葉灌木或小喬木，也叫"枸橘"。

　　(二)　🔲 —　🔲 zed¹

廣州話借來表示：①隨便放。例如：是但枳喺度[隨便放在這兒]｜唔記得枳喺邊度咯[忘記放在哪裏了]。②塞進。例如：枳晒入櫃桶度[全塞進抽屜裏]｜枳得入就枳[能塞進就塞]。③塞子。例如：樽枳[瓶塞]｜水池枳[水池塞子]。

柳　🔲 liǔ　🔲 leo⁵

柳樹，落葉喬木或灌木，枝條柔韌，葉狹長。

廣州話又指豬、牛、羊等的脊部肉。例如：牛柳｜羊柳｜魚柳。

枱布　🔲 táibù　🔲 toi⁴⁻²bou³

普通話指桌布。

廣州話又指擦桌布，抹布。例如：攞枱布抹枱[拿擦桌布擦桌子]。

威　🔲 wēi　🔲 wei¹

指表現出來的能壓服人的力量和氣勢或使人敬畏的態度，例如：

威嚴｜威望｜示威｜耀武揚威。又指憑藉威力採取行動，例如：威逼｜威懾｜威嚇。

廣州話又指：①因才智等突出而顯得威風、棒。例如：又得咗冠軍，幾威呀［又得了冠軍，多威風呀］。②東西高檔，漂亮。例如：着起呢套名牌西裝夠晒威［穿起這套名牌西服真是神氣］｜你睇部車幾威［你看這輛車多漂亮］！③作動詞，顯示威風。例如：今勻到我哋威翻下［這回輪到我們顯顯威風了］｜今日界佢威到盡［今天讓他出盡風頭］。

砌 ⓹qì ⓺cei³

指台階。又表示疊起，例如：砌牆｜砌灶｜堆砌。

廣州話還指：①拼合，組合。例如：砌圖［拼圖］｜砌階磚［拼組地板磚］。②打，揍。例如：砌佢［打他］｜砌到佢臉腫［把他打個夠］｜界人砌咗一餐［被人揍了一頓］。

面 ⓹miàn ⓺min⁶

指臉。**普通話**口語多說"臉"，**廣州話**口語一般說"面"。

又指：①部位或方面。例如：正面｜反面｜多面手｜八面玲瓏。②向着，朝着。例如：坐北面南｜背山面水。③當面。例如：面陳｜面議｜面交。④方位詞的後綴。例如：前面｜裏面｜上面｜南面。

"面"還表示：①物體的表面，有時特指某些物體的上部的一層。例如：地面｜路面｜水面。②紡織品的正面。例如：布面｜被面。這些意思的"面"，**廣州話**一般讀變調 min⁶⁻²。

廣州話讀 min⁶⁻² 還表示面子，臉面。例如：有面［有臉面］｜界面［賞臉］｜丟面［丟臉］。**普通話**沒有這一用法。

普通話"面"還用作量詞，用於扁平的物體。例如：一面鏡子｜一面旗子｜一面鑼。**廣州話**沒有這樣的用法。

奋 ⓹dā ⓺deb¹

普通話的"奋"書面語指大耳朵，口語也只用於"奋拉"一詞，表示下垂的意思。

廣州話表示下垂（奋拉）意思時說"奋"，沒有"奋拉"的說法。例如：奋尾狗［奋拉着尾巴的狗］｜奋低頭［奋拉着腦袋；低下頭去］｜眼瞓到眼皮都奋晒［睏得眼皮都垂下來了］。

【丨】

背後 ⓹bèihòu ⓺bui³heo⁶

兩種話都有以下含義：①指後面。例如：山背後｜廠房背後。②表示背地裏。例如：不要背後說人家的壞話［唔好背後講人壞話］。

廣州話還可指背後一面。例如：門背後有眼釘［門背面有一口釘子］｜你背後揩咗一啲灰［你的後背蹭了一點兒灰土]。

省　⏸ shěng　⏸ sang²

指行政區域機構，直屬中央。又指省會，**廣州話**特指廣州市。

普通話又指：①儉省，節儉。例如：省錢｜省吃儉用。②免除，減去。例如：這些手續不能省。

廣州話口語不這樣用，而是：①義項用"慳（han¹）"，例如：慳錢[省錢]｜好慳[很儉省]；②義項用"少"，上面**普通話**例句要說：呢啲手續唔能夠少。

廣州話又指：①間苗。例如：省芥菜仔[間芥菜苗]。②摘去菜葉。例如：省幾莢苦麥菜葉嚟炒[摘幾片苦麥菜葉來炒]。

省城　⏸ shěngchéng
　　　　⏸ sang²séng⁴⁽讀音 sang²xing⁴⁾

指省會。

在廣東特指廣州。例如：聽日去省城[明天去廣州]。

削　⏸ xiāo　⏸ sêg³

用刀斜着去掉物體的表層。**普通話**又讀 xuē，義同，專用於"剝削、削弱、削減"等合成詞。

廣州話又借指：①稀軟。例如：件糕好削[糕很稀]｜屙削屎[拉稀]。②（肌肉）鬆弛，不結實。例如：呢個細路皮膚幾白，就係肉削啲[這個小孩皮膚很白，就是肌肉鬆弛點]｜手瓜咁削，多啲運

動至得[胳膊肌肉這麼鬆弛，多點運動才行]。③（肚裏）缺乏油水。例如：一個禮拜冇肉食，個肚好削[一個星期沒肉吃，肚子裏沒油水了]。④（食物）性寒涼。例如：呢啲菜好削嘅，唔好食咁多[這種菜很寒涼，不要多吃]。

哄　（一）⏸ hōng　⏸ hong¹

普通話指很多人同時發出聲音。例如：哄鬧｜哄笑｜哄傳。

廣州話口語沒有這樣用法。

（二）⏸ hǒng　⏸ hong³

普通話指用假話或手段騙人，例如：哄騙｜你哄不了大夥。又指用言語或行動逗人高興，例如：哄着孩子玩｜哄老人高興。

廣州話口語沒有這樣用法。廣州話多說"諗"（tem³）。

（三）⏸ hòng　⏸ hung⁶

是"鬨"的簡化字。**普通話**指吵鬧，開玩笑。例如：起鬨｜一鬨而散。

廣州話"哄"（hung⁶）還有圍攏，湊近的意思，例如：咁多人哄住唔知睇乜[那麼多人圍攏着不知道幹甚麼]？｜哄埋去睇[湊近去看]。又表示湊近聞，嗅，例如：隻狗喺呢度哄嚟哄去[那狗在這裏嗅來嗅去]。

廣州話的"哄"（hung⁶）還借用來表示：①痕跡，包括水銹、汗鹼、衣服上的污跡等。例如：枱布有一笪哄[桌布上有一塊水銹]｜

件衫咁多哄，快啲洗啦 [衣服那麼多汗鹼，快拿去洗吧]。②日暈；月暈。

閂 @shuān @san¹

指門上使門推不開的橫插。又指用閂插上，例如：把門閂上。

廣州話又指：①關閉門、窗等。例如：閂門 [關門] | 閂窗 [關窗] | 閂冚啲 [關嚴點]。②關上電路或液體管道的開關。例如：閂掣 [關上開關] | 閂水掣 [關上自來水開關]。

閂門 @shuānmén @san¹mun⁴

指把門閂上。

廣州話又指店舖停業，倒閉。例如：嗰間雜貨舖早就閂門咯 [那間雜貨店早就倒閉了]。

咯 @lo @log³

作為語氣助詞的"咯"，**普通話**用在句子的末尾或句中停頓的地方，表示變化或出現新的情況，相當於"了"，但語氣較重。①表示已經出現或將要出現某種情況。例如：他已經做出決定咯 | 快要下雨咯。②表示認識、主張、想法、行動等有變化。例如：這樣就暴露他的真實意圖咯 | 他說不去，最後還是去咯。③表示在某種條件之下出現某種情況。例如：木棉花開了，天氣不會太冷咯 | 他不來，我就不參加咯。④表示催促或制止。例如：走咯，走咯，來不及咯！ | 好了，別說咯！以上例句的"咯"都可以換用"了"。

上述**普通話**用"咯"的地方，①②兩種情況，**廣州話**一般也用"咯"。③④兩種情況，**廣州話**也可以用"咯"，但多用"喇 (la³)"。

咬 @yǎo @ngao⁵

①指上下牙齒用力對着，把東西夾住或弄斷弄碎。②鉗子等夾住；齒輪、螺絲等互相卡住。③受責難或審訊時攀扯別人 (多指無辜的)。例如：亂咬好人 | 反咬一口。④指狗叫。⑤説定了不再改變。例如：一口咬定。⑥正確地唸出字音；過分地計較字句的意義。例如：咬文嚼字。⑦盯緊，緊追不放。例如：咬定目標不放 | 兩隊比分咬得很緊。

廣州話又表示：①奈何，意思是"拿他怎麼辦"，用於否定或反詰語氣。例如：我就係噉，你咬我呀 [我就是這樣，你怎麼着]？ | 真係咬佢唔入 [真是奈何不了他]！②要價太高。例如：飛擒大咬 [漫天要價] | 飛起嚟咬 [狠命宰客]。③替人辦事從中漁利。例如：搵佢幫忙梗要畀佢咬一啖嘅咯 [找他幫忙肯定要讓他從中刮一筆的]。

咳 @ké @ked¹

指咳嗽。

普通話少單用，多説"咳嗽"。**廣**

州話多說"咳",口語一般不說"咳嗽"。

廣州話又借來表示切斷,刪除。是英語 cut 的音譯。例如:呢一段話咳咗佢 [這段話刪掉它]。

咪 (一) 🔊 mī 🔊 mei¹

普通話形容貓叫聲。

廣州話指:①話筒,麥克風。是英語 microphone 頭一個音節的音譯。②用小刀切割,刻。例如:咪鉛筆 [(用小刀) 削鉛筆]|咪蔗 [切割甘蔗]|張枱畀佢咪花晒 [桌子讓他刻壞了]。③(用指甲) 掐。例如:咪下啲芥蘭睇老唔老 [掐一下芥蘭看老不老]。④啃書本,苦讀。例如:咪書|咪家 [死啃書本的學生]|唔好咁咪,要注意勞逸結合 [別光顧着啃書本,要注意勞逸結合]。

(二) 🔊 – 🔊 mei⁵

廣州話表示不要,別。例如:咪喐 [別動]|咪同人哋講 [別告訴別人]|咪食咁多煎炒嘢 [不要吃太多煎炸的東西]。**普通話**沒有這樣的用法。

(三) 🔊 – 🔊 mei⁶

廣州話"唔係"的合音,表示"不是""不就,就"。例如:噉做唔啱,係咪 [這樣做不對,是不是]?|你當時噉諗咪好囉 [你當時這樣想 (的話) 不就好了]!|你咪應承佢囉 [你就答應他吧]。**普通話**沒有這樣的用法。

【 J 】

缸瓦 🔊 gāngwǎ 🔊 gong¹nga⁵

普通話指一種質料,用沙子、陶土等混合而成。缸、缸磚、缸盆等就是用缸瓦製造的。

廣州話則是陶瓷器皿的總稱。例如:缸瓦舖 [賣陶瓷瓷器皿的店舖]|呢啲缸瓦要好聲搬 [這些陶器瓷器要小心搬動]。

看 (一) 🔊 kān 🔊 hon¹

兩種話都表示守護,看管。例如:看門|看果園|一個人看幾台機器。**廣州話**也可以說"睇"。

兩種話都表示看押,監視。例如:看犯人|看俘虜。

廣州話還表示放牧。例如:看牛 [放牛]|看羊 [牧羊]|看鴨 [放養鴨子]。

(二) 🔊 kàn 🔊 hon³

普通話表示:①使視線接觸人或物。例如:看書|看電視|看他一眼。②觀察。例如:看問題要全面|這形勢很難看得清。③判斷,認為。例如:我看他準行|你看這樣可以嗎?④訪問,探望。例如:看朋友|常回家看看。⑤診治。例如:是這位醫生看好了我的病|這病要看內分泌科。⑥依靠 (多指有着決定作用的)。例如:比賽能否取勝就看大家的臨場發揮了|要被錄取就看明天的面試了。⑦預測某種趨勢。例如:行情看漲|銷路看好|病情看好。**廣**

州話"看"表示這些意思時多用於書面語,口語一般説"睇"。

普通話又表示:①對待。例如:看待｜刮目相看。②照料。例如:照看病人｜衣帽自看。**廣州話**也説"看",一般不用"睇"。

普通話還表示:①提醒對方注意某種可能會發生的不好情況。例如:別跑,看摔着!｜看,快要遲到了!②表示試一試。例如:先讓他們做做看｜再找找看｜你來嚐嚐看。**廣州話**口語沒有這樣用法。

香　㊟xiāng ㊣hêng¹

兩種話都指:①氣味芳香。②味道甘美。例如:香甜可口｜飯熱菜香。③胃口好;睡得酣暢。例如:這頓飯吃得真香｜這一覺睡得可香了。④被看重,受歡迎。例如:他在機構裏很吃香｜這種農機現在很吃香。⑤有香味的原料或製成品。例如:檀香｜燒香拜佛。

廣州話又指死亡(不嚴肅的説法)。

香油　㊟xiāngyóu ㊣hêng¹yeo⁴

普通話指芝麻油。

廣州話指香油錢,即在寺廟敬佛時所交的香燭錢。例如:上香油[獻上香油錢]。

重　㊟zhòng ㊣zung⁶

表示:①重量,分量。例如:舉重｜這隻雞有兩斤重。②重量大,比重大,不輕。例如:這個箱子比那個箱子重｜重於泰山｜任務很重。③程度深。例如:情深義重｜傷勢很重。④重視。例如:敬重｜器重｜不能重男輕女。⑤重要。例如:軍事重地｜擔當重任。⑥莊重,不輕率。例如:慎重｜自重｜老成持重。

廣州話又作副詞,表示:①還沒有達到某一標準。例如:飯重未熟[飯還沒熟]｜重未夠鐘[還沒到點]｜重等乜嘢嘛[還等甚麼呀]?②程度有所加深,更,更加。例如:呢個品種產量重高[這個品種產量更高]｜噉做重好[這樣做更好]｜佢做得重快[他做得更加快]。③意思更進一層。例如:淨係聽講唔算,我重要親眼睇[光是聽説不算,我還要親眼看]｜佢識揸車,重會修車添[他會開車,還會修車哪]。④相比之下程度還算深。例如:進度重算快[進度還算快]｜情況重好[情況算是好的]。⑤動作或狀態在持續。例如:天黑喇,佢重喺度等[天黑了,他還在等]｜罨咗藥,傷口重係痛[敷了藥,傷口還是疼]。⑥數量有所增加,範圍有所擴充。例如:呢度重有幾個[這裏還有幾個]｜佢重想唱一首[她還想再唱一首]｜我重有其他嘢要做[我還有其他事要做]。⑦動作將要重複。例如:我重要去[我還要去]｜節目重要播一次[節目還要再播一次]。

重話　㊟zhònghuà ㊣zung⁶wa⁶

指分量過重,使人難以接受的話

語。

廣州話又表示又說（是），還說（是）。例如：重話保證品質，點知咁差嘅［又説保證品質，誰知道這麼差勁］｜重話係先進機構，咁唔負責嘅［還説是先進機構，這麼不負責任］！

便　　箇 biàn　粵 bin⁶

兩種話都表示方便、便利，簡單平常的等意思。還表示屎或尿。

廣州話還有以下用法，都相當於**普通話**的"邊"：①表示方面。例如：佢唔知係邊便嘅人［不知他是哪方面的人］？②表示處所。例如：前便［前邊］｜埋便［裏邊］｜右手便［右邊］。③加上"一"字，組成"一便"，兩個或幾個"一便"分別用在動詞前面，表示動作同時進行。也可説"一邊"。例如：一便行一便跳［邊走邊跳］｜一便講一便喊［邊説邊哭］。

便宜　　（一）箇 biànyí　粵 bin⁶yi⁴

普通話表示方便、便利、合適的意思。例如：便宜行事｜這裏出入很便宜。

廣州話僅用於書面語，口語沒有這一説法。

（二）箇 piányi　粵 pin⁴yi⁴

兩種話都表示：①價格低。例如：這裏的東西很便宜。**廣州話**口語多説"平（péng⁴）"，少説"便宜"。這例句口語一般説：呢度啲

嘢好平。②指不應得的利益。例如：佔便宜｜討人便宜。

後生　　箇 hòushēng　粵 heo⁶shang¹

普通話的"後生"來自方言，指：①青年男子。②相貌年輕，例如：他長得後生，哪像四十出頭的人！

廣州話"後生"原指受僱於人的年輕人，現已少用。青年男子廣州話叫"後生仔"（青年女子叫"後生女"）。"後生"也指人年輕，但多指實際年齡年輕，並非光是外貌看上去年輕，這點與**普通話**不同。例如：佢未夠四十，重好後生［他還不到四十歲，還很年輕］｜你哋重後生，大把世界［你們還年輕，前途無量］。

食　　箇 shí　粵 xig⁶

指：①吃。②人或動物吃的東西。例如：豐衣足食｜肉食｜麵食｜豬食。③供食用或調味用的。例如：食油｜食鹽。④吞沒。例如：食言。⑤日食，月食。

廣州話又表示：①喝，服（藥）。例如：食粥［喝粥］｜食藥［喝湯藥；服藥］。②抽（煙）。例如：食煙［抽煙］｜食鴉片［抽大煙］。③吃飯，飯食。例如：搵食［找吃的；謀生］｜搭食［搭伙］｜煮食［做飯］。④牢牢地卡緊。例如：螺絲食實咗［螺絲被卡死了］。⑤堵住。例如：你食住個位，佢就衝唔過去嘞［(打球)你堵住位置，他就衝不過去了］。

食水　㊂ shíshuǐ ㊂ xig⁶sêu²

指供飲用或做飯菜用的水。

廣州話指賺取的利潤，經手人的抽頭，從過往錢財中不正當的謀利等，例如：呢間舖頭食水好深嘅[這間店利潤太高]｜佢食水食到四成幾[他要抽取四成多]｜佢食咗水都冇人知[他剋扣了錢款也沒人知道]。又指船隻吃水，即船身入水的深度，例如：隻船食水有幾深呀[這船吃水有多深]？

負氣

㊂ fùqì ㊂ fu³héi³(負，讀音 fu⁶)

普通話指賭氣。例如：負氣離家｜不要説負氣話。

廣州話指因有牢騷而產生抵觸、逆反情緒。例如：佢唔知點解咁負氣[他不知道為甚麼牢騷滿腹]｜你要冷靜啲，咁負氣唔得㗎[你要冷靜點，光是一肚子不滿是不行的]。

【、】

計數　（一）㊂ jìshǔ ㊂ gei³sou²

指統計（數目），計算。例如：無法計數｜難以計數。**廣州話**口語叫"數（sou²）數（sou³）"。

（二）㊂ jìshù ㊂ gei³sou³

普通話指數事物的個數，統計數目。

廣州話指計算，算賬。例如：你計下呢條數[你算算這筆賬]｜佢喺度計緊數[他正在計算]。

度　（一）㊂ dù ㊂ dou⁶

兩種話含義、用法基本相同。

兩種話的"度"都可作量詞，但是所使用的範圍不同。**普通話**量詞"度"相當於"次"。例如：一年一度｜再度出國｜兩度獲獎。**廣州話**量詞"度"除此以外還用於門、橋等。例如：一度門[一扇門]｜兩度橋[兩座橋]。

廣州話的"度"還表示處所，相當於普通話的"這裏，那裏，處"。例如：我嗰度清靜啲[我那裏清靜一些]｜佢粒聲唔出坐喺度[她一聲不吭坐在這裏]｜度度都咁多人[處處都那麼多人]。**普通話**的"度"沒有這一用法。

（二）㊂ dù ㊂ dou⁶⁻²

廣州話有兩個普通話所沒有的用法：①指製成一定長度的東西。例如：鞋度[買鞋時用來量鞋子長度的繩子、帶子等]｜葱度[葱段兒]。②用在數量詞後面，表示大概的數量，相當於普通話的"大約、上下、左右"。例如：嚟咗十個人度[來了大約十個人]｜佢講咗兩個字度[他講了十分鐘左右]｜呢個人五十歲度[這個人五十歲上下]。

（三）㊂ duó ㊂ dog⁶

表示推測、估計。例如：猜度｜揣度｜以己度人｜度德量力。

廣州話還表示：①量、比（長度）。例如：度下張枱有幾闊［量一下桌子有多寬］｜你兩個度下睇邊個高［你們兩個比一下看誰高］。②溜達，閒逛。例如：出去度一下［出去溜達一下］。

前世 ⓟ qiánshì ⓖ qin⁴sei³

迷信説法指前一輩子。

廣州話是"前世唔修"的省説。迷信者認為，前一輩子缺乏修行，今生受到報應。現在使用"前世"或"前世唔修"時，感情色彩有所變化，主要表示對別人痛苦的憐憫，對別人過錯的責備或同情。老年婦女多用。

首尾 ⓟ shǒuwěi ⓖ seo²méi⁵

①指起頭部分和末尾部分。例如：首尾相應。②從開始到末了的全過程。例如：首尾如一｜首尾長達三個月。

廣州話又指：①底細，內情，來龍去脈。例如：呢件事我唔知首尾㗎［這件事我不知底細啊］。②始終。例如：做嘢要有首尾至得［做事要有始有終才行］。③手續，後續要辦的事情。也作"手尾"。例如：買地起屋，首尾好多㗎［買地建房子，要很多手續的］。

炮製 ⓟ páozhì ⓖ pao³zei³

指加工中草藥。又泛指編造，制訂（含貶義）。

廣州話又指整治，懲治，收拾

（人），多用於小孩。例如：你唔聽話，翻屋企再炮製你［你不聽話，回家再治你］｜你咁百厭，等陣你老豆炮製你［你那麼調皮，待會你爸會收拾你］。

剃光頭 ⓟ tìguāngtóu ⓖ tei³guong¹teo⁴

指剃去全部頭髮。比喻在考試中沒有一個被錄取；在比賽中全部輸光，一分未得或沒有一個獲獎。

廣州話又指下象棋時被對方吃掉除將、帥、王（國際象棋）外所有的子。

為 ⓟ wéi ⓖ wei⁴

兩種話都表示：①做，幹。例如：事在人為｜大有可為。②充當，作為。例如：選他為代表｜四海為家。③變成，成為。例如：變沙漠為綠洲｜化為烏有｜反客為主。④是。例如：十尺為一丈。⑤附在某些單音形容詞或單音副詞之後，以加強語氣。例如：廣為傳頌｜極為感動｜更為重要｜尤為出色。

普通話又用於"為……所"格式，表示被。例如：為事實所證明｜為群眾所歡迎。**廣州話**口語一般不這樣説。

廣州話又指：①計算成本，例如：你為下睇要幾多錢［你算一下看要多少錢］｜為得過［划得來］｜為唔過［划不來］。②折算，平均，例如：一文美金為人民幣幾多錢

[一塊美元折算成人民幣是多少元]？｜一個禮拜使咗成四千文，一日為成五百零文[一個星期用了差不多四千元，一天五百多塊]。

派　⓰ pài　⓯ pai³

指江河的支流。又指派別，流派。又指作風，風度，氣派。還表示分派，派遣，委派，攤派等。又作量詞，用於派別，以及景象、聲音等。

廣州話又表示分送，例如：派報紙[投遞報刊]｜派帖[分送請柬]｜派街坊[分送給左右鄰里]。又表示發給，例如：派利市[發紅包]｜派書畀學生[給學生發書本]。

廣州話變調讀 pai³⁻¹ 時，形容有派頭，有風度，時髦（多指衣著打扮）。例如：佢着起呢套衫好夠派[他穿起這套衣服很有派頭]｜佢打扮得好派[他打扮得很時髦]。

恃　⓰ shì　⓯ qi⁵

表示倚仗，依賴，例如：有恃無恐｜恃才傲物。又作母親的代稱，例如：怙恃（父母）｜失恃（死了母親）。

普通話只用於書面語。**廣州話**多用於口語，而且多單用，例如：恃你有錢咩[仗着你有錢嗎]！｜咪恃你大隻蝦人[不要倚仗你個子大欺負人]。

恰　⓰ qià　⓯ heb¹

表示恰當，適合。又表示剛巧，正好。

廣州話借來表示欺負。例如：冇人敢恰佢[沒人敢欺負他]｜唔好恰小同學[不要欺負小同學]。

恨　⓰ hèn　⓯ hen⁶

普通話表示仇恨，怨恨，悔恨意思。

廣州話還表示：①巴望，巴不得。例如：大家都恨你快啲嚟[大家都巴望你快點來]｜恨佢快啲走[巴不得他快點走]。②惋惜，遺憾。例如：錯過咗嗰次機會，佢到而家重恨[錯過了那次機會，他到現在還覺得惋惜]。③羨慕，喜歡。例如：嗰度咁好，邊個都恨[那裏那麼好，誰都羨慕]｜咁曳嘅嘢冇人恨[那麼賴的東西沒人喜歡]。

突　⓰ tū　⓯ ded⁶

表示：①猛衝。例如：突圍｜鐵騎突出｜狼奔豕突。②突然。③高於周圍。例如：突出｜突起。④古時指煙囪。例如：灶突｜煙突｜曲突徙薪。

廣州話又指超出，多出。例如：使突咗幾十文[超支了幾十元]｜用突咗一啲原料[多用了一些原料]｜收突咗兩個學員[多收了兩個學員]。

突兀　⓰ tūwù　⓯ ded⁶nged⁶

形容高聳的樣子，例如：奇峰突兀｜怪石突兀。又表示突然發生，出乎意外，例如：事情來得太突兀了。

廣州話又指：①遇到突然發生的事情時的感覺。例如：突然撞見呢個人，佢覺得好突兀［突然碰到這個人，他覺得很意外］｜突兀到死［非常意外］。②一愣，一怔。例如：打個突兀［愣了一下］。

神　⬛ shén　⬛ sen⁴

①宗教稱天地萬物的創造者和統治者；迷信或神話指神仙或能力、德行高超的人死後的精靈。②指精神，精力。例如：心曠神怡｜聚精會神｜閉目養神。③指神情，神氣。例如：神色自若｜神采奕奕。④形容特別高超，神妙。例如：神效｜神速｜神機妙算。

廣州話表示出了毛病，出了故障，一般用於機械性的器物功效失靈。例如：我部電腦神咗［我的電腦壞了］｜呢個鐘係神嘅，慢咁多［這個鐘是壞的，慢了這麼多］！

神化　⬛ shénhuà　⬛ sen⁴fa³

指把人或物當作神來看待。

廣州話指神妙，奇妙，神乎其神。例如：真係咁神化［真的那麼神妙］？｜呢套戲法確實神化［這套魔術真奇妙］｜佢都係人嘛，咪將佢講得咁神化［他也是人呀，別把他說得神乎其神］。

神經　⬛ shénjīng　⬛ sen⁴ging¹

指在中樞神經系統和各個器官之間傳遞興奮的組織。

廣州話又指人精神不正常。**普通話**也有近似意思，但多説成"犯神經"。例如：你都神經嘅，居然噉做［你犯神經了，竟然這樣做］！｜我睇佢有啲神經嘅［我看他精神有點不正常］。

【一】

屋　⬛ wū　⬛ ug¹ 又 ngug¹

指房子。例如：房屋｜瓦屋｜屋頂｜這屋有三個房間。

普通話又指屋子，房間。例如：裏屋｜北屋｜一間屋住三個人。

廣州話多指房子，又指家，例如：租屋［租房］｜買屋［買房］｜搬屋［搬家］｜喺屋［在家］。還指專賣某種商品的小店，例如：精品屋｜麵包屋。

屌　⬛ diǎo　⬛ diu²

普通話指男子陰莖。是粗俗的説法。

廣州話指男子的性交動作。是下流話。

屎　⬛ shǐ　⬛ xi²

指大便，糞。又指眼睛、耳朵等器官的固體分泌物，例如：眼屎｜耳屎。

廣州話又指用來：①形容低劣的事物。例如：屎棋［臭棋；棋藝很差］｜屎波［球藝水準很低］我嘅字好屎嘅［我的字寫得很糟糕］｜咁屎嘅［那麼差勁的］！又説"屎皮"。②指沒有充分燃燒剩下來的東西。例如：火屎〔燒剩的還沒有完全熄滅的炭〕｜炭屎〔未充分燃燒的炭〕｜煤屎〔沒燒透的煤〕｜煙屎〔沒燒完的鴉片煙渣〕。

眉毛　⓹ méimáo　⓺ méi⁴mou⁴

兩種話都指眉的毛。例如：他有兩三根眉毛是白色的。

普通話還指整道眉。例如：他那道眉毛長得很好｜彎彎的眉毛，圓圓的眼睛。

廣州話的"眉毛"很少用來稱整道眉。整道眉叫"眼眉"或"眼眉毛"。上面兩句**普通話**的例句**廣州話**要說成：佢嗰道眼眉生得好靚｜彎彎嘅眼眉毛，圓圓嘅眼。

姨　⓹ yí　⓺ yi⁴⁻¹

普通話指：①母親的姐姐或妹妹。例如：大姨｜二姨。②妻子的姐姐或妹妹。例如：大姨子｜小姨子。

廣州話僅稱母親的妹妹。例如：阿姨｜二姨。又尊稱與母親同輩但年齡比母親小的婦女。例如：梅姨｜黃姨。

廣州話母親的姐姐叫"姨媽"（參看下條）；妻子的姐姐叫"大姨(dai⁶yi⁴⁻¹)"；妻子的妹妹叫"姨仔(yi⁴⁻¹zei²)"。

姨媽　⓹ yímā　⓺ yi⁴ma¹

普通話指母親的姐妹中的已婚者。

廣州話指母親的姐姐，不管其是否已婚。母親的妹妹叫"姨(yi⁴⁻¹)"（參看上條）。

姣　（一）⓹ jiāo　⓺ gao²

原指美好，現多形容相貌美。例如：容顏姣好｜姿態姣美。

（二）⓹ —　⓺ hao⁴

廣州話借用來指婦女輕佻，風騷，淫蕩。例如：姣婆〔放蕩的女人〕｜發姣〔性慾發作〕。**普通話**沒有這樣用法。

架　⓹ jià　⓺ ga³

兩種話的含義和用法大致相同。

兩種話都用作量詞，但使用上有所不同。**普通話**用於有支架的東西或機器，例如：一架梯子｜一架鋼琴｜兩架飛機｜一架機器。**廣州話**多用於車輛，也用於機器，例如：一架單車〔一輛自行車〕｜一架的士〔一輛出租小汽車〕｜一架拖拉機〔一台拖拉機〕｜一架電視機〔一台電視機〕。**廣州話**這裏的"架"也可以用"部"。

普通話量詞"架"還用於山，相當於"座"。例如：翻過一架山。這一用法來自方言。**廣州話**沒有這樣用法。

架勢　⓹ jiàshi　⓺ ga¹sei³

普通話是名詞，指姿勢，姿態，例如：他們擺出一副來決個高低的架勢｜一看他那架勢就知道是受過專業訓練的。又指勢頭，形勢（這意義是從方言吸收的），例如：看他公司經營的架勢，怕是快倒閉了｜看架勢這隻股要漲。

廣州話是形容詞，指威風，堂皇，有氣派，有面子，了不起。例如：間屋起得幾架勢［房子建得多氣派］！｜老闆咁畀面，你架勢啦［老闆這麼賞臉，你有面子了］｜有啲成績就讕架勢［有了點成績就自以為了不起］！

飛　〔普〕fēi　〔廣〕féi¹

指在空中飄浮活動。又形容極快。

廣州話另表示：①形容人厲害，了不起，難對付。略含貶義。例如：咪睇佢年紀細細，好飛㗎［別看她小小年紀，很厲害的］。②理（髮）。例如：飛乜嘢髮型［理甚麼髮型］｜你個頭飛得唔好［你的頭髮理得不好］。③去掉，削去（邊兒）。例如：塊板要飛啲邊［那塊板要削掉一點兒邊］｜飛咗邊好睇啲［去掉邊兒要好看點］。④香港指人穿著新潮。例如：呢個人着得真飛［這個人衣著很新潮］。**普通話**的"飛"沒有這些含義。

廣州話還指交通工具的票或演出票。例如：車飛［車票］｜戲飛［戲票］｜買飛［買票］｜撲飛［設法買票］。"飛"是英語 fare 的音譯。

紅　〔普〕hóng　〔廣〕hung⁴

指紅顏色。又指象徵喜慶的紅布；又象徵順利、成功；象徵受人重視、歡迎；象徵革命或政治覺悟高。又指紅利。

廣州話還指血，尤指某些作為食品的動物的血（婉辭）。例如：豬紅｜鴨紅｜雞紅｜見紅［流血］。

紅豆　〔普〕hóngdòu　〔廣〕hung⁴deo⁶

指亞熱帶常綠喬木紅豆樹，又稱其鮮紅色的種子，即相思子。

廣州話稱紅豆的種子為"相思子"，口語不叫"紅豆"。"紅豆"另指紅小豆，即赤豆。

約莫　〔普〕yuēmo　〔廣〕yêg⁶mog⁶⁻²

兩種話都作副詞，表示大約，大概。例如：約莫來了兩百人。

普通話又作動詞，表示估計。例如：我約莫着他這會該出發了。**廣州話**沒有這樣用法。

10 畫

【一】

班　〔普〕bān　〔廣〕ban¹

這是指作動詞用的"班"。

普通話有調回或調動的意思，一般用於軍隊。例如：班師。

廣州話"班"是普通話"搬"的同音借用，還有糾合、糾集的意思，用於同夥。例如：班多啲人嚟［叫多一些人來］｜班兵［搬取救兵。多比喻請求人力上的支援］｜班馬［搬取救兵］。

班房　⑱ bānfáng　⑲ ban¹fong⁴

普通話指舊時衙門裏衙役當班的地方，又指衙役。現代多為監獄或看守所的俗稱，例如：蹲班房。

廣州話讀本調 ban¹fong⁴ 時意思與**普通話**相同，但是口語沒有這樣的說法。讀變調 ban¹fong⁴⁻² 時則指的是教室，現在已隨**普通話**說"課室"或"教室"了，只是港澳地區仍說"班房（ban¹fong⁴⁻²）"。

馬達　⑱ mǎdá　⑲ ma⁵dad⁶

指電動機。是英語 motor 的音譯。廣州話口語叫"摩打"。

廣州話又指女流氓。

馬蹄　⑱ mǎtí　⑲ ma⁵tei⁴

指馬的蹄子。

廣州話又指荸薺。例如：馬蹄粉｜馬蹄糕。

埗　⑱ bù　⑲ bou⁶

"埗"是廣州方言字，本為"步"，指碼頭、渡口，包括鄉村小碼頭。例如：船到埗｜喺埗頭洗衫［在碼頭洗衣服］。

普通話的"埗"僅用於珠江三角洲地區的地名，如深水埗（在香港）｜高埗（在東莞）。

起　⑱ qǐ　⑲ héi²

兩種話都表示：①起來，起立。②起牀。例如：早睡早起｜起晚了。③出發。例如：起程｜起步。④物體由下往上升。例如：起塵｜起轎。⑤發動，興起。例如：起兵｜起事。⑥發生。例如：起霧｜起火｜起疑心｜起作用。⑦長出。例如：起痱子｜起疙瘩。⑧取出，弄出。例如：起釘子｜起貨｜起贓。⑨建立，興建。例如：白手起家。⑩擬寫。例如：起稿｜起草。⑪用在動詞後面，作趨向動詞。例如：拿起行李｜經得起考驗｜響起一片掌聲｜想起了一件事。

兩種話的"起"都有開始意思，但含義、用法並不完全相同。**普通話**表示"從（由）……開始"，例如：從頭學起｜從基層做起｜長城從山海關起。**廣州話**則表示開始行動，例如：起行［啟程］｜起筷［啟動筷子。指開始吃飯］｜起菜［上菜］。

普通話又指領取（憑證）。例如：起通行證｜起護照。又作量詞。例如：先後來了三起人｜這起案子需要進一步調查。**廣州話**沒有這樣用法。

廣州話又指：①用在動詞之後，表示完成意思。例如：功課做起咯［功課做完了］｜條數計起喇［數目算好了］｜文章琴晚趕起咗［文章昨晚趕出來了］。②增加，抬高。例如：起價［漲價］｜起租［增加租金］。③建築。例如：起屋［建房子］｜起一度橋［建一道橋］。④用刀等切、刻。例如：起件［切塊］｜起花［劃出花紋］｜起柳［在木頭上挖槽］。⑤使用出，打出。例如：起踭［用肘撞人］｜起腳［用腳踢]。⑥占卜算命。例如：起八字[根據八字算命]‖起卦。**普通話沒有這些用法。**

起先　㊦ qǐxiān　㊧ héi²xin¹

表示最初，起初，開始時。例如：起先他是個街頭藝人，後來當了音樂教師‖起先兩人有些誤會，説清楚之後他們又和好了。

廣州話又表示剛才。例如：起先佢講乜嘢嚟呀[剛才他説甚麼來着]？

起首　㊦ qǐshǒu　㊧ héi²seo²

指起先，開頭。例如：起首我不懂，後來慢慢學會了。

廣州話又表示（從……）開始。例如：從聽日起首計[從明天開始計算]‖下個月起首同佢加人工[下個月開始給他加工錢]。

起眼　㊦ qǐyǎnr　㊧ héi²ngan⁵

指看起來醒目，惹人重視（多用於否定式）。例如：這種果看起來不起眼，但是很好吃。

廣州話又表示：①使人注意。例如：收好啲錢，咪畀人起眼[把錢藏好，別讓人注意]‖呢幫人裏面佢最起眼[這群人中他最引人注目]。②顯眼。例如：將好嘅擺喺起眼嘅地方[把好的擺在顯眼的地方]。

起意　㊦ qǐyì　㊧ héi²yi³

指產生某種念頭（多指壞的）。例

如：見財起意。

廣州話又指本意，初衷。例如：佢起意係好嘅[他的本意是好的]‖我起意係唔想驚動你嘅[我本來是不想驚動您的]。

起價　㊦ qǐjià　㊧ héi²ga³

指從某一價位開始出售或計算，例如：每平方米六千元起價。又指拍賣、招標等開始的報價。

廣州話又指漲價。例如：落咗幾日雨，青菜又起價咯[下了幾天雨，青菜又漲價了]‖而家唔買，過兩日就起價嘅喇[現在不買，過幾天就要漲價了]。

起頭　㊦ qǐtóu　㊧ héi²teo⁴

①指開始，開頭。例如：有人起頭，大家就會跟上‖我來起個頭。②指開始的時候。例如：起頭他不同意，給他解釋清楚之後他就同意了。③指開始的地方。例如：從起頭再排練一遍。

②③**廣州話**少説"起頭"，多説"開頭，起先"。

草紙　㊦ cǎozhǐ　㊧ cou²ji²

普通話指用稻草等做成的紙，一般黃色，質地粗糙，多作包裝用紙或衛生用紙。

廣州話特指手紙。

草雞　㊦ cǎojī　㊧ cou²gei¹

兩種話的"草雞"所指完全不同。

普通話的"草雞"指的是地方土種雞。有的地區指母雞。有的地區用來比喻人懦弱、畏縮。

廣州話的"草雞"本應作"草筓",指的是草標,即舊時集市上插在要賣的物品上作為出賣標誌的草棍兒。

茶 ⓟchá ⓖca⁴

指用茶葉做成的飲料。又作某些飲料的名稱,例如:奶茶 | 檸檬茶。

廣州話的"茶"所指範圍比普通話大,它還指:①開水。例如:頸渴就飲茶 [口乾就喝開水] | 斟杯茶 [倒一杯開水] | 煲緊茶 [正在煮開水]。②中藥湯藥。例如:一劑茶 [一服中藥] | 執茶 [抓中藥] | 煲茶 [煎藥(也指煮開水)]。③糖茶。例如:生日茶 [老人過生日吃的甜茶] | 蛋茶 [雞蛋糖水]。

注意:廣州話"開水"叫"滾水"。"滾水"可以叫"茶",但"茶"不能叫"滾水"。

茶樓 ⓟchálóu ⓖca⁴leo⁴

普通話的"茶樓"指有樓的茶館。

廣州話的"茶樓"其實是酒樓、飯館,一般早、午、晚都營業。顧客既可以喝茶、吃點心,也可以吃飯、粥、粉、麵,甚至設宴。

埋 ⓟmái ⓖmai⁴

表示用土、沙、雪等蓋住。又表示隱藏、隱沒,例如:隱姓埋名 |

埋伏。

廣州話"埋"的含義和用法要比普通話豐富得多,它除了作動詞以外,還可作形容詞、方位詞和介詞。

廣州話"埋"作動詞時表示:①靠,靠近。例如:車埋站 [車靠站] | 埋年 [接近年末] | 叫佢埋嚟 [叫他過來]。②閉,合。例如:傷口埋口 [傷口癒合] | 埋閘 [(店舖)關門休息]。③進入,落座。例如:雞埋籠 [雞進籠子] | 埋位 [就坐] | 埋棧 [住旅店]。④組合,聚合。例如:埋堆 [聚合在一起] | 埋會 [組合成會;入會] | 埋欄 [合夥;相投合]。⑤結算,結賬。例如:埋單 [結賬] | 埋數 [結算] | 埋櫃 [店舖結算當天賬目]。

廣州話"埋"可以放在動詞後面作補語:①表示趨向。例如:行埋嚟 [走過來] | 推埋去 [往裏推] | 掃埋一便 [往一邊掃]。②表示變為某種狀態。例如:縮埋一嚿 [縮成一團] | 咪埋眼 [閉上眼睛] | 閂埋門 [關上門]。③表示範圍擴充。例如:連佢都鬧埋 [連他也罵了] | 你要埋我嗰份啦 [你連我的那份也了吧] | 衫都濕埋 [連衣服都濕了]。④表示淨,盡(jìn),老是。例如:食埋晒啲煎炒嘢好熱氣㗎 [老是那些煎炸的東西很上火的] | 講晒啲唔等使嘅嘢 [淨説些無用的東西] | 行埋晒啲冤枉路 [盡走多餘的路]。⑤表示完成,完。例如:食埋嗰半碗飯啦 [把那半碗飯吃完吧] | 做埋啲嘢再落班 [幹完這點

活再下班］。⑥表示全部，全。例如：通通畀埋佢［全部給了他］||幾個獎都畀佢哋攞埋［幾個獎項都讓他們全拿了］||炒埋唔夠一碟［全部炒起來還不夠一盤菜（的量）］。

廣州話"埋"作形容詞時表示：①近，靠裏。例如：企埋啲［站近點］||挨埋牆［靠近牆壁］||行開行埋［走遠走近；走來走去］。②合得來，相投合。例如：傾得埋［談得來］||佢哋好行得埋［他們很合得來］。③靠得攏，合得攏。例如：櫃桶推唔埋［抽屜推不攏］||度門關唔關得埋［那門能不能關攏］？④準。例如：話唔埋佢改變主意呢［說不準他改變主意哪］||成唔成唔話得埋㗎［能不能成功可說不準啊］。

廣州話"埋"作方位詞時表示"裏""內"。例如：埋便［裏面］||埋低［裏面］。

廣州話"埋"作介詞時相當於"在"。例如：縮埋角落頭［縮在角落裏］||匿埋門扇底［躲在門背後］||黐埋一笪［粘在一起］。

埋頭　　⑧máitóu　⑨mai⁴teo⁴

指一心一意，專心致志。例如：埋頭工作｜埋頭鑽研。

廣州話又指船靠碼頭。例如：船五點埋頭。

挺　　⑧tǐng　⑨ting⁵

表示：①直。例如：挺立｜筆挺。②伸直，凸出（身體或身體某部

分）。例如：全身挺直｜挺胸凸肚。③特出，傑出。例如：英才挺出｜少年英挺。

普通話又表示：①勉強支撐。例如：那麼困難他都挺過來了。②副詞，很。例如：挺好｜工作挺努力｜挺不願意。廣州話口語沒有這樣說法。

挽　　⑧wǎn　⑨wan⁵

表示：①拉。例如：手挽手｜挽弓。②牽引（車輛）。例如：挽車。③使情況好轉或恢復。例如：挽回｜挽救。④向上捲。例如：挽起袖子。

廣州話變調讀wan⁵⁻² 時表示：①提，提溜（dīliū）。例如：挽水［提水］||挽住個手抽［提溜着一個手提籃］。②拎。例如：佢隻手挽住個籮（lo⁴⁺¹）［她的胳膊拎着一個小提籃］。

挽手　　⑧wǎnshǒu　⑨wan⁵seo²

普通話指拉手。例如：大家挽手前行。

廣州話指器物上供提握的部分，如提籃的提樑、箱子的提手等。

真　　⑧zhēn　⑨zen¹

表示真實，的確。又表示清楚確實。

廣州話又表示：①清楚。普通話也有這個意思，但是多指清晰、不走樣，例如：距離太遠了，看

不真 | 他唱戲字音咬得真。**廣州話**除指清晰、真切外還有透徹、準確的意思，例如：你要諗真啲至好 [你要想清楚才好] | 唔記得真咯 [記不清了]。②是，對，正確。例如：要多謝你至真 [要謝謝你才是] | 我覺得應該表揚佢至真 [我認為應該表揚他才對]。

桔　㊀jú　㊁ged¹

在**普通話**裏，"桔" 讀 jú 時是"橘" 的俗字。桔、橘讀音相同。指的是一種常綠喬木，也指它的果實，果實多汁，味酸甜。

廣州話桔、橘讀音不同，口語多說"桔"，很少說"橘"。指的是一種較小的橘子，果實皮緊而光滑。

格　㊀gé　㊁gag³

指格子、規格、格式、品格等。還表示打，例如：格鬥 | 格殺。

廣州話另外還表示：①抵擋，阻擋。例如：用手格開佢嘅拳頭 [用手擋開他的拳頭] | 用條棍格住佢 [用棍子阻擋着他]。②犯罪分子聚集或進行犯罪活動的地方。例如：煙格 [秘密吸毒的地方] | 毒格 [販賣毒品的秘密場所]。

廣州話用"格"表示人的品格時，往往用於消極意義。例如：賤格 [下賤；賤骨頭] | 衰格 [品格低下]。

校　㊀jiào　㊁gao³

表示訂正，校對，例如：校改 | 校稿。又表示比較，較量，例如：校場。

兩種話都有校對機器、儀器等使準確的意思。但**普通話**不單用，而用"校準"一詞，例如：校準手錶。**廣州話**可以單用，例如：將手錶校啱 [把手錶對準] | 個鐘唔準，校下佢 [鐘不準，校準它]。

廣州話"校"還表示：①調節，調整。例如：將鬧鐘校到五點半響 [把鬧鐘撥到五點半響] | 校細聲啲 [把音量調小點] | 將電視圖像校深色啲 [把電視圖像顏色調深點]。②調配。例如：校色 [調配顏色] | 校味 [調味] | 樂隊校線 [樂隊調弦校音]。③安裝（家庭水電設備等）。例如：校電燈 [安裝電燈] | 校水喉 [安裝自來水管] | 校電鐘 [安裝電鈴]。

配料　㊀pèiliào　㊁pui³liu⁶⁻²

指生產過程中，把所需原料按比例混合。是動詞。

廣州話"配料"是名詞。指配菜或作料兒。

【丨】

鬥　㊀dòu　㊁deo³

指對打、鬥爭、比賽。例如：械鬥 | 鬥惡霸 | 鬥蟋蟀 | 鬥智鬥勇 | 爭奇鬥豔。又表示往一塊湊、拼合。例如：鬥榫 | 鬥份子。

廣州話又表示：①觸，摸，碰。例如：唔好鬥展品 [不要摸展品]。②湊近。例如：鬥埋都睇唔

真 [湊近也看不清楚]。

唔　　🔊 wú　🔊 m⁴

普通話 用於 "咿唔"（讀書聲）一詞。又，讀 ńg 時是歎詞，表示疑問。

廣州話 作否定副詞，相當於 "不"。例如：唔係 [不是]｜唔制 [不幹]｜唔知到 [不知道]｜唔好 [不好；不要]。

晏　　🔊 yàn　🔊 an³ 又 ngan³

表示遲，晚（**普通話** 用於書面語；**廣州話** 多用於口語），例如：晏起。又表示安逸，平靜，例如：晏閒｜海晏河清。

廣州話 又指：①午飯或介乎早飯與晚飯間的一頓小吃（農村多用）。例如：食晏 [吃午飯]｜煮晏 [做午飯]。②米飯。舊時飯館多用。例如：大晏 [大碗飯]｜細晏 [小碗飯]｜起晏 [開始吃飯]。

骨　　🔊 gǔ　🔊 gued¹

指骨頭。又指物體內部的支架，例如：鋼骨水泥大樓｜船的龍骨。還指人的品質、氣概，例如：風骨｜傲骨｜俠骨｜媚骨｜骨氣。

廣州話 還另有含義：①指某些植物的稈兒、葉脈。例如：麻骨 [麻稈兒]｜菜骨 [菜葉梗]｜葵骨 [葵葉梗]｜青骨白菜。②衣縫兒，接縫兒。例如：衫骨 [衣縫兒]｜鈒骨 [給接縫兒鎖邊]｜被單有兩條骨 [被裏有兩條接縫兒]。③指重要的

轉捩點或不容易度過的一段時間，關。例如：呢次考試唔知過唔過得骨 [這次考試不知道能不能過關]｜又畀佢過咗骨 [又讓他過了關（躲過一劫）]。④指精於某方面業務的。例如：生意骨 [精於生意者]｜老茶骨 [對茶道深有研究的人]｜老波骨 [資深球迷；從事球類活動多年的人]。⑤指四分之一，英語 quarter 的音譯。"一個骨" 指時間是一刻鐘；指重量是四分之一磅；指長度是四分之一英尺。例如：兩點三個骨 [兩點四十五分]｜三磅一個骨 [三又四分一磅]。

骨子　　🔊 gǔzi　🔊 gued¹ji²

普通話 是名詞，指物體內部的支架。例如：傘骨子｜扇骨子。

廣州話 是形容詞，形容物體精緻、精巧、玲瓏。例如：呢件工藝品幾骨子 [這件工藝品多精緻]｜個模型整得幾骨子 [模型做得挺精巧]。

哭　　🔊 kū　🔊 hug¹

指因痛苦、悲哀或感情激動而流淚。

廣州話 又指訴苦叫屈，發牢騷。例如：佢話受咗冤屈，周圍哭 [他說受到冤屈，到處訴冤]｜佢見親領導就哭 [他每次見到領導都發牢騷]。

晒　　🔊 shài　🔊 sai³

同 "曬"。現在是 "曬" 的簡化字。

廣州話 中用 "晒" 表示：①全部，

通通，光。例如：講晒畀佢聽 [全告訴他了]｜魚畀貓偷食晒咯 [魚讓貓偷吃光了]｜本書我睇晒咯 [這本書我看完了]｜面都紅晒 [臉都紅了]。②加強語氣，有 "太⋯⋯了" 意思。例如：唔該晒 [太感謝了]｜滾攪晒 [太打擾了]｜失禮晒 [太現眼了]。③最，只有。例如：呢度佢惡晒 [這裏他最兇]｜你叻晒 [就是你聰明]｜阿媽惜晒你 [媽媽就是疼你]。④顯得，真是。例如：飛咗髮精神晒 [理了髮顯得精神]｜沖個熱水涼，舒服晒 [洗個熱水澡，真是舒服]！

【丿】

秤　⦿ chèng ⦿ qing³

測定物體重量的器具。

廣州話還借用來表示：①動詞。提，拎。例如：秤佢過嗰便 [把它提到那邊去]｜秤住一袋嘢 [拎着一袋東西]。②量詞。串，掛，嘟嚕。例如：一秤鎖匙 [一串鑰匙]｜一秤菩提子 [一嘟嚕葡萄]。

倒牙　⦿ dǎoyá ⦿ dou²nga⁴⁻²

普通話的 "倒牙" 來自方言。指因吃了較多的酸性食物，咀嚼時牙齒感到不舒服。廣州話沒有這樣的說法。

廣州話的 "倒牙" 指左旋螺紋。（牙，指螺紋。一般的螺紋是右旋的，所以左旋稱 "倒"。）

個　⦿ gè ⦿ go³

"個" 這一量詞。兩種話都經常使用，但是使用範圍和結合能力有較大的差異。

"個" 主要用於沒有專用量詞的名詞。例如：一個人｜兩個星期｜幾個蘋果｜一個夢想。有些名詞除了專用量詞之外，也能用 "個"。這是兩種話相同之處。

普通話的 "個" 還有以下用法：①用於約數的前面。例如：估計會提早個兩三天完工｜一天賣個百十斤不成問題。②用於帶賓語的動詞後面，有表示動量的作用。例如：說個話｜喝個酒。③用在動詞和賓語中間，使補語略帶賓語的性質。例如：吃個夠｜弄得個亂七八糟。廣州話沒有這幾種用法。

有兩種情況，普通話用其他量詞而不用 "個"，廣州話卻用 "個"：①用於一部分單位的東西。例如：普通話說的 "一座鐘｜一塊手錶｜一口井｜一條麻袋"，這裏的量詞廣州話一般都用 "個"，說成 "一個鐘｜一個手錶｜一個井｜一個麻包"。②口語上表示貨幣單位 "元" 而且後面還有尾數時，普通話說 "塊"，廣州話說 "個" 或 "文"（men¹）。例如：普通話說 "兩塊六毛｜塊把錢"，廣州話則說 "兩個六｜個零銀錢"（"個" 可以說成 "文"）。

用於人，兩種話都用 "個"。不過，有兩種情況廣州話一般不用 "個"：①貶稱。改用 "條、兜、隻（zég³）"，而且後面帶的是對人的貶稱或詈稱。例如：呢條友靠唔住

[這傢伙靠不住]｜嗰隻衰仔去咗邊處 [那個渾小子去了哪了]？②用於少量的人。為了強調少，**廣州話**往往使用量詞"丁"，而不用"個"，例如：幾丁人｜三兩丁友。**普通話**沒有這樣的用法，而是都用"個"。

隻　㊵ zhī ㊷ zég³

作量詞時，**普通話**用於：①某些成對的東西的一個。例如：兩隻眼睛｜一隻繡花鞋。②某些器具。例如：一隻碗｜一隻箱子。③飛禽、走獸。例如：一隻喜鵲｜一隻黑狗。④船隻。例如：一隻快艇｜兩隻木船。

一般來説，**普通話**用量詞"隻"的地方，**廣州話**也用"隻"；而**廣州話**用量詞"隻"的地方，**普通話**則可能使用別的量詞。**廣州話**用"隻"**普通話**不用的地方主要有：①人的上下肢(手腕、腳腕以上)。例如：一隻手臂 [一條胳膊]｜兩隻腳 [兩條腿]。②大型家畜。**普通話**用"頭、口、匹"等，個別用"隻"。例如：一隻牛 [一頭牛]｜兩隻豬 [兩口豬]｜一隻馬 [一匹馬]。③單個的牙齒。例如：甩咗兩隻牙 [掉了兩顆牙齒]。④做菜的鐵鍋 (**廣州話**叫"鑊")。例如：呢隻鑊好使 [這口鍋好用]。⑤單個的撲克牌、麻將牌、唱片等，**廣州話**用"隻"，**普通話**用"張"。

有些東西，**普通話**用"個"的，**廣州話**除了用"個"之外也可以用"隻"，如蘋果、柚子、雞蛋、碗、杯、手錶等。

廣州話表示種類、品種時，除了用"種"還可以用"隻"。例如：呢隻米唔錯 [這種米不錯]｜嗰隻布幾靚 [那種布很好]。

烏龜　㊵ wūguī ㊷ wu¹guei¹

指一種有硬甲的爬行動物。

普通話又譏稱妻子有外遇的人。

廣州話則指替賣淫的女人拉客的男人，又指開妓院的男人 (又叫"龜公"。女的叫"龜婆")。

鬼　㊵ guǐ ㊷ guei²

指迷信的人所説的人死後的靈魂。

在**普通話**和**廣州話**裏，"鬼"的共通含義很多：①指有着不良嗜好或行為而使人厭惡的人。例如：煙鬼｜賭鬼｜討厭鬼｜吸血鬼 (比喻榨取勞動者血汗的人)。②形容不光明，不正當，躲躲閃閃。例如：鬼頭鬼腦｜行為鬼祟。③指不可告人的打算或勾當。例如：心裏有鬼｜心懷鬼胎｜鬼把戲。④惡劣，糟糕。例如：這鬼天氣誰還出門！｜這鬼地方草也不長。

普通話的"鬼"還指那些逗人喜愛的人 (多用於小孩)，帶有親暱的感情色彩，例如：小鬼｜機靈鬼｜調皮鬼。也形容人或動物機靈，例如：這小孩很鬼｜這貓鬼得很，你逮它不着。**廣州話**很少這樣用。

廣州話口語上的"鬼"卻有着許多普通話所沒有的用法，使用範圍要比普通話廣得多：

廣州話的"鬼"可以任指，表示誰、任何人：①用在動詞前面，字面意思是"只有鬼才這樣"，真正意思是"任何人都不會這樣"。例如：呢啲爛嘢鬼買咩［這些破爛貨誰買呀］！｜待遇咁差，鬼做呀［待遇那麼差，誰願意幹］！｜鬼理佢［任何人都不理他］。②"鬼"後加"都"字，字面意思是"連鬼也會這樣"，真正意思是"任何人都會這樣"。例如：噉嘅事，鬼都怕［這樣的事情，誰都害怕］｜咁危險嘅事，鬼都唔制啦［這麼危險的事情，任何人都不願幹］！這是普通話沒有的。

在廣州話口語裏，加上"鬼"字往往有加強語氣作用：①用在"咁"與形容詞之間，使程度加深。例如：咁鬼嘈［這麼吵鬧］｜咁鬼簡單［這麼簡單］｜咁鬼醜怪［這麼醜］。②用在否定詞"唔"（不）與動詞之間，加強否定語氣。例如：唔鬼去［不去］｜唔鬼聽［不聽］｜唔鬼制［不幹；不願意］。③插在雙音節形容詞中間，或者用在副詞與形容詞之間，有加強語氣的作用。例如：討鬼厭［真討厭］｜麻鬼煩［真麻煩］｜巴鬼閉［真是小題大做］｜犀鬼利［真厲害］｜好鬼衰［很討厭］｜真鬼快［很快］。④用在動詞和補語性詞素之間，表示帶有某種情感。例如：真畀佢考鬼起［真讓他考住了］｜佢有鬼咗［她懷上孕了］｜咪阻鬼住［不要擋着］！⑤用在某些短語中，有加強語氣作用。例如：失鬼禮人［真丟人］｜乞鬼人憎［真討厭］！

廣州話口語有時可以使用"鬼"字來表示否定或加強否定的語氣：①插在表示積極意義的雙音節形容詞中間，表示否定。例如：中鬼意咩［中意甚麼呀］｜企鬼理［說甚麼整潔］｜快鬼活［並不快樂］｜時鬼興［並不時髦］。②用在動詞與賓語中間，表示否定。例如：打鬼工咩［哪有工作可做］！｜發鬼補貼呀［哪有補貼發］！｜落雨，開鬼篝火晚會呀［下雨，開甚麼篝火晚會呀］！個別情況表示加強語氣，例如：你呃鬼我［你騙我］！

廣州話的"鬼"組成"鬼咁"放在形容詞前面，字面意思是"像鬼那樣"，實際表示"很、非常、十分"的意思。例如：鬼咁好｜鬼咁壞｜鬼咁甜｜鬼咁苦｜鬼咁靚［非常漂亮］｜鬼咁醜怪［十分醜］。

廣州話的"鬼"組成"到鬼噉"放在形容詞後面，字面意思也是"像鬼那樣"，實際也表示"很、非常、十分"的意思，但程度比"鬼咁"更深。例如：熱到鬼噉［非常熱］｜惡到鬼噉［兇得很］｜多人到鬼噉［人極多］。

廣州話的"鬼"還指外國人或外國的，相當於普通話的"洋"或"番"。例如：鬼佬［洋人］｜鬼婆［外國女人］｜鬼妹［外國姑娘］｜鬼鎖［洋鎖］｜鬼槍［洋槍］。

倔　（一）⊜ jué ⊜ gued⁶

只用於"倔強"一詞，指性情剛強不屈。

（二）⑳ juè ⑧ gued⁶

指人性子直，説話、態度生硬。

廣州話又指用眼睛瞪。例如：倔佢一眼［瞪他一眼］。

廣州話又借用來指禿，鈍。例如：支筆寫倔喇［筆寫禿了］｜倔頭掃把［禿掃把］｜倔尾雞［禿尾巴雞］。

師爺　⑳ shīyé ⑧ xi¹ye⁴

稱師父的父親或師父的師父。

普通話讀 shīye 則是對幕友的俗稱。幕友是明清地方官署中由長官私人聘請的無官職佐助人員。例如：錢糧師爺｜刑名師爺。**廣州話**引申指：①專門出計謀的人。②多謀而有點迂腐的人。③形容那種我行我素又有點迂腐的性格。④舊時指海關管定税的人。

釘　⑳ dīng ⑧ déng¹

"釘"作為動詞時，它表示：①把釘子打進其他物體。②緊跟着不放鬆。例如：警察一直釘着他｜必須把對方的前鋒釘緊。③督促，催問。例如：這件事你要釘緊點。②③的"釘"又作"盯"。

廣州話的動詞"釘"還表示：①掐（用指甲擠壓）。例如：釘蝨乸［擠死蝨子］。②謔指死了。是釘棺材蓋的省稱。例如：個衰神釘咗咯［那個壞傢伙完蛋了］。

針　⑳ zhēn ⑧ zem¹

指縫衣服用的小而細長的工具。

又指細長像針的東西。還指針劑和針灸用的針。

廣州話又作動詞，指蚊蟲等叮咬，蜇。例如：呢度啲蚊針人零舍痕［這裏的蚊子叮人特別癢］｜畀黃蜂針到就不得了［讓馬蜂蜇到就不得了］。

針黹　⑳ zhēnzhǐ ⑧ zem¹ji²

指針線。**普通話**只用於書面語。

廣州話指針線活兒，口語常説。例如：做針黹｜佢嘅針黹唔錯［她的針線活兒不錯］。

胸圍　⑳ xiōngwéi ⑧ hung¹wei⁴

指人胸部的周長。

廣州話又指乳罩，文胸。

朕　⑳ zhèn ⑧ zem⁶

人稱代詞。指"我的"或"我"，自秦始皇起專用作皇帝的自稱。又表示先兆，預兆。

廣州話借用作量詞，用於氣味、風等，相當於股、陣。例如：一朕臭味［一股臭味］｜一朕涼風［一陣涼風］。

狼　⑳ láng ⑧ long⁴

指一種外形像狗的野獸，性兇暴。

廣州話又作形容詞。①形容人兇狠，兇惡。例如：嗰班爛仔好狼，咪去惹佢［那幫流氓很兇狠，別惹他們］｜狼過隻癲狗［比瘋狗還要兇惡］。②形容人兇猛，莽

撞。例如：佢打波好狼嘅［他打球
很兇猛］｜開車咁狼好危險㗎［開
車那麼莽撞很危險］！③形容人要
求過分，胃口大。例如：你要咗
大半，狼啲啩［你要了一多半，
太狼了吧］！｜咁狼，想食我隻
"車"［胃口這麼大，想吃掉我的
"車"（象棋）］！這是普通話沒有
的。

【、】

記　⑪ jì　⑩ géi³

表示記憶、記錄、記載、想念等
意思。又表示標誌，符號。

普通話的"記"還作量詞，多用於
某些動作的次數。例如：打他一
記耳光｜廣場鐘聲響了八記。

廣州話的"記"還經常做詞尾，使
原來的詞帶上親切、隨和、詼諧的
感情色彩。①放在姓氏或單音節人
名後面，一般用來稱呼成年男性，
有增加親和感作用。例如：李記｜
強記｜祥記｜忠記。②放在哥、
叔、老友等後面，向陌生男子打招
呼時用。例如：哥記，借支筆用下
［老哥，借您的筆用一用］｜叔記，
邊處有洗手間［叔叔，哪裏有洗手
間］？"老友記"多用指老朋友、
好友。③放在某些詞後面，表示
某一類人或物。例如：個記［個體
經營者］｜臨記［臨時演員］｜娛記
［報導娛樂新聞的記者］｜笠記［汗
衫］。④放在動詞後面，有聲明自
己現在要幹甚麼的作用，又指某一
動作已經完成或正要開始。例如：

瞓記［我要睡覺了］｜得記［成功
了］｜佢呀，走記咯［他呀，走了］｜
一齊，食記［大家一起來，吃吧］。
⑤做小商店店名最後一個字。例
如：旺記雜貨店｜和記速食店。

記認　⑪ jìrèn　⑩ géi³ying⁶

普通話作動詞，表示辨認。例
如：這雙胞胎姐妹很難記認｜這兩
個字很相像，要記認清楚。

廣州話作名詞，指記號。例如：
幼兒園要求家長喺細路仔嘅衫上
面做個記認［幼兒園要求家長在孩
子的衣服上做個記號］｜你啲嘢冇
記認，同人哋撈亂咗就好難搵喇
［你的東西沒有記號，跟別人的搞
混了就很難找到了］。

凍　⑪ dòng　⑩ dung³

指受冷或感到冷。

普通話要冷到一定程度才説
"凍"。例如：天寒地凍｜西北風
吹來，凍得他直哆嗦。廣州話溫
度稍低即可説"凍"。例如：今日
翻風，好凍［今天起風了，很涼］｜
咁凍重唔着多件衫［（天氣）這麼
冷還不添衣服］！｜凍過水［比水
還涼］。就溫度情況來説，普通話
説"涼"的，廣州話都説"凍"。例
如普通話説"洗涼水澡｜涼白開｜
茶涼（liàng）涼（liáng）了再喝"，
廣州話則説成"沖凍水涼｜凍滾水｜
茶攤凍至飲"。

液體遇冷凝固，普通話也説
"凍"。例如：冰凍｜解凍｜河裏的

水凍了。**廣州話**說"凍"僅限於書面語，口語則說"瓊"。例如：冷到油瓊 [冷得油都凝結了]。

衰　🔊 shuāi　🔊 sêu¹

表示衰弱，衰敗，衰減。

廣州話又表示：①倒楣，糟糕。例如：真衰，打爛咗 [真糟糕，打破了] | 你話衰唔衰，錢包唔見咗 [你說倒楣不倒楣，錢包不見了]。②壞，討厭，品格差。例如：衰神 [壞傢伙；討厭鬼] | 衰鬼 [壞傢伙；討厭鬼。女性多用] | 睇下你個衰樣 [看看你這德行] | 畀人睇衰晒 [讓人家看扁了]。③缺德。例如：衰鬼 [缺德鬼；討厭鬼] | 邊個咁衰，整到呢度咁污糟 [誰那麼缺德，弄得這裏那麼髒] | 佢把嘴好衰，成日得罪人 [他嘴巴很缺德，老是得罪人]。④下賤，下流。例如：衰得你咁交關 [你下賤得這麼厲害] | 佢好衰，見女仔就想挨近 [他很下流，看到女孩子就想靠過去]。⑤愛罵時用語，相當於"討厭"、"壞"等。例如：行開啲啦，咁衰 [走遠點吧，討厭] ！⑥落後，失敗，低頭。例如：我有衰過 [我從來沒有失敗過；我從來沒有落後過] | 呢次我哋唔衰得㗎 [這次我們決不能輸] | 佢自己衰之嘛 [他自己不爭氣罷了] | 嗰單嘢卒之衰咗 [那件事最終搞砸了]。

病貓　🔊 bìngmāo　🔊 béng⁶mao¹

指有病的貓。

廣州話常用來比喻病病歪歪的人或神情委靡的人。

疼　(一) 🔊 téng　🔊 teng⁴

指傷、病等引起的痛，例如：頭疼 | 肚子疼 | 傷口還很疼 | 疼痛。

(二) 🔊 téng　🔊 tung³

表示喜愛，鍾愛，愛惜，例如：奶奶最疼他了 | 心疼。

廣州話又指表示疼愛的親吻。例如：疼一啖 [親一下]。

粉　🔊 fěn　🔊 fen²

指粉末。又特指化妝用的粉末。還指用澱粉製成的食品。

指食品時，**普通話**的"粉"，往往特指粉條或粉絲。例如：綠豆粉 | 菠菜炒粉。**廣州話**的"粉"則往往特指米粉條。例如：牛肉炒粉 | 湯粉 | 沙河粉。

廣州話的"粉"還作形容詞，形容某些富含澱粉的食物纖維少而柔軟。例如：呢個芋頭好粉 [這個芋頭很麵] | 呢啲蓮藕煲湯夠晒粉 [這些蓮藕煮湯非常麵]。

粉腸　🔊 fěncháng　🔊 fen²cêng⁴⁻²

普通話指一種食品，用團粉加作料灌入腸衣使熟而成。

廣州話指家畜的小腸。例如：豬粉腸 | 粉腸豬肝粥 | 粉腸冬瓜湯。

料　🔊 liào　🔊 liu⁶

指預料，料想。又指照料，料

理。又指材料，原料。還指某些供飲用或調味的東西，例如：飲料｜作料。指材料、原料時，**廣州話**一般要變調讀成 liu⁶⁻²。

普通話還指餵牲口的穀物。例如：草料｜料豆｜給牲口加料。**廣州話**除"飼料"一詞外，沒有這樣說法。

廣州話讀變調 liu⁶⁻² 時，①指餡兒。例如：啲包乜嘢料［包子甚麼餡兒］? ②指食物的配料。例如：呢碗湯好多料㗎［這碗湯用了許多配料］｜湯料好名貴［湯的用料很名貴］。③比喻才學，技術，能耐。例如：呢位工程師確實有料［這位工程師確實有才學］｜佢有乜料嘅，居然當主任［他沒甚麼能耐，居然當主任］！④比喻有用的內容。例如：聽佢講咗兩個鐘，冇料嘅［聽他說了兩個小時，沒甚麼內容］｜文章雖然短，但係好有料［文章雖然短，但是內容很豐富］。⑤比喻情況，信息，新聞、案情線索等。例如：周圍去撲料［到處去找信息］｜有人嚟報料［有人來提供線索］｜有料到［有情況］。

益 ⓟ yì ⓒ yig¹

兩種話都表示：①好處，利益。例如：公益｜有益於人｜受益匪淺。②有益的，有用的。例如：益友｜益蟲｜益鳥。③增加。例如：增益｜延年益壽。④更加。例如：精益求精｜老當益壯｜相得益彰。

廣州話還表示（對……）有利，有好處，有益處。例如：新規定益咗我哋大家［新規定對我們大家有好處］｜呢件事益咗佢［這件事有利於他］｜你哋唔要就益晒我［你們不要就便宜了我了］。

涌 ⓟ chōng ⓒ cung¹

普通話的"涌（chōng）"來自方言。

廣州話指河汊。例如：村邊有條涌［村旁有一條小河汊］｜去涌邊洗腳［去小河邊洗腳］。**普通話**原來沒有這個音、義，現在已從**廣州話**吸收過去了。**廣州話**的"涌"又常作珠江三角洲的地名。例如：羅涌（在廣州）｜麻涌（在東莞）｜葵涌（在香港）。

浭 ⓟ gēng ⓒ gang³

浭水，水名。在河北。

廣州話借用該字表示涉水、蹚水意思。例如：浭水過河｜水唔深，浭過去［水不深，蹚過去］。

酒店 ⓟ jiǔdiàn ⓒ zeo²dim³

普通話指賣酒和下酒菜等的舖子，即酒館，也叫酒館子。又指較大而設備較好的旅館。

廣州話僅指旅館，賓館。

酒家 ⓟ jiǔjiā ⓒ zeo²ga¹

普通話指酒館，現在多用於飯館名稱。

廣州話指較大而檔次較高的酒樓。

海　普hǎi　粵hoi²

指海洋。有的湖也叫"海"，例如：青海｜什剎海（在北京）。

廣州話的"海"還指水面寬闊的江河，往往特指珠江。例如：過海［過江，過河；到珠江對岸］｜海皮［海邊；江邊，河邊］｜對面海［江河對岸］。

浮皮　普fúpí　粵feo⁴péi⁴

指生物體的表皮。又指物體的表面。

廣州話還指用沙炒過的豬肉皮，做菜餡用。例如：浮皮韭黃肉絲湯。

流　普liú　粵leo⁴

表示液體移動，移動不定，流傳，向壞的方面轉變等意思。又表示流水，像水流的東西。還表示品類，等級，例如：品質一流。

廣州話還表示：①品質差的，次的。例如：流嘢［劣質貨，次品］｜對鞋着咗幾日就爛咗，真流［那雙鞋穿幾天就破了，真次］！②虛假的，不可靠的，沒有價值的。例如：佢呢個博士唔係流嘅嘛［他這個博士不是浪有虛名的呀］｜你講嘅消息堅定流㗎［你說的消息是真的還是假的］？

流口水　普liúkǒushuǐ　粵leo⁴heo²sêu²

指流出唾液。

廣州話還指：①饞，引申指希望得到。例如：啲餸咁香，聞見就流口水咯［菜那麼香，聞到就垂涎三尺了］｜嗰支球隊個個球員球技咁好，邊個俱樂部都流口水［那支球隊個個球員技藝高強，哪個俱樂部都想得到呀］！②成績差，品質低劣。例如：呢班學生好多流口水嘅［這班學生很多人成績很差］｜呢次真流口水，只得第七名［這次真差勁，只得第七名］｜呢批貨都係流口水嘅［這批貨都是品質差的］。

浸　普jìn　粵zem³

指泡在液體裏。

廣州話借用作量詞，相當於"層"（但不能用於樓房）。例如：曬甩一浸皮［曬脫了一層皮］｜栗子殼同肉中間有浸衣［栗子殼和肉之間有一層衣］｜地面鋪咗一浸沙［地面鋪了一層沙］。

家　普jiā　粵ga¹

表示：①家庭，人家。②家庭所在的地方。③借指工作的處所。例如：辦公室留一個人看家，其他都下基層去了。④經營或從事某種行業的人家、機構。例如：農家｜店家｜船家｜廠家｜兵家。⑤具有某種身份的人。例如：東家｜病家｜贏家。⑥具有專門知識或技能的人。例如：專家｜行（háng）家｜科學家｜藝術家。⑦學術流派。例如：儒家｜道家｜百家爭鳴｜自成一家。⑧相對各方中的一方。例如：上家｜對家｜

公家｜兩家握手成和。⑨謙詞。對別人稱自己親屬中的長輩或年長的平輩。例如：家父｜家兄。⑩家裏的。例如：家事｜家規｜家務。⑪飼養的。例如：家禽｜家畜｜家兔。⑫一定的水準或標準。例如：他的唱功還不到家｜你把工作做到家就一定會見成效的。兩種話用法基本相同。

　　（二）🅟 jia 🅖 ga¹

普通話用作詞尾。①用在指人的名詞後面，表示屬於那一類人。例如：姑娘家｜閨女家｜學生家。②用在男人的名字或排行後面，指他的妻子。例如：強生家｜老二家。

廣州話沒有這樣的用法。

　　（三）🅟 jie 🅖 ga¹

普通話用在某些狀語的後面，相當於“地（de）”。例如：整天家｜成年家。又作“價（jie）”。

廣州話沒有這樣的用法。

家用　🅟 jiāyòng 🅖 ga¹yung⁶

兩種話含義和用法都相同：①指家庭生活費用。例如：以供家用｜補貼家用。②指家庭日常使用的。例如：家用商品｜家用電器。

廣州話變調讀 ga¹yung⁶⁻² 時，表示貨物、東西是品質上好的，上等的，雙料的意思。例如：通通都係家用貨，唔係次貨［全部是上等貨，不是次貨］｜家用手抽［雙料手提籃］。

家私　🅟 jiāsī 🅖 ga¹xi¹

普通話指家產。例如：萬貫家私｜繼承家私。

廣州話又寫作“傢俬”，指傢具。例如：傢俬通通換過新嘅［傢具全部換成新的］｜傢俬什物［傢什，傢具］。

家姐　🅟 jiājiě 🅖 ga¹zé²⁻¹

指親姐姐。

普通話屬謙辭，只用於背稱。

廣州話不是謙辭，背稱、對稱都可以，一般指長姐。

窄　🅟 zhǎi 🅖 zag³

指橫的距離小，不寬。又指人心胸狹窄，氣量小。

普通話又形容生活不寬裕，例如：日子過得窄要節儉，生活寬裕了也要節儉。**廣州話**沒有這樣的用法。

廣州話又指衣服瘦。例如：呢條褲窄過頭［這條褲子太瘦了］｜瘦人着窄衫［瘦人穿瘦衣裳］。**普通話**形容衣服用“肥、瘦”，**廣州話**用“闊、窄”。

被套　🅟 bèitào 🅖 péi⁵tou³

普通話的“被套”分別指：①被袋。②套被子的外套（不分被裏和被面）。③被子的胎。

廣州話的“被套”則僅指套被子的外套，又叫“被袋”。

被袋　⊜ bèidài ⊜ péi⁵doi⁶⁻²

兩種話都指一種圓筒形的裝被褥
的旅行用袋。

廣州話還指套被子的外套。**普通
話**稱"被套"。

【一】

屐　⊜ jī ⊜ kég⁶

指木板拖鞋。也泛指鞋。

普通話的"屐"僅用於"木屐、屐
履"等詞中，一般不單用。

廣州話的"屐"只指木板拖鞋，常
單用。

剝花生
⊜ bāo huāshēng ⊜ mog¹ fa¹sang¹

指用手把花生去殼取仁。

廣州話還戲指陪同他人談戀愛。

除　⊜ chú ⊜ cêu⁴

表示去掉。例如：除草｜為民除
害。又表示不計算在內。例如：
除外。

廣州話還表示：①脫下身上穿戴
的東西。例如：除衫 [脫衣服]｜
除帽 [脫帽]｜除低手錶 [脫下
手錶]。②撤出灶膛裏的柴火。
例如：飯滾就除柴 [飯開了就退
火]。**普通話**沒有這個用法。

紗紙　⊜ shāzhǐ ⊜ sa¹ji²

指一種柔軟而堅韌的紙，多用來
糊燈籠、扇子等。

廣州話戲稱學歷文憑。例如：就
快攞到紗紙咯 [快要拿到文憑了]｜
有張紗紙好蝕底㗎 [沒有文憑很吃
虧]。

紙　⊜ zhǐ ⊜ ji²

指一種薄而平的東西，可以用來
寫字、繪畫、印刷、包裝等。

廣州話又指：①鈔票。例如：銀
紙 [鈔票]｜大紙 [大面額的鈔票]｜
散紙 [零鈔]｜碎紙 [零鈔]｜港紙 [港
幣]。②憑證，證明書。例如：出
世紙 [出生證]｜打針紙 [注射憑
證]｜出水紙 [提貨單]｜入伙紙 [入
住通知書]。

紋路　⊜ wénlu ⊜ men⁴lou⁶

指木、石等物體上的皺痕或花紋。

廣州話又比喻做事的條理、門
道。例如：佢做嘢好有紋路 [他做
事很有條理]。

11畫

【一】

春　⊜ chōng ⊜ zung¹

把東西放在石臼或乳缽裏搗，使
碎或去皮殼。例如：春米｜春藥。

廣州話還有以下意思：①杵。例
如：春佢一拳 [杵他一拳]。②
闖，撞：亂咁春 [亂闖]｜春瘟雞
[比喻瞎跑亂闖的人]。③墜落，
倒栽。例如：成個人春咗落去 [整

個人墜下去]||敵機春咗落嚟[敵機栽下來了]。

理氣　⑬lǐqì　⑭léi⁵héi³

中醫指用藥物治療氣滯、氣逆或氣虛。

廣州話指人好管閒事。例如：使乜你咁理氣呀[用不着你多管閒事]||佢就係咁理氣嘅[他就是這麼多管閒事]。

規矩　⑬guījǔ　⑭kuei¹gêu²

比喻一定的標準、法則或習慣。例如：我們都要守規矩|辦事不能破壞規矩。又形容人思想端正、行為正派老實，合乎規範或常理。例如：我們做生意向來很規矩|小伙子有甚麼不規矩的地方，請您指出來。

廣州話又表示慣例，老規矩。例如：佢係老行尊，你新嚟，規矩要先去拜訪佢[他是老權威，你是新來的，按慣例要先去拜訪他]||規矩係噉嘅喇，有意見即管提[老規矩就是這樣，有意見盡可以提]。又説"規例"。

掛　⑬guà　⑭gua³

兩種話都表示掛東西，掛電話，掛號，暫時擱置問題等意思。又表示牽掛、惦念。

普通話還有以下用法：①表示鈎住。例如：衣服被樹枝掛住了|釘子把褲子掛了個口子。②表示物體表面蒙上，糊着。例如：衣服

上還掛着好些黃泥|額頭上掛着汗珠。③作量詞，多用於成套或成串的東西。例如：一掛膠輪大車|整掛的豬下水|兩掛鞭炮。**廣州話**沒有這樣的用法。

廣州話的"掛"還表示盼望意思。例如：細佬哥多數都掛住過年[小孩子多數都盼着過年]||佢成日都掛住個仔翻嚟[她整天都盼着兒子回來]。

捱　⑬ái　⑭ngai⁴

普通話的"捱"是"挨"的異體字，表示遭受、熬過（時間）等意思。例如：捱打|捱餓|捱苦日子。例子裏的"捱"按規範都應該寫成"挨"，而在**廣州話**裏，表示上述意思時，用"捱"不用"挨"。

普通話的"挨"另有讀音 āi，表示靠近、緊接着、順次的意思。例如：挨近|挨家挨戶。

廣州話表示這一意思時，用"挨"（ngai¹）不用"捱"。

不過，同是表示遭受、熬過的意思，**普通話**的"挨(捱)"與**廣州話**的"捱"在詞的搭配上並不完全相同。例如，**廣州話**的"捱粥"[每頓都喝粥]|"捱番薯"[靠吃甘薯過日子]，**普通話**裏並沒有這樣的說法；**廣州話**的"捱批、捱整、捱宰"等也都是來自**普通話**的。**普通話**的"挨板子"等說法，則是**廣州話**沒有的。

廣州話的"捱"還有艱難地把孩子撫養大的意思。例如：幾辛苦

先至捭大你 [多艱難才把你拉扯
大]。**普通話**沒有這樣用法。

掉　🈷 diào 🈶 diu⁶

表示落下、落後、遺漏、降低等
意思。又表示擺動、回轉、互換
等意思。例如：樹葉掉下來了｜不
要掉隊｜帶的東西掉了一樣。

普通話用在某些動詞後表示動作
已完成。例如：扔掉｜吃掉｜抹
掉｜把煙戒掉。**廣州話**不這樣說，
而把"掉"改為表示完成的"咗"，
前面例子要說成：掉咗｜食咗｜抹
咗｜戒咗煙。

廣州話"掉"還表示丟、扔、拋
棄。例如：呢啲爛嘢掉咗佢算咯
[這些破爛東西扔掉算了]｜唔好亂
掉垃圾 [不要亂丟垃圾]。

荷包　🈷 hébāo 🈶 ho⁴bao¹

指隨身攜帶的一種小包，裝零錢
和零星小東西用。

廣州話的"荷包"指錢包。既指小
錢包、小皮夾子（例如：打荷包
[扒竊錢包]｜荷包仔 [扒竊錢包的
小偷]），也借指所擁有的錢財（例
如：荷包乾 [無錢]｜荷包脹 [錢
多]｜荷包打倒掟 [荷包顛倒。比
喻無錢]｜荷包亂揈 [胡亂揮霍錢
財]）。

排　🈷 pái 🈶 pai⁴

表示排列，行列。又指編結成排
的東西，例如：竹排｜木排。又
作量詞，用於成行列的東西，例

如：一排子彈｜兩排樹。

還指消除，除去，例如：排除｜排
澇｜排雷｜力排眾議。又指用力衝
開，例如：排闥直入｜排山倒海。

普通話又指一種西式食品，用大
而厚的肉片煎成。例如：牛排｜豬
排。**廣州話**叫"扒（pa⁴⁻²）"。

廣州話又指一段時間。例如：呢
排好唔得閒 [這段時間很忙]｜前
一排你去咗邊度呀 [前段時間你到
哪兒去了]？｜有排你等 [夠你等
的]。

頂　🈷 dǐng 🈶 ding²

兩種話的"頂"含義、用法大體相
同，但有區別。

普通話的"頂"有"到（某個時
間）"的意思。例如：頂下午八
點他才下班。該義項來自方言。
廣州話沒有這一說法。**普通話**的
"頂"還可以作副詞，表示程度最
高。例如：頂好｜頂美｜頂喜歡。
廣州話沒有這樣用法。

"頂"有支撐、抵住意思，但**廣
州話**的"頂"強調勉強支撐的味
道更濃，相當於**普通話**的"挺"。
例如：幾大都要頂住 [無論如何
都要挺着]｜頂唔順 [支撐不了
了]｜頂過呢幾日再講 [挺過這幾
天再說]。**廣州話**的"頂"還有
應付、對付的意思。例如：頂肚
[充飢(應付肚子)]｜問你點頂 [看
你怎樣對付]！**普通話**沒有這樣
說法。

頂數　粵 dǐngshù　普 ding²sou³

兩種話都表示充數。例如：不能用次品頂數｜人手不夠，我來頂數吧。

普通話的"頂數"還表示有效力、有用。例如：你説話頂數嗎？｜他説的不頂數。**廣州話**沒有這一用法。

廣州話的"頂數"又有頂替、代替意思。例如：佢病咗，邊個頂數[他病了，誰來代替]？**普通話**沒有這一用法。

都　粵 dōu　普 dou¹

作為副詞的"都"，它的作用是：①表示總括。②組成"都是"説明理由。例如：都是我不好，牽累了大家。③表示強調。例如：我一點兒都不累。④表示"已經"。例如：天都黑了，還沒見他回來。⑤表示"尚且"。例如：你都不行，何況我。

廣州話另有獨特的作用，表示：①還(hái)。例如：呢度都算清靜[這裏還算清靜]｜佢近嚟都幾好[他最近還好]｜熱天呢度生果都幾多㗎[夏天這裏水果還是挺多的]。②也，亦。例如：我都報名｜你去我都去｜噉做都得[這麼做也可以]｜我一啲都唔知[我一點兒也不知道]。這些作用是**普通話**沒有的。

埠　粵 bù　普 feo⁶

普通話的"埠"指碼頭，多指有碼頭的城鎮。又指商埠。

廣州話的"埠"多指商埠。例如：本埠｜外埠｜開埠｜過埠新娘[嫁到外埠去的新娘]。也指有碼頭的城鎮。例如：開平三埠[地名。指廣東開平市隔江相望的三個鎮]。一般不指碼頭，碼頭叫"埗、埗頭"。

掙　（一）粵 zhēng　普 zeng¹

用於"掙扎"一詞。

　　（二）粵 zhèng　普 zang¹

指用力擺脱束縛。例如：掙脱枷鎖。

普通話又指用勞動去換取，例如：掙錢。**廣州話**説"賺錢"。

廣州話讀 zang⁶ 時指：①塞，擠。例如：掙滿晒[塞滿了]｜掙爆個袋[擠破了口袋]。②拚命地吃，撐（粗魯的説法）。例如：咪咁喉急，有得你掙[別那麼急，有你吃的]｜好食就猛咁掙[好吃就拚命吃]｜掙到飽晒[吃撐了]。

掬　粵 jū　普 gug¹

普通話用於書面語，指用兩手捧東西。

廣州話借用來指：①憋，努。例如：掬住道氣[憋着氣]｜咁重嘅嘢，佢一掬就托上膊[這麼重的東西，他一努就扛上肩膀了]。②催促成長或使速肥（用於家禽家畜或植物）。例如：畀多啲飼料，掬肥隻豬[多下點飼料，把豬催肥]｜

落啲化肥掬猛佢〔下點化肥催它快長〕。

掂　⑧ diān　⑨ dim³

用一隻手掌托着東西上下晃動來估計輕重。例如：掂量｜掂掇。

廣州話借用作形容詞，讀 dim⁶，表示：①直。例如：掂紋〔直紋〕｜打掂瞓〔直着睡〕｜條路好掂〔路很直〕。②順利，順當，妥當。例如：嗰單工程好掂〔那宗工程很順利〕｜同佢傾掂咯〔跟他談妥了〕｜條數計唔掂〔這筆賬算不過來〕｜掂過碌蔗〔比甘蔗還直（比喻非常順利）〕。③舒暢，舒坦。例如：佢而家掂晒〔他現在非常舒暢〕｜今日周身唔掂〔今天全身不舒服〕。④問題解決了，任務完成了等。例如：掂晒〔全解決了；全搞好了〕｜講佢唔掂〔說不服他〕｜呢排好唔掂〔這段時間麻煩很多〕。

控　⑧ kòng　⑨ hong³

指控告，告發。又指控制，操縱。

普通話又表示：①使身體或身體一部分懸空或失去支撐。例如：兩腿控腫了｜怎麼能控着腦袋睡覺？②使容器口朝下，讓裏邊的液體慢慢流出。例如：把杯子控乾｜油瓶要控乾淨。又作"空（kòng）"。**廣州話**沒有這樣的用法。

掃　（一）⑧ sào　⑨ sou³⁻²

名詞。不單用，只用於"掃帚"、"掃把"等詞。

廣州話只指掃炕、掃灶等用的小笤帚，可以單用，例如：搵把掃（sou³⁻²）嚟掃（sou³）一下〔找把小笤帚來掃一下〕。而一般掃地用的笤帚、掃帚，**廣州話**叫"掃把"，"掃"讀本調 sou³。

廣州話還指撣子，例如：雞毛掃〔雞毛撣子〕。又指某些刷子，例如：擦衫掃〔衣刷〕。

（二）⑧ sǎo　⑨ sou³

動詞。①指用掃帚、笤帚除去塵土、垃圾等。②表示除去，消滅。例如：掃雷｜掃盲｜橫掃千軍。③橫着掠過。例如：他掃視一下大家｜機槍向敵軍掃射。④把所有的歸攏起來。例如：掃數清還。

廣州話又指塗刷。例如：掃灰水〔刷石灰水〕。

基　⑧ jī　⑨ géi¹

指建築物的根腳，基礎，例如：地基｜路基｜奠基。又指起頭的，根本的，例如：基層｜基點｜基價。

廣州話又指：①河堤。例如：荔枝基〔種有荔枝樹的河堤〕｜基圍〔防潮水或洪水的堤壩〕。②埂子，田塊間或池塘周邊的壟。例如：田基｜塘基｜桑基〔種有桑樹的塘埂〕｜蕉基〔種芭蕉的埂子〕。③磚、土等壘砌的小平台，多用來放置物品。例如：花基〔放花盆用的磚台〕｜灶基〔灶台〕。這些意義是**普通話**的"基"所沒有的。

廣州話又指同性戀，是英語 gay 的音譯。例如：基佬 [男性同性戀者]｜搞基 [搞同性戀]。

勒　粵lè 普leg⁶

指帶嚼子的馬籠頭。又表示勒馬，勒令，勒索。還指雕刻。

又表示用繩子等束緊（**普通話**要讀 lēi）。例如：勒緊褲帶。

廣州話又指把住小孩催其大小便。例如：勒佢屙完尿至畀佢瞓 [把他拉完尿才讓他睡覺]｜湊細路就要勒屎勒尿嘅嘞 [帶小孩就是要把屎把尿的啊]。**普通話**沒有這樣說法。

帶子　粵dàizi 普dai³ji²

普通話指用來綁紮衣物的布條、皮條等。又俗稱錄音帶、錄影帶。**廣州話**叫"帶"（dai³⁻²）。

廣州話"帶子"指一種海味，包括乾貝和鮮貝。乾貝中用江珧貝的閉殼肌製成的又叫"江珧柱"。

帶挈　粵dàiqiè 普dai³hid³

普通話又說"挈帶"，指攜帶，帶領。例如：帶挈不少行李｜這次返鄉並未帶挈家眷。

廣州話指：①提攜。例如：第日你發達咗，記住要帶挈我哋喺 [以後您飛黃騰達了，別忘記提攜我們啊] ！②關照。例如：出門在外，大家互相帶挈 [出門在外，大家互相關照]。③使沾光，使得好處。例如：養豬帶挈狗 [俗語。養豬使狗也沾光得到飽食]｜佢嚟呢度開工廠，帶挈成村都好哋 [他來這裏開工廠，讓全村生活都變好了]。

乾　粵gān 普gon¹

指沒有水或水分很少。例如：乾燥｜乾花。又表示不用水的。例如：乾洗｜乾餾。

普通話口語的"乾"還表示：①空虛，空而無物。例如：錢花乾了｜材料用乾了。②光是形式上的。例如：乾笑｜乾嚎。③拜認的親戚關係。例如：乾爹｜乾兒子。④徒然，白。例如：乾瞪眼｜乾着急。"乾"的這些用法**廣州話**口語都沒有。

普通話的"乾"還從方言吸收了以下意義：①形容說話太直太粗。②當面說使人難堪的話。③慢待，置之不理。"乾"的這些含義，**廣州話**都沒有。

廣州話的"乾"還有白白得到的意思，這是**普通話**沒有的。例如：佢冇份做有份分錢，噉唔係乾得咩 [他沒有出謀出力卻參加利潤分配，那不是不勞而獲嗎] ？｜畀佢乾撈咗二十萬 [讓他白得了二十萬元]。

乾涸　粵gānhé 普gon¹kog³

普通話指原來有水的地方沒有水了。

廣州話則指乾燥，與普通話不同。例如：天口乾涸 [天氣乾燥]｜喉嚨乾涸 [咽喉乾燥]｜江珧柱乾涸晒咯〔乾貝乾燥了〕。

梗　🅰 gěng　🅱 geng²

指某些植物的枝或莖。又表示挺直，直爽，頑固，阻塞，妨礙等意思。

廣州話則表示：①轉動不靈活，緊。例如：螺絲好梗，擰唔喐〔螺絲很緊，擰不動〕‖成日擔高頭，頸都梗晒〔整天抬着頭，脖子都硬了〕。②固定的，定死的。例如：李醫生定梗星期一出診〔李醫生固定星期一出診〕‖佢話梗要咁多租金〔他説死要這麼多租金〕。③倔強，強。例如：呢個人脾氣好梗〔這個人脾氣很犟〕。④當然。例如：梗係啦〔當然是了〕‖噉樣梗唔得啦〔這樣當然不行〕。⑤一定，肯定。例如：聽日我梗嚟〔明天我一定來〕‖下晝梗有雨〔下午肯定下雨〕。這些含義和用法都是**普通話**沒有的。

麥　🅰 mài　🅱 meg⁶

指麥子。

普通話俗指話筒，是英語 microphone 第一個音節的音譯。話筒普通話原稱"麥克風"，稱"麥"是新起的説法。

廣州話稱話筒為"咪（mei¹）"，不説"麥"。"咪"也是英語 microphone 第一個音節的音譯。

梳　🅰 shū　🅱 so¹

指梳子，例如：木梳‖牛角梳。又

指用梳子整理頭髮。

廣州話又作量詞，用於排列成梳齒狀又不很大的東西。例如：一梳香蕉〔一掛香蕉〕‖一梳子彈〔一梭子彈〕。

紥　（一）🅰 zhā　🅱 zad³

表示駐紥，例如：紥營。

廣州話又表示：①驚醒。例如：啱瞓着就紥醒〔剛睡着就驚醒〕。②驚跳。例如：嚇到成個紥起〔嚇得整個人跳起來〕。③比喻地位、事業、名聲等上升。例如：呢間公司係新近紥起嘅〔這家公司是最近興旺起來的〕‖新紥師兄〔最近紅起來的師兄〕。

（二）🅰 zā　🅱 zad³

表示捆，束。例如：把頭髮紥起來｜腰裏紥着皮帶。

又作量詞，用於捆在一起的細長的東西。**普通話**多用"束"，也用"紥"；**廣州話**口語一般用"紥"少用"束"。例如：一紥花｜一紥麵條。

斬　🅰 zhǎn　🅱 zam²

指砍。例如：斬首｜披荊斬棘。

廣州話又指：①買烤鴨、叉燒、燒肉等熟肉，例如：斬半邊燒鵝翻嚟〔買一邊烤鵝回來〕‖落街斬料〔上街買熟肉〕。②被賣方索取高價，宰。例如：呢間餐館斬人出名〔這家餐館以宰客出名〕。

副　⟨普⟩fù　⟨粵⟩fu³

作為量詞的"副"，兩種話都用於成套的東西。例如：一副機器｜一副象棋｜一副牙齒｜全副武裝。

普通話又用於面部表情。例如：一副笑臉｜一副兇相｜一副慈祥的面孔。**廣州話**口語少說。

堅　⟨普⟩jiān　⟨粵⟩gin¹

表示堅硬，堅固，堅定，堅決等意思。

廣州話還表示：①好的，優良的，優秀的。例如：堅嘢[好東西]｜呢批貨夠堅[這批貨確實好]｜呢個設計師係堅嘅[這個設計師是有真才實學的]。②真實的，確切的。例如：你件名牌衫堅唔堅㗎[你那件名牌衣服是不是真的]？｜你講嘅嗰單嘢係堅嘅咩[你說的那件事確切嗎]？

爽　⟨普⟩shuǎng　⟨粵⟩song²

兩種話都指：①明朗，清亮。例如：天高氣爽｜神清目爽｜明淨高爽。②開朗，率直。例如：豪爽｜直爽。③舒服，暢快。例如：身體不爽｜令人神爽｜人逢喜事精神爽。④開闊，寬闊。例如：沃野爽平｜地爽而潔。⑤違背，差失。例如：爽約｜絲毫不爽。

廣州話又表示：①輕鬆，清爽（與黏、膩相對）。例如：洗完頭，頭髮真爽[洗完頭，頭髮真清爽]。②痛快，過癮。例如：頭先打場波真爽[剛才打那場球真痛快]｜

玩得好爽[玩得很過癮]。③量詞，截（用於甘蔗）。例如：一爽蔗[一截甘蔗]。

普通話除個別例子外，一般不單用；**廣州話**多單獨使用。

爽口　⟨普⟩shuǎngkǒu　⟨粵⟩song²heo²

普通話指清爽可口。

廣州話指食物吃着時感覺脆，例如：新鮮黃瓜好爽口[新鮮的黃瓜吃着很脆]｜呢碟豬肚炒得好爽口[這盤豬肚炒得挺脆]。又指吃飯時食物適口，例如：呢餐飯食得好爽口[這頓飯很可口]。

盛　⟨普⟩shèng　⟨粵⟩xing⁶

形容興旺，繁盛，茂盛，豐盛，盛大，隆重。又形容深厚，普遍，華美。還形容程度深，力度大。

廣州話又用於表示不定指，一般用於"又……又盛"格式。刪節號處多填入形容詞或動詞，有時是動詞帶賓語。表面上"盛"與前面的形容詞或動詞並列，實際上是強調該形容詞或動詞所表示的情況。"又……又盛"相當於**普通話**的"又……又甚麼的"。例如：今日又冷又盛，唔出去咯[今天又冷又甚麼的，不出去了]｜對佢唔好，又鬧又盛[對他不好，又是罵又是甚麼的]｜佢好客氣，又斟茶又盛[他很客氣，又倒茶又甚麼的]。有時也用"冇……冇盛"格式，強調缺乏條件。例如：冇人冇盛，點開工呀 [沒有人，怎麼開工呢]？｜冇經費冇盛，做得乜鬼 [沒有經費，能幹甚麼]！

盛行

（一）⑱ shèngxíng ⑲ xing⁶hang⁴
指廣泛流行。

（二）⑱ shènghǎng ⑲ xing⁶hong⁴⁻²
廣州話多用於初次見面時詢問對方的職業。例如：請問，做盛行呀 [請問，您是幹哪一行業的]？

雪　⑱ xuě ⑲ xud³

指空中降落的六角形白色結晶，由水蒸氣遇冷凝結而成。又比喻白色。還表示洗刷掉（恥辱、仇恨、冤枉等），例如：雪恥｜雪冤｜昭雪。

廣州話又指冰。廣東大部分地區長年不下雪，廣州話裏冰雪不分，口語中很多與冰有關的東西都叫"雪"，例如：一嚿雪 [一塊冰]｜雪櫃 [冰箱]｜雪屐 [旱冰鞋]｜雪條 [冰棍]｜滑雪 [溜冰]。

廣州話還指冰鎮，冷藏，凍。例如：雪豬 [凍豬肉]｜呢啲魚係雪嘅 [這魚是冰鎮的]｜雪住啲蝦先 [先把蝦用冰鎮上]｜番薯葉雪到黑晒 [甘薯葉子凍得全黑了]。

雪糕　⑱ xuěgāo ⑲ xud³gou¹

兩種話都指用水、牛奶、雞蛋、糖、果汁等製成的冷食。普通話指的是將上述配料混合攪拌冷凍

而成，形狀像冰棍的冷食（廣州話叫"雪批"）。廣州話指的是冰激凌，即將上述配料一面加冷一面攪拌使凝結而成的半固體冷食。

雪藏　⑱ xuěcáng ⑲ xud³cong⁴

廣州話指冷藏，冰鎮。普通話這詞來自方言。

普通話現在多用其比喻義：①有意掩藏或保留。例如：球隊教練雪藏兩位主力，是等下一場關鍵比賽才用。②擱置不用。例如：這位演員和導演意見不合，被雪藏起來了。

【丨】

處　⑱ chù ⑲ xu³ 讀音 qu³

表示地方。例如：住處｜處所。

廣州話還表示這裏，那裏。例如：佢唔喺處 [他不在這裏]｜咪瞓喺處 [別躺在這裏]｜聽日我去你處 [明天我去你那裏]。

雀　⑱ què ⑲ zêg³⁻²

普通話指鳥的一科。又特指麻雀。

廣州話所指範圍要大些，可泛指小型的鳥。指鳥的"雀"在複音詞的第一個音節時一般讀原調 zêg³。

廣州話稱麻將為"麻雀"，因而"雀"又指麻將，但不單用。例如：雀局 [打麻將]｜雀戰 [打麻將]。

堂 ⓟtáng ⓖtong⁴

①指正房。②專為某種活動用的房屋，一般較大。例如：禮堂｜食堂｜課堂。③舊時官府中舉行儀式、審訊案件的地方。④指同宗而非嫡親的親屬，堂房。例如：堂兄弟｜堂姐。

兩種話都可以作量詞，用於：①分節的課程。例如：一個上午上四堂課｜這個單元的課程要講三堂課。②戲劇表演的場景。例如：要製作三堂內景｜這堂景很美。③壁畫。例如：大廳左邊是一堂壁畫。④舊時審案一次叫"一堂"。**普通話**還可以用於成套的傢具，**廣州話**則不用"堂"用"套"。**廣州話**"堂"又用於架設起來的用具或工具，例如"一堂磨，一堂織布機，一堂轎，一堂鋸，一堂漁網，一堂蚊帳，一堂樓梯"，而**普通話**則分別使用別的量詞，上面的例子要說成"一座磨，一架織布機，一頂轎子，一把鋸子，一張漁網，一牀蚊帳，一道樓梯"。**廣州話**的"堂"作量詞還可以用得更廣泛，例如：一堂買賣［一樁買賣］｜一堂眉毛［一副眉毛］｜一堂碗筷［一副擺開的供多人使用的碗筷］，**普通話**的"堂"沒有這樣的用法。另外，**廣州話**的"堂"還用於路程，十里為一堂路。

堂倌 ⓟtángguān ⓖtong⁴gun¹

舊時稱飯館、茶館、酒店中的招待人員。

廣州話指舊時遇上紅白喜事被臨時僱來操辦各種事務的人。

敗 ⓟbài ⓖbai⁶

兩種話的"敗"都有消除、解除的意思，但使用對象和使用方法都不同。

在表示這個意思時，**普通話**的"敗"是動詞，而且要帶賓語，消除、解除的是對人體有害的東西。例如：這種藥能夠敗毒｜涼茶可以敗火。

而**廣州話**的"敗"是形容詞，單獨使用。指的是過分的消除（比如過多服用寒涼的藥物、過多食用寒性的食品等）會使身體虛弱。例如：多食蘿蔔好敗㗎［多吃蘿蔔會使身體虛弱的］。

眼 ⓟyǎn ⓖngan⁵

指眼睛，人和動物的視覺器官。又指孔，洞，窟窿，例如：泉眼｜針眼｜槍眼。

又用作量詞。**普通話**用於井、窰洞。**廣州話**用的範圍要廣些，例如：一眼池塘［一口池塘］｜一眼針［一根針］｜一眼釘［一枚釘子］｜一眼燈［一盞燈］。

眼界 ⓟyǎnjiè ⓖngan⁵gai³

指所見事物的範圍。借指見識的廣度。例如：大開眼界｜眼界寬闊。

廣州話又指眼力，準頭（射擊、投擲的準確性）。例如：好眼界［有準頭］｜練眼界［練眼力］。

眼眉　⑧ yǎnméi　⑨ ngan⁵méi⁴

指眉毛。

普通話多説 "眉毛"，少説 "眼眉"。普通話 "眉毛" 既指整道眉毛，又指眉的毛。"眼眉" 一詞來自方言。

廣州話 "眼眉" 指整道眉毛。又叫 "眼眉毛"。參看 "[P99] 眉毛" 條。

眼淺　⑧ yǎnqiǎn　⑨ ngan⁵qin²

普通話指眼光短，見識淺。

廣州話又指：① 小氣。例如：呢啲事睇開啲，唔好咁眼淺 [這種事要看開點，不要小氣]。② 容易哭。例如：個女好眼淺，一話就喊 [這女孩很小氣，一説她就哭]。

眼熱　⑧ yǎnrè　⑨ ngan⁵yid⁶

指看到好的事物而希望得到。

廣州話又指眼紅，忌妒。例如：人哋做出成績我哋應該高興，唔好眼熱 [人家做出了成績我們應該高興，不要眼紅]。又指眼睛上火發炎。

野味　⑧ yěwèi　⑨ yé⁵méi⁶

普通話指獵得的做肉食的鳥獸。

廣州話指可作菜餚的野生動物。

野貓　⑧ yěmāo　⑨ yé⁵mao¹

指無主的貓。

廣州話又指有姘夫的女人。

啞　⑧ yǎ　⑨ a² 又 nga²

指由於生理缺陷或疾病而不能説話。又指聲音乾澀不響亮，例如：沙啞 | 嘶啞 | 喊啞了嗓子。又指因發生故障，子彈、炮彈等打不響，例如：啞炮 | 啞火。

廣州話還表示色彩暗淡，無光澤。例如：顏色太啞 [顏色不鮮]。

晚　⑧ wǎn　⑨ man⁵

表示：① 晚上，夜裏。② 時間靠後的。例如：晚稻 | 晚秋 | 晚清（清朝末年）。③ 靠後的一段時間。例如：晚年 | 晚節 | 晚景。④ 後來的。例如：晚輩 | 晚生。

普通話還表示遲。例如：大器晚成 | 今年的春天來得晚 | 現在去也不晚。**廣州話**除成語等固定詞組外不説 "晚"，説 "遲"，上面第二、第三例句要説：今年春季嚟得遲 | 而家去都唔遲。

廣州話用於某些稱謂之前，表示最末的。例如：晚姪 | 晚叔。

啄　⑧ zhuó　⑨ dêng¹（讀音 dêg³）

指鳥類用嘴取食物。例如：雞啄米 | 鸚鵡啄食。

廣州話又表示：① 叮咬。例如：隻腳唔知畀乜嘢啄咗一下 [腳不知道讓甚麼東西叮了一下] | 呢度啲蚊啄人好犀利 [這裏的蚊子叮人很厲害]。② 監督，緊釘着。例如：要有人啄住，佢做嘢至唔偷懶 [要有人釘着，他幹活才不偷懶]。③ 針對。例如：佢每句話都係啄住

我嘅 [他的每一句話都是針對着我的]。④指某些不良行為較為突出的人。例如：是非啄 [愛搬弄是非的人] | 為食啄 [貪吃的人] | 惡婆啄 [愛罵人的女人]。

蛇 ⓒ shé ⓙ sé⁴

指一種爬行動物，身體圓而細長，有鱗無足，有的有毒。**普通話**口語叫 "長蟲"。

廣州話又形容懶惰，例如：蛇王 [極懶的人] | 咁蛇點搵到食呀 [這麼懶惰怎麼能謀生] ？ | 佢冇乜唔妥，就係蛇啲 [他沒甚麼大毛病，就是懶了點]。又指偷懶，躲懶，例如：出去蛇一陣先 [出去躲躲懶] | 佢又蛇咗去邊處呀 [他又到甚麼地方躲懶去了] ？

廣州話的 "蛇" 還指偷渡的人，即非法入境者。一般不單用。例如：人蛇 [偷渡者] | 女蛇 [女性偷渡者] | 小人蛇 [兒童偷渡者]。

廣州話的 "蛇" 還被借用來指先生，讀 sê⁴，是英語 sir 的近似音譯。一般不單用。例如：陳蛇 [陳先生] | 阿蛇 [先生；警察]。這一用法始於香港。

蛇頭 ⓒ shétóu ⓙ sé⁴teo⁴

指蛇的頭部。

廣州話又指：①一種長在手指尖上的毒瘡。例如：蛇頭纏指 [手指尖上長了毒瘡]。②組織偷渡並從中獲利的人。

累 (一) ⓒ léi ⓙ lêu⁴

用於 "纍纍" "累贅" 等詞。

(二) ⓒ lěi ⓙ lêu⁵

表示積累，屢次。例如：日積月累 | 長年累月 | 連篇累牘 | 累教不改。

(三) ⓒ lèi ⓙ lêu⁶

表示牽連，連累。

廣州話還有害、受害的意思。例如：累己累人 [自己和別人都受害] | 呢次累得我好慘 [這次害得我好苦] | 飲佢一杯酒，累我醉咗一晚 [喝他一杯酒，害我醉了一個晚上]。

(四) ⓒ lèi ⓙ lêu⁶

普通話表示疲勞，操勞。例如：大家説説笑笑走了半天，一點也不覺累 | 還得累你跑一趟 | 累了一天了，歇歇吧。

廣州話口語沒有這樣説法。

唱 ⓒ chàng ⓙ cêng³

指依照樂律發出聲音。例如：唱歌 | 合唱 | 唱京劇。

廣州話還有到處説，到處宣揚的意思。例如：咪周圍唱生晒 [別到處瞎嚷嚷] | 唱衰佢 [把他醜陋的東西抖摟出來，損害他的形象]。原來多用於消極方面，近年也有用於積極方面的，例如：對於呢件新事物，我哋要唱好，唔好唱衰 [對於這件新事物，我們要歌頌，不要批評打擊]。

唯有 　普 wéiyǒu　廣 wei⁴yeo⁵

表示只有，例如：唯有下苦功，才能學到手。又表示唯獨，例如：大家都參加了，唯有他缺席。

廣州話 又表示只好。例如：冇其他辦法，唯有噉啦[沒有其他辦法，只好這樣了]｜派唔出其他人，唯有畀佢去咯[派不出其他人，只好讓他去吧]。

啜 　普 chuò　廣 jud³

指飲、喝，例如：啜茗。又形容抽噎的樣子，例如：啜泣。兩種話都僅用於書面語。

廣州話 口語又指：①吸食，吸飲，吸出。例如：啜奶[吃奶]｜啜生雞蛋[吸食生雞蛋]｜搽藥啜膿[塗上藥把膿吸出來]。②親吻。例如：啜一啖[親一口]｜啜面珠[親臉蛋]。

崩 　普 bēng　廣 beng¹

兩種話都表示崩裂、倒塌的意思。例如：山崩地裂｜土崩瓦解。

普通話 還表示：①破裂。例如：把氣球吹崩了｜雙方談崩了。②被崩裂的東西擊中。例如：他被塌方的石頭崩傷了。③口語指槍斃。這些用法**廣州話**沒有。

廣州話 的"崩"則還有以下意思：①破損。例如：打崩頭[打破了頭]。②缺損。例如：崩牙[缺齒]｜個碗崩咗一窟[碗缺了一塊]。

【丿】

甜 　普 tián　廣 tim⁴

指甜味。

普通話 又形容舒適，愉快，美好。例如：昨夜睡得可甜了｜孩子們笑得真甜。**廣州話** 口語很少這樣說。

廣州話 又形容味道鮮美。例如：清蒸新鮮鯽魚夠晒甜[清蒸活鯽魚真鮮美]｜呢碗湯好甜[這碗湯很鮮]。

笪 　普 dá　廣 dad³

指一種用粗竹篾編成的形狀像蓆子的東西，可以鋪在地上晾曬糧食，或圍起來貯存糧食，還可用來作船篷、建房子等。**廣州話** 口語多用。

普通話 還指拉船的繩索。**廣州話** 口語沒有這個說法。

笛 　普 dí　廣 dég⁶⁻²

指管樂器笛子。又指能發尖銳響聲的發音器。

廣州話 又戲指某人指令性的話、語言，多帶輕蔑意。例如：冇人聽佢支笛[沒有人聽他的話]｜唔聽佢笛[不聽他指揮]。

笠 　普 lì　廣 leb¹

指用竹或草編成的帽子。例如：竹笠｜草笠｜斗笠。

廣州話 又表示：①編織成的簍

子。例如：竹笠［竹簍子］｜藤笠
［藤簍子］｜字紙笠［裝廢紙的簍
子］。②從上往下套、罩。例如：
笠衫［套頭的針織線衣］｜笠番件
衫［套上衣服］｜用衫笠住個頭［用
衣服罩着腦袋］。③哄，給人戴高
帽。例如：細路仔要笠嘅［小孩要
哄的］｜畀人笠到唔知老豆姓乜［讓
人家吹捧得（昏頭轉向）連父親姓
甚麼都不知道］。④收攏。例如：
笠遮［收傘］。

第二　　⑧ dì'èr　⑧ dei⁶yi⁶

指在排序上僅次於最前面的。

廣州話 又指別的、另外的、其他
的。例如：唔係淨係你至得，第
二個都得［不是光是你行，別的人
也行］｜去第二度行下［到其他地
方走走］｜搵第二啲啦［找別的吧］｜
第二次再嚟［下次再來］。口語上
"二"經常弱化，最後剩下"第"
音。上面例句"第二個、第二度、
第二啲、第二次"一般都說成"第
個、第度、第啲、第次"。

第九　　⑧ dìjiǔ　⑧ dei⁶geo²

指在排序上僅次於第八位的。

廣州話 一般用來指人能力差、成
績落後、表現不好、沒出息，例
如：考試又唔及格，真第九［考
試又不及格，真沒出息］｜比起你
嚟，我第九咯［比起你來，我太差
勁了］。有時也用來指貨物品質不
好，例如：呢批產品係第九嘅咯
［這批產品品質是差的啊］。

做功課　　⑧ zuògōngkè　⑧ zou⁶gung¹fo³

指學生完成老師佈置的作業。

廣州話 又指事前做好搜集資料、
調查研究、臨時補習有關知識等
相關的準備工作。例如：為咗呢
次談判佢做足功課［為了這次談判
他做了充分的準備工作］｜呢次出
差之前，佢用咗好多時間做功課
［這次出差前，他花了很多時間做
準備工作］。

袋　　⑧ dài　⑧ doi⁶

指口袋，包括衣兜。

又作量詞，用於裝口袋的東西，
例如：一袋米｜一袋行李。又用於
水煙或旱煙，例如：一袋煙。

廣州話 還作動詞用，指裝進口袋
裏。例如：袋好啲錢［把錢放身上
藏好］｜袋袋平安［心安理得地放
進口袋裏］。

廣州話 "袋"讀本調 doi⁶ 時一般指
大的布口袋；讀變調 doi⁶⁻² 時是指
衣兜、小口袋或用其他原料製成
的口袋。

偷雞　　⑧ tōujī　⑧ teo¹gei¹

指偷盜雞隻。

廣州話 又指：①沒有正當理由又
未經批准的缺席，開小差。例
如：佢偷雞冇嚟［他缺席，沒來］｜
未落班佢就偷雞去買菜［還沒下班
她就開小差去買菜］。②曠課，逃
學。例如：佢從嚟冇偷雞［他從不

逃學]｜佢偷過一次雞［他曠課過一次］。③舊指發瘧疾。

貨櫃　⑪ huòguì　⑥ fo³guì⁶

指擺放貨物的櫃枱。

廣州話指集裝箱。例如：貨櫃車｜貨櫃碼頭。**普通話**現在也吸收了這個意思。

停　⑪ tíng　⑥ ting⁴

表示停止，停留，停放，停泊，停當等意思。

普通話又表示總數分成幾等份，其中一份叫"一停"。

廣州話變調讀 ting⁴⁺² 時，表示：①作量詞，多用於貨物、商品，相當於樣、種（品種）。例如：呢停穀種好［這種稻種好］｜呢停布啱你［這種布適合你］。②等級。例如：中停［中等］。

兜　⑪ dōu　⑥ deo¹

表示繞、招攬、兜底等意思。

普通話"兜"是指口袋一類的東西。例如：衣兜｜網兜。**廣州話**沒有這一用法。不過，做成兜形把東西攏住，兩種話都說"兜"。

普通話還表示承擔或包下來。例如：就按我說的辦，有問題我兜着。**廣州話**沒有這用法。

廣州話的"兜"還有以下含義是普通話的"兜"所沒有的：①指盛飯用的較大的搪瓷器皿或其他器皿。②指餵雞、狗的用具。③表

示承托，托舉。例如：兩個人兜起張枱［兩個人托起桌子］。④用鍋鏟翻動鍋裏的菜。⑤朝着，迎着：兜頭兜腦打過嚟［劈頭劈腦打過來］｜兜頭淋咗一盆冷水［迎頭澆了一盆冷水］。⑥捧，掬。例如：兜啲水嚟［捧些水來］。

術　⑪ shù　⑥ sêd⁶

指技術，技藝，學術，例如：藝術｜醫術｜不學無術。又指方法，策略，例如：權術｜戰術。

廣州話又指：①原指魔術、戲法，引申指不正當的手法。例如：因住人哋出術［小心人家使用不正當的手法］｜你出乜術我都唔怕［你使出甚麼邪門歪道我都不怕］。②妙計，好辦法。例如：睇下你有乜術［看看你有甚麼好辦法］｜個個都冇術［誰也沒辦法］。

得　（一）⑪ dé　⑥ deg¹

兩種話都表示：①得到。例如：得益｜得分｜得人心。②適合。例如：得體｜得法。③得意。例如：揚揚自得。④完成。例如：飯得了｜錶還沒有修得。

普通話在口語上還表示：①同意或禁止。例如：得，就按你說的辦吧｜得，你別再說。**廣州話**說"得嘞"。②無可奈何。例如：得，又讓他攪黃了。**廣州話**沒有這樣的用法。

廣州話"得"另有與普通話不同的用法：①表示可以、行、成。例

如：你唔噉做得唔得 [你不這樣做
行嗎]？｜得未呀 [可以了嗎]？
②表示有本事、能幹。例如：佢
幾得㗎 [他挺能幹啊]｜你係得嘅
[你真行]。③表示能夠。例如：
佢得冇事，大家就放心咯 [他能夠
沒事，大家就放心了]｜個仔得咁
好，你真係教育有方咯 [兒子能夠
這麼優秀，你真是教育有方了]｜
喬白果樹幾時至得結果吖 [那棵銀
杏樹甚麼時候才能結果呀]？④表
示只、只有。例如：我就得咁多
[我只有這麼多]｜得把口 [只會
說]｜得個講字 [只是說說罷了]。

廣州話"得"經常用作補語。①表
示允許。例如：呢本書借得畀你
[這本書可以借給你]｜入得嚟嗎
[能進來嗎]？｜睇得 [可以看]。
②表示值得。"得"後面往往帶
"過"或"下"。例如：睇得過 [值
得看]｜買得過 [值得買]｜嗰度啲
點心食得下嘅 [那裏的點心值得一
試]。③表示能夠，可能。例如：
你行得嗎 [你能走嗎]？｜唔郁得
[動不了]｜你出得幾多價錢 [你能
出個甚麼價]？｜呢啲事邊個都唔
忍得 [這些事誰也不可能忍受]。
④表示善於。例如：佢好講得 [他
很能説]｜佢哋個個都做得 [他們
個個都善於幹活]。"得"的這些
用法，**普通話**是沒有的。

（二）⓿ de ⓿ deg[1]

兩種話都是作助詞，用法相同。
①用在動詞和補語中間表示可
能。例如：做得到｜吃得完｜回得
來。②表示在動詞後面表示可能、

可以。例如：他做得我也做得。
③用在動詞或形容詞與補語中
間，表示結果或程度。例如：累
得説不出話來｜這仗打得非常好｜
天氣熱得很。

（三）⓿ děi ⓿ deg[1]

普通話口語作助動詞用。表示：
①需要。例如：把房子粉刷一遍
得三天｜建廠得投資多少？②必
要，必須。例如：這事得聽聽大
家的意見｜要學習好就得下苦功。
③估計必然會。例如：天氣轉
冷，你不添加衣服準得犯病｜我看
這隻股得漲。

廣州話表示上述意思時都不説
"得"，而改用其他助動詞：表示①
義時説"要"；表示②義時説"要"
或"必須"；表示③義時説"會"。

得了　⓿（一）déliǎo ⓿ deg[1]liu[5]

兩種話都表示情況嚴重，難以接
受。用於反問或否定式。例如：
那還得了 [噉重得了]？｜出事故
就不得了！

（二）⓿ déle ⓿ deg[1]lag[3]

表示談話不再繼續，並表明對所
談事情的處理態度。**廣州話**口語
不説"得了"而説"得嘞"。例如：
得了，我懂得怎麼處理的 [得嘞，
我識點做嘅]｜得了，就按你説的
辦吧 [得嘞，就照你講嘅做啦]。

得失　⓿ déshī ⓿ deg[1]sed[1]

指得和失、利和弊。例如：這個

方案要衡量一下得失 | 不能太計較個人得失。

廣州話還有得罪的意思。例如：辦公事有時會得失一啲人嘅 [辦公事有時會得罪一些人的] | 得失人多，稱呼人少 [俗語。指經常得罪別人，卻很少用好的態度待人]。

得閒　⊜déxián　⊜deg¹han⁴

普通話"得閒"是動詞，表示得空，即有空閒時間。例如：這幾天忙得很，很少得閒 | 哪天得閒我們一起去公園玩。

廣州話"得閒"多作形容詞，表示沒有事情，有空 (與"忙"相對)。例如：得閒請嚟坐 [有空的時候請來坐坐] | 冇你咁得閒 [不像你那樣悠閒] | 唔得閒理你 [沒空管你]。

得意　⊜déyì　⊜deg¹yi³

表示感到非常滿意。例如：得意之作 | 自鳴得意 | 得意忘形。

廣州話另表示有趣、有意思。例如：呢個細蚊仔好得意 [這個小孩很有趣] | 呢本書幾得意㗎 [這本書挺有意思的]。**普通話**沒有這個用法。

斜　⊜xié　⊜cé⁴

表示不正，例如：斜線 | 斜路。又表示傾斜，例如：斜坡 | 斜暉。

廣州話變調讀 cé⁴⁻² 時指斜紋布，如嗶嘰、華達呢等。例如：黃斜 [黃色斜紋布] | 藍斜衫 [藍色斜紋布上衣]。

廣州話變調讀 cé⁴⁻³ 時指：①傾斜，斜度大，陡。例如：呢段路好斜 [這段路坡度大] | 張梯放得太斜 [梯子放得太陡]。②斜坡。例如：上斜 [上坡] | 落斜 [下坡]。

脫　⊜tuō　⊜tüd³

表示脫落，脫離，脫下等意思。又用於書面語，表示輕率，或許，倘若等意思。

廣州話又用作量詞。①用於成套的衣服。例如：同佢做番兩脫新衫 [給她做兩套新衣服] | 呢脫衫幾靚 [這套衣服很漂亮]。②用於輩分。例如：我同佢係兩脫人 [我跟他不同輩分] | 老一脫人可能睇唔慣 [老一輩可能看不慣]。

魚骨　⊜yúgǔ　⊜yü⁴gued¹

普通話一般指魚的較大的骨頭。魚的細而尖的骨頭叫"魚刺"或"刺"。

廣州話的"魚骨"所指包含**普通話**所指的魚骨和魚刺，少說"魚刺"。

猜枚　⊜cāiméi　⊜cai¹mui⁴⁻²

一種遊戲。兩種話所指不同。

普通話指把瓜子、蓮子或黑白棋子等握在手心裏，讓人猜個數、單雙或顏色，猜中為勝。多用為酒令。

廣州話指划拳，飲酒時兩人同時伸出若干隻手指並各自說出一個數，誰説的數目跟雙方所伸手指的總數相符，誰就算贏，輸者飲酒。

猛 Ⓟměng Ⓖmang⁵

形容兇猛，勇猛，猛烈。

普通話又表示忽然，突然，例如：猛不防｜猛然聽到一聲槍響。還表示把力氣集中地使出來，例如：猛着勁兒幹。**廣州話**口語都沒有這樣用法。

廣州話又表示：①（火、燈光等）強烈。例如：炒菜火要猛［炒菜火要大］｜盞燈唔夠猛［燈不夠亮］｜熱頭好猛［太陽很大］。②沖（chòng），急，勁。例如：水認真猛［水流確實很急］｜風太猛，避下先［風太勁，先避一下］｜猛力將佢拉上嚟［用勁把他拉上來］。③地位高，勢力大，顯赫。例如：猛人［顯赫的人］｜猛嘢［有權有勢者。含貶義］｜幾個之中佢最猛［幾個人中他最顯赫］。④（植物長勢）旺盛。例如：呢造禾生得幾猛［這季水稻長得真旺盛］｜落足肥，掬猛佢［施足肥料，全力促它快長］。⑤拚命地，埋頭地。例如：猛做猛做，落咗班都唔知［做呀做呀，下班了還不知道］｜猛食猛食，小心食壞個肚［拚命地吃呀吃，當心把肚子吃壞了］！

夠 Ⓟgòu Ⓖgeo³

表示數量上滿足需要，例如：我帶的錢不夠｜這些藥夠三天量｜讓他玩個夠。又表示達到某一標準，例如：夠條件｜夠朋友｜夠意

思。還表示程度高，例如：這幾天夠熱的｜這事夠玄乎的｜這小伙夠帥的。

普通話還表示用手伸向遠處或高處拿東西。例如：一伸手就夠着了｜太高了，夠不着。**廣州話**沒有這樣的説法。

廣州話的"夠"另有兩個**普通話**所沒有的用法：①用於比較，表示比得上。例如：個仔都夠張台高咯［兒子都有桌子高了］｜你嘅字唔夠佢寫得靚［你的字沒他寫得好］｜你唔夠我打［你打不過我］。②用於反詰、申辯，有"還不是"、"還不也"、"不也"等意思。例如：你有，我夠有咯［你有，我還不是有］！｜噉樣做，我夠得咯［這樣做，我不也行］！｜人哋夠唔噉做咯［人家不也沒這樣幹嗎］！

夠本 Ⓟgòuběn Ⓖgeo³bun²

指做生意收支相抵，賭博沒有輸贏。又比喻得失相當。

廣州話又比喻滿足、足夠、盡興。例如：食到夠本［吃個夠］｜玩足一個禮拜，夠本囉啩［整整一個星期都是玩兒，心滿意足了吧］？

夠味 Ⓟgòuwèir Ⓖgeo³méi⁶

普通話形容人功力甚高，表現意味深長，耐人尋味。例如：這段唱腔他唱得挺夠味。"味"要兒化。

廣州話則表示：①夠鹹。例如：湯唔夠味，落啲鹽添啦［湯不夠鹹，再下點鹽吧］。②滿足，盡興。例

如：呢次旅遊玩得好夠味［這次旅遊玩得很盡興］。③程度深。例如：今日熱得好夠味［今天熱得很］｜呢次行到好夠味［這次走得夠嗆］｜做得好夠味［幹得很累］。

夠勁　普 gòujìnr　廣 geo³ging⁶

普通話表示擔負非常重，程度非常高。例如：一個人扛起一片大磨扇，真夠勁｜別看這辣椒個小，辣得可夠勁哩。"勁"要兒化。

廣州話則表示帶勁，真棒意思。例如：呢場波真夠勁［這場球賽真帶勁］｜10號射入嗰個球夠晒勁［10號射進的那個球棒極了］｜呢支歌夠晒勁［這首歌勁頭十足］。

【、】

麻石　普 máshí　廣 ma⁴ség⁶

指鑿成的石塊，用於建築或鋪路。

廣州話指花崗岩，花崗石。因其有黑色麻點而得名。

痕　普 hén　廣 hen⁴

指痕跡。

廣州話借用來表示癢，發癢。例如：摸過芋頭，隻手好痕［摸了芋頭，手很癢］｜蚊仔咬我隻腳，好痕［蚊子叮我的腿，很癢］｜撓痕［撓癢癢］。

粘　普 zhān　廣 jim¹

指黏的東西附着在物體上或者互

相連接。又指用黏的東西使物件連接起來。

廣州話又指秈米。例如：油粘米。

粒　普 lì　廣 neb¹

指穀粒，米粒。

普通話又指粒狀的東西。例如：豆粒｜鹽粒｜沙粒。**廣州話**沒有這樣的用法。

兩種話都用作量詞，用於顆粒狀的東西。例如：一粒米｜一粒珍珠｜一粒子彈。**普通話**又可用"顆"，**廣州話**只用"粒"。**廣州話**量詞"粒"又可用於小孩（含珍愛意），例如：佢只得一粒女［他只有一個女兒］｜佢粒仔好得意［她那小孩很有趣］。甚至還可以用於進球，例如：又入咗一粒［又進了一球］。

廣州話還指丁兒。例如：肉粒｜黃瓜粒｜筍粒。

清盤　普 qīngpán　廣 qing¹pun⁴⁻²

指企業不再經營時，變賣資產以償還債務、分配剩餘財產等。又指將房屋、貨物或股票等全部賣出。

廣州話又指清理賬目。

添　普 tiān　廣 tim¹

表示增加。例如：添衣｜添麻煩｜添磚加瓦｜錦上添花。

廣州話還有以下用法：①放在謂語或賓語之後或句子末尾，有增加數量、擴充範圍的作用。例如：再畀

啲添［再給一點］| 再嚟兩個人添至夠［再來兩個人才夠］| 重有禮品添［還有禮物呀］。②語氣詞，往往用在“重……”後面，有加強語氣作用。例如：噉搞法重弊添［這樣搞更糟糕］| 幫咗佢，佢重有意見添［幫了他，他還有意見呢］| 弊，唔記得咗添［糟糕，忘了］！

淒涼 ㊢ qīliáng ㊣ cei¹lêng⁴

普通話形容景物蕭條、環境冷落，例如：荒草破屋，滿目淒涼 | 四野寂靜，月色淒涼。又形容人景況淒慘、身世愁苦，例如：身世淒涼 | 生活淒涼。

廣州話更多的是表示主觀上的感受：①可憐。例如：睇佢真淒涼［看他真可憐］。②悲哀。例如：佢喊得好淒涼［她哭得很悲哀］。③引申作厲害，指程度深。例如：佢瘦得淒涼［他瘦得很厲害］| 今日熱得淒涼［今天熱得真厲害］。

淌 ㊢ tǎng ㊣ tong²

普通話表示往下流。例如：淌汗 | 淌血 | 淌眼淚。**廣州話**口語沒有這樣用法。

廣州話表示液體因搖動而從容器內溢灑出來。例如：小心咪淌瀉［當心別灑了］| 盆水淌咗一半［那盆水灑掉了一半］。

涸 ㊢ hé ㊣ kog³

指（河流、池塘等）沒有水了。例如：乾涸 | 枯涸。

廣州話又指人鼻、喉所感到的乾燥，天氣乾燥。例如：鼻哥好涸［鼻子很乾燥］| 喉乾口涸［咽喉乾燥］| 天氣好涸［天氣很乾燥］。

淨 ㊢ jìng ㊣ jing⁶

①形容乾淨的，清潔的。例如：淨水 | 淨土。②形容沒有餘剩。例如：材料用淨了 | 礦泉水喝淨了。③形容純的，單一的。例如：淨重 | 淨利 | 淨素。**廣州話**口語多用於不帶配料的食品，例如：淨麵［光麵條］| 淨豬肝［光要豬肝］| 淨肉水餃［光是豬肉餡的餃子］。④表示僅僅，單單。例如：不能淨說不做 | 淨說些廢話。

普通話還表示擦洗乾淨。例如：淨一淨桌面。**廣州話**口語沒有這樣的用法。

淘 ㊢ táo ㊣ tou⁴

指用水沖洗，使除去雜質，例如：淘汰 | 淘米 | 淘金。又指從深處舀出污水、泥沙、糞便等，例如：淘井 | 淘缸 | 淘糞坑。

普通話又指耗費。例如：淘神（使人耗費精神）。**廣州話**沒有這樣用法。

廣州話又指用湯、水等泡飯吃。例如：淘茶［用茶水泡飯］| 用湯淘埋嗰半碗飯啦［用湯泡那半碗飯吃吧］。

涼粉 ㊢ liángfěn ㊣ lêng⁴fen²

一種食品。但兩種話所指不同。

普通話指的是用綠豆粉等製成，白色或灰白色，多用作料涼拌着吃。

廣州話指的是用涼粉草熬的水攙和米粉製成，黑色，加糖或糖漿食用。

涼棚　⑧ liángpéng　⑨ lêng⁴pang⁴

普通話指夏天搭起來遮蔽太陽的棚。也叫“天棚”。

廣州話指搭在天井上或房頂上遮擋陽光的棚子。

淡月　⑧ dànyuè　⑨ dam⁶yüd⁶

普通話指生意不旺的月份。

廣州話則指生意不旺的時期，並不限於某一月份。

婆婆　⑧ pópo　⑨ po⁴po⁴⁻²又 po⁴po⁴⁻¹

普通話指丈夫的母親。

廣州話稱外祖母（面稱）。又叫“亞婆”。

惜　⑧ xī　⑨ xig¹

表示愛惜，可惜，惋惜。又表示吝惜，捨不得。

廣州話讀 ség³ 時，表示：①喜愛，疼。例如：佢好惜佢粒寶貝女［他很疼他的寶貝女兒］｜細蚊仔好得意，冇人唔惜佢［小孩子真有趣，沒人不喜愛他］｜惜晒你［就疼你］。②慣，驕縱。例如：惜壞晒個仔［慣壞了孩子］。③親吻面頰，表示疼愛。例如：惜一啖［親一下（面頰）］｜畀姨媽惜下［讓姨媽親一下］。

宿　⑧ sù　⑨ sug¹

指晚上睡覺，過夜，例如：住宿｜宿舍｜宿營｜風餐露宿。又指一向有的，原有的，例如：宿願｜宿志。還表示年老的，長期從事某種工作的，例如：宿將｜宿儒｜耆宿。

廣州話借指餿，例如：隔夜餸宿晒咯［隔天的菜全餿了］｜飯菜唔放冰箱會宿［飯菜不放冰箱會餿］。又指酸臭，汗臭味，例如：件衫着一日就咁宿［衣服穿一天就酸臭了］｜宿包［汗臭味很重的人］。

窒　⑧ zhì　⑨ zed⁶

指阻塞，堵塞。例如：窒息｜窒礙｜窒塞。普通話用於合成詞。

廣州話可以單用。又指：①害怕，驚恐。例如：嚇窒咗［嚇壞了］｜唔使窒佢［不用怕他］｜窒佢乜嘢［怕他甚麼呀］！②（說話、走路等）突然停頓。例如：打個窒［突然停頓一下］｜佢講到呢度窒咗一下［他說到這裏突然停頓了一下］｜窒一窒腳［腳步停了一下］。③噎（被對方用語言頂撞或諷刺得說不出話來）。例如：一句話就窒住佢［一句話就把他噎住了］｜窒到佢冇聲出［噎得他說不出話來］。

密實　⑧ mìshi　⑨ med⁶sed⁶

形容細密，緊密。例如：這件衣服針腳很密實。

廣州話還表示：①嚴實，嚴密。

個罐幾密實［這罐子挺嚴密的］｜度門好密實［門很嚴實］。②穿着嚴謹，身體少外露。例如：佢從嚟都着得咁密實［她從來都穿着得這麼嚴謹］｜密實姑娘［穿着嚴謹的姑娘］。③嘴嚴，不亂説話。例如：佢好密實，唔會亂講嘅［他嘴很嚴，不會亂説話的］。

【一】

張　⓿ zhāng ⓿ zêng¹

用作量詞時，兩種話都用於紙、被子等，又用於牀、桌子、椅子等。

普通話又用於犁、弓，還用於嘴、臉。**廣州話**不這樣用。

廣州話又用於刀、蚊帳、被單等。例如：一張刀［一把刀］｜一張蚊帳［一頂蚊帳］｜一張被單［一條被單子］。

通　⓿ tōng ⓿ tung¹

兩種話都表示：①沒有堵塞，可以穿過。例如：通風｜此路不通｜管子是通的。②清除障礙，使不堵塞。例如：鑿通｜打通｜疏通｜通陰溝。③連接，交往。例如：溝通｜通商｜互通有無。④有路到達。例如：四通八達｜曲徑通幽。⑤傳達，使知道。例如：通知｜通報｜通風報信。⑥了解，懂得。例如：精通業務｜粗通文墨｜他通三國語言。⑦精通某一方面的人。例如：這老外是個中國通｜大家叫他萬事通。⑧通順。例如：文理不通｜這樣説不通。⑨普通，一

般。例如：通常｜通病｜通稱。

又表示全部，整個。例如：通盤考慮｜通宵達旦｜通共十二個人。**廣州話**也有這一意思，但口語上多用於指全部的人，例如：通場一齊拍手［全場一齊鼓掌］｜通屋都歡喜［全家人都高興］。甚至單用"通"來表示所有的人，例如：呢件事通都知道［這件事所有人都知道］。

普通話又作量詞，用於文書、電報等。例如：一通電報｜手書兩通。**廣州話**口語沒有這一用法。

廣州話又表示：①對，合理。例如：你噉做，通咩［你這樣做，對嗎］？｜佢夾硬嚟，於理不通呀［他硬來，在道理上説不過去啊］。②指管子。例如：水喉通［自來水管］｜膠通［橡膠管；塑膠管］｜雙通單車［雙樑自行車］。

通水　⓿ tōngshuǐ ⓿ tung¹sêu²

指水流可以到達。例如：使所有的田都能通水｜安裝自來水管，讓家家都通水。

廣州話又指：①通風報信。例如：有人通水，畀佢走甩咗［有人通風報信，讓他溜掉了］。②考試串通作弊。

通氣　⓿ tōngqì ⓿ tung¹héi³

指使空氣流通，通風。又指互通聲氣，例如：有甚麼情況互相通個氣｜兩個部門要多通氣。

廣州話又指人通情達理，識趣，能體諒人。例如：佢好通氣嘅，

絕對唔會難為你［他很通情達理的，絕對不會為難你］｜如果你通氣就咪去［如果你知趣就別去］｜通氣啲啦［將就點吧］。

參詳　⦾ cānxiáng　⦾ cam¹cêng⁴

普通話指對事物詳細地觀察、研究。例如：他參詳了半天，終於領會其中奧妙｜這個方案，請大家參詳。

廣州話的"參詳"意思更偏重於考慮、斟酌、研究。例如：事關重大，要慢慢參詳至得［事關重大，要慢慢考慮研究才行］｜佢做事欠參詳［他做事欠考慮］。

陳皮　⦾ chénpí　⦾ cen⁴péi⁴

普通話指作為中藥材的曬乾了的橘皮，有時也包括柑皮和橙皮。

廣州話主要指乾的柑皮，以新會所產的為最好。

廣州話的"陳皮"還用來形容陳舊的東西。例如：你對鞋夠晒陳皮咯［你那雙鞋夠舊的了］｜呢啲陳皮嘢清理一下重有用［這些舊東西清理一下還能用］。

陰　⦾ yīn　⦾ yem¹

①我國古代哲學認為存在於宇宙間一切事物中的兩大對立面之一。②指太陰，即月亮。③陰天。④光陰。例如：寸陰｜惜陰。⑤不見陽光的地方。例如：樹陰｜背陰。⑥山的北面；水的南面。⑦背面。例如：碑陰。⑧凹進

的。例如：陰文。⑨不顯露的。例如：陰溝｜陰私｜陽奉陰違。⑩陰險。例如：陰謀｜陰毒。⑪迷信者指冥間的。例如：陰間｜陰曹｜陰司地獄。⑫帶負電的。例如：陰電｜陰極。⑬生殖器。有時特指女性生殖器。

廣州話又表示：①陰險。例如：嗰條友仔好陰㗎［那個傢伙很陰險的］。②暗害，暗中算計。例如：小心佢陰咗你你重未知［當心他害了你你還不知道］。

陰功　⦾ yīngōng　⦾ yem¹gung¹

普通話指陰德。

廣州話原意是，迷信的人認為，在世間做了好事在陰間可以記功，叫"有陰功"，做了壞事叫"冇陰功"。現在，"冇陰功"省略為"陰功"，表示殘忍、造孽等意思，例如：你真陰功，無情白事打死隻狗［你真造孽，無緣無故打死那隻狗］。又轉而表示同情、可憐，例如：跌到滿頭血，真陰功［摔到滿頭血，真可憐］。

陰翳　⦾ yīnyì　⦾ yem¹ei³ 又 yem¹ngei³

表示遮蔽，例如：榕樹陰翳的村口。又表示枝葉繁茂，例如：古樹陰翳。

廣州話又形容（天色）陰暗，陰沉沉。例如：個天陰翳晒，就快落雨咯［天陰沉沉的，快下雨了］。

細　㊐xì ㊐sei³

表示細小，瘦小（跟"粗"相對）。又表示顆粒、音量等小。還表示精細，詳細，仔細等意思。

廣州話又表示：①小（跟"大"相對）。例如：細雨［小雨］｜細隻［個兒小］｜家頭細務［家務瑣事］。②排行最末的。例如：細仔［最小的男孩］｜細妹［最小的妹妹］。③年紀小的。例如：一家大細［一家大小］。

巢　㊐cháo ㊐cao⁴

指鳥類的窩，也指蜂、蟻等昆蟲的窩。

廣州話借用來表示：①皺。例如：件衫咁巢，點着吖［衣服那麼皺，怎麼穿呀］？｜面皮都巢咯［臉皮都皺了］。②蔫。例如：菜葉巢咗咯［菜葉蔫了］｜馬蹄巢咗更甜啲［荸薺蔫了要更甜些］。

12畫

【一】

揩　（一）㊐kāi ㊐hai¹

指擦拭，揩抹。例如：揩汗｜揩桌子。

廣州話又表示蹭。例如：件衫揩得咁邋遢［衣服蹭得那麼骯髒］｜揩油［佔公家或別人便宜］｜部車畀人揩咗一下［汽車讓別的車蹭了一下］。

（二）㊐kāi ㊐kai³

廣州話借來表示：①將，把（廣州市區少用）。例如：揩我嚟出氣［將我來出氣］｜大家揩佢做樣［大家把他做榜樣］。②用。例如：張枱係揩廢料鬥起嚟嘅［這張桌子是用廢料拼起來的］｜條魚揩嚟炆咩［魚用來紅燒嗎］？

提水　㊐tíshuǐ ㊐tei⁴sêu²

指用手提器具取水。

廣州話指提詞，即戲劇演出時演員忘了台詞，有人在台上隱蔽處提醒。

喜歡　㊐xǐhuan ㊐héi²fun¹

表示對人、物、事有好感或感興趣，例如：他喜歡好學的學生｜他非常喜歡這篇文章｜她喜歡跳舞。

普通話又表示愉快，高興，例如：妹妹考上大學，全家都很喜歡。**廣州話**多說"歡喜"。

搵　㊐wèn ㊐wen²(讀音 wen⁶)

普通話僅用於書面語。表示用手指按。又表示搵，擦，例如：搵淚。

廣州話借以表示：①尋找，例如：搵邊個［找誰］？｜搵乜嘢［找甚麼］？｜搵唔到［找不着］。②掙，賺（錢）。例如：搵錢［掙錢；找生活］｜搵兩餐［謀生］｜搵食［找活路，掙飯吃］。③作介詞，相當於用，拿。例如：搵筆寫［用筆

寫]｜揾鹽醃[用鹽醃]｜揾熱水洗
淨[用熱水洗乾淨]｜揾我嚟出氣
[拿我出氣]。

捶　⓿chuí ⓿cêu⁴

用拳頭或棒槌敲打。

廣州話還用作量詞，指用拳頭捶
打的次數。例如：扰佢兩捶[打他
兩拳]。

插　⓿chā ⓿cab³

指長形或片狀的東西進入別的東
西。例如：插秧｜插入鑰匙。又表
示中間加進去。例如：插手｜插
話｜插班。

廣州話還有扶掖、扶持的意思。
例如：一邊一個人插住佢行[一邊
一個人扶着他走]｜七扶八插[眾
多人手扶掖着]。

插手　⓿chāshǒu ⓿cab³seo²

指未經邀請而來幫忙做事。例
如：這裏不用你插手。又比喻參
與某事。例如：那件事你還是不
插手為好。

廣州話還指那些專門掏人衣袋的
扒手。例如：小心插手[當心小
偷]｜呢度經常會有插手[這裏經
常會有扒手]。

煮　⓿zhǔ ⓿ju²

指把東西放在水裏加熱。

普通話一般用於煮飯、煮餃子
等。**廣州話**還用於煮菜[做菜]、

煮餸[做菜]等，甚至可以統稱煮
飯做菜，開伙，例如：我冇喺飯
堂搭食，自己煮[我沒有在食堂開
伙，自己做(飯菜)]。

廣州話還指背後整人、陷害人。
例如：畀人煮都唔知[讓人家在背
後整都不知道]｜無非係想煮我米
[無非是要在背後整我]。

揞　⓿àn ⓿em² 又ngem²

兩種話的詞義有較大的差別。

普通話的"揞"指的是用手把藥麵
兒或其他粉末敷在傷口上。這動作
廣州話不叫"揞"，叫"罨(ngeb¹)"。

廣州話的"揞"指的卻是用手掩、
蓋、摀。例如：揞實唔畀人睇[摀
緊不讓人看]｜揞住嘴笑[掩着嘴
笑]。廣州話又表示"暗中給，偷
偷地給"的意思，例如：老母又
揞咗兩百文過個孫仔[母親又偷偷
塞給孫子兩百塊錢]。

殼　⓿qiào(口語ké) ⓿hog³

指堅硬的外皮。例如：甲殼｜貝
殼｜雞蛋殼｜椰子殼。

廣州話又指：①勺，瓢。例如：
水殼[水瓢]｜飯殼[飯勺]｜加兩
殼水[加兩瓢水]。②某些動物去
了皮毛、頭、腳、翼、內臟的軀
殼(又叫"樸")。例如：雞殼｜鴨
殼｜蛇殼。

惡　⓿è ⓿og³ 又ngog³

指惡劣、兇惡、犯罪等壞行為。

例如：惡習｜惡意｜惡罵｜惡狠狠｜作惡多端｜罪大惡極。

廣州話另可作副詞，表示"難"的意思。例如：呢啲嘢好惡做[這些東西很難做；這件事很難辦]｜惡抵[難以忍受]｜嗰條路好惡行[那條路很難走]。

黃牛 　⓰ huángniú　⓰ wong⁴ngeo⁴

指我國最常見的一種家牛，角短，皮毛多為黃褐色或黑色。

廣州話又指炒賣球票、戲票、車票等的投機倒把者。

黃馬褂

⓰ huángmǎguà　⓰ wong⁴ma⁵gua³⁻²

指清代一種官服，皇帝出巡時跟隨在身邊的大臣及侍衛什長才准穿著，有功大臣也特賜穿著。引申指皇親國戚。

廣州話藉以比喻得到老闆或上級寵信、重用的人。例如：佢係黃馬褂嚟喋[他是得到領導寵愛的人]｜呢個黃馬褂又喺背後搞鬼嘞[這個得寵的人又在背後搞鬼了]。

散 　⓰ sàn　⓰ san³

表示分散，由聚集而分離。又表示排遣，消除，例如：散心｜散悶。還表示散佈，散發，例如：發散｜散傳單。

廣州話指某些寒性藥物或食物有敗火的作用吃多了會使身體虛弱。

散水 　⓰ sànshuǐ　⓰ san³sêu²

普通話指在建築物外牆牆腳向外鋪的斜坡，其作用是排離雨水以保護地基。

廣州話指罪犯作案後分頭逃跑。

喪 　⓰ sàng　⓰ song³

普通話表示喪失，失去，例如：喪命｜聞風喪膽｜喪心病狂｜玩物喪志。又表示失意，情緒低落，例如：懊喪｜沮喪｜垂頭喪氣。

廣州話又表示：①（心）散，（心）野，忘乎所以。例如：玩到心都喪晒[玩得心都散了]｜呢排佢喪晒心[近來他心都野了]。②傻，不正經，瘋瘋癲癲的樣子。例如：佢正一喪仔[他真是傻子一個]｜佢有啲喪喪地[他有點神經不正常的樣子]｜咪咁喪啦，正經啲做[別那麼不正經，用心點做吧]。

極 　⓰ jí　⓰ gig⁶

表示頂點，盡頭；或達到頂點、盡頭。又表示最終的，最高的；或達到最高程度。

用"極"表示達到很高或最高程度，**普通話**一般是"形容詞＋極了"。例如：漂亮極了｜累極了｜高極了。**廣州話**則採用"形容詞＋到極"的形式。普通話上述例子，**廣州話**要說成：靚到極｜癐到極｜高到極。

廣州話"極"還另有用法：①用在動詞後面，說明動作反覆的次數多或持續的時間長（往往後面帶否定的説法）。例如：睇極都唔厭［看多少次都不厭］｜洗極都洗唔淨［反反覆覆洗都洗不乾淨］｜講極都冇用［説來説去都沒有用］｜叫極佢都唔嚟［怎麼叫他都不來］。②用在形容詞後面，其後再接否定的説法，表示"再……也還是……"意思。例如：你快極都超唔過佢［你再快也超不過他］｜靚極都有限［再漂亮也就是這個樣子了］。

棚　㊢péng　㊁pang⁴

指用竹、木、鐵條等作架子，有頂無牆的臨時性建築。又指簡陋的房屋，例如：草棚｜工棚。還指棚架，例如：絲瓜棚｜豌豆棚。

普通話又指天花板。例如：頂棚｜糊棚。廣州話沒有這個用法。

廣州話又作量詞。①用於牙齒。例如：佢棚牙真白［她的牙齒真是白］｜笑甩棚牙［笑掉牙齒］。②用於骨頭。例如：佢瘦到得棚骨［他瘦得只剩一把骨頭］。③用於某些渣滓。例如：啲蔗得棚渣［這些甘蔗（吃起來）只有一把渣］｜呢種果一棚渣，唔好食［這種果子只有一把渣，不好吃］。

硬挣　㊢yìngzheng
　　㊁ngang⁶zang⁶（挣，讀音zeng¹）

普通話表示硬而有韌性，例如：這種包裝紙很硬挣。又表示堅強，強硬有力的，例如：他是一個硬挣的人。這個詞來自方言。

廣州話又表示：①（東西）結實，緊密。例如：張椅好硬挣［椅子很結實］。②（身板）硬朗，健挺。例如：佢八十幾重好硬挣［他八十多歲還很硬朗］。

裂　㊢liè　㊁lid⁶

指破裂，裂開。

廣州話又指裂紋。例如：花樽有條裂［花瓶上有一道裂紋］｜雲石枱面有條裂［大理石桌面有一道裂紋］。

【丨】

貼　㊢tiē　㊁tib³

①指把薄片狀的東西粘附在另一個東西上。例如：貼郵票｜貼宣傳畫。②緊挨。例如：貼身藏着｜貼身保鏢｜貼着牆走。③貼補，幫補。例如：哥哥每月都貼他一點錢。④同"帖"，表示順從，妥當，平服。

普通話又指貼補的費用。例如：水貼｜米貼。廣州話沒有這樣的用法。

廣州話又指衣服的貼邊。例如：件衫要落貼［這件衣服要加貼邊］。

睇　㊢dì　㊁tei²

指斜着眼看。僅用於書面語。

廣州話指看。凡是普通話用"看"的地方（包括讀kàn的"看"和讀kān的"看"），除了書面語之外，廣州話都用"睇"。例如：睇見｜

睇好｜睇朋友｜睇上眼｜睇更｜睇牛｜睇細蚊仔［看小孩］｜睇病｜睇風水。

書面語或帶書面語性質的"看"，**廣州話**一般仍說"看"，少說"睇"。例如：看守｜看望｜看待。

開　㊣kāi　㊣hoi¹

"開"作為動詞，兩種話都表示打開，展開，開闢，開放，開設，開辦，開會等意思。它們還有以下的相同含義：①表示駕駛，操縱。例如：開車｜開飛機｜開車牀。②表示發，放。例如：開槍｜開炮｜開球。③列出條款，提出數目，寫出票據等。例如：開清單｜開價｜開藥方｜開收據｜開介紹信。④表示解除。例如：開禁｜開戒｜開釋。⑤揭曉。例如：開彩｜開獎｜開標。⑥表示按十分之幾的比例分開。例如：優缺點三七開。⑦挖、鑿、打開孔洞。例如：開紐門｜在這面牆上開個窗。

普通話動詞"開"還表示：①河流解凍。例如：河開了。②液體受熱沸騰。例如：水開了。③支付，開銷。例如：開餉｜開工錢。**廣州話**沒有這樣說法。

廣州話動詞"開"又表示：①調配。例如：開顏料［把顏料調配好］｜開馬蹄粉［把荸薺粉調成糊狀］。②用水稀釋，沖成溶液。例如：開牛奶［把煉奶稀釋］｜開蜜糖水［稀釋蜂蜜］｜開鹽水。③擺（酒席、飯桌）。例如：開咗兩圍［辦了兩桌酒席］｜開枱食飯［擺桌

子吃飯］。**普通話**沒有這樣說法。

"開"又可用在動詞或形容詞之後作趨向動詞，兩種話都表示：①分開，離開。例如：走開｜推開｜打開。②擴大，擴展。例如：散開｜消息傳開了。

普通話趨向動詞"開"還表示容納得下，例如：屋子小，人多坐不開｜這牀三個小孩睡得開。**廣州話**沒有這麼說。

趨向動詞"開"又表示動作或情況開始並正在進行，但兩種話所表示有區別。**普通話**表示動作、情況開始並將繼續下去，並不表示是否曾經存在，例如：不用動員，大家就幹開了｜下了兩天雨，天就冷開了。**廣州話**則表示動作曾經進行、情況曾經存在，現在可能仍在進行、存在，也可能停止，但今後還要繼續下去。例如：呢張凳係我坐開嘅［這個凳子是我坐的——現在不一定坐着，但一直坐着，待會還要坐］｜做開呢行就做落去［幹了這一行就幹下去］｜我用開嗰支筆唔見咗［我一直用着的那支筆丟了］。

普通話的"開"還作量詞，用作開金中含純金量的計算單位。**廣州話**不說"開"，說"K"，例如：18K［18 開］。

廣州話的"開"還可作方位詞，表示外，靠外。例如：唔好企咁開［別站得太靠外］｜你游得太開喇［你游得（離岸）太遠了］｜開便［靠外面］。

開心果

　　⏚kāixīnguǒ　⏛hoi¹sem¹guo²

指落葉小喬木阿月渾子的果實。形似白果，成熟時果殼裂開，露出種仁，所以叫"開心果"。可以吃，味甘香。

廣州話比喻能夠使人開心的人，如逗人喜愛的孩子，給人帶來歡樂的幽默演員等。

開胃

　　⏚kāiwèi　⏛hoi¹wei⁶

指增進食慾。

廣州話用來諷刺別人不切實際的空想或拒絕別人的要求，相當於"夢想""休想"等。例如：唔下苦功就想成功，開胃咯［不下苦功就想成功，夢想吧］｜你真開胃，通通都想要晒［你胃口真大，想全都要了］。

開頭

　　⏚kāitóu　⏛hoi¹teo⁴

兩種話都指：①開始的一段時間，開始階段。例如：他開頭不懂，後來學會了｜戲的開頭就很吸引人。②事情最初發生，開始進行。例如：公司剛開頭，有點困難，以後會好的｜學習班剛開頭，你參加還趕得上。③使開頭。例如：你開頭了，大家就會跟上。

廣州話又指已經開始，開了頭。例如：做開頭就要好好做落去［幹開了就要好好幹下去］｜開咗頭就唔好半途而廢［開了頭就不要半途而廢］。這與**普通話**近似但不相同。

開齋

　　⏚kāizhāi　⏛hoi¹zai¹

指結束吃素恢復吃葷。

廣州話又指嬰兒初次吃葷。現在也比喻較長時間失利以後的首次獲勝，如：球員開賽多時首次得分；球隊多輪比賽以後初次獲勝；長時間買彩票終於中獎；商店多時無人問津終於成交了生意；等。

間

　　（一）⏚jiān　⏛gan¹

作為方位詞，兩種話是相同的，都表示中間，又表示一定的空間或時間裏。

作為名詞，兩種話都表示房間。例如：車間｜衛生間｜衣帽間｜裏間。

作為量詞，兩種話都用於房屋，但是有區別。**普通話**指的是房屋的最小單位，例如：兩間臥室｜一間店舖｜一間門面。**廣州話**則還可以指機構，相當於"所、座、家"，例如：一間大學［一所大學］｜一間廠［一座工廠］｜一間銀行［一家銀行］。

　　（二）⏚jiàn　⏛gin³

表示空隙，隔開不連接，隔閡。又表示離間，間苗。

廣州話還表示：①間隔。例如：呢個廳可以間出一間房嚟［這個廳可以隔出一個房間來］｜將呢間房間開兩間［把這個房間隔成兩間］。②依着尺子畫線條。例如：間格［畫格子］｜間三條線［畫三道線］。

閒事　⓿ xiánshì　⓿ han⁴xi⁶

指跟自己沒有關係的事；無關緊要的事。

廣州話又指很容易辦到的事。例如：閒事之嘛，冇問題 [小事罷了，沒問題] | 呢啲係閒事嘛，濕濕碎啦 [這事好辦，小菜一碟]。

喊　⓿ hǎn　⓿ ham³

指大聲叫。例如：呼喊 | 高喊 | 喊口號 | 人喊馬嘶。

普通話又指叫人。例如：再喊他一次 | 喊了幾聲都沒答應。**廣州話**不說"喊"，說"嗌"或"叫"。

廣州話又指哭。例如：唔好喊 [不要哭] | 喊得好凄涼 [哭得很傷心] | 喊包 [愛哭的人]。

晾　⓿ liàng　⓿ long⁶

指把東西攤開放在通風或陰涼的地方使乾燥。又指曬，例如：晾衣服。還指把熱的東西放一會使變涼。

普通話又指故意把人撇在一邊不理睬。例如：他只顧埋頭寫東西，把客人晾在一邊。**廣州話**沒有這樣的說法。

廣州話又指張掛。例如：晾蚊帳。

跛　⓿ bǒ　⓿ bei¹

普通話指瘸腿，即腿或腳有毛病，走路時影響身體平衡。例如：跛腳 | 腳跛了。

廣州話"跛"除了用於腿腳外還可以用於胳臂和手。例如：打跛隻腳 [打瘸了腿] | 跛咗一隻手 [一隻胳臂傷殘了] | 跛手仔 [胳臂有毛病的人]。

蛤　⓿（一）gé　⓿ geb³

兩種話都是：①用於"蛤蜊"一詞。指一種具有介殼的軟體動物，其生活在淺海泥沙中。通稱"文蛤"。②用於"蛤蚧"一詞。指一種像蜥蜴的爬行動物。

普通話一般不單用。

廣州話可單用。單用時指蛙類，一般指青蛙，例如：一隻蛤 [一隻青蛙]。

統稱蛙類時，**廣州話**叫"蛤蚼（小青蛙）或"蛤乸"（大青蛙）。

（二）⓿ há　⓿ ha⁴

用於"蛤蟆"一詞，是青蛙和蟾蜍的統稱。"蛤蟆"又作"蝦蟆"。

喝　⓿ hè　⓿ hod³

指大聲喊叫。例如：吆喝 | 叱喝 | 喝彩。

普通話一般不單用。**廣州話**多單用，例如：喝住佢 [叫住他] | 喝人嚟 [大聲叫人來] | 喝佢企住 [喝令他站着]。

另外，**廣州話**還借用來表示鋼 (gàng)，鐾，即把刀的刃部在石頭或陶瓷器皿的邊沿上臨時蹭幾下讓它快些。例如：把刀唔利，要喝一喝佢 [刀不快，要鋼一鋼]。

喂　⟨普⟩ wèi ⟨粵⟩ wei³

指給動物東西吃。又指把食物送到人嘴裏。還表示打招呼的聲音。

廣州話又指一種烹飪方法，菜餚燒好後澆上高湯再出鍋。

廣州話變調讀 wei³⁻² 時又作語氣助詞，常放在句末，表示疑問，例如：人呢喂 [人呢]？｜啱唔啱呢喂 [對不對呢]？又可放在其他地方，表示詫異，例如：喂，唔係啩 [欸，不是吧]？

單　⟨普⟩ dān ⟨粵⟩ dan¹

表示：①一個（與"雙"相對），單獨。②奇數。③僅，只。例如：比賽單靠拼勁是不夠的。④簡單，單薄。⑤單子。例如：被單｜賬單｜照單全收。

廣州話的"單"可以作動詞，表示閉上一隻眼睛，例如：單起隻眼 [閉着一隻眼睛]｜我嘅左眼單唔到 [我的左眼不能單獨閉上]。又表示用一隻眼睛瞄，例如：單下條線直唔直 [用一隻眼睛瞄瞄這條線直不直]。還可以表示帶有偵查性的看，例如：單下佢喺度做乜先 [瞄一下他在那裏幹甚麼]。

廣州話的"單"又可以作量詞，多用於事情及比較隱諱的東西，例如：呢單生意做得過噃 [這筆生意能做呀]！｜你嗰單嘢搞掂未呀 [你那樁事辦好了沒有]？

單行　⟨普⟩ dānxíng ⟨粵⟩ dan¹hang⁴

表示向單一方向行駛。

廣州話指拖輪不帶任何船隻單獨行駛。又比喻男子沒有女伴單獨行走。

喉　⟨普⟩ hóu ⟨粵⟩ heo⁴

指呼吸器官的一部分，介於咽和氣管之間。

廣州話"喉"還指：①嗓子，嗓音。例如：豆沙喉 [沙啞的嗓子]｜煙屎喉 [由於抽吸鴉片、煙等過量而致的沙啞嗓音]。②管子。例如：水喉 [自來水管子]｜膠喉 [橡膠管子；塑膠管子]。③粵劇唱腔類別。例如：平喉 [老生腔]｜子喉 [旦腔]｜大喉 [花臉腔]。

嵌　⟨普⟩ qiàn ⟨粵⟩ hem³

指把較小物體卡進較大的物體。例如：鑲嵌｜項鏈上嵌着大珍珠。

廣州話又表示拼合，組裝。例如：呢堆木頭夠嵌一個櫃 [這堆木頭夠打做一個櫃子了]｜拆開再嵌過 [拆開重新組裝]。

幅　⟨普⟩ fú ⟨粵⟩ fug¹

作為量詞的"幅"，兩種話都用於薄而有一定面積的東西，如布匹、呢絨、圖畫、地圖等。

不過，**廣州話**量詞"幅"的使用範圍要更大些。**普通話**的"一塊田，一片草地，一張被面，一面牆壁"等，**廣州話**一般說成"一幅田，一幅草地，一幅被面，一幅牆"。

買水　⓹mǎishuǐ　⓺mai⁵sêu²

普通話指購買用水。

廣州話指一種舊俗，喪家孝子扛着幡到河邊投錢入水後，取水回家洗屍，然後入殮。例如：買水嗽頭[形容人垂頭喪氣的樣子]。

買單　⓹mǎidān　⓺mai⁵dan¹

指金融市場作為買入憑證的單據。

廣州話指付款後憑單據異地提貨的做法。例如：喺香港買單，到廣州提貨[在香港付款，憑單據到廣州提貨]。

黑　⓹hēi　⓺heg¹

表示烏黑色，黑暗，黑夜。又表示秘密的，非法的，例如：黑市｜黑社會。又表示壞，狠毒，例如：黑心腸。還表示發怒時臉色難看，例如：黑着臉。

普通話的"黑"表示黑暗時是指沒有光，而光線弱則稱"暗"。**廣州話**的"黑"所指包括普通話的"黑"和"暗"，光線稍微不足即可稱"黑"。例如：街燈下面咁黑，點睇書呀[路燈下面太暗，怎麼看書呀]？

廣州話的"黑"還表示：①火熄滅。例如：黑燈[熄燈]｜風爐黑咗好耐[爐子熄火很久了]。②倒楣，運氣差，不順利。例如：呢排好黑[近來很不順利]｜頭頭碰着黑[處處碰釘子]。

圍　⓹wéi　⓺wei⁴

表示包圍，圍繞，例如：團團圍住｜突圍而出。又指四周，周圍，例如：周邊｜四圍。還指某些物體周圍的長度，例如：胸圍｜腰圍。

廣州話又指：①圍繞房屋、田地等修建的防水堤壩。②有堤壩、土牆或密植的荊棘圍着的村子，即圍子。例如：呢條圍有兩個姓[這個村子有兩個姓]。③珠江三角洲地區用堤壩圍起來的大片田地。④客家人的圍屋。⑤布圍子；某些飾物。例如：枱圍（喜慶時用來圍桌子的紅布）｜髻圍（一種髮髻飾物）。⑥區分入選與落選的界限。例如：有五十人入圍[有五十人入選]｜要500分至入得圍[要500分才能入選]。

又作量詞。**普通話**指兩隻手的拇指和食指合攏起來的長度；又指兩隻胳膊合攏起來的長度。**廣州話**用於酒席，例如：擺咗四圍酒[辦了四桌酒席]｜十圍梅酌[十桌喜酒]。

【丿】

掣　（一）⓹chè　⓺qit³

表示拽（zhuài）、拉。例如：掣肘｜掣後腿。又表示抽。例如：掣簽｜掣出刀來。兩種話用法沒有區別。

（二）⓹—　⓺zei³

廣州話借來作方言字，表示：①開關，電鈕。例如：電掣[電源

開關]｜總掣［總開關］｜開掣［打
開開關］。②閘（制動器）。例
如：車掣［車閘］｜個掣壞咗［閘
壞了］。

普通話沒有這用法和相應的讀音。

稀疏　⒀ xīshū　⒂ héi¹so¹

形容物體在空間上間隔大，聲音
等在時間上間隔遠。例如：稀疏
的白髮｜稀疏的掌聲。

廣州話又表示：①（織物）稀鬆。
例如：隻布咁稀疏做得乜嘢［這種
布這麼稀鬆能做甚麼用］！②稀
少。例如：睇展覽嘅人好稀疏［看
展覽的人很少］｜呢兩日顧客稀疏
啲［這兩天顧客少點］。

筆墨　⒀ bǐmò　⒂ bed¹meg⁶

指文字或文章。例如：筆墨官司｜
筆墨順暢｜不是筆墨所能形容。**廣
州話**又叫"字墨"。

廣州話還轉指學問。例如：佢嘅
筆墨幾好㗎［他的學問不錯］。

順口　⒀ shùnkǒu　⒂ sên⁶heo²

指詞句唸着流暢，例如：他寫的
東西都很順口。又指不經考慮而
説出或唱出，例如：他只是順口
答應着｜他唱山歌總是順口而出
的。

普通話又指食物適合口味。"口"
要兒化。例如：這菜帶點辣，他
吃着很順口兒。**廣州話**沒有這樣
的説法。

短　⒀ duǎn　⒂ dün²

作動詞用的"短"，**普通話**表示缺
少、欠的意思。例如：理短｜短斤少
兩｜這套工具短了一件｜短你五塊
錢。**廣州話**口語沒有這樣的用法。

廣州話的"短"也作動詞，但僅限
於"短薹"一詞，即掐尖、打頂
（掐去農作物的嫩莖使多生分枝）。

短命　⒀ duǎnmìng　⒂ dün²méng⁶

指壽命不長。

廣州話還形容人性急。例如：你
真短命嘅啫，一話就要攞到手［你
性子真急，一説就要拿到手］。

街市　⒀ jiēshì　⒂ gai¹xi⁵

普通話指商店較多的市區。

廣州話指菜市場。多指菜肉小販
集中在橫街小巷兩旁所形成的市
場。例如：去街市買菜｜呢處好近
街市［這裏離菜市場很近］。

舒展　⒀ shūzhǎn　⒂ xu¹jin²

指不捲縮，不皺，例如：雄鷹舒
展翅膀在滑翔｜笑容舒展。又表示
舒服安逸，身心安適。

廣州話又指地方寬闊，寬敞。例
如：呢個地方夠晒舒展［這個地方
夠寬闊的］｜個廳再舒展啲就好喇
［大廳再寬敞一點就好了］。

番　⒀ fān　⒂ fan¹

指外國或外族。例如：番邦｜番茄｜

番芭樂。又作量詞,相當於種、樣或回、次、遍。例如:另有一番景色 | 此番 | 思考一番 | 屢次三番。

廣州話的"番"還可以作助詞。①用在動詞後面作補語,表示回復,相當於回、再、重新等意思。例如:畀番我 [還給我] | 病好番咗 [病好了] | 着番件衫啦 [穿上衣服吧] | 去番原嚟嗰間買 [回到原來那家買] | 呢啲係留番畀佢嘅 [這些是留給他的]。②相當於也。例如:你都買番件啦 [你也買一件吧] | 我哋都食番餐 [我們也吃一頓]。③表示一種虛化的意義。例如:孫仔咁得意,惜番啖先 [孫子這麼有趣,親一口] | 歎番下先 [先享受一下] | 佢確實有番兩度 [他確實有兩下子]。**普通話**的"番"沒有這些用法。

飯盒　🅰 fànhé 🅑 fan⁶heb⁶⁻²

普通話的"飯盒"指用來裝飯菜的盒子,包括直壁、有把柄或有提樑的。

廣州話的"飯盒"也指用來裝飯菜的盒子,但是鋁或不銹鋼做的、直壁、有提樑的叫"飯鏒 (fan⁶ pang¹)"。

香港地區"飯盒"指盒飯,即裝在泡沫塑料盒子裏出售的份飯。例如:今日中午又食飯盒 [今天中午又吃盒飯]。

飲冰　🅰 yǐnbīng 🅑 yem²bing¹

普通話僅用於書面語。形容極度

憂傷。例如:暮夕飲冰。

廣州話指到冷飲店去喝冷飲。例如:咁熱嘅天都冇地方飲冰嘅 [這麼熱的天氣也找不到喝冷飲的地方] | 不如去飲杯冰啦 [不如去喝冷飲吧]。

飲茶　🅰 yǐnchá 🅑 yem²ca⁴

指喝茶。**普通話**口語少用。

廣州話又指喝開水。還指當地人一種生活習慣,在茶館喝茶吃點心,例如:請飲茶 [請到茶館喝茶吃點心] | 邊飲茶邊傾 [一邊喝茶吃點心一邊談]。

【、】

就　🅰 jiù 🅑 zeo²

"就"可以作動詞、副詞、介詞、連詞,兩種話用法大抵相同:

作動詞時,表示:①湊近,靠近。例如:避重就輕 | 移樽就教。②到,開始從事。例如:就任 | 就業 | 就醫 | 就寢。③被,接受。例如:就聘 | 束手就擒 | 引頸就戮。④完成。例如:功成名就 | 造就一代新人 | 一揮而就。⑤確定。例如:人手就這麼幾個,你看着辦吧 | 經費就這麼多,不能再增加了。⑥決斷,肯定。例如:不必討論了,就這樣吧! | 不必挑選了,就這個吧。

作副詞時,表示:①快要。例如:我這就去 | 等一會,就散會了。②事情發生得早或結束得早。例

如：他讀初中時就出版詩集了｜半個小時之前雨就停了。③前後事情緊接着。例如：他一聽就生氣｜拿起工具就幹開了。④在某種情況下自然會發生。例如：只要努力，就會成功｜他再來騷擾，你就報警。⑤對比起來顯得程度更深。例如：人家兩個人搬一件，他一個人就搬兩件｜一個月的工資，他半個月就花完了。⑥容忍，無所謂（放在兩個相同的成分之間）。例如：貴點就貴點吧，買了算了｜比就比吧，誰怕誰呀！⑦僅僅，只。例如：就我一個人在這裏｜就你，行嗎？

作介詞時，表示：①趁着（當前的便利），借着。例如：就便｜就近。②動作的物件或話題的範圍。例如：就這方面來說，我不如他｜大家就這個問題討論了很久。

作連詞時，表示假設的讓步，相當於“就是”（廣州話“就係”）。例如：你就送過去，他也不會要。

“就”作動詞時，普通話還表示菜餚、果品等與主食或酒兩者搭着吃或喝。例如：吃飯就菜｜花生米就酒。廣州話沒有這樣的説法，改用“送”。

廣州話的“就”還表示遷就。例如：你大個，就下佢 [你年紀大，遷就他一下]｜大家相就一下 [大家互相遷就一下]｜我乜都就晒佢 [我甚麼都遷就他]。

就手　⊜ jiùshǒu　⊜ zeo²seo²

普通話表示順手，順便。例如：出去就手把門帶上｜就手給她捎帶

點東西。

廣州話表示：①取用方便。例如：架生要放得就手啲 [工具要放在取用方便的地方]。②稱手，好使。例如：射擊運動員嘅槍一定要就手 [射擊運動員的槍一定要稱手]。③順利。例如：事情好就手 [事情很順利]｜同佢拍檔幾就手 [跟他合作挺順利的]｜發財就手（吉利語）。

痣　⊜ zhì　⊜ ji³

普通話指皮膚上生的斑痕或小疙瘩，多為青色、紅色或黑褐色的。

廣州話的“痣”僅指這種斑痕，而稱這種小疙瘩為“癦（meg⁶）”。點狀、黑色、不突起的痣也叫“癦”。

痛腳　⊜ tòngjiǎo　⊜ tung³gêg³

指因傷病作痛的腿腳。

廣州話又指：①把柄（被人用以攻擊的過失）。例如：畀人揸住痛腳 [被人家抓住把柄]。又説“雞腳”。②容易受人攻擊的弱點，軟肋。例如：呢個係對方嘅痛腳，唔好放過 [這是對方的軟肋，不要放過]。

着　（一）⊜ zhāo　⊜ zêg⁶

下棋時下一子或走一步叫“一着”，例如：妙着｜錯着。又比喻計策或手段，例如：這一着厲害｜三十六着，走為上着。普通話又作“招”。

（二）⦿ zháo ⦿ zêg[6]

兩種話都表示：①接觸，挨上。例如：上不着天下不着地｜單腳腳尖着地。②受到，感到。例如：着涼｜着急｜着忙。③燃燒。例如：着火｜乾柴一點就着｜爐子着得很旺。④燈發光。例如：點着一盞油燈｜路燈着了。⑤用在動詞後面，表示達到目的或有了結果。例如：睡着了｜猜不着｜剛巧遇着他。

普通話口語還單用表示入睡，例如：一上牀就着了。**廣州話**沒有這樣的用法。

（三）⦿ zhuó ⦿ zêg[3]

兩種話都表示穿（衣），例如：穿紅着綠｜吃着不盡。**普通話**口語一般不單獨使用，而且多說“穿”。**廣州話**口語多單用，例如：着衫［穿衣］｜着褲［穿褲子］｜着鞋［穿鞋］。

（四）⦿ zhuó ⦿ zêg[6]

兩種話都表示：①接觸，挨上。例如：着陸｜不着邊際。②使接觸，附着。例如：着手｜着筆｜着墨｜着色。③着落。例如：衣食無着｜尋找無着。④派遣。例如：着人前往。⑤公文中表示命令口氣的用語。例如：着即施行。

廣州話還表示：①對，在理。例如：邊個着邊個唔着大家都清楚［誰對誰不對大家都明白］｜呢件事係你唔着嘅［這件事是你理虧的］｜噉講着唔着［這樣說在理嗎］？②發動（機器）。例如：撳着部

車［把車發動起來］｜台機着咗未呀［那台機器發動起來了沒有］？③受到，被。例如：着雷劈［被雷擊］｜着鬼迷［被鬼迷］｜着人呃［被人騙］。④合算，划得來。例如：重係噉樣着［還是這樣划得來］｜認真諗下點至着［認真想想怎樣才合算］。⑤逐一，一個一個地。例如：事要着件做［事情要一件一件地做］｜着個數［一個一個地數］。⑥佔。例如：一人着一半｜佢着多啲你着少啲［他佔多點你佔少點］。

（五）⦿ zhe ⦿ zêg[6]

①表示動作的持續。例如：比賽還在進行着｜他們正商量着呢。②表示狀態的持續。例如：書架上放着一尊雕像｜燈還亮着。③用在動詞或表示程度的形容詞後面，加強命令或叮囑的語氣。例如：你聽着｜要牢牢記着｜快着點兒幹｜手要輕着點兒。④放在某些動詞後面，使變成介詞。例如：沿着｜向着｜照着｜為着。

廣州話口語沒有這樣說法。以上各個例子的“着”，廣州話一般說“住”，①的例句的“着”又可用“緊”。③的例句裏，用在形容詞後面的“着”廣州話一般說“啲”，說成：快啲做｜手要輕啲。

着意　⦿ zhuóyì ⦿ zêg[6]yi[3]

表示：①用心做事。例如：着意經營｜着意刻畫人物。②在意。例如：對這事他並不着意。

廣州話又表示留意，上心。例

如：邊度有屋租，同我着意下啦
[哪裏有房子出租，幫我留意一下
吧]｜當時佢嚟度做乜嘢，我冇着
意㗎[當時他在幹甚麼，我沒有留
意啊]。

着數　⑧ zhāoshù　⑧ zêg⁶sou³

普通話指下棋的步子。也指武術
的動作。比喻手段或計策。又作
"招數"。

廣州話指便宜，有利，合算。例
如：唔好貪着數[不要貪便宜]｜
噉做大家都着數[這樣做大家都有
利]｜呢個辦法最着數[這個辦法
最合算]。

減　⑧ jiǎn　⑧ gam²

表示去掉一部分，例如：減少｜削
減｜偷工減料。又表示降低，衰
退，例如：減價｜減弱｜熱情不減
當年。

廣州話又指（把飯菜等）撥到另一
個容器。例如：減啲餸留畀佢[撥
出菜來留給他]｜減晒啲餸落碗[把
菜全撥到碗裏]｜將兩碟減埋一碟
[把兩盤菜撥在一起]。

湯藥　⑧ tāngyào　⑧ tong¹yêg⁶

指中藥水劑，把中藥材加水，煎
出汁液後去掉渣滓而成。

廣州話又指治療傷病的費用。例
如：打傷人要賠湯藥[打傷人要賠
醫療費]。又説"湯藥費"。

滋味　⑧ zīwèi　⑧ ji¹méi⁶

指味道，例如：菜的滋味很好。
又比喻某種感受，例如：讓他嚐
嚐挨餓的滋味｜他真正嚐到了失敗
的滋味。這裏的"滋味"是名詞

廣州話又可以作形容詞，指：①可
口，有味兒。例如：佢整嘅餸好滋
味[他做的菜很可口]。②醋暢，
舒服。例如：喺海邊玩咗成日，
真係滋味[在海邊玩了一天，真舒
暢痛快]｜佢兩個傾得好滋味[他
們兩個談得很投機]。③夠嗆。例
如：行咗四堂路，我對腳夠晒滋味
[走了20公里路，我的兩條腿真
夠嗆]。

湧　⑧ yǒng　⑧ yung²

指水或雲氣冒出，又指從水或雲
氣中冒出。也指大海浪。例如：
湧出｜湧現｜激湧｜洶湧｜風起雲
湧。此義**廣州話**用法與普通話相
同。

廣州話又表示一哄而上地搶，搶
購。例如：大家見咁平，一下就
湧晒咯[大家覺得太便宜，一下子
就搶購光了]。

【一】

悶　⑧ mèn　⑧ mun⁶

指心情煩悶，不舒暢。

普通話又指不透氣，密閉的。例
如：悶子車｜悶葫蘆。**廣州話**口語
沒有這樣説法。

犀利　⊕ xīlì　⊜ sei¹léi⁶

形容武器、言辭等鋒利、銳利。例如：犀利的武器｜犀利的文筆。

廣州話又指：①厲害。例如：佢嘅記性真犀利 [他的記憶力真厲害]｜呢度景色幾好，就係啲蚊犀利啲 [這裏風景不錯，就是蚊子厲害點]。②有本事。例如：佢做生意好犀利，一筆就賺幾十萬 [他做生意很有本事，一筆就賺了幾十萬]。

屧　⊕ chán　⊜ san⁴

普通話的"屧"表示瘦弱、軟弱意思。多用於書面語。

廣州話的"屧"則指：①體質虛弱。例如：病咗一場，身子好屧 [病了一場，身體很弱]。②無能，差勁。例如：噉都做唔嘅，真屧 [這樣的事都幹不了，真無能]｜佢比你重屧 [他比你更差勁]。

費事　⊕ fèishì　⊜ fei³xi⁶

指費工力，費周折，例如：這事辦了幾個月，可費事了。又指事情不容易辦，例如：釘個紐鈕不費甚麼事。

廣州話還表示：①麻煩。例如：嫌費事。②懶得（做某事）。例如：費事同你講 [懶得跟你説]｜費事理佢 [懶得理他]。③省得，免得，不必。例如：呢件事就噉處理啦，費事畀太多人知到 [這件事就這樣處理吧，免得太多人知道]｜我哋搞掂得啦，費事通知佢咯 [我們辦妥就行了，不必通知他了]。

疏　⊕ shū　⊜ so¹

指：①疏通，疏導。②分散。例如：疏散｜仗義疏財。③疏遠，不親近。④稀（與"密"相對）。例如：稀疏｜疏林。⑤不熟悉，不熟練。例如：人地生疏｜技藝荒疏。⑥疏忽。例如：疏於防範｜制度有疏漏。⑦空虛，淺薄。例如：才疏志淺｜志大才疏。

廣州話又表示少。例如：我都去得好疏 [我也去得很少]｜今年龍眼好疏 [今年龍眼結果很少]｜街上車好疏 [街上車很少]｜呢種貨一直都疏 [這種貨一直都少]。

發　⊕ fā　⊜ fad³

兩種話的"發"含義、用法大體一致。

廣州話的"發"另有含義：①指傷口、瘡癤等發炎或炎症加重。例如：生瘡食牛肉會發㗎 [長瘡癤吃牛肉會加重的]｜唔知食錯乜嘢，傷口又發嘞 [不知錯吃了甚麼，傷口又發炎了]。②指患（某種病）、產生(某種症狀)。例如：發癲 [發神經]｜發羊吊 [癲癇病發作]｜發青光 [患青光眼]｜發冷 [患瘧疾]。③指繁衍。例如：呢條村嘅人發得快 [這個村子的人繁衍得快]。④作為發跡、發財、發達（顯達）的省稱。

發水　⦾ fāshuǐ　⦾ fad³sêu²

指鬧水災。**廣州話**多說"發大水"。

廣州話"發水"多指用水泡浸食物使其膨脹變軟便於烹煮。**普通話**多說"發"。例如：魷魚乾要發水至切嚟炒〔乾的魷魚要發過才切開炒煮〕‖蠔豉煮之前最好發過水〔蠔豉煮之前最好發一下〕。

發毛　⦾ fāmáo　⦾ fad³mou⁴

普通話的"發毛"指害怕，驚慌。例如：一見這陣勢，他心裏直發毛。

廣州話的"發毛"讀 fad³mou⁴⁻¹ 時指發霉。例如：呢度咁潮濕，唔怪得啲嘢都發毛啦〔這裏這麼潮濕，怪不得東西都發霉了〕‖啲點心發毛喇，唔食得〔點心發霉了，不能吃〕。

發達　⦾ fādá　⦾ fad³dad⁶

指事物興旺，充分發展。例如：科技發達｜肌肉發達。又指使充分發展。例如：發達農業｜發達貿易。

廣州話口語的"發達"多指發財，顯達。例如：佢而家發達咯〔他現在發起來了〕‖佢係靠開礦山發達嘅〔他是靠開礦發財的〕。

鄉下　⦾ xiāngxia　⦾ hêng¹ha⁶

普通話指鄉村裏。

廣州話指老家，家鄉。例如：你幾時翻鄉下〔你甚麼時候回老家〕？｜你鄉下喺邊度〔你家鄉在哪裏〕？

鄉里　⦾ xiānglǐ　⦾ hêng¹léi⁵

兩種話都指同鄉的人。

普通話又指家庭久居的地方。

廣州話還用來稱呼不知姓名的農民，相當於"老鄉"。例如：鄉里，呢度係乜嘢村呀〔老鄉，這裏是甚麼村呢〕？｜唔識路就請問嗰位鄉里〔不認得路就請問那位老鄉〕。

廣州話又形容土氣。例如：乜着得咁鄉里㗎〔怎麼穿得這麼土氣呀〕？

絨　⦾ róng　⦾ yung⁴⁻²

①指人或動物身體表面和某些器官內壁長的柔軟細小的毛，例如：鴨絨｜駝絨。②指表面有一層絨毛的紡織品。例如：絨布｜燈芯絨。③刺繡用的細絲。

廣州話指呢絨，料子。例如：絨褸〔呢子大衣〕‖着住一套絨〔穿着一套料子衣服〕。

給　(一)　⦾ gěi　⦾ keb¹

普通話有如下用法：①作動詞。表示給與，叫，讓。例如：給他一本書｜給他一次機會｜這屋子給他做書房｜沒票不給進。②作介詞。1、用在動詞後面，表示交付。例如：親手交給他｜畢生貢獻給科學事業。2、表示某種遭遇，相當於被。例如：給逮個正着｜晾着的衣服給風吹跑了。3、表示行為的對象，相當於為、替。例如：他給我們當嚮導｜我給他整理資料。4、引進動作的對象，相當於向。例如：我們來給你道喜｜給老太太請安。③作助詞。用在某些句子的謂語動詞前面，有加強語氣作用。例如：書給翻爛了｜這麼重要的事都給忘了。

廣州話口語沒有"給"的說法。**普通話**①，②1、2的"給"，**廣州話**說"畀（béi²）"；②3、4的"給"，**廣州話**一般說"同"。③的"給"**廣州話**省去不說。

（二）⑧ jǐ ⑨ keb¹

表示供給，供應。又表示充足富裕。兩種話沒有區別。

絲瓜　⑧ sīguā ⑨ xi¹gua¹

絲瓜包括普通絲瓜和棱角絲瓜。普通絲瓜瓜長圓筒形，光滑無棱；棱角絲瓜瓜身有棱角。普通絲瓜中國各地都有栽培，**普通話**叫"絲瓜"，**廣州話**叫"水瓜"；棱角絲瓜中國南方栽培較多，**廣州話**叫"絲瓜"，**普通話**地區一般沒有種植，但也叫"絲瓜"。

幾　⑧ jǐ ⑨ géi²

用於詢問估計不太大的數目。例如：你能吃幾碗飯？｜要幾個鐘頭才能做完？

兩種話的"幾"都可以表示不定的數目。但**普通話**的"幾"只表示

大於一而小於十的不定數目，例如：幾天｜十幾張牀位｜幾百號人。大於十的不定數目則用"多"表示，例如：三百多人｜兩萬多元｜一千多本書。而在**廣州話**裏，無論所表示的不定數目是大是小，都用"幾"。例如：幾日｜幾百人｜兩萬幾文［兩萬多元］｜千幾本書。

廣州話的"幾"還有以下特有的用法：①詢問程度。例如：呢度水有幾深［這裏水有多深］？｜佢有幾大年紀［他有多大歲數］？②表示程度還算高（不是最高）。例如：呢幅畫幾靚［這幅畫很漂亮］｜呢個人幾好［這人不錯］。③對程度高表示驚異，讚歎。例如：嘩，佢游得幾快［啊，他游泳多快］！｜嗰齣戲幾好睇呀［那齣戲多好看啊］！｜你睇，幾好［你看，多好］！④表示任何程度。例如：幾難我都要做落去［多難我也要幹下去］｜幾耐我都等你［多久我都等你］。⑤表示某種程度。例如：你都唔知自己有幾惡［你不知道自己有多兇］！｜佢有幾多錢都唔關我事［他有多少錢都與我無關］。⑥用在否定詞後面，表示不太、不很、不怎麼。例如：冇幾遠［不太遠］｜唔算幾好［不很好］｜香蕉未係幾熟［香蕉不怎麼熟］。"幾"的這些用法，**普通話**是沒有的。

幾多　⑧ jǐduō ⑨ géi²do¹

普通話的"幾多"一詞吸收自方言。作為疑問代詞，它的作用

是：①詢問數量。例如：買了幾
多本書？｜來了幾多人？｜需要幾
多時間？②表示不定的數量。例
如：他研究這個課題不知費了幾
多心血｜這種東西幾多都不怕要。
廣州話的用法相同。

普通話"幾多"還作副詞，表示多
麼。例如：這孩子幾多懂事！**廣
州話**沒有這樣的用法。

廣州話"幾多"還表示多麼多，用
於感歎句。例如：博覽會幾多嘢
睇呀［博覽會多麼多東西看啊］！｜
嗰間超市幾多嘢賣呀［那家超市多
麼多東西賣啊］！

幾時　⓿ jǐshí　⓿ géi²xi⁴

疑問代詞。詢問甚麼時候，例如：
幾時出發？｜明月幾時有？又指某
一時間或任何時間，例如：我幾時
打過退堂鼓！｜他幾時都有理。

普通話口語又說"多會兒"。**廣州
話**口語只說"幾時"沒有其他說
法。

13 畫
【一】

搭　⓿ dā　⓿ dab³

①表示支，架，搭建。例如：搭
棚｜搭橋。②表示把柔軟的東西放
在可以支架的東西上。例如：衣服
搭在椅背上。③表示湊上、加上。
例如：搭上這點錢就夠了｜搭上他
們倆人數就夠了。④表示搭配、配

合。例如：好的差的搭着分配。⑤
表示連接在一起。例如：前言不搭
後語。⑥表示乘、坐交通工具。例
如：搭火車｜搭飛機。

"搭"表示湊上、加上時，**普通
話**多說"搭上"，**廣州話**多說"搭
埋"。前面③的例句，**廣州話**一般
說：搭埋呢啲錢就夠咯｜搭埋佢哋
兩個人數就夠嘞。

普通話的"搭"還表示共同抬起的
意思。例如：把櫃子搭起來｜搭走
這張會議桌。**廣州話**沒有這樣的
說法。

廣州話的"搭"另有請人順便辦事
的意思。例如：搭佢買本書［請他
幫忙買本書］｜搭人帶畀你［請人
捎帶給你］。

搭手　⓿ dāshǒu　⓿ dab³seo²

普通話指替別人出力，幫忙。例
如：多虧大家搭手｜他的事我搭不
上手。

廣州話指在夠不着的情況下請人
順手幫忙。例如：唔該搭下手將
上面嗰本書遞畀我［請幫忙把上面
那本書遞給我］｜唔該搭手買張票
［請幫忙買一張票］。

搭客　⓿ dākè　⓿ dab³hag³

普通話的"搭客"來自方言。指
車、船順便載客。

廣州話的"搭客"指乘客。例如：
重有兩個搭客未上船［還有兩個乘
客沒有上船］。又指載客。例如：
呢隻船裝貨定搭客［這船裝貨還是

載客〕？

塔　⦿ tǎ ⦿ tab³

寶塔，佛教建築物。

廣州話借指：①一種底寬口小的罌子。例如：米塔〔米缸〕｜腐乳塔〔腐乳罌子〕｜屎塔〔馬桶，便桶〕。②馬桶（"屎塔"的簡稱）。③套（名詞）。例如：筆塔〔筆套〕。④套（動詞）。例如：塔埋支筆〔把筆套上〕。⑤鎖（名詞。又讀變調 tab³⁻²）。例如：度門要換把塔〔門上要換一把鎖〕。⑥鎖（動詞）。例如：塔埋門〔鎖上門〕｜塔實度門〔把門鎖緊〕。

搏　⦿ bó ⦿ bog³

兩種話都有奮力搏擊、激烈對打的意思。還用於"脈搏、搏動"等詞表示跳動。

普通話除了個別成語如"獅子搏兔"外，"搏"一般不單用。

廣州話"搏"單用多些。單用時表示：①拚命，拼。例如：同佢搏過〔跟他拼了〕｜搏晒老命〔拚命地〕。②博彩，碰運氣。例如：考試唔能夠靠搏〔考試不能靠碰運氣〕｜搏一搏，單車變摩托〔俗語。碰碰運氣，說不定能走好運〕。③兌，換，拼。例如：一車搏雙子〔一車換兩子〕｜馬搏炮〔馬拼炮〕。

葫蘆　⦿ húlu ⦿ wu⁴lou⁴⁻²

指一種一年生草本蔓生植物及其果實。果實像兩個球連在一起。

廣州話又指謊話，大話，虛假的事物。例如：放葫蘆〔吹牛皮，說大話〕｜咪信佢啲葫蘆嘢〔別相信他吹牛〕｜你啲葫蘆呃得邊個吖〔你的謊話騙得了誰呀〕！

惹　⦿ rě ⦿ yé⁵

表示招引，引起，例如：招惹｜惹事｜惹禍｜惹麻煩。又表示挑逗，觸動，例如：惹怒了他｜他是不好惹的。

廣州話又表示傳染，感染，例如：癩渣會惹界人㗎〔疥瘡會傳染給別人的〕｜人多嘅地方小心惹到流行性感冒〔人多的地方小心被傳染上流行性感冒〕。還表示生發出（疾病、毛病），例如：食咁多糖會惹痰㗎〔吃那麼多糖會生痰的〕。

勢　⦿ shì ⦿ sei³

兩種話都指：①力量的趨向。例如：來勢｜火勢｜勢如破竹。②勢力，權力。例如：勢均力敵｜人多勢眾｜仗勢欺人。③自然界的形勢。例如：地勢險要｜山勢雄偉｜水勢洶湧。④社會活動的情勢。例如：局勢｜審時度勢｜勢在必行。⑤姿態。例如：姿勢｜手勢｜裝腔作勢。⑥雄性生殖器。例如：割勢｜去勢。

廣州話表示確實，無論如何，萬萬……，怎麼也……（後面連接否定的詞語）。例如：勢唔估到會噉嘅〔萬萬沒想到會這樣〕｜勢冇諗到會撞見佢〔怎麼也想不到會碰見他〕｜我勢唔會去㗎〔我無論如何不會去的]。

搦　⊜ nuò　⊜ nig¹

表示拿着，握着。用於書面語。

普通話又表示挑，惹。例如：搦戰。**廣州話**口語沒有這樣用法。

廣州話又表示提。例如：搦住個皮喼[提着一個皮箱]｜唔該搦過嚟[麻煩您提過來]。又説"拎(ning¹)"。**普通話**口語沒有這樣用法。

禁　(一) ⊜ jìn　⊜ gem³

表示禁止，監禁。又標記法令或習俗所不允許的事項。舊時稱皇帝居住的地方，後引申指不允許進入的地方。

　　(二) ⊜ jīn　⊜ gem³

表示忍受，忍住，例如：情不自禁｜忍俊不禁。

普通話有禁受考驗、禁得起、禁得住、禁不起、禁不住等詞語，**廣州話**口語都沒有這樣的説法。

　　(三) ⊜ jīn　⊜ kem¹

表示耐，例如：這個燈泡禁用｜這雙鞋不禁穿。

禁行　⊜ jìnxíng　⊜ kem¹hang⁴

普通話"禁行"(jìnxíng)是禁止通行的意思。**廣州話**讀 gem³hang⁴，口語多説"唔畀行"。

廣州話"禁行"讀 kem¹hang⁴ 時意思是要走的路很遠，夠走的。例如：去嗰處，又遠又冇車，禁行咯[去那個地方，又遠又沒有車，夠走的了]。

楷　⊜ kǎi　⊜ kai²

指法式，模範。例如：楷模。

廣州話借來作量詞，用於柑橘、柚子果瓣。例如：一楷碌柚[一瓣柚子]。

零　(一) ⊜ líng　⊜ ling⁴

兩種話都指：①零碎。②放在兩個數量中間，表示單位較高的量之下附有單位較低的量。例如：一年零三天｜一千零一夜。③數的空位。在數碼中多作"○"。例如：三○八房｜二○一三年。④沒有數量。例如：五減五等於零｜作用等於零｜零距離。⑤某些量度的計算起點。例如：零點｜零公里｜零下二十攝氏度。

兩種話還指落下，多用於書面語。①用於草木花葉枯萎落下，例如：草木零落｜百花凋零。②用於雨、淚等的落下，例如：感激涕零｜零雨其濛。

　　(二) ⊜ líng　⊜ léng⁴

兩種話都指零頭、零數，但具體使用有所不同。**普通話**多組成"有零""掛零"表示，一般不單用，例如：他已經六十有零｜買這部手機花了三千掛零。**廣州話**則直接用在整數後面，或數詞和量詞之間，大致相當於**普通話**的"多"，例如：十零個人[十多個人]｜百零兩百本書［百多兩百本書］。

零丁　㈵língdīng　㈵ling⁴ding¹

同"伶仃"，指孤獨，沒有依靠，例如：孤苦零丁。又形容瘦弱，例如：瘦骨零丁。這一意思**廣州話**一般寫作"伶仃"。

廣州話"零丁"指：①數目不是整數的，帶有尾數的。與"齊頭"相對。例如：五千七百一十三，呢個數目係零丁啲［五千七百一十三，這個數目是零碎點］｜就收五千七百齊頭得喇，十三咁零丁唔要喇［就收五千七百整數吧，十三這零碎尾數不要了］。②多餘出來的零碎數目。例如：分開七個一組，點多出三個咁零丁㗎［分成七個一組，為甚麼多了三個那麼零碎］？廣州話這兩個意思的"零丁"不能寫作"伶仃"。

頓　㈵dùn　㈵dên⁶

作量詞的"頓"，**普通話**用於吃喝、斥責、打罵、勸說等行為。例如：一天三頓飯｜挨老闆剋了一頓｜揍他一頓｜被說了一頓。**廣州話**則不用"頓"，用"餐"。除吃喝外，有時用"輪"。上面例子**廣州話**說成：一日三餐飯｜畀老闆剋咗一餐｜揇佢一餐｜畀人講咗一輪。

【｜】

當差　㈵dāngchāi　㈵dong¹cai¹

普通話現在很少用這個詞。舊時指做小官吏或當僕人。舊時又指男僕。

廣州話舊時指當兵，現在已不用。現在僅港澳地區仍在使用這個詞，其含義是當警察，都與普通話不同。

睩　㈵lù　㈵lug¹

指眼珠轉動，只用於書面語。

廣州話又指瞪。例如：睩大眼望住佢［瞪大眼睛看着他］｜吹鬚睩眼［吹鬍子瞪眼睛］。

嗒　（一）㈵dā　㈵dab¹

兩種話的"嗒"都用作象聲詞。**普通話**用來形容馬蹄、機槍等的聲音；**廣州話**用來形容品嚐味道時發出的聲音。兩者使用範圍不同。

廣州話的"嗒"還有咂吮、品嚐的意思。例如：嗒糖［吮糖果］｜嗒酒［咂酒］｜越嗒越有味［越品嚐越有味道］。

（二）㈵tà　㈵tab³

表示懊喪、失意。僅用於書面語。

閘　㈵zhá　㈵zab⁶

指水閘。又指把水截住。口語又指制動器，例如：踩閘。還指電閘。

廣州話又指：①柵欄。例如：鐵閘［鐵柵欄］。②驗票口，剪票口，例如：閘口｜出閘｜入閘。③傾側，側身。例如：閘側放［側着放]｜閘側瞓［側着睡］。

歇　㊀xiē ㊁hid³

表示休息。例如：歇息｜歇肩｜歇腳。又表示停止。

但是兩種話用法上有區別：**普通話**的"歇"一般要帶賓語或補語，例如：歇業｜歇工｜歇枝｜歇夠了｜歇一下。**廣州話**的"歇"一般不帶賓語，例如：雨歇再走［雨停了再走］｜琴晚打風，天光至歇［昨天晚上颱風，天亮才停止］｜喊起嚟幾難得佢歇［哭起來很難要他停］。

歇腳　㊀xiējiǎo ㊁hid³gêg³

表示走路累了停下休息。

廣州話又表示住宿，過夜。例如：今晚就喺呢度歇腳［今晚就住這裏］。又叫"歇宿"。

暗　㊀àn ㊁em³ 又 ngem³

兩種話都表示：①光線不足。②不顯露的、秘密的。例如：暗藏｜暗示｜暗自得意。

"暗"還表示糊塗、不明白的意思，但是兩種話都僅用於書面語，例如：暗昧｜兼聽則明，偏聽則暗。

廣州話的"暗"還借用來表示哄小孩入睡的意思。例如：暗仔瞓［哄孩子睡覺］。

照直　㊀zhàozhí ㊁jiu³jig⁶

指一直向前走，不拐彎。例如：照直走。

普通話又指說話直截了當，不吞吞吐吐。例如：你不必顧慮，照直說吧。

廣州話則強調說話要據實，如實。例如：你有乜講乜，照直講［你有甚麼說甚麼，據實說］｜照直報告上去［如實向上報告］。

路　㊀lù ㊁lou⁶

兩種話都可以作量詞使用。

普通話用於：①種類，等次。例如：這路病問題不大｜我要的是頭路貨｜他是幾路角色？②隊伍的行列，相當於排、行。例如：三路縱隊。

廣州話用於沏茶或煎藥的次數。例如：二路茶［沏第二次的茶；煎第二次的湯藥］。

路數　㊀lùshù ㊁lou⁶sou³

指門路，途徑。又指底細，例如：摸不清他的路數。

普通話又指招數。例如：這種拳術路數變化很多。

廣州話又指機會，好處。例如：睇下有冇路數［看看有沒有機會］｜有乜路數呀［有甚麼好處呀］？

過　（一）㊀guò ㊁guo³

兩種話都表示：①從一個地點或時間移到另一個地點或時間；經過某一空間或時間。例如：過來｜過馬路｜過夜｜過年。②從一方轉移到另一方。例如：過戶｜過賬。③使經過某種處理。例如：過油｜過篩｜過磅。④超過某個範圍和限度。例如：過期｜過多｜言過其實。⑤過失，過錯。例如：將功抵過｜改過自新。

"過"可以用在動詞後面作為趨向動詞：①表示經過。例如：飛過黃河上空｜走過學校門口。②表示掉轉方向。例如：他轉過身來打了個招呼｜歷史又翻過一頁。③表示超過或勝過。例如：你很難比得過他｜他可以抵得過你們倆。以上，兩種話用法大致相同。

兩種話的"過"都可以跟合成趨向動詞一起使用，表示曾經、已經。但用法略有不同：**普通話**把"過"放在趨向動詞的後面，**廣州話**則把"過"插在趨向動詞中間。例如，**普通話**說：這座山沒有人上去過｜他剛剛進來過｜還沒看見他出去過。**廣州話**則習慣說：呢座山有人上過去｜佢啱啱入過嚟｜重未見佢出過去。

普通話還表示看或回憶。例如：過目｜把當時的情況在腦子裏過一遍。又表示探望、拜訪。例如：過訪。**廣州話**口語沒有這樣用法。

廣州話的"過"還有其他的含義和用法：①用在動詞之後，表示重複一次。例如：再做過畀佢睇[再做一遍給他看]｜換過件衫[換一件衣服穿]｜從頭嚟過[重新做]。②用在動詞和間接賓語之間，表示給予。例如：佢畀本書我[他給我一本書]｜班主任叫我話過你

知[班主任讓我告訴你]｜借啲錢過佢[借點錢給他]。③用在形容詞後面，表示比較。例如：你大過佢[你比他大]｜呢部電影好睇過嗰部[這部電影比那部好看]｜噉重好過[這樣更好]。④用在動詞加"得"後面，表示值得。例如：呢隻手機買得過[這款手機值得買]｜又好食又大件，真係食得過[又好吃件頭又大，真值得吃]｜你話睇得過就睇[你說值得看就看]。⑤用在"一"和量詞之後，表示事情或動作一下完成，不再繼續。例如：一筆過畫完條線[一筆畫完這條線]｜呢啲貨一批過咋，咪走雞呀[這些貨就這一批了，別錯過機會呀]｜服務態度咁差，一次過，冇人會再嚟幫襯嘅[服務態度這麼差，就這一次算了，沒有人願意再來光顧的]。⑥指漂洗，投。例如：啲衫過咗未呀[那些衣服漂洗了沒有]？｜件衫過咗三次重過唔乾淨[那件上衣投了三遍還是投不乾淨]。⑦作量詞，用於漂洗的次數。例如：牀單洗咗兩過[牀單漂洗了兩次]。"過"的以上含義和用法，都是**普通話**沒有的。

（二）🈹 guo 🈷 guo³

普通話用在動詞之後，①表示完畢。例如：吃過飯｜房間整理過了。②表示某種行為或變化曾經發生，但未持續到現在。例如：他來過了｜受過傷的腿並沒有妨礙他走路。**廣州話**的用法基本相同。

過去　　⊜ guòqù　⊜ guo³hêu³

普通話 指現在以前的時期。例如：過去的教訓要記住｜回想過去，展望未來。**廣州話** 口語很少説"過去"，一般説"以前"。

普通話 表示從説話人或敍述的物件所在處離開或經過。例如：你過去看看他們做得怎麼樣｜剛剛過去一輛的士。**廣州話** 也説"過去"，但口語更多説"去"或"過"。前面例子廣州話多説：你去睇睇佢哋做成點｜啱啱過咗一部的士。

普通話 "過去" 用在動詞之後，可以表示：①從自己所在的地方離開或經過。例如：快把這份文件送過去｜飛來一塊石頭從耳邊擦過去。②失去原來的或正常的狀態。例如：傷員暈過去了。③動作主體改變方向。例如：把頭扭過去｜身子側過去。④通過。例如：這樣的事你看得過去嗎？｜能夠蒙混得過去嗎？這幾種情況，除②外，**廣州話** 也都用"過去"。②的例句，廣州話多説：傷員暈咗喇。

普通話 "過去" 又婉稱死亡。例如：他祖父昨天過去了。**廣州話** 沒有這樣的説法。

過冬　　⊜ guòdōng　⊜ guo³dung¹

指度過冬天。

廣州話 又指過冬至節；指在冬至當天舉行的慶祝活動。例如：今日過冬，早啲翻嚟食飯 [今天過冬

至節，早點回來吃飯]。

過頭　　⊜ guòtóu　⊜ guo³teo⁴

指超過限度，過分。例如：説過頭話｜他當面對長輩不尊敬，確實過了頭。

廣州話 可用在形容詞後面，表示某種狀態超過某一程度或限度，一般用於否定意義的句子。例如：條褲長過頭 [褲子太長了]｜啲水熱過頭 [水太熱了]｜牛肉貴過頭 [牛肉太貴了]｜碟餸鹹過頭 [這盤菜太鹹了]。以上例子**廣州話** 説"過頭" **普通話** 都説"太"，這並不是説**普通話** 用"太"的地方**廣州話** 就能用"過頭"。**普通話** 的"太"能夠用於肯定意義的句子（如"太好了"、"太勇敢了"），**廣州話** 的"過頭"則不能。

廣州話 "過頭" 還表示（水）沒過頭頂意思。例如：水太深，過頭咯 [水太深，沒過頭頂了]。

嗲　　⊜ diǎ　⊜ dé²

普通話 的"嗲"來自方言。表示：①形容撒嬌時的聲音及姿態。例如：嗲聲嗲氣。②表示好、優異。

在**廣州話** 裏，"嗲"是方言字。只用於形容女孩撒嬌時的聲音、表情及姿態。例如：發嗲｜咁嗲做乜 [這樣撒嬌幹嘛]！沒有**普通話** ②項意義。

嗌　　⊜ ài　⊜ ai³ 又 ngai³

指咽喉堵塞。**普通話** 口語不用，

僅用於書面語。另讀 yì 時指咽喉。

廣州話借來表示：①叫。例如：嗌邊個［叫誰］？｜嗌佢過嚟［叫他過來］｜嗌名［點名］。②喊叫，吵鬧。例如：佢哋喺度嗌乜嘢［他們在吵甚麼］？｜嗌交［吵架］。③罵。例如：人哋會嗌㗎［人家會罵的］｜嗌街［罵街］。

罨　(一) ⓟ yǎn ⓒ yim²

指一種從上往下罩的網，用來捕魚或捕鳥。

(二) ⓟ yǎn ⓒ eb¹ 又 ngeb¹

指覆蓋，敷。例如：熱罨｜傷口罨着紗布。

廣州話又指捂，漚。例如：鹹衫罨埋一堆，臭咯［髒衣服堆在一起，臭了］｜除低件濕衫啦，罨住容易病㗎［脫掉濕衣服吧，捂着容易生病的］。

【丿】

與共　ⓟ yǔgòng ⓒ yü⁵gung⁶

表示在一起。多用於書面語。例如：生死與共｜榮辱與共。

廣州話又表示和。多用於書面語。例如：使牛與共蒔田佢都拿手［使牛和插秧他都在行］。

鼠　ⓟ shǔ ⓒ xu²

通稱老鼠，一類哺乳動物。

廣州話又指：①偷。例如：賊仔鼠嘢［小偷偷東西］｜佢嘅手機係鼠翻嚟嘅［他的手機是偷來的］。②偷偷拿走。例如：小心畀人鼠咗［留心被別人拿走］｜係唔係你鼠咗我本書［是不是你拿走我的書］？③潛入。例如：佢鼠咗入去［他偷偷地溜進去了］。

傾　ⓟ qīng ⓒ king¹

兩種話都表示：①歪、側、斜。例如：傾斜｜傾側。②傾向，偏向。例如：左傾｜右傾。③倒塌。例如：傾覆｜大廈將傾。④倒出。例如：傾倒｜傾盆大雨。⑤用盡。例如：傾力｜傾訴。⑥嚮往，欽佩。例如：傾心｜傾慕。

廣州話借以表示談，聊。例如：傾偈［談話；聊天］｜傾生意［談生意］｜得閒再傾［有空再聊］｜佢好傾得［他很健談］。

微　ⓟ wēi ⓒ méi⁴

兩種話都表示：①細小，輕微。例如：微風細雨｜本小利微｜謹小慎微｜微乎其微。②精深，奧妙。例如：精微｜微妙｜微言大義。③衰落，衰敗。例如：衰微｜式微。④地位低。例如：卑微｜微賤｜人微言輕。

廣州話又單用，指利潤微薄，營業額小。例如：賺得好微［賺得很微薄］｜生意好微［營業額很小］。

鉗工　ⓟ qiángōng ⓒ qim⁴gung¹

指以手工工具為主進行機器裝配

和零部件修整的工作。又指從事這種工作的工人。

廣州話又戲稱扒手。

爺 〔普〕yé 〔粵〕yé⁴

①稱祖父。②對長一輩或年長男子的尊稱。③舊時對主人、官僚、尊貴者的稱呼。④迷信者對神佛的稱呼。例如：老天爺｜土地爺｜閻王爺。

廣州話又指父親。例如：兩仔爺〔兩父子〕。

愛 〔普〕ài 〔粵〕oi³ 又 ngoi³

兩種話都表示愛慕、喜愛、愛惜、愛護等意思。

普通話還用來表示常常發生某種行為，容易發生某種變化的意思，例如：他假日愛到圖書館看書｜潮濕的地方愛長黴。**廣州話**的"愛"沒有這個用法，而是表示常常發生某種行為時用"中意"，表示容易發生某種變化時用"容易"。上面兩個例句，廣州話分別說成：佢假日中意去圖書館睇書｜潮濕嘅地方容易發毛。

廣州話的"愛"還表示"要"的意思。例如：呢啲資料你重愛唔愛〔這些資料你還要不要〕？｜我唔愛得咁多〔我要不了那麼多〕。這一用法是**普通話**沒有的。

廣州話的"愛"還起着助動詞的作用，相當於**普通話**的"要、用、拿"。例如：呢間房愛嚟做會議室，嗰間愛嚟做接待室〔這間房子

用來做會議室，那間用來做接待室〕。"愛"的這一用法**普通話**也是沒有的。

愛惜 〔普〕àixī 〔粵〕oi³xig¹ 又 ngoi³ xig¹

表示愛護珍惜意思。例如：要愛惜糧食。

廣州話的"愛惜"讀 oi³ség³(ngoi³ ség³) 時表示"疼愛"的意思。例如：媽媽最愛惜邊個〔媽媽最疼愛誰〕？｜佢係孻仔，老母梗係愛惜啲嘅喇〔他是老兒子，媽媽肯定更疼愛點的〕。常單用"惜"（讀 ség³不讀 xig¹）。

飽死 〔普〕bǎosǐ 〔粵〕bao²séi²

指因食入食物過多撐脹而死。

廣州話還用來挖苦取笑別人，指對方的言行使人厭惡而倒胃口。例如：佢周圍吹自己係呢方面嘅權威，真係飽死〔他到處吹噓自己是這方面的權威，真讓人倒胃口〕。

腳 〔普〕jiǎo 〔粵〕gêg³

普通話的"腳"指人和動物的腿的下端，即腳腕以下部分。**廣州話**的"腳"卻指人的下肢和動物用來支撐身體及走路的肢體。即**廣州話**的"腳"包括**普通話**所指的"腿"和"腳"。

兩種話又指物體的最下部分。例如；牆腳｜塔腳｜山腳。

兩種話還指剩餘的廢料。例如：下腳。**廣州話**使用的範圍要廣些，液

體的沉渣、剩腳,吃剩的東西,賣剩的殘貨等,都叫"腳"。例如:茶腳[喝剩的茶]|酒腳[喝剩的酒]|飯腳[剩飯]|菜腳[剩菜]|賣剩腳[賣剩的殘貨]。

廣州話的"腳"還表示:①打牌、遊戲等活動的人手。例如:打牌唔夠腳[打麻將不夠人手]|差隻腳[(打牌等)缺一個人]。②乘坐車船等的費用。例如:水腳[旅費]|車腳[車費]|船腳[船費]|貨腳[貨運的費用]。③衣服的下端。例如:衫腳[下襬]|褲腳[褲腿的最下端]。

斟　⑱ zhēn　⑲ zem¹

指往容器裏倒液體。

普通話"斟"多指往容器裏倒茶或酒,倒其他液體一般用"倒"。**廣州話**則都用"斟",例如:斟油[倒油]|斟豉油[倒醬油]。

廣州話又表示商量,商談。例如:有件事要同你斟下[有件事要跟你商量一下]|你哋慢慢斟[你們慢慢細談]。

解　⑱ jiě　⑲ gai²

表示分開、打開束縛的意思。又表示解除、了解。

兩種話都表示解釋,但是**普通話**口語很少單用,一般配搭成解答、解説、解釋、解析、註解等使用。**廣州話**卻經常單用,例如:呢句話點解[這句話怎麼解釋]?|你解嚟聽下[你解釋給我聽聽]|解嚟解去都解唔明白[解釋來解釋去都解釋不清楚]。

【、】

誅　⑱ zhū　⑲ ju¹

表示殺有罪的人。又表示譴責,責備,懲罰。

廣州話也表示譴責,責備(沒有懲罰意思),但與普通話用法不完全相同。**普通話**一般用於書面語,例如:口誅筆伐。廣州話則多用於口語,而且多用於針鋒相對的吵架,針對某人的責難等,多帶惡意(口語多變讀 zê¹),例如:點解你哋個個都誅住我[為甚麼你們每個人都針對着我罵]?|佢最中意誅人哋[她最喜歡責備人家]。

話　⑱ huà　⑲ wa⁶

指說出來的能夠表達思想的聲音,又指把這種聲音記錄下來的文字。

兩種話的"話"都可作動詞,表示說的意思,但是在使用上卻有較大不同。**普通話**的"話"表示"説"僅用於書面語詞語。例如:話別|話舊|話家常|話今昔。**廣州話**的"話"常用在口語上,一般要帶賓語。例如:大家都話你好|有乜話乜[有甚麼説甚麼]|呢度唔到你話三話四[這裏輪不到你説三道四]。

廣州話的"話"表示説時,還可含有以下意思:①告訴。例如:我話你知啦[我告訴你吧]|話畀

佢聽［告訴他］｜邊個都唔好話知［誰也別告訴］。②勸説，責備。例如：你話下佢啦［你説説他吧］｜你噉做實畀人話［你這樣做一定會被人指責］｜話極佢都唔聽［怎麼勸説他都不聽］。③看（指觀察並加以判斷）。例如：你話點好［你看該怎麼辦］？｜噉做你話啱唔啱［這樣做你看對嗎］？｜我話佢唔錯［我看他不錯］。

新聞紙

🔊 xīnwénzhǐ 🔊 sen¹men⁴ji²

舊時指報紙。

普通話又指白報紙。

煎　（一）🔊 jiān 🔊 jin¹

指一種烹調方法，加熱油後放進食物使表面變黃。例如：煎魚｜煎豆腐。

廣州話借指撕、剝。例如：將郵票煎落嚟［把郵票撕下來］｜煎咗牆上亂貼嘅嘢［剝掉牆上亂貼的東西］｜煎皮拆骨［剝皮抽骨］。

（二）🔊 jiān 🔊 jin³

指用水煮東西，讓所含成分溶進水裏。又指一服中藥煎煮的次數。

廣州話還指：①用蜜等較長時間熬煮。例如：蜜煎。②把生油煮熟；從豬板油煉出油來。例如：魚蒸熟咗，煎啲生油淋上去［魚蒸熟了，燒點生油澆上去］｜呢塊豬板油煎出唔少油［這塊豬板油煉出不少油］。

道友　🔊 dàoyǒu 🔊 dou⁶yeo⁵

普通話指同道中人。

港澳地區指吸毒者。

煙　🔊 yān 🔊 yin¹

兩種話都指：①物質燃燒時產生的氣體。又指像煙的東西，例如：煙霧｜煙波｜煙雨。②指煙草。又作為煙草製品紙煙、煙絲等的統稱。③鴉片。例如：煙土｜煙館｜煙槍。④煙刺激眼睛（**廣州話**多説"爩、焅（wed¹）"）。例如：煙眼睛。

廣州話又指：①水蒸氣。例如：有煙出水就滾嘞［有水蒸氣出來水就開了］。②煙氣大，煙味濃。例如：燒乜嘢咁煙呀［燒甚麼東西煙那麼濃呀］？③燻製的。例如：煙肉［燻肉］｜煙香雞［燻雞］。

煙子　🔊 yānzi 🔊 yin¹ji²

指煙所聚積而成的黑色物質，可以製墨。

廣州話舊時又指英吋。是英語 inch 音譯。

煙塵　🔊 yānchén 🔊 yin¹cen⁴

指煙霧和塵埃，例如：捲起一股煙塵｜煙塵滾滾。又指烽煙和戰場上揚起的塵土，舊時指戰火。

廣州話指揚起的塵土。例如：一埲煙塵［一股塵土］｜馬路邊煙塵好大［馬路邊塵土很大］。

煩　[⬚]fán ⬚fan⁴

表示煩悶、厭煩、使人厭煩、煩勞、又多又亂等意思。

廣州話的"煩"還形容麻煩。例如：做呢啲嘢最煩嘞 [做這些東西最麻煩了] | 申請手續好煩㗎 [申請手續很麻煩的]。

溝渠　[⬚]gōuqú ⬚keo¹kêu⁴

普通話統稱為灌溉或排水而挖的水道。

廣州話也有"溝渠"一詞，但指的僅是為排水而挖的水道。口語多叫"坑渠"。為灌溉而挖的水道叫"渠"或"圳"。

滑　[⬚]huá ⬚wad⁶

作為形容詞表示光滑、滑溜，又表示狡詐，油滑。作為動詞表示滑動，滑行。

普通話還指通過耍滑蒙混過去。例如：這次他是滑不過去了。**廣州話**的"滑"沒有這樣的用法。

廣州話又指食物細嫩好吃。例如：牛肉炒得好滑 [牛肉炒得細嫩] | 滑雞粥 [嫩子雞煮的粥]。

廣州話的"滑"還指魚、豬、牛等的肉末加調料製成的膠狀肉醬，做丸子用。例如：魚滑 | 牛肉滑。習慣讀 wad⁶⁻²。

慌　（一）[⬚]huāng ⬚fong¹

表示慌張。例如：恐慌 | 慌亂 | 慌手慌腳。

廣州話又表示：①害怕。例如：唔使慌，有我喺度 [不用怕，有我在這裏] | 有準備，個心就唔慌嘞 [有準備，心裏就不害怕了]。②擔心。例如：我慌佢唔識路 [我擔心他不認得路] | 唔使慌佢唔嚟 [不必擔心他不來]。

（二）[⬚]huang ⬚fong¹

普通話讀輕聲，組成"形容詞 + 得 + 慌"形式，用作補語，表示難以忍受。例如：疼得慌 | 累得慌 | 悶得慌 | 寂寞得慌。

廣州話沒有這樣的用法。

塞　[⬚]sāi ⬚seg¹

表示填塞，堵塞。又指塞子，即堵塞容器口的東西，例如：瓶塞 | 軟木塞。還表示強給，例如：塞給他一點錢。

廣州話又借指孫子的兒子，即曾孫。

運　[⬚]yùn ⬚wen⁶

表示：①物體的位置不斷變化。例如：運動 | 運行。②搬運，運輸。例如：貨運 | 空運 | 運送 | 運營。③運用。例如：運筆 | 運思。④運氣，命運。例如：好運 | 幸運。

廣州話又表示：①繞道。例如；運路行 [繞道走] | 運嗰便好行啲 [繞那邊好走一點]。②從，打。例如：運邊度去近啲 [打哪兒去近一點]?

瘀 ⓟ yū ⓒ yü²

表示（血液）不流通。

廣州話表示：①瓜菜等因受揉擦擠壓而損傷。例如：菜葉瘀咗就會爛 [菜葉擦傷了就會變爛]。②皮下出血或皮下積有瘀血。例如：跌瘀咗膝頭哥 [膝蓋摔出瘀血了] ‖ 大髀有一塊青瘀 [大腿皮下有一片瘀血]。③挖苦，諷刺，指責。例如：佢知錯咯，咪瘀佢啦 [他知錯了，別指責他了] ‖ 成日畀人瘀 [老是被人挖苦]。④丟臉。例如：大家都得，係我唔得，你話幾瘀 [大家都行，就我不行，你說多丟臉呀]！

【一】

裝 ⓟ zhuāng ⓒ zong¹

兩種話都表示：①服裝。例如：軍裝 ‖ 夏裝 ‖ 時裝 ‖ 中山裝。②修飾，打扮。例如：裝飾 ‖ 喬裝打扮。③假裝，做作。例如：裝模作樣 ‖ 裝腔作勢。④演員化裝時穿戴塗抹的東西。例如：上裝 ‖ 卸裝。⑤行裝。例如：整裝待發 ‖ 輕裝前進。⑥放進，裝入。例如：裝貨 ‖ 裝箱 ‖ 裝車。⑦安裝，裝配。例如：裝訂 ‖ 裝機 ‖ 裝水管。

廣州話又表示誘捕，（用機關、器具、陷阱等）捕捉。例如：裝雀 [誘捕小鳥] ‖ 挖個氹裝山豬 [挖個坑捉野豬]。

嫋 ⓟ niǎo ⓒ niu¹（讀音 niu⁵）

是"裊"的異體字。該字**普通話**現已不用。

廣州話表示細而長，纖弱。例如：枝竹仔咁嫋，唔受力 [竹子太細受不了壓] ‖ 佢夠高，不過嫋啲 [他長得高，但是瘦弱了些]。

預 ⓟ yù ⓒ yü⁶

表示預先，事先。例如；預定 ‖ 預防 ‖ 預告 ‖ 預算。

廣州話還表示：①預計，列進計劃之內。例如：預佢三日完成 [預計要三天完成] ‖ 預埋我嗰份 [把我的一份也計劃在內]。②事先留空。例如：呢處要預寬啲 [這裏要留空一點] ‖ 計劃預鬆啲好 [計劃留有餘地好些]。

隔 ⓟ gé ⓒ gag³

兩種話都表示：①遮斷；阻隔。例如：呢邊同嗰邊用板障隔開 [這邊和那邊用板壁隔開] ‖ 我哋兩個嘅屋企隔住一條河 [我們兩家隔着一條河]。②距離；間隔：兩條村相隔五里路 [兩村相隔五里路] ‖ 飲隔夜茶唔衛生 [喝隔夜茶不衛生]。

廣州話的"隔"還表示"過濾"的意思。例如：隔渣 [把渣滓過濾掉] ‖ 將米漿再隔一次 [把米漿再過濾一次]。**普通話**沒有這個意思。

14畫

【一】

摳　⟨普⟩kōu ⟨粵⟩keo¹

普通話表示：①用細長的東西往外挖。②雕刻花紋。③過分深究。例如：摳字眼｜死摳本本。④吝嗇。**廣州話**沒有這樣説法，表述上面意思時使用另外的説法。

廣州話借用來表示攪和，調，對。例如：牛奶摳水｜黃泥摳沙｜白色摳黑色變灰色。

駁　⟨普⟩bó ⟨粵⟩bog³

普通話"駁"的含義有：①辯駁，反駁，批駁。②駁運，駁船。③斑駁。

以上含義**廣州話**都有。但①義**普通話**一般不單用，**廣州話**卻可以單用。例如：駁到佢冇聲出 [辯駁到他沒話可説] ｜佢嘅話唔值得駁 [他的話不值得批駁]。

廣州話的"駁"還有以下含義是**普通話**沒有的：①使兩件事物首尾連接。例如：駁長條棍 [把棍子接長] ｜坐完火車再駁汽車 [坐完火車接着再坐汽車]。②套（指私人間的匯兑）。例如：駁啲錢翻屋企 [套些錢回家]。③接枝。例如：用水蜜桃駁本地桃 [用水蜜桃跟本地桃接枝]。又叫"駁枝"。④量詞。指一段時間，一般是若干天。例如：先嗰駁你去咗邊度 [前些日子你去哪裏了] ？｜呢駁成日

落雨 [最近整天下雨]。

蓉　⟨普⟩róng ⟨粵⟩yung⁴

指用某些植物的果肉或種子製成的粉狀物。例如：豆蓉｜蓮蓉｜椰蓉。

廣州話指：①碎而爛，稀巴爛。例如：舂到佢蓉 [把它舂得稀巴爛]。②泥狀用來做餡的食物。例如：麻蓉 [芝麻泥] ｜棗蓉｜魚蓉。③碎末。例如：薑蓉｜蒜蓉｜雞蓉 [雞肉末兒]。

摟　（一）⟨普⟩lōu ⟨粵⟩leo⁴

普通話指：①用手或工具往自己面前攏集東西。例如：摟柴火。②用手攏着提起。例如：摟起袖子就去洗菜｜摟着裙子蹚水。③搜刮（錢財），盡力賺取（錢）。例如：摟錢。

廣州話口語沒有這樣用法。

（二）⟨普⟩lǒu ⟨粵⟩leo⁵

普通話表示摟抱，例如：摟着孩子。又作量詞，兩臂合抱的量為一摟，例如：一摟粗的大樹也被風颳倒了｜抱來兩摟稻草鋪在地上。

廣州話口語沒有這樣用法。

（三）⟨普⟩— ⟨粵⟩leo¹

廣州話表示：①披。例如：摟住一件雨褸 [披着一件雨衣] ｜凍喇，摟番件衫啦 [涼了，披上衣服吧]。②蒙蓋。例如：搵塊台布摟住茶几 [拿塊桌布把茶几蒙上] ｜用面紗摟面 [拿面紗蒙臉]。

③（蒼蠅、螞蟻等小昆蟲）停留，落附，爬。例如：烏蠅摟過嘅嘢唔好食［蒼蠅爬過的東西不要吃］｜蟻摟糖［螞蟻叮在糖上］。

普通話沒有這些説法。

塹　⊜ qiàn　⊜ qim³

指壕溝。例如：塹壕｜長江天塹。

廣州話又指小河溝。例如：前面有條塹｜落塹摸魚［到河溝去摸魚］。

監　（一）⊜ jiān　⊜ gam¹

表示監視，例如：監察｜監考｜監工。又指牢獄。

廣州話又表示強迫，逼迫。例如：監佢食藥［逼他吃藥］｜咪監佢去［別強迫他去］｜冇人監你噉做［沒有人強迫你這樣做］。

　　（二）⊜ jiàn　⊜ gam³

古代主管檢察的官名。又古代官府名，例如：秘書監｜國子監。又指太監。

廣州話又表示在某種情況下勉強做某事，有帶着、趁着意思。例如：監熱食［不顧過熱硬吃下去］｜監平賣［賤賣］｜監粗嚟［硬來］｜件衫監濕着［衣服還濕就穿］。

監生　⊜ jiànshēng　⊜ gam³sang¹

我國明、清兩代稱在國子監讀書或取得進國子監讀書資格的人。

廣州話又作形容詞，表示活活地，活生生地。例如：監生吞落去［活地吞下去］｜監生畀佢激死［被他活活氣死］｜監生壅［活埋］。

緊要　⊜ jǐnyào　⊜ gen²yiu³

表示緊急重要，要緊。例如：無關緊要｜緊要關頭。

廣州話又表示厲害（多用於人體感受）。例如：今日凍得好緊要［今天冷得很厲害］｜佢傷得好緊要［他傷得很厲害］。

碟　⊜ dié　⊜ dib⁶

指碟子，盛菜的器皿，比盤子小，底平而淺。

廣州話的"碟"所指包括**普通話**的碟子和盛菜的盤子。**廣州話**指盛菜器皿沒有"盤子"的説法。例如：一大碟菜［一盤菜］｜一碟辣椒醬。

【丨】

對　（一）⊜ duì　⊜ dêu³

兩種話的"對"在含義、用法上基本相同，但仍有差別。

普通話"對"表示投合、適合時，如"對脾氣｜對心思｜對勁"的"對"，**廣州話**口語很少説，一般説"啱"。

"對"作量詞時，用於成雙的東西。也可以用"雙"。不過，口語上**普通話**多用"雙"，**廣州話**多用"對"。

廣州話的"對"又指從第一天某一

時刻到第二天同一時刻,這 24 小時叫"一個對"。例如:一個對再食一次藥 [24 小時後再服一次藥] || 佢昏迷咗一個對重未醒 [他昏迷了 24 小時還沒醒過來]。**普通話**沒有這一用法。

廣州話的"對"後面連接表方位的"上、落、開、埋、出"等時,表示相對的位置。例如:佢眼眉對落有粒癦 [他眉毛下面有顆痣] || 辦公枱對出放盆花 [辦公桌外面放一盆花]。

(二) 🔊 duì 🔊 dêu³⁻²

兩種話"對"作名詞用時指對聯或對偶的詞句。但是,**普通話**"對"不單用,單用時叫"對子"。**廣州話**一般單用,而且要讀變調。例如:呢道門兩邊貼副對 [這門兩邊貼一副對子]。

對開 🔊 duìkāi 🔊 dêu³hoi¹

①指對半分開。②指車、船等在兩地同時相向開行。

廣州話又指靠外面,對面,對過兒。又叫"對出"。例如:佢喺對開嗰張枱處食飯 [他在靠外面那張桌子吃飯] || 呢處對開就係海皮 [這裏外面就是江邊]。**普通話**沒有這一用法。

瞄 🔊 miáo 🔊 miu⁴

指注視着目標。例如:瞄準。

廣州話又讀 miu¹,指:①偷看。例如:瞄下佢喺度做乜 [偷偷地

看他在幹甚麼] || 瞄下佢喺唔喺度 [偷看一下他在不在]。②隨便地看。例如:瞄一下就算咯 [隨便看一眼就算了] || 我只係瞄一眼,冇睇真 [我只是隨便看一眼,沒看清楚]。

暢 🔊 chàng 🔊 cêng³

表示無阻礙、不停滯,又表示痛快、盡情。

廣州話還借用來表示把大額鈔票破成零鈔的意思。例如:暢一百文散紙 [破一百元零票] || 暢唔開 [破不開]。

嘈 🔊 cáo 🔊 cou⁴

普通話的"嘈"用於"嘈雜"一詞形容聲音雜亂,喧鬧。一般不單用。

廣州話的"嘈"也指聲音雜亂,喧鬧,但多為單用。例如:圩咁嘈 [像集市那麼喧鬧] || 唔好嘈 [別吵] || 你哋喺度嘈乜 [你們在這裏吵甚麼]?

廣州話"嘈"還可以表示爭吵,吵鬧。例如:唔好同佢嘈 [不要跟他爭吵] || 淨係嘈係唔解決問題嘅 [光是吵鬧是不能解決問題的]。**普通話**表示爭吵、吵鬧用"吵"不用"嘈"。

嘔 🔊 ǒu 🔊 eo² 又 ngeo²

指吐(tù),例如:嘔吐|嘔血|作嘔。又指故意惹人惱怒,例如:嘔人。

廣州話又比喻退贓，退賠不義之財。例如：但凡貪污嘅都要嘔晒出嚟 [凡是貪污所得都要退出來]｜佢呃人嘅錢卒之嘔番出嚟 [他騙人家的錢最終都 (被迫) 退出來]。

蜢 ⓖ měng ⓥ mang⁵⁻²

指蚱蜢，一種有害的昆蟲，吃稻葉等。**普通話**口語叫"螞蚱"。

普通話"蜢"不單用，僅用於"蚱蜢"一詞。**廣州話**口語說"蜢"，一般不說"蚱蜢"。

廣州話常用來比喻瘦弱的人。例如：瘦到隻蜢噉 [瘦弱得像一隻螞蚱]｜長腳蜢 (mang⁵⁻¹) [戲稱兩腿瘦長的人]。

【丿】

舞 ⓖ wǔ ⓥ mou⁵

指舞蹈。又表示揮動，例如：手舞雙刀。還表示舞弄，耍弄，例如：舞文弄墨｜營私舞弊。

廣州話又表示搞，弄。例如：我舞唔掂 [我弄不了]｜費事同佢舞 [沒工夫跟他搞]。

稱身 ⓖ chènshēn ⓥ qing³sen¹

形容衣服合身。

廣州話口語多說"合身"或"啱身"，少說"稱身"。

稱呼 ⓖ chēnghū ⓥ qing¹fu¹

表示叫。例如：你稱呼他甚麼？又

表示當面招呼用的表示彼此關係的名稱。例如：我們都相互稱呼同志。

廣州話的"稱呼"還有打招呼的意思。例如：見面都唔稱呼一聲 [見了面也不打個招呼]。**普通話**很少這樣說。

算數 ⓖ suànshù ⓥ xun³sou³

表示承認有效力，例如：說話要算數，這才有誠信｜過去的不算數，現在從頭算起。又表示到……為止，例如：看到效果才算數。

廣州話又表示拉倒，算了，作罷。例如：唔要就算數 [不要就拉倒]｜唔肯就算數啦 [不願意就算了]｜佢咁為難，算數咯 [他這麼為難，算了吧]。

僑 ⓖ qiáo ⓥ kiu⁴

指客居。又指僑民。

廣州話又指洋氣。例如：打扮得好僑 [打扮得很洋氣]｜佢屋企好僑 [他家裏佈置得很洋氣]。

鼻涕蟲 ⓖ bítìchóng ⓥ béi⁶tei³cung⁴

指無殼的蝸牛，即蛞蝓。

廣州話還用來譏笑流鼻涕的孩子。

遞 ⓖ dì ⓥ dei⁶

表示傳送、傳遞。例如：投遞｜把扳手遞給我。又表示順着次序。例如：遞增｜遞降｜遞補。

廣州話另表示舉起、抬起。例如：佢一直遞高隻手［他一直舉着手］‖唔該遞遞腳，我掃掃呢度［請抬抬腳，我掃一下這裏］‖遞高嚿石想掟過來［舉起石頭想砸過來］。

鋁　⦿lǚ　⦿lêu⁵

一種金屬。銀白色，質輕而堅，延展性強，導熱導電性能良好。用途很廣，是重要工業原料，日常器皿多用鋁製成。

普通話裏，製造日用器皿的鋁俗稱"鋼精"或"鋼種"。如鋁鍋叫"鋼精鍋"或"鋼種鍋"。

廣州話口語裏一般不説"鋁"，也不説"鋼精、鋼種"，而把鋁説成"銻"。日常用品中的鋁鍋、鋁盆、鋁勺，分別被説成"銻煲、銻盆、銻殼"。而指非日常用品時，廣州話"銻"還是説"銻"，"鋁"還是説"鋁"，兩者並不相混，例如"銻粉、銻白""鋁箔、鋁錠"等。

銀　⦿yín　⦿ngen⁴

①指一種金屬元素。通稱白銀或銀子。②銀錢。例如：銀兩｜銀根｜銀行。③像銀子的顏色。例如：銀灰色｜白髮銀鬚｜火樹銀花。

廣州話指銀錢時：①單獨使用並變調讀 ngen⁴⁻² 時指錢。例如：幾銀一斤［多少錢一斤］？｜要幾多銀至夠［要多少錢才夠］？②組成合成詞並讀本調時，用於跟錢有關的事物。例如：銀紙［鈔票；錢］｜銀包［錢包］。

銀錢　⦿yínqián　⦿ngen⁴qin⁴⁻²

普通話是名詞，泛指錢財。

廣州話原來是名詞，指銀元。現在作量詞，指紙幣的元、塊錢，一般用於數額很小的錢。例如：五個銀錢［五元；五塊錢］‖個零銀錢［一元多；塊把錢］。

【、】

説話　⦿shuōhuà　⦿xud³wa⁶

普通話指：①用語言表達意思。例如：不要説話｜我跟你説兩句話。②閒談。例如：沒事就找鄰居説話去。③非議，指責。例如：做好一點，不要讓人家説話。④説話的一會時間。例如：你先坐坐，我説話就來。廣州話口語沒有這些説法。

廣州話指話。例如：講咗咁多説話佢都聽唔入［説了這麼多話他都聽不進去］‖你重有乜説話好講呀［你還有甚麼話好説呀］？｜乜説話，咪咁客氣［哪兒的話，別那麼客氣］。

認真　⦿rènzhēn　⦿ying⁶zen¹

表示嚴肅對待，不草率敷衍。例如：認真工作｜認真訓練。

普通話還表示當真，信以為真。例如：他是開玩笑的，不必認真｜一句笑話，他就認起真來。廣州話少説"認真"，多説"當真"。

廣州話"認"變調讀 ying⁶⁻² 時，"認真"表示：①確實，真是，真得。例如：呢幾日認真熱［這幾天確實很熱]‖過馬路要認真小心[過馬路真得要小心]。②很，非常。例如：呢齣戲認真好睇[這齣戲非常好看]‖佢認真叻[他很能幹]。

膏　（一）⊜gāo ⊜gou¹

指脂肪，油。又指黏稠的糊狀物。又形容肥沃。兩種話沒有差異。

（二）⊜gào ⊜gou³

普通話作動詞用，表示：①在軸承等機器、器物經常轉動、摩擦的地方加潤滑油。例如：膏車｜這車軸該膏油了。②把毛筆蘸上墨汁在硯台邊上拯勻。例如：膏筆｜膏墨。**廣州話**的"膏"口語沒有這樣用法。

瘟　⊜wēn ⊜wen¹

指瘟疫，即流行性急性傳染病。

普通話又指戲曲表演沉悶乏味。例如：這齣戲演得太瘟了。**廣州話**沒有這樣說法。

廣州話又指昏頭昏腦的樣子，一個勁兒地。例如：瘟咁舂[亂闖亂撞]‖瘟咁瞓[昏頭昏腦地睡]‖瘟咁做[埋着頭一個勁兒地做]。

瘦　⊜shòu ⊜seo³

指人體或動物體脂肪少，肌肉不豐滿。又指食用的肉脂肪少。還指土地不肥沃。

普通話又指衣服鞋襪等窄小。例如：褲腿太瘦了，要往肥裏放一

放。**廣州話**衣服鞋襪不說"肥、瘦"而說"闊、窄"，前面例句要說成：褲腳太窄喇，要放闊啲。

廣州話指鍋等鐵製器皿表面因缺乏油脂而呈生銹的樣子。例如：隻鑊好耐冇用，瘦晒咯[鐵鍋很久沒用，全銹了]。

瘦削　⊜shòuxuē ⊜seo³sêg³

形容身體或臉很瘦。例如：瘦削的身材。

廣州話又形容人瘦弱、乾瘦。例如：你咁瘦削，補下至得[你這麼瘦弱，該補一下了]。

辣手　⊜làshǒu ⊜lad⁶seo²

指毒辣的手段，例如：要防備對方下辣手。又指棘手，難辦，例如：這事辣手，不好辦。還表示手段厲害或毒辣，這含義來自方言。

廣州話又表示為人毒辣，狠毒。例如：佢對人好辣手㗎[他對人很狠毒]。

齊　⊜qí ⊜cei⁴

表示：①整齊。②同等，一致。例如：齊名｜齊心合力。③一塊，同時。例如：齊唱｜百花齊放。④完備，全。例如：東西湊齊了｜人到齊了。⑤達到同樣的高度。例如：水深齊腰｜舉案齊眉。

普通話還表示跟某一點或某一直線取齊。例如：齊着根兒割斷｜齊着白灰線挖一道溝。**廣州話**很少

這樣用法。

廣州話 還表示完了，光了。例如：講齊未呀 [説完了嗎] ？ | 通通食齊晒 [通通吃光了]。

精　㊀ jīng　㊁ zéng¹

表示機靈心細的 "精"，**廣州話** 用來形容人聰明、精明、機敏，略帶貶義。例如：佢咁精，點會上你嘅當 [他這麼精明，怎麼會上你的當] ！ | 精過有尾蛇 [俗語。形容非常精明機敏] | 人老精，鬼老靈 [俗語。人老了精明了，鬼老了有靈氣了]。

精神　㊀ jīngshen　㊁ jing¹sen⁴

指表現出來的活力，例如：振作精神 | 精神旺盛。又形容有活力，活躍，例如：他今天精神很好 | 大家越幹越精神。

普通話 還用來形容人相貌、身材好，英俊，例如：他長得多精神。**廣州話** 沒有這樣的用法。

廣州話 可以形容人由於衣著整潔、儀表美好而顯得有氣質，例如：着起件制服好精神 [穿起制服來很神氣] | 飛咗個髮，人都精神啲 [理了髮，人也顯得帥氣一些]。還形容人身體狀況好，例如：今日食咗藥，精神咗好多 [今天服了藥，身體感覺好多了]。這些同 **普通話** 有着細微的差別。

精靈　㊀ jīnglíng　㊁ jing¹ling⁴

指鬼怪。

廣州話 變調讀 jing¹ling⁺¹ 時作形容詞，形容人聰明機警，多用於小孩。例如：個細路好精靈，話頭醒尾 [這小孩很機靈，會舉一反三]。

煽情　㊀ shānqíng　㊁ xin³qing⁴

指煽動人的感情或情緒。例如：這部電影很會煽情，許多觀眾都掉淚了。

廣州話 多指挑動情慾，多用於文藝作品或影視片。

漬　㊀ zì　㊁ jig¹

普通話 表示：①浸，泡。例如：浸漬 | 漬麻。②沾，染。例如：沾漬 | 漸漬。③地面的積水。例如：內漬 | 排漬。

兩種話都表示積在物體上面難以除去的油、泥、污垢等的痕跡。例如：油漬 | 茶漬 | 污漬。作為名詞的 "漬"，**普通話** 不單用；**廣州話** 可以單用，例如：個碗生晒漬 [碗積滿了垢] | 枱布好多漬洗唔甩 [桌布上有很多髒東西洗不掉]。

廣州話 還指衣服上面的黑色霉點。例如：汗漬。又叫 "烏雞"。

滯　㊀ zhì　㊁ zei⁶

表示停滯，不流通。

廣州話 又表示：①消化不良，停食。例如：食滯咗 [吃得太多停食了] | 開胃消滯。②（食物）難以消化。例如：糯米好滯㗎 [糯米很難消化的]。③遲鈍，不靈活。例

如：滯手滯腳［手腳不靈活］｜運滯［運氣不好］。

漚　⑲òu　⑭eo³ 又 ngeo³

指長時間浸泡。例如：漚肥｜漚麻。

廣州話又指：①東西因長時間放在潮濕環境而霉爛。例如：穀曬唔切會漚爛㗎［稻穀來不及曬會霉爛的］｜件衫換落嚟就要洗，唔好漚喺度［衣服換下來就要洗，不要讓汗漬着］。②引申指長時間地熬煮。例如：漚豬潲［熬豬食］｜漚西洋菜豬骨湯［煮西洋菜豬骨頭湯］。③指冬至前後或春節前後接連幾天下雨。例如：漚冬［冬至前後連續下雨］｜漚年［快過年時接連下雨］。④醞釀。例如：漚雨［持續時間較長的雨意濃厚，雨將下而未下］｜漚仔［妊娠反應］。

滾　⑲gǔn　⑭guen²

指滾動，翻轉。又指液體沸騰。

普通話還用於斥責別人離開。例如：滾蛋｜滾開｜你給我滾！**廣州話**不說"滾"，而說"躝（lan¹）"。

廣州話的"滾"另有以下含義：①熱，燙。例如：佢發燒咯，隻手好滾［他發燒了，手滾燙滾燙的］｜摸下額頭滾唔滾［摸摸額頭燙不燙］。②稍微一煮，短時間煮。例如：滾魚片湯［氽魚片湯］｜滾就得咯［煮開就可以了］。③攪。例如：條魚滾濁咗啲水［魚把水攪渾了］。④揚起（塵土）。例

如：摩托飆車，滾起一埲泥塵［摩托飆車，揚起一股塵土］。⑤借用表示騙。例如：滾友［騙子］｜小心畀人滾［當心受人家騙］。

滾水　⑲gǔnshuǐ　⑭guen²sêu²

指開水，包括正在開着的和剛開過的水。

普通話口語多說"開水"，少説"滾水"。**廣州話**口語則多說"滾水"，少説"開水"。開過又涼了的水，**普通話**叫"涼開水"，**廣州話**叫"凍滾水"。

滴水　⑲dīshuǐ　⑭dig⁶⁻¹sêu²

普通話指滴水瓦，又指房子為房簷上宣泄雨水而留下的隙地。

廣州話指男子的鬢角。

漏夜　⑲lòuyè　⑭leo⁶yé⁶

指深夜。

廣州話指連夜、星夜。例如：漏夜趕番去［連夜趕回去］。

慳　⑲qiān　⑭han¹

表示吝嗇，例如：慳吝。又表示缺欠，例如：緣慳一面。**普通話**口語少用。

廣州話又表示：①省儉，節儉。例如：佢好慳，存咗唔少錢［他很省儉，存了不少錢］｜呢個方案最慳嘅嘞［這個方案是最節儉的了］。②節省，省。例如：慳咗一筆開支［節省了一筆開支］｜你唔

要，我就慳番 [你不要，我就省下來] | 呢部車慳油 [這車省油]。

慢　⓿ màn　⓿ man⁶

指速度低，遲緩。又表示從緩，例如：且慢 | 慢兩天再說。還表示態度冷淡，沒有禮貌，例如：傲慢 | 輕慢 | 簡慢。

廣州話另指：① （火）不旺，文（火）。例如：慢火煎魚 | 風爐要收慢火 [爐子裏的火要收小]。②（燈火）暗。例如：將火水燈撐慢啲 [把煤油燈撐暗一點]。③稱東西時斤兩不足，秤尾下垂。北京話叫"兔"。例如：一斤慢啲 [一斤兔一點] | 乜你秤得咁慢㗎 [為甚麼你的秤尾往下垂]？④婉辭，用於途中請司機停車。例如：前面唔該慢一慢 [請在前面停一下] | 有站慢 [到站請停]！

慣　⓿ guàn　⓿ guan³

指習慣。

普通話又指對子女等縱容，致其養成不良習慣或作風。例如：嬌生慣養 | 把孩子慣壞了。**廣州話**口語不說"慣"而說"縱"。

寡淡　⓿ guǎdàn　⓿ gua²tam⁵

指菜餚、湯汁等味道淡薄。例如：這盤菜味道寡淡。

普通話又形容沒有趣味，缺乏情趣。例：興味寡淡。

廣州話還表示口中淡而無味。例如：我個口寡淡，唔知係唔係生病嘞 [我嘴巴淡而無味，不知道是不是生病了]。

窩　⓿ wō　⓿ wo¹

普通話指：①動物住的地方。②比喻壞人聚集的地方。例如：賊窩 | 賭窩 | 匪窩。③凹進去的地方。例如：夾肢窩 | 酒窩。④下陷。例如：兩眼窩下去了。⑤蜷縮；呆着不活動。例如：他窩在角落裏不吭聲 | 整天窩在家裏。⑥鬱積，停滯。例如：窩工 | 窩火 | 窩着一肚子氣。⑦弄彎，捲。例如：把鐵絲窩一個圓圈。⑧量詞，用於一胎所生或一次孵出的動物。例如：這母豬下了好幾窩崽了 | 這是同一窩的小雞。**廣州話**沒有以上的用法：其中①②⑧項，**廣州話**用"竇（deo³）"；其他各項則分別另有說法。

兩種話都表示藏匿。例如：窩贓 | 窩藏。

廣州話又指：①鉚。例如：呢處要窩一眼釘 [這裏要鉚上一枚釘子]。②烹飪方法，把雞蛋整個打在飯或粥裏燜熟。例如：牛肉窩蛋飯 | 生菜窩蛋粥 | 窩蛋奶。

實　⓿ shí　⓿ sed⁶

①指果實，例如：開花結實 | 春花秋實。②充滿，充實。例如：實心 | 荷槍實彈。③事實，實際。例如：如實反映 | 名副其實。④真實，實在。例如：實話實說 | 真才實學。⑤富裕。例如：國富民實。

廣州話又指：①結實，硬。例如：肉好實［肌肉很結實］｜啲泥好實，鋤唔入［土很硬，鋤不進去］。②緊，牢固。例如：紮實佢［捆緊它］｜個纈打實啲［把繩結打緊點］。③嚴實，嚴密。例如：揞到實［蓋得很嚴實］｜包實啲［包得嚴密點］。④一定，肯定，準。例如：等陣實落雨［待會準下雨］｜噉做實冇錯［這樣做肯定沒錯］｜佢實肯嘅［他一定會答應的］。⑤用在某些動詞後面，表示動作正在進行或持續。例如：跟實佢［緊跟着他］｜睇實嗰種雜誌［就是看那種雜誌（別的不看）］｜成日着實嗰件花衫［老是穿着那件花衣服］。

實行　⓿shíxíng　⓿sed⁶hang⁴

表示用行動來實現綱領、政策、計劃等。

廣州話又表示：①就是，確定，決意。例如：實行係噉啦［就是這樣吧］｜實行照佢意思做［就按他的意見辦］｜我實行請佢參加［我決定請他參加］。②當然，自然，勢必。例如：實行係噉好［當然這樣好］｜間公司由得佢亂搞，實行聽執笠［公司任由他亂搞，勢必會倒閉］。③一定，準。例如：佢實行會嚟［他一定會來］｜噉搞實行唔掂［這樣搞肯定不行］。

實情　⓿shíqíng　⓿sed⁶qing⁴

指真實的情況。例如：了解實情。

廣州話又表示：①其實。例如：實情係佢唔肯［其實是他不願意］｜

實情嗰樣更好［其實那種更好］｜實情你唔請佢，佢都會參加［其實你不邀請他，他也會參加的］。②實在，敢情。例如：噉樣實情好啦［那敢情好］。

複　⓿fù　⓿fug¹

表示重複、繁複的意思。

廣州話的"複（fug¹）"還表示：①覆核數目。例如：你複一下呢份報表［你覆核一下這份報表］｜佢嘅數學作業你同佢複一複［他的數學作業你幫他覆核檢驗一下］。②摺疊為雙層。例如：複好張牀單［把牀單摺疊為雙層］｜複起門簾［把門簾下面摺疊上來］。

【一】

網絡　⓿wǎngluò　⓿mong⁵log³

兩種話都指：①某些像網的東西。②由許多相互交錯的分支組成的系統。例如：經濟網絡。③由若干元件、器件或設施等組成的具有某種功能的系統。例如：計算機網絡｜灌溉網絡。

廣州話變調讀 mong⁵log³⁻² 時指網兜兒，即用線繩、尼龍絲等編織而成的裝東西的兜子。也叫"網袋"。

綿羊　⓿miányáng　⓿mian⁴yêng⁴

羊的一種，性溫順。毛白色，長而鬈曲，是紡織品重要原料。

廣州話俗稱棉被。又戲稱摩托車。

綯　⊜ táo ⊜ tou⁴

指繩索。僅用於書面語。

廣州話指：①捆綁。例如：綯實度門［把門綁上］。②拴（牲畜）。例如：綯住隻羊［把羊拴上］｜將牛綯喺樹度［把牛拴在樹身上］。

15 畫

【一】

靚　（一）⊜ jìng ⊜ jing⁶

表示妝飾，打扮。僅用於書面語。例如：靚妝｜丰容靚飾。

　　（二）⊜ liàng ⊜ léng³

指漂亮，好看。例如：靚女｜風景好靚。**普通話**讀音和意義都來自方言。

廣州話還表示：①好。例如：靚嘢［好東西，好貨］｜東莞臘腸好靚［東莞臘腸很好］｜佢整嘅餸好靚㗎［他做的菜很好］。②完美。例如：呢件事你哋做得好靚［這件事你們幹得很完美］｜靚到冇得彈［完美得挑不出毛病來］。③精彩。例如：睇咗場靚波［看了一場精彩的球賽］。④（心情）舒坦，喜悅。例如：呢度環境咁好，心情都靚好多［這裏環境這麼好，心情也舒坦多了］｜佢今日心情唔靚，咪搵佢［他今天心情不好，別找他］。

駛　⊜ shǐ ⊜ sei²

指車輛等快跑，例如：一輛汽車急

駛而來｜帆船飛駛遠去。又指車船等開動，例如：駕駛｜行駛｜停駛。

兩種話"駛"都可以單用。單用時，**普通話**一般不帶賓語；**廣州話**可帶賓語，例如：駛車｜駛船。

撲　⊜ pū ⊜ pog³

指全身向前壓在某個物體上。又比喻全部心力放在工作、事業等上，例如：他一心撲在科研上。

普通話又表示拍擊或輕拍，例如：撲打蚊蠅｜大雁撲着翅膀飛走了｜撲去身上的土。**廣州話**口語沒有這樣用法。

廣州話又指：①奔波。例如：周圍撲［到處奔波］｜兩頭撲［兩邊跑］｜撲嚟撲去［跑來跑去］。②奔波求索。例如：撲飛［到處找票］｜撲水［想法借錢；到處籌錢］｜撲料［搜集線索、素材等］。

苊　⊜ dōu ⊜ deo¹

普通話的"苊"來自方言。它接受方言以下的含義：①指某些植物的根和靠近根的莖。②作量詞，相當於"棵"或"叢"。例如：一苊菜｜兩苊荔枝樹｜一苊禾。

廣州話的"苊"包含以上含義，作量詞時用法要更廣一些。它還可以：①相當於"條"。例如：一苊竹竿｜兩苊金魚｜一苊鎖匙［一條鑰匙］。②相當於"個"。用於人，含貶義。它後面的名詞不用"人"，而用一些對人貶損、輕蔑，甚至詈罵的稱呼。例如：嗰

菀友 [那傢伙]| 兩菀嘢 [兩個東西]| 呢菀契弟 [這個討厭鬼]。

撇 （一）⓹ piē ⓺ pid³

指拋棄，丟開，例如：撇開 | 撇棄不顧。又指從液體表面輕輕舀取，例如：撇油 | 撇掉浮沫。

（二）⓹ piě ⓺ pid³

①指平着扔出去。例如：撇瓦片 | 撇球。②漢字的一種筆畫，向左斜下。又指像撇的東西，例如：兩撇鬍子。③撇嘴，表示輕視、不高興等。

廣州話又指：①雨水斜灑，潲。例如：窗口撇雨 [窗戶潲雨進來]| 雨撇入屋 [雨潲進屋裏]。②用刀斜着切薄片，多用於肉類。例如：撇魚肉。③俗指千元，因“千”字以撇起頭（後面不帶尾數；其量詞不用“元、文”）。例如：一撇嘢 [一千元]| 三撇水 [三千元]。

賣報紙
⓹ màibàozhǐ ⓺ mai⁶bou³ji²

指販賣報紙。普通話多説“賣報”。

廣州話又指在報上刊登，例如：嗰件事賣報紙喇 [那事登上報紙了]。引申指做小廣播，散播小道消息、家長里短的行為，例如：佢又喺度賣報紙嘞 [他又在做小廣播了]。

蔭 ⓹ yīn ⓺ yem³

指樹蔭。例如：蔭蔽 | 綠樹成蔭。

廣州話又借指：①滲透。例如：雨水蔭晒落地 [雨水滲到地下面去]| 花盆底有水蔭出 [花盆底下有水滲出來]。②灌溉。例如：趥水蔭田 [引水灌田]| 番薯地要蔭水咯 [甘薯地要澆水了]。

熱天 ⓹ rètiān ⓺ yid⁶tin¹

普通話指炎熱的天氣。

廣州話指天氣熱的時節，往往特指夏天。

熱氣 ⓹ rèqì ⓺ yid⁶héi³

普通話指熱的空氣，比喻熱烈的情緒或氣氛。例如：大家熱氣高，幹勁大 | 工地一片熱氣騰騰。

廣州話指上火（上焦熱），例如：佢喉嚨痛，熱氣定嘞 [他嗓子疼，説不定上火了]| 咪食咁多熱氣嘢 [別吃太多容易上火的東西]。又指棘手的，帶有危險性的，例如：呢單嘢好熱氣嘅嘛 [這件事很棘手的呀]| 呢啲熱氣嘢有邊個敢做呀 [這種危險的事誰敢去幹呀]！

熱辣辣 ⓹ rèlàlà ⓺ yid⁶lad⁶lad⁶

形容熱得皮膚像被火烤。例如：這裏太陽真厲害，曬得人熱辣辣的 | 聽了顧客的批評意見，他臉上熱辣辣的。

廣州話表示：①很熱。例如：今日熱辣辣，重着咁多衫 [今天天氣那麼熱，還穿那麼多衣服]！②很燙。例如：天寒地凍，嚟食碗熱辣辣嘅粥啦 [天寒地凍的，來喝一碗滾燙的粥吧]。

撚　(一)⑧ niǎn ⑨ nin²

是"捻"的異體字。該字普通話已不用。

廣州話表示：①捏。例如：撚實佢[捏緊它]｜撚爆個氣球[把氣球捏破]。②擠。例如：撚乾嚿海綿[把海綿擠乾]。③卡(qiǎ)。例如：撚頸[卡脖子]。又作"捻"。

(二)⑧ — ⑨ nen²

廣州話表示：①用心擺弄（有樂在其中意思）。例如：撚花[用心養花]｜撚雀[養鳥玩]｜撚番兩味[精心做兩個菜]。②打扮。例如：將個女撚得好靚[把女兒打扮得很漂亮]。③捉弄，逗弄，愚弄。例如：撚人[捉弄人]｜佢咁牙擦，撚下佢[他這麼狂妄，逗弄他一下]｜畀佢撚化[被他愚弄透了]。普通話沒有這樣用法。

熬　⑧ áo ⑨ ngou⁴

兩種話都表示：①久煮。例如：熬粥｜熬湯。②忍受（痛苦、艱苦）。例如：熬夜｜熬苦日子。

但是，②義在廣州話裏已經基本上不說"熬"，而改說"捱"了。原來的"熬夜、熬更守夜、熬苦日子"等詞語，已經被"捱夜、捱更抵夜、捱苦日子"所代替；原來的"熬膠"（意為受煎熬）一詞也逐漸少說了。不過，廣州話的"捱"還有別的含義，參看"[P118]捱"條。

撈　(一)⑧ lāo ⑨ lau¹

指從水或其他液體裏取東西。

(二)⑧ lāo ⑨ lou¹

指得到，獲取（多指用不正當手段獲得）。例如：趁機撈一把｜撈外快｜沒撈到甚麼好處。

廣州話又表示：①混（日子），謀生。例如：舊時佢喺省城撈咗十幾年[過去他在廣州混了十多年]｜聽講佢撈起咯噃[聽說他發跡了]。②工作，做事。例如：我已經冇喺嗰間公司撈喇[我已經不在那間公司做事了]｜你撈邊行㗎[你是幹哪一行的]？③攪，拌。例如：將沙同石仔撈勻佢[把沙和石子拌均勻]｜撈汁[菜湯汁拌飯]。④混合，合。例如：大家嘅嘢都撈亂晒[大家的東西都混了]｜佢兩個一直係撈埋食[他倆一向是合在一起吃]。

廣州話的"撈"一般不在嚴肅莊重場合使用。

歎　⑧ tàn ⑨ tan³

兩種話都表示：①歎氣。②讚許。例如：讚歎｜歎為觀止。③吟哦。例如：詠歎｜一唱三歎。

廣州話又表示：①享受，悠閒地休息。例如：歎番下[休息休息，享受享受]｜佢真識歎[他真懂享受]｜歎茶[品茶；上茶館悠閒地吃茶點]。②享福，舒服。例如：而家老人真歎[現在老年人真享福]。

鞋碼　⓿xiémǎ ⓿hai⁴ma⁵

表示鞋子大小的數碼。

廣州話又指釘在皮鞋底部的小鐵片，腰子形，防止鞋底磨損用。

槽　⓿cáo ⓿cou⁴

指盛飼料的長條形器具，又指盛飲料等液體的器具，還指物體凹下去的長條狀的部分。例如：馬槽｜水槽｜河槽。

廣州話還表示一種禽畜飼養方法：把雞、豬等家禽家畜圈起來，喂以精飼料，使之迅速變肥。例如：槽鴨｜槽豬花[圈養肥小豬]。

標　⓿biāo ⓿biu¹

兩種話都有標誌、標準等意思。還表示給競賽優勝者的獎品，以及承包工程或買賣貨物時競爭者標出的價格。

廣州話舊時還指類似賭博的彩票。例如：馬標[賽馬票]｜舖標[舊時的一種賭博]。

樓　⓿lóu ⓿leo⁴

指樓房。又指樓房的一層。還指房屋或其他建築物上加建的房子。

廣州話又指房屋裏面加蓋的一層房子，例如：閣樓（**普通話**也有此說法）｜走馬樓[指二樓建成圈狀，向裏為走廊，可以俯視大廳]。另外，房子二樓以上向外伸出在人行道上面的部分叫"騎樓"。

輪　⓿lún ⓿lên⁴

指輪子。又指形狀像輪子的東西。還指按次序一個接一個（做事），例如：輪班｜輪訓｜輪換｜輪到你了。

廣州話又指排隊（購物），例如：咁多人喺度輪乜呢[這麼多人排隊買甚麼呢]？還表示一段不太長的時間，相當於"陣子""陣兒"，例如：呢輪[近來，這陣子]｜前嗰輪[前一陣子]。

兩種話的"輪"又作量詞。①用於紅日、明月等。②用於循環的事物或動作。例如：我們都屬兔，我比你大一輪（十二歲）｜籃球甲級聯賽進入第三輪。**廣州話**又相當於次、頓、番、趟等，例如：畀主任揩咗一輪[讓主任訓了一頓]｜食一輪再講[吃一頓再說]｜睇咗一輪[看了一番]｜周圍行咗一輪[到處走了一下]。

醃　⓿yān ⓿yim¹

指用鹽、糖、醬、酒等浸漬魚、肉、果、蔬菜等食物。

廣州話口語讀yib³時指（汗、尿等）漚。例如：汗醃眼[汗水流到眼睛裏]｜件衫醃到臭[衣服（被汗水）漚臭了]。

碼　⓿mǎ ⓿ma⁵

指表示數目的符號或用具。又表示堆積。

廣州話又表示：①用螞蟥釘把兩個物體固定在一起。例如：用碼釘碼實呢兩輟杉［用螞蟥釘釘緊這兩根杉木］。②捆牢，箍緊，摽。例如：將嗰戙碗碼實［把那沓碗捆牢］。③巴結。例如：佢碼住領導梗係有目的嘅［他巴結着領導肯定是有用心的］。④籠絡着（人心）。例如：佢碼住一班人同佢賣命［他籠絡着一夥人替他賣命］。

碼子　⓿mǎzi ⓿ma⁵ji²

普通話指：①表示數目的符號。例如：蘇州碼子（ㄧ ㄧㄧ ㄨ ㄥ 等）｜洋碼子（舊指阿拉伯數字）。②圓形的籌碼。③舊時金融界稱自己能調度的現款。

廣州話指：①天平用的砝碼。②子彈。

豬　⓿zhū ⓿ju¹

一種哺乳動物，軀體肥而多肉。

廣州話還用作對小孩的一種愛稱。例如：乖豬［乖寶貝］｜曳（yei⁴）豬［淘氣包］｜爛瞓豬［愛睡的孩子］｜論盡豬［笨手笨腳的小孩］｜妹（mui⁶⁻¹）豬［小丫頭（寶貝女兒）］。

震　⓿zhèn ⓿zen³

表示震動。又形容人情緒過分激動，例如：震驚｜震怒。又特指地震，例如：震源｜餘震｜抗震救災。

廣州話又表示發抖，哆嗦，顫動。例如：嚇到佢而家重係震［嚇得他現在還在發抖］｜凍到我成身震

［冷得我全身哆嗦］｜有得震冇得瞓［俗語。只有害怕的份兒］。

霉　⓿méi ⓿mui⁴

指霉菌。又指發霉，霉爛。

廣州話還指：①布類因久磨而快破，糟。例如：呢條褲着到霉晒［這條褲子穿得糟了］。②木頭等腐朽。例如：張凳日曬雨淋，凳腳都霉咯［這張凳子太陽曬雨水淋的，腿都腐爛了］。③倒楣，落泊，失意，潦倒。例如：佢呢排好霉［他這段時間很倒楣］｜佢撈到霉晒［他混得很落魄］。

【丨】

鬧　⓿nào ⓿nao⁶

指喧嘩，不安靜。又指吵鬧，擾亂，使不安寧。還指發泄情緒，例如：鬧情緒｜鬧脾氣。

普通話還指：①發生（不好的事）。例如：鬧肚子｜鬧彆扭｜鬧事｜鬧饑荒。②幹，搞。例如：鬧革命｜情況還沒有鬧清楚就不要亂說。廣州話沒有這樣用法。

廣州話又指罵。例如：鬧人｜畀人鬧咗一餐［被人家罵了一頓］｜鬧粗口［用髒話罵人］。

瞌　⓿kē ⓿heb¹（讀音heb⁶）

表示瞌睡，想睡覺。

普通話不單用，需組成"瞌睡"一詞使用。例如：打瞌睡｜瞌睡得很。

廣州話一般單用。例如：瞌眼瞓 [打瞌睡]。又指閉目養神，小睡，例如：瞌一瞌眼 [眯一會兒] | 瞌咗一陣 [養了一會神] | 瞌着咗 [睡着了]。

嘩　粵 huá　廣 wa⁴

表示喧嘩，喧鬧。

普通話讀 huá 時作象聲詞用，形容撞擊、水流等的聲音。

廣州話作歎詞用，表示驚訝，感歎。例如：嘩，好嘢 [唷，好呀] ！ | 嘩，真靚 [啊，真漂亮] ！ | 嘩，飛機飛得咁低 [呀，飛機飛得這麼低] ！

數　(一) 粵 shǔ　廣 sou²

表示：①點數，一個一個地計算。例如：屈指可數 | 不可勝數 | 數一下來了多少人。②比較起來最突出。例如：論成績，他數一數二 | 表現最好的，要數他了。③列舉罪狀或錯誤，責備。例如：數落 | 數説 | 面數其罪。

(二) 粵 shù　廣 sou³

表示：①數目。②幾，幾個。例如：數百人 | 數月。③數學上表示事物的量的基本概念。例如：自然數 | 整數 | 有理數 | 複數。④規律，法則。例如：必然之數 | 勝負之數。⑤迷信指天定的命運。例如：天數 | 劫數 | 氣數。

廣州話又指：①賬，賬目。例如：埋數 [結賬] | 賒數 [賒賬] |

出公數 [公費報銷] | 冇數 [清賬了]。②數學題。例如：重有兩題數未做 [還有兩道數學題沒做]。③需要補償的（情誼、好處等）。例如：呢次爭你哋嘅，下次補翻數 [這次欠你們的，下次補回] | 今日未做完嘅工夫聽日補數 [今天沒幹完的活明天補上]。

影　粵 yǐng　廣 ying²

兩種話都指：①影子。例如：樹影 | 倒影 | 人影。②照片。例如：合影 | 留影。③電影。例如：影院 | 影評 | 影星。

廣州話又指：①照（相）。例如：影翻張靚相 [照張漂亮相]。②襯托，反襯。例如：着得咁邋遢，同佢行都畀佢影衰晒 [穿得這麼骯髒，跟他走在一起都會被映襯得很差勁]。③用鏡子把日光折射別人。

蝦　粵 xiā　廣 ha¹

指一種水生節肢動物。

廣州話借指欺負。例如：唔好蝦人 [不要欺負別人] | 呢度冇人會蝦你 [這裏沒人會欺負你] | 畀人蝦慣咗嘞 [習慣被人欺負了]。

嚼　粵 jiào　廣 jiu⁶（讀音 jiu³）

指嚼，吃東西。

普通話用於書面語。廣州話口語常用，例如：食嘢要嚼爛啲 [吃東西要嚼爛點] | 嚼都唔嚼就照吞 [嚼也不嚼就吞掉]。

廣州話還有"大吃"意思,例如:大家嚓一餐〔大家大吃一頓〕。

噏　⦿xī ⦿keb¹

同"吸"。又表示收斂。

廣州話借來表示胡謅,亂説。讀ngeb¹。例如:唔知佢噏乜〔不知道他説些甚麼〕‖咪聽佢亂噏〔別聽他胡説〕‖亂噏廿四〔胡説八道〕。

【J】

靠　⦿kào ⦿kao³

表示倚靠,依靠,靠近,可靠等意思。

廣州話還表示倚仗。例如:靠惡係唔得嘅〔倚仗着兇惡是不行的〕‖靠打咩〔想打架嗎〕?‖要講理,唔好靠蠻〔要講理,不要逞橫勁〕。

質地　⦿zhìdì ⦿zed¹déi⁶

指材料結構的性質。又指人的品質或資質。

廣州話又指品質,一般用於紡織品或器皿。例如:呢隻麻布質地好差〔這種麻布品質很差〕‖隻杯質地唔錯〔杯子品質不錯〕。

盤　⦿pán ⦿pun⁴

指一種古代盥洗沐浴用具。又指盤子及形狀或功能像盤子的東西。又表示迴旋地繞,仔細查

問、清點。還表示商品行情,轉讓(企業、商店等)。

普通話又表示壘、砌(灶、炕),例如:盤灶‖盤炕。又表示搬運,例如:盤運。廣州話沒有這樣用法。

"盤"又作量詞。兩種話都用於棋類或球類比賽,例如:一盤棋‖每隊要賽一盤雙打。普通話又用於像盤子的東西,迴旋地繞的東西,例如:一盤磨‖一盤蚊香。廣州話又用於賬目、生意等,例如:佢嗰盤數一塌糊塗〔他那筆賬目一塌糊塗〕‖我呢盤生意頂畀你算略〔我這門生意盤給你算了〕。

廣州話還戲稱一萬元為"一盤水"(後面不帶尾數;其量詞不用"元、文")。

鋪　⦿pū ⦿pou¹

指把東西展開、攤平。例如:鋪平‖鋪路‖鋪牀。

又作量詞。普通話用於炕、牀。廣州話用於成副、成套的東西:①樣子,模樣(含貶義)。例如:睇你鋪貓樣〔看你那鬼樣子〕‖擺出一鋪惡死樣〔擺出一副兇狠的樣子〕。②生意,買賣。例如:呢鋪生意搵得錢到〔這檔子生意能賺錢〕‖呢鋪世界唔容易做〔這椿買賣不好做〕。③話語。例如:你呢鋪話唔係幾啱聽〔你這番話不大中聽〕‖照你鋪講法唔啱做唔得略〔按照你的説法不這樣做不行了〕。④做派。例如:佢嗰鋪抵死法冇人有〔他那種缺德的做派

真少見]。⑤力氣，勁頭，癮頭等。例如：佢有鋪牛力[他有一股牛勁]｜佢鋪棋癮真大[他下棋的癮頭真大]。⑥遊戲，賭博等。例如：打兩鋪牌[打兩輪牌]｜捉鋪棋[下一盤棋]｜玩翻鋪[玩一把]。

銻 ⓐ tī ⓑ tei¹

一種金屬。普通銻銀白色，質硬而脆，有冷脹性。銻化合物用於醫藥、工業中，用途很廣泛。

廣州話裏，日用品名稱中的"銻"，其實都是"鋁"。廣州話地區的人們把鋁鍋、鋁盆、鋁勺説成"銻煲、銻盆、銻殼"，沒有"鋁"的説法。而在指非日用製品時，廣州話銻還是説"銻"，鋁還是説"鋁"，兩者並不相混。例如"銻粉、銻白"，"鋁箔、鋁錠"等。

【、】

諸事 ⓐ zhūshì ⓑ ju¹xi⁶

指各種事情，許多事情。

廣州話又指多管閒事。例如：你咪咁諸事啦[你別多管閒事]｜諸事婆[愛管閒事的女人]｜諸事丁[好管閒事的人]。**廣州話**裏，"諸事"其實是"諸事理"（好管閒事的人）的省稱。

諗 ⓐ shěn ⓑ sem²

表示知悉，例如：諗知｜諗悉。又

表示規勸。現代僅用於書面語。

廣州話藉以表示想，考慮，思索，讀 nem²。例如：佢喺度諗計仔[他在想辦法]｜諗嚟諗去諗唔掂[想來想去想不通]｜呢個問題要諗真啲至好[這個問題要想清楚才好]。

熟 ⓐ shú ⓑ sug⁶

表示：①果實等成熟。例如：葡萄熟了｜瓜熟蒂落。②食物煮熟。例如：飯熟了｜熟菜。③加工過的，鍛煉過的。例如：熟藥｜熟石灰｜熟鐵。④熟悉。例如：熟人｜駕輕就熟｜熟視無睹。⑤熟練。例如：熟手｜熟能生巧。⑥程度深。例如：熟睡｜深思熟慮。

廣州話又表示蔫，即瓜果、蔬菜等因受揉捏擠壓而變軟爛。例如：黃瓜玩熟咗唔好食[黃瓜玩蔫了不好吃]｜洗菜噉搓法，將菜葉都搓熟咯[洗菜那樣搓，把菜葉都搓蔫了]。

遮 ⓐ zhē ⓑ zé¹

表示遮擋，遮蔽，掩蓋等意思。又表示攔住，例如：遮攔。

廣州話又指傘。例如：一把遮｜縮骨遮[摺疊傘]。

廢 ⓐ fèi ⓑ fei³

表示不再使用，不再繼續，例如：廢棄｜廢學｜半途而廢。又表示沒有用的，失去原來作用的，例如：廢話｜廢物。

廣州話借用來形容人窩囊，無用。例如：你乜都做唔到，真係廢嘅[你甚麼都幹不了，真沒用]。

潮氣　⏺ cháoqì　⏺ qiu⁴héi³

指空氣裏所含的水分。例如：房子靠海，潮氣大。

廣州話的"潮氣"還用來形容女子風騷輕佻。例如：呢個潮氣婆又喺度詐哆嘞[這個風騷女人又在撒嬌了]。

潤　⏺ rùn　⏺ yên⁶

表示：①加油或水，使不乾燥。例如：潤膚｜潤嗓子｜潤物細無聲。②細膩光滑。例如：光潤｜滋潤｜色澤瑩潤｜珠圓玉潤。③加以修飾，使有光彩。例如：潤色｜潤飾。④利益。例如：利潤｜分潤。

廣州話的"潤"又表示：①滋潤，使滋潤。含有去火，清熱意思。例如：潤肺｜潤喉｜羅漢果好潤。②給少許好處，甜頭。例如：潤下佢[給他一點甜頭]。③生活好，舒坦。例如：佢而家幾潤嘅[他現在生活不錯]。

廣州話的"潤"又作婉辭，讀yên⁶⁻²，用以替代某些詞中的"肝、竿、乾"等字。"肝、竿"與乾瘦的"乾"同音，有些人因而忌諱而改用濕潤、滋潤的"潤"來替代，例如豬肝、擔竿（扁擔）、豆腐乾分別說成"豬潤""擔潤""豆腐潤"，並且由此而創造了方言字

"膶"，於是就有"豬膶、擔膶、豆腐膶"等方言詞。

潺　⏺ chán　⏺ san⁴

普通話的"潺"僅出現在書面語，而且不單用，只用於"潺潺、潺湲"等詞。

廣州話的"潺"借用來指黏液。例如：鯰魚成身潺[鯰魚滿身黏液]｜淮山好多潺[山藥很多黏液]。也用來比喻麻煩。例如：搞到一身潺[惹上一身麻煩]。

憎　⏺ zēng　⏺ zeng¹

表示厭惡，怒恨。例如：憎惡｜憎恨｜面目可憎。

兩種話在用法上有區別：**普通話**多用於書面語，很少單用；**廣州話**多用於口語，一般單用，例如：乞人憎[討人嫌]｜我憎死佢[我恨透他]｜你憎佢乜嘢啫[你厭惡他甚麼呀]？

褲頭　⏺ kùtóu　⏺ fu³teo⁴

普通話的"褲頭"來自方言，指褲衩。

廣州話原指褲腰，即褲子的最上端，繫腰帶部分。現又指褲衩。

【一】

層面　⏺ céngmiàn　⏺ ceng⁴min⁶⁻²

"層面"兩種話的用法基本相同，都表示某一層次的範圍或某一方

面。例如：增加服務層面｜涉及多個層面。

廣州話還指某一階層或社會上某一人群。例如：要關注小商販層面｜大家都嚟關心老人層面［大家都來關心老人群體］。

彈　⊜ tán ⊜ tan⁴

①利用一物的彈性射出另一物。②利用彈力使纖維變得鬆軟。例如：彈棉花｜彈羊毛。③利用手指的彈性觸動物體。例如：彈去袖子上的土。④用手指或器具撥弄或敲打。例如：彈琵琶｜彈鋼琴。⑤有彈性的。例如：彈簧｜彈弓。

普通話還表示抨擊、揭發別人的錯誤或罪行，例如：彈劾｜譏彈。**廣州話**也有這一意思，但多是一般性的批評乃至指責，程度較輕，例如：唔了解情況就咪亂咁彈［不了解情況就別亂指責］｜設計得咁差，將來實畀人彈［設計得那麼糟糕，將來肯定會遭到批評］｜冇得彈［很好，無可指責］。

廣州話還表示給予好處，分惠。例如：有好嘢就彈啲過嚟呀［有好東西就分點過來啊］。

彈弓　⊜ dàngōng ⊜ dan⁶gung¹

指用彈力發射彈丸的弓。

廣州話還指：①一種發射器具，用樹杈、橡皮條製成，小孩多用。②彈簧。例如：彈弓牀［沙發牀；席夢思］｜彈弓椅［沙發］。

墜　⊜ zhuì ⊜ zêu⁶

表示：①落下。例如：墜落｜墜馬｜搖搖欲墜｜天花亂墜。②下垂。例如：稻穗沉甸甸地墜下來。③垂在下面的東西。例如：扇墜｜耳墜。

廣州話表示：①因受重力而下垂。例如：今年荔枝結得多，樹枝都墜晒落嚟［今年荔枝結果多，樹枝都給壓得往下垂了］。②往下拽。例如：墜斷條繩［把繩子拽斷］。

16畫

【一】

撻　⊜ tà ⊜ tad³

用鞭子或棍子打人。例如：鞭撻。

廣州話又表示：①器物矮而口張開。例如：撻口碗［口寬身矮的碗］。②趿拉。例如：唔好撻住對鞋［不要趿拉着鞋］。③伸出，露出。例如：佢撻下條脷［他伸了伸舌頭］｜裇衫尾撻咗出嚟［襯衣下襬露了出來］。④騙（錢財），賴賬。例如：畀人撻晒啲錢［被人騙光了錢］｜撻數［賴賬］。

廣州話讀變調 tad³⁻¹ 時，①指一種餡露在外面的西式餅食。例如：蛋撻｜椰撻。是英語 tart 的音譯。②表示發動（機器）。例如：撻着部車［把汽車發動起來］｜撻着部機聽聽有冇壞［把機器發動起來聽聽有沒有壞］。是英語 start 的音譯。

擂　léi　lêu⁴

表示研磨，例如：擂米粉｜擂缽。又表示擊（鼓），（用拳頭）打，例如：擂鼓三通｜擂了一拳。

廣州話又借來表示勞苦幹活，例如：要養起一頭家，唔擂點得呀［要養活一個家，不拚命幹活怎麼行］！又表示糾纏，例如：佢畀人死死擂住［他讓人家死死糾纏着］｜咪擂我［別糾纏我］。

擆　ào　ou¹ 又 ngou¹

在普通話裏，"擆"是磨的意思。

在**廣州話**裏，"擆"借用來表示探身伸手向遠處取物的意思，**普通話**叫"夠"。例如：擆出去攞［伸手到外面去拿］｜擆唔到［夠不着］。

擔　dān　dam¹

指用肩膀挑，例如：擔水｜擔沙。又指擔負，承當，例如：擔當｜擔任。

廣州話的"擔"還表示：①搬（多用於椅子、凳子）。例如：擔張凳嚟呢度［搬一張凳子來這裏］。②扛。例如：擔大旗［扛大旗］｜擔住把鋤頭［扛着一把鋤頭］。③打（傘）。例如：落雨擔遮［下雨打傘］。④叼，銜。例如：狗擔住嚿骨［狗叼着一塊骨頭］｜老虎擔走隻豬［老虎把豬叼走了］｜貓兒擔竇［母貓叼走小貓挪窩］。

廣州話還借用"擔"來表示抬頭。例如：擔高個頭［抬起頭來］｜擔天望地［東張西望］。

擗　pǐ　pég⁶（讀音 pig¹）

普通話指用力掰開。例如：擗棒子（玉米）。

廣州話借指扔，丟棄。例如：啲爛嘢擗咗佢啦［那些破東西扔掉它吧］｜垃圾唔好亂擗［垃圾不要亂扔］。

橛　jué　güd⁶

普通話指橛子，即短木樁。

廣州話用作量詞，用於把長條的東西人工分成的部分，相當於**普通話**的"段、截"。例如：斷開兩橛｜條繩剪成四橛［繩子剪成四截］｜呢橛路好難行［這段路很難走］。

樸　pǔ　pog³

指樸實，不矯飾。例如：樸素｜樸質｜儉樸。

廣州話又指：①袼褙（用漿糊黏成的厚布塊，多用來製布鞋）。例如：打樸。②多層的厚紙。例如：元寶樸［做元寶的厚紙］。③禽類去了內臟、肉、腳、翅膀後的骨架子。例如：雞樸｜鴨樸。

樽　zūn　zên¹

指古代的盛酒器具。

廣州話指瓶子，例如：玻璃樽｜酒樽｜藥水樽。又作量詞，用於瓶裝的東西，例如：一樽礦泉水｜兩樽牛奶。

輸　㊥ shū ㊊ xu¹

指：①運輸，輸送。②捐獻，繳納。例如：輸財助學｜輸税。③在較量時失敗。

廣州話又指拿某樣東西來打賭。例如：輸賭輸乜嘢［用甚麼東西來打賭］？｜我輸一包花生［我拿一包花生來打賭］。

整　㊥ zhěng ㊊ jing²

兩種話都表示：①指全部在內，完整。②形容整齊。例如：整潔｜衣冠不整。③整理，修理，整頓。例如：整裝｜整修｜整風。④使吃苦頭。例如：整人。

廣州話又表示：①弄，搞。例如：邊個將我啲書整亂晒［誰把我的書弄亂了］｜整乜嘢鬼呀［搞甚麼鬼呀］！②做。例如：你整個模型出嚟睇下先［你先做個模型來看看］｜整邊種花款好呢［做哪一種款式好呢］？｜整番兩味［做兩個菜］。③弄得，使得。例如：整到佢個心一直唔安樂［弄得他心裏一直不痛快］｜整到大家冇癮［弄得大家沒趣］。

賴　㊥ lài ㊊ lai⁶

表示依賴，無賴，誣賴，抵賴等意思。又表示留在某處不肯走，例如：他賴着不走。還表示責怪，例如：這事我也有責任，不能全賴他。

普通話又表示不好，壞。例如：不分好賴｜這個稻種真不賴｜好的賴的我都要。**廣州話**沒有這個用法。

廣州話借來表示：①落（là），遺漏，丟失。例如：第三行賴咗兩個字［第三行落了兩個字］｜賴咗串鎖匙［丟失了一串鑰匙］｜大家睇睇有乜嘢賴低［大家看看有沒有遺漏甚麼東西］。②留下。例如：個個走晒，賴低你喺度［大家走光了，留下你在這裏］｜賴落呢啲嘢聽日做［留下這些東西明天做］。③遺（大小便失禁）。例如：賴屎｜賴尿［尿牀，遺尿］。

甌　㊥ ōu ㊊ eo¹ 又 ngeo¹

古代指盆、盂一類的瓦器。又指小碗、杯。

廣州話只指小碗，多指用木頭、電木、塑膠等製成的碗。

頭　㊥ tóu ㊊ teo⁴

兩種話都指：①人體最上部；動物體最前部。②物體的頂端或兩端。例如：山頭｜中間粗，兩頭細。③頭髮；所留頭髮的樣式。例如：梳頭｜剃頭｜平頭｜寸頭。④事情的起點或終點。例如：開個頭｜到了頭｜話分兩頭。⑤物體的殘餘部分。例如：布頭｜粉筆頭。⑥頭領，頭目。例如：工頭｜誰是頭兒？⑦第一，次序在最前的。例如：頭名｜頭號｜頭等。⑧前頭的，次序在前的。例如：頭羊｜頭班車｜頭一遍｜頭幾個。⑨用在一些名詞、動詞、形容詞後面，與之構成名詞。例如：石頭｜

罐頭｜念頭｜嚼頭｜準頭｜甜頭。⑩方位詞後綴。例如：上頭｜前頭｜裏頭。

又作量詞。**普通話**用於較大的家畜，例如：一頭豬｜兩頭牛｜一頭驢｜兩頭牲口。又用於蒜，例如：一頭蒜。**廣州話**家畜用"隻"，蒜用"個、粒（蒜瓣）"。**廣州話**還用於家庭，例如：婆家、娘家兩頭家都要照顧［婆家、娘家兩邊家庭都要照顧］｜擔起一頭家唔容易［負擔起一個家庭不容易］。

普通話又表示接近，臨。例如：頭五點我們就出發了｜頭雞叫大家就起牀了｜頭吃飯要洗手。**廣州話**沒有這樣的說法。

廣州話讀變調 teo⁴⁻² 時指樣子（多指具體事物）。例如：大家都睇你嘅頭［大家都在看着你（怎麼做）］｜睇你呀，賊仔嘅頭［看你呀，賊似的］！

頭路　　⓹ tóulù　⓺ teo⁴lou⁶

普通話指頭等的（用於貨物等）。例如：頭路貨。

廣州話指：①頭髮的分隔縫兒。②門路，出路。例如：搵頭路［找門路；找出路］｜冇乜頭路［沒有甚麼門路］。③頭緒。例如：分唔清頭路［理不清頭緒］。

頭頭　　⓹ tóutou　⓺ teo⁴teo⁴

普通話兒化後稱某一機構或集團為首的人。**廣州話**一般叫"頭"。

廣州話又指每處，處處。例如：

頭頭碰着黑［處處倒楣］。

廣州話變調讀 teo⁴teo⁴⁻² 時指：①開始，最初。例如：頭頭我哋乜都唔識［開始我們甚麼都不會］｜頭頭佢唔係噉講嘅［開始他不是這樣說的］。②剛才。例如：頭頭佢嚟過［剛才他來過］｜頭頭你哋傾乜嘢［剛才你們談論甚麼］？

醒　　⓹ xǐng　⓺ xing²

兩種話都表示：①酒醉、麻醉或昏迷後神志恢復正常。②睡眠結束或尚未入睡。③醒悟，覺悟。例如：猛醒｜警醒｜覺醒。④清醒。例如："眾人皆醉我獨醒"。⑤明顯，清楚。例如：醒目｜醒豁。

廣州話又表示：①聰明伶俐，機靈。例如：佢睇起嚟幾醒嘅［他看起來挺聰明伶俐的］｜佢確係醒，呃佢唔到［他的確機靈，騙不了他］。②了不起，神氣，帥。例如：好似好醒嗽［好像很了不起的樣子］｜着起呢套軍服幾醒［穿上這套軍裝多神氣］！③賞（錢）。例如：醒二三十文畀佢啦［賞二三十塊錢給他吧］。

醒目　　⓹ xǐngmù　⓺ xing²mug⁶

表示文字、圖像等明顯，容易看清。例如：那塊廣告牌十分醒目。

廣州話又同"醒"，表示聰明伶俐，機靈。例如：醒目仔［機靈鬼］｜佢好醒目，識得噉做［他很聰明，懂得這樣做］。

磚　🔊 zhuān　🔊 jun¹

指黏土等燒製而成的建築材料，多為長方形或方形。又指形狀像磚的東西，例如：茶磚｜煤磚｜冰磚。

廣州話又作量詞，用於形狀像磚的東西。例如：一磚豆腐｜一磚腐乳｜一磚片糖。

磚頭　🔊 zhuāntóu　🔊 jun¹teo⁴

兩種話都指不完整的磚，碎磚。

普通話也指完整的磚，但要讀zhuāntou。該意思來自方言。

廣州話完整的磚一般叫"磚"。

霎　🔊 shà　🔊 sab³

指眼皮一合一張，眨（zhǎ），例如：霎眼。引申指很短時間，例如：霎時｜一霎時。

廣州話又指嗓音沙啞，例如：講到聲喉都霎晒[說得嗓子都沙啞了]。

廣州話讀sab³⁻¹時，形容照相機快門的聲音，轉指拍攝。例如：霎咗兩張[拍了兩張（照片）]｜霎咗幾個鏡頭[拍了幾個鏡頭]。

【丨】

餐　🔊 cān　🔊 can¹

"餐"在兩種話裏都可以作量詞用，一頓飯叫一餐。

普通話的量詞"餐"僅用於吃飯次數，而且多用於書面語，例如：一日三餐。口語少說，口語一般

說"頓"。

廣州話的量詞"餐"使用範圍比普通話廣，除了吃飯以外，還可用於斥責、批評、打罵、勸說等行為的次數。例如：當面批咗一餐[當面批評了一頓]｜畀人鬧餐懵嘅[讓人罵個夠]｜打咗一餐[打了一頓]。以上**廣州話**各例句的量詞"餐"，**普通話**都說成"頓"。

曉　🔊 xiǎo　🔊 hiu²

指天剛亮的時候，例如：拂曉｜曉行夜宿｜春眠不覺曉。又表示知道，例如：曉得｜家喻戶曉。還表示使人知道、明白，例如：曉以大義。

廣州話還表示懂，會。例如：你曉唔曉英文[你會不會英語]？｜唔曉學到曉[不懂學到懂]。

閹　🔊 yān　🔊 yim¹

指割掉人或動物的睾丸或卵巢，使失去生殖能力。

廣州話又表示：①算計。例如：因住人哋閹你[當心人家算計你]｜唔少人畀佢閹過[不少人被他算計過]。②宰（客）。例如：呢間餐館閹得好犀利[這家飯館宰客可厲害了]。

【丿】

耨　🔊 nòu　🔊 neo⁶

普通話指一種鋤草的農具。又指鋤草。

廣州話借指膩（因吃油脂食物或甜食過多而發膩），例如：扣肉好食，就係糒啲〔扣肉好吃，就是膩了點〕｜芝麻糊甜到糒〔芝麻糊甜得發膩〕。引申形容動作慢，例如：佢做野好糒〔他幹活很慢〕。

篤　⸤普⸥ dǔ　⸤粵⸥ dug¹

表示忠實，一心一意，例如：篤實｜篤學。又表示很、甚，例如：篤愛｜篤好。還表示（病情）沉重、危急，例如：病篤｜危篤。廣州話口語沒有這樣的說法。

廣州話借用作量詞，用於屎、尿或口水、痰等，相當於"泡"或"口"。

篩　⸤普⸥ shāi　⸤粵⸥ sei¹

指篩子。又指用篩子篩。還比喻經挑選後淘汰，例如：篩選｜被篩掉。

普通話又指使酒熱，例如：把酒篩一篩再喝。還表示斟（酒或茶），例如：一再給他篩酒。廣州話口語沒有這樣的說法。

廣州話又表示搖晃，搖擺，例如：咪篩身篩勢〔別搖晃身體〕｜部車有啲篩〔車子有點晃〕。還表示球類旋轉，例如：篩波〔旋轉的球〕｜呢個波篩得厲害，好難接〔這個球旋轉得厲害，很難接〕。

衡　⸤普⸥ héng　⸤粵⸥ heng⁴

表示衡量，平衡。

廣州話則表示：①緊，拉緊，繃緊。例如；掹衡條繩〔把繩子拉緊〕。②某事緊張地進行着。例如：快啲啦，人哋催衡晒喇〔快點兒吧，人家催得很緊了〕｜咪以為吹到衡人哋就信你〔別以為大肆宣揚人家就會相信你〕。③速度快，轉速大。例如：走衡啲〔跑快點〕｜個轆轉得好衡〔輪子轉得很快〕。④鼓脹。例如：單車咪泵得太衡〔自行車打氣不要打得太鼓〕。

膩　⸤普⸥ nì　⸤粵⸥ néi⁶

指食物含油脂過多。又指細緻，例如：細膩。

普通話還指因食物含油脂過多而使人不想吃。廣州話不說"膩"，而說"糒"（見"[P193]糒"條）。

普通話又形容膩煩，因過多而使人厭煩，例如：膩味｜天天聽，聽膩了。又指污垢，例如：塵膩｜垢膩｜刮垢磨膩。廣州話口語沒有這樣用法。

獨睡　⸤普⸥ dúshuì　⸤粵⸥ dug⁶sêu⁶

指單獨睡一張牀。廣州話口語沒有這一說法。

廣州話讀 dug⁶sêu⁶⁻²時指單人牀，例如：呢度放一張獨睡〔這裏放一張單人牀〕。進而指單人睡覺用的用品，例如：獨睡蓆〔單人用的蓆子〕｜獨睡被｜獨睡蚊帳。

鴛鴦　⸤普⸥ yuānyāng　⸤粵⸥ yün¹yêng¹

指一種鳥，像鴨而較小。善游

泳，能飛。雄鳥羽毛色彩豔麗，雌鳥羽毛蒼褐色。雌雄多成對生活在水邊。人們常用來比喻夫妻。

廣州話指一對物件中兩者顏色、樣式、大小等不同。例如：你對鞋係鴛鴦嘅[你的鞋不是一對的]。

【、】

謀　㊒móu　㊐meo⁴

兩種話都表示：①計策，謀略。例如：計謀。②設法得到。例如：謀生。③商量。例如：共謀對策。

廣州話還表示算計、謀害別人。例如：小心人哋謀你[當心人家算計你]。**普通話**沒有這個意思。

諦　㊒dì　㊐dei³

形容仔細地看或聽，例如：諦視｜諦聽。又表示意義、道理，例如：真諦｜妙諦。僅用於書面語。

廣州話借用來表示諷刺、挖苦、嘲笑。例如：你好心嘅話就唔好喺度諦生晒[你如果出於善意就不要在這裏老是挖苦別人]｜成日喺度又嚮又諦[整天在那裏諷刺嘲笑故意氣人]。

磨心　㊒mòxīn　㊐mo⁶sem¹

指磨盤的軸心。

廣州話比喻多方受氣的人。例如：呢件事我做咗磨心[這件事我多方受氣]。

親　㊒qīn　㊐cen¹

兩種話都有以下的相同含義：①有血統或婚姻關係的。例如：父親｜母親｜親兄弟｜親戚｜結親｜娶親。②關係密切的（與"疏"相對）。例如：親密｜親切｜親信。③親自。例如：親手幹｜親眼看見。

普通話還表示"以嘴唇接觸表示親熱、喜愛"。例如：親吻｜親嘴｜親孩子。**廣州話**口語一般不用"親"，而是用"惜"（ség³）。

廣州話的"親"又可以做助詞。①用在動詞之後，表示受動或感受。例如：嚇親我咯[使我受驚了]｜屈親隻腳[腳扭傷了]｜骾魚骨骾親[(喉嚨) 被魚骨卡住了]｜琴晚冷親[昨晚受涼了]。②表示動作一發生馬上會引起某種反應，相當於"一……（就……）""每次……（都……）"。例如：呢樣嘢我食親就胃痛[這種東西我一吃就胃疼]｜坐親車就頭暈[一坐車就頭暈]｜叫親佢都嚟[每次叫他他都來]｜逢親假期佢都翻鄉下[每逢假期他都回家鄉]。"親"的這種用法是**普通話**所沒有的。

龍　㊒lóng　㊐lung⁴

我國古代傳說中的一種神異動物。

廣州話對作為食品的蛇的美稱，例如：龍虎鳳大會[粵菜名，用蛇肉、貓肉、雞肉燴成]｜龍衣[蛇皮，蛇蛻]。又作龍舟（龍船）的省稱，例如：賽龍奪錦。

龍舟　 ⓟ lóngzhōu　ⓒ lung⁴zeo¹

指裝飾成龍的形狀的船。又叫"龍船"。

廣州話又指流行於珠江三角洲的一種曲藝。演唱者手執木雕小龍舟，胸前掛小鑼小鼓，邊唱邊敲。

龍門　 ⓟ lóngmén　ⓒ lung⁴mun⁴

我國古代神話，鯉魚躍過龍門即可化龍。比喻往上發展的一個重要階梯。

廣州話又指足球、手球、水球等的球門，例如：邊個守龍門〔誰把守球門〕？｜個波射中龍門柱反彈入網〔球打中球門柱反彈入網〕。又指守門員，例如：邊個係龍門〔誰是守門員〕？｜呢個龍門使得〔這個守門員真棒〕！

壅　 ⓟ yōng

ⓒ ung¹ 又 ngung¹(讀音 yung¹)

兩種話都表示把土或肥料堆放在植物的根部。例如：壅土｜壅肥。

普通話又表示堵塞。例如：淤泥壅塞。**廣州話**口語沒有這樣說法。

廣州話又表示埋。例如：生壅〔活埋〕。

糖　 ⓟ táng　ⓒ tong⁴

食糖的統稱。

又指糖果。**廣州話**指糖果時，要讀變調 tong⁴⁻²。

糖果　 ⓟ tángguǒ　ⓒ tong⁴guo²

糖製的食品。例如：水果糖｜奶糖｜軟糖｜酥糖。

廣州話指用糖醃製或沾上糖的瓜果、堅果等。例如：糖蓮子｜糖冬瓜｜糖椰角。

燉　 ⓟ dùn　ⓒ den⁶

烹調方法，即隔水蒸。**普通話**指把東西盛在碗裏，再把碗放在水裏加熱，例如：燉酒｜燉藥。**廣州話**指把食物放在器皿裏蓋嚴，再把器皿放在水裏久蒸，使食物爛熟，例如：燉水魚〔燉甲魚〕｜燉參〔燉人參〕。兩種話所指略有區別。

普通話又指肉類等食物加水燒開後用文火久煮使爛熟，例如：清燉排骨。**廣州話**沒有這樣的用法。

褸　 (一) ⓟ lǚ　ⓒ leo⁵

不單用，只作詞素用於"襤褸"(形容衣服破爛)一詞。

(二) ⓟ —　ⓒ leo¹

廣州話借指大衣。例如：大褸〔長大衣〕｜絨褸〔呢子大衣〕｜乾濕褸〔風雨衣〕。

【一】

遲　 ⓟ chí　ⓒ qi⁴

表示慢、緩。例如：宜早不宜遲。

表示晚，即比規定的時間或合適的時間靠後。不過，**普通話**除個別詞（如"遲到"）外，一般說"晚"不說"遲"。**廣州話**口語則說"遲"不說"晚"。例如：嚟遲半步［來晚了半步］‖乜咁遲至落班㗎［怎麼這麼晚才下班呀］？

17畫
【一】

幫　⑧ bāng ⑨ bong¹

作為動詞的"幫"，兩種話的主要含義都是幫助，即替人出力、出主意，或給人物質上、精神上支援。

普通話還指：①從事僱傭勞動。例如：幫短工。②中空的物體兩旁或周圍的部分。例如：鞋幫｜船幫｜桶幫。③白菜等蔬菜外層葉子較厚的部分。例如：白菜幫子。**廣州話**口語都沒有這樣的說法。

幫手　⑧ bāngshǒu ⑨ bong¹seo²

兩種話的"幫手"都有幫忙的意思，但是兩者卻不完全相同。

普通話的"幫手"是名詞，指"幫助工作的人"，即"幫工"。例如：工作太多，要找個幫手才行。

廣州話的"幫手"同樣可以作名詞，但更多時候是用作動詞。作名詞時同樣是指"幫助工作的人"，例如：搵個幫手嚟啦［找個人來幫忙吧］。作動詞時是"幫忙工作"的意思，相當於**普通話**的"幫忙"。例如：要我嚟幫手嗎［要

我來幫忙嗎］？｜有你哋幫手就唔怕喇［有你們幫忙就不怕了］。

幫襯　⑧ bāngchèn ⑨ bong¹cen³

普通話的"幫襯"是從方言吸收過來的，表示幫助、幫忙，尤指在經濟上幫助。例如：她有空就幫襯老人照料家務｜他經常寄錢幫襯弟弟上學。

廣州話的"幫襯"用於商業活動，是光顧、惠顧、買的意思。例如：重未有人嚟幫襯［還沒有人來光顧］‖賣咁貴，邊個會幫襯吖［賣這麼貴，誰會來買］！

薯　⑧ shǔ ⑨ xu⁴

甘薯、馬鈴薯等農作物的統稱。

廣州話借指笨，遲鈍。例如：薯頭薯腦［笨頭笨腦］；呆頭呆腦｜大轆薯［遲鈍愚笨的人］‖其實佢一啲都唔薯［其實他一點兒也不笨］。

薦　⑧ jiàn ⑨ jin³

指推薦，介紹。又指草墊子。

廣州話作動詞，指墊。例如：張牀要再薦一張氈［牀上要再墊一張毯子］‖薦高啲枕頭［把枕頭墊高點］。又作名詞（讀 jin³⁻²），指墊兒。例如：鞋薦｜椅薦。

擤　⑧ xǐng ⑨ seng³

指捏着鼻子排出鼻涕。

廣州話藉以表示：①刺痛，即被

燒傷或燙傷後火辣辣的感覺。②心疼，痛惜。例如：打爛個明朝花樽，佢擝到乜鬼噉〔打破了那個明朝花瓶，他心疼得不得了〕。

擦　⊜cā ⊚cad³

指摩擦，塗抹。例如：摩拳擦掌｜擦桌子｜擦藥酒。又表示挨近、貼近。例如：擦肩而過｜擦邊球。

普通話還表示把瓜果等放在礤牀上來回摩擦使成細絲。**廣州話**沒有這樣的説法。

廣州話還表示吃。例如：擦飯〔吃飯〕｜擦一餐〔撮一頓〕。這是粗俗的説法。**普通話**的"擦"沒有這個用法。

擦鞋　⊜cāxié ⊚cad³hai⁴

指擦拭皮鞋，使乾淨、光亮。

廣州話還特指阿諛奉承、拍馬屁。例如：擦鞋仔〔善於拍馬屁的人〕｜佢除咗擦鞋乜都唔識〔他除了逢迎拍馬甚麼都不會〕。

聲　⊜shēng ⊚séng¹(讀音 xing¹)

①指聲音。②表示發聲，宣佈。例如：聲稱｜聲明｜不聲不響。③指名聲。例如：聲譽｜聲望｜聲聞四海。④指聲母。⑤指字調。⑥量詞。表示發聲次數。例如：大叫一聲｜打聲招呼。

廣州話又指：①説話。例如：收聲〔閉嘴〕｜做乜唔聲〔幹嘛不説話〕？｜邊個都唔敢聲〔誰也不敢

説〕。②話。例如：出句聲啦〔説句話吧(表個態呀)〕｜聲都唔聲〔一聲不吭；一句話都不説〕。③用在重疊的形容詞後面，表示"……地響"。例如：咕咕聲〔咕咕地響〕｜隆隆聲〔隆隆地響〕。

聲氣　⊜shēngqì ⊚séng¹héi³

指消息。例如：互通聲氣。

廣州話又指：①動靜。例如：又話加人工，點解冇啲聲氣嘅〔又説漲工資，為甚麼一點動靜都沒有〕？②希望。例如：睇嚟冇乜聲氣咯〔看來沒甚麼希望了〕｜好似有啲聲氣噃〔好像有點兒希望啊〕。③説話的態度。例如：你要好聲氣啲同人哋講〔你要用好一點的態度跟人家説〕。

聯　⊜lián ⊚lün⁴

指聯結，聯合。又指對聯。

廣州話又指縫（多指用手工縫）。例如：聯衫〔縫衣服〕｜再聯幾針就得喇〔再縫幾針就可以了〕｜粒紐就嚟甩喇，聯緊佢啦〔紐釦快掉了，縫緊它吧〕。

檔　⊜dàng ⊚dong³

普通話指帶格子的架子或櫥櫃。又指器物上起支撐或固定作用的木條。還指產品、商品的等級。

廣州話則指攤兒，即小商販的售貨攤，例如：擺檔｜收檔｜水果檔｜燒烤檔。又指非法的營業場所，例如：煙檔〔鴉片館〕｜賭檔。還可

以作量詞，用於攤兒，例如：有好幾檔豬肉［有好幾攤賣豬肉的］。

檔位　普 dàngwèi　粵 dong³wei⁶⁻²

普通話指檔次、級別。例如：工資檔位。

廣州話指貨攤或店舖所佔的位置。

翳　普 yì　粵 ei³ 又 ngei³

表示遮蔽。又指白翳，即眼睛角膜病變後遺留下來的瘢痕。

廣州話表示：①陰暗，昏暗。例如：喬樹將窗口遮翳晒［那棵樹把窗子擋暗了］‖咁翳，想落大雨咯［天那麼昏暗，要下大雨了］。②房屋低矮使人有壓抑、侷促的不舒服感覺。③心情煩悶，憋氣。例如：我個心好翳［我心裏很憋氣］。④氣，使生氣。例如：畀佢翳到我吖［他把我氣得（真夠受）］。

【｜】

虧　普 kuī　粵 kui¹

兩種話都表示虧損，欠缺，虧負，多虧等意思。還有難為、難得意思，但用於反說，例如：虧你說得出口！｜你這麼缺德，虧你還是老師呢！

廣州話還表示身體虛弱。例如：虧佬［身體虛弱的男人］‖佢啱病好，重好虧［他病剛好，還很虛弱］‖你咁虧，要鍛煉至得［你身體那麼虛弱，要鍛煉才行］。

賺　普 zhuàn　粵 zan⁶

指獲得利潤。

廣州話又指掙（錢）。例如：做呢啲生意唔賺得兩文錢嘅［做這些生意掙不了兩個錢的］‖拉勻一日賺幾多呀［平均一天掙多少錢呀］？

廣州話又讀變調 zan⁶⁻²，表示：①徒勞，白白地。例如：費事講咁多，賺嘥氣［懶得多說，說也是白說］‖去到揾唔到人，賺行［到那裏找不到人，白跑一趟］‖搬過嚟又搬過去，賺做［搬過來又搬過去，徒找麻煩］。②只能得到（不理想的結果），只能落得（某種下場），只會。例如：噉做賺衰［這樣做只會倒楣］‖要我表演賺畀人笑嘅嘛［要我表演只會被別人笑話罷了］‖買埋呢啲唔等使嘅嘢，賺阻定［老是買這些沒用的東西，只會佔地方］。

嚇　（一）普 hè　粵 ha²

兩種話都作歎詞。**普通話**表示不滿，例如：嚇，這怎麼行！**廣州話**則表示：①應聲。例如：嚇，我喺呢度［欸，我在這裏］。②疑問，質問。例如：嚇？你講大聲啲［啊？你說大聲一點］‖邊個叫你做㗎，嚇［誰叫你幹的，啊］？③徵求意見。例如：噉做好唔好呢，嚇［這樣做好不好呢，啊］？｜借我用兩日先，嚇［先借給我用兩天，啊］？廣州話一般寫作"吓"。

（二）⊕ xià ⊜ hag³

兩種話都表示使害怕。例如：嚇人｜嚇了一跳。

闊佬　⊕ kuòlǎo ⊜ fud³lou²

指有錢的人。普通話又作"闊老"。

廣州話又指闊氣。例如：要量力而行，唔好充闊佬 [要量力而行，不要充闊氣]｜有錢亦唔好咁闊佬 [有錢也不要那麼闊氣]。

嬲　⊕ niǎo ⊜ neo¹

普通話僅用於書面語。表示糾纏。又表示戲弄。

廣州話借用來表示：①生氣，惱怒。例如：你噉做佢會嬲㗎 [你這樣做他會生氣的]｜激嬲老豆 [惹老爸生氣]。②憎恨，厭惡。例如：嬲到佢死 [恨死他]｜我最嬲人背後講是非 [我最憎惡別人背後撥弄是非]。③不和好，結怨。例如：佢兩個嬲咗好耐咯 [他倆結怨很久了]。

螺　⊕ luó ⊜ lo⁴⁻²

指具有迴旋形硬殼的軟體動物，種類很多，例如：田螺｜海螺｜釘螺。

廣州話又特指田螺或石螺。例如：一碟炒螺 [一盤炒田螺]。

還　（一）⊕ huán ⊜ wan⁴

表示還原。又表示歸還。還表示回報別人對自己的行動，例如：還手｜還禮｜還價。兩種話用法沒

有區別。

廣州話的"還"又可作連詞，用在兩個相同的名詞、動詞、形容詞或代詞之間，表示要區分兩種不同的東西或情況。例如：冰還冰，雪還雪，唔係一樣嘅嘢 [冰是冰，雪是雪，不是一樣的東西]｜佢講還講，做就另外一套 [他説歸説，做就另外一套]｜大嘅還大嘅，細嘅還細嘅，唔好撈埋一堆 [大的歸大的，小的歸小的，不要混在一起]｜你還你，我還我，互不相干 [你是你，我是我，互不相干]。普通話的"還"沒有這樣的用法。

（二）⊕ hái ⊜ wan⁴

普通話用作副詞。①表示現象依舊存在；動作仍在進行。例如：多年不見，他還是那樣充滿青春活力｜夜深了，他還在工作。②表示程度有所增加；內容另有補充。例如：他比你還合適｜買完菜還要做飯。③用在形容詞之前，表示程度上勉強過得去。例如：人是瘦了點，精神還好｜遊客很多，但秩序還好。④用在上半句話裏表示陪襯，下半句作推論（多用反問語氣）。例如：他還幹不了，你能行嗎？｜你還通不過，我會有希望嗎？⑤表示沒有想到如此，而居然如此。例如：他還真行｜還真讓他闖過來了。⑥表示早已如此。例如：還在唸小學的時候我們就相識了｜還在半個月之前，我們就發現這個問題了。

廣州話的"還"口語上沒有以上的用法。

點　⬚ diǎn　⬚ dim²

指液體的小滴，小的痕跡，事物的方面或部分。作動詞表示觸到物體立刻離開，還用於點名、點播、指點、點燈、點綴等。又作量詞表示少量或用於事項。

廣州話借用表示怎麼、怎麼樣。例如：點會噉嘅啫［怎麼會這樣］｜點都得［怎麼都可以］｜你到底想點［你到底想怎麼樣］？｜你話點就點［你說怎麼樣就怎麼樣吧］。

廣州話"點"又有蘸的意思。例如：點豉油［蘸醬油］。

點解　⬚ diǎnjiě　⬚ dim²gai²

普通話意思是點評解釋。口語少說。

廣州話意思是：①為甚麼。例如：佢點解唔肯［他為甚麼不願意］？｜點解佢會噉樣做［為甚麼他會這樣做］？②如何解釋。例如：呢個字點解［這個字怎麼解釋］｜我亦唔知點解［我也不知道怎麼解釋］。

【丿】

竻　⬚ lè　⬚ leg⁶

普通話不單用，只用於竻欏、竻竹等名詞。

廣州話指植物的刺，多單用。劏親竻［被刺刺着］｜仙人掌周身竻［仙人掌滿身是刺］｜竻林［荊棘叢］。

臊　⬚ sāo　⬚ sou¹

形容氣味腥臭難聞。例如：腥臊｜尿臊氣。

廣州話表示：①膻。例如：啲羊肉唔係幾臊［這些羊肉不怎麼膻］｜臊臊哋都係羊肉［俗語。羊肉雖然膻，但終究它還是羊肉。比喻某些事物乍看起來不怎麼樣，其實它是有分量、有水準的］。②分娩，生（孩子）。例如：佢臊咗未呀［她生（孩子）了沒有］？｜佢啱啱臊咗個仔［她剛生了一個男孩］。"臊"只用在臨產時或月子裏。一般談生孩子時用"生"不用"臊"。③嬰兒，帶乳臭的。例如：生臊［生孩子］｜臊蝦仔［嬰兒］｜臊毛［胎髮］。

膽　⬚ dǎn　⬚ dam²

通稱膽囊。又指膽量。還指器物內部可以容納空氣或水等的裝置，例如：球膽｜暖水瓶膽。

廣州話還表示：①某些像膽形狀的東西。例如：燈膽［燈泡］。②某些青菜的中心部分。例如：白菜膽｜芥菜膽｜菜膽牛肉。③舊時指電子管。例如：五膽收音機。普通話沒有這些説法。

【、】

講古　⬚ jiǎnggǔ　⬚ gong²gu²

指講故事。例如：這小孩喜歡聽大人講古。

廣州話"講古"包含指説書。例

如：講古佬［說書的］| 一到電台講古節目，老人細路都聽［一到電台說書節目，老人小孩都聽］。**普通話**“講古”一般不指說書。

講話 ㊢ jiǎnghuà ㊝ gong²wa⁶

指說話，發言。又指講演的話。

普通話的“講話”又有指責、非議意思。例如：處理不公正，人家就要講話。**廣州話**沒有這樣說法。

廣州話“講話”又表示“說，說的是”，一般在轉達第三者意見時用。例如：亞強講話佢唔想去［阿強說他不想去］| 邊個講話唔做嘅［誰說不做的］？| 你大佬講話佢唔得閒［你哥說的是他沒空］。**普通話**沒有這樣用法。

應 ㊢ yīng ㊝ ying¹

表示應聲回答。例如：喊了幾聲沒人應。

普通話又表示應允，答應做。例如：這事你就應了吧。**廣州話**不說“應”，說“應承”。

廣州話又表示皺，抽縮（鼻子等）。例如：應起個鼻哥［抽縮着鼻子］| 應起眉頭［皺起眉頭］。

燥熱 ㊢ zàorè ㊝ cou³yid⁶

表示天氣乾燥炎熱。

廣州話指食物性熱，例如：油炸嘅嘢好燥熱㗎［用油炸的食物很熱性的］。又指上火，例如：燥熱就要搵涼茶飲［上火就要找涼茶喝］。口語常說“熱氣”。

濕柴 ㊢ shīchái ㊝ seb¹cai⁴

指沾了水或含水分多的木柴。

廣州話舊時用來比喻國民黨政府撤出大陸前發行的鈔票。當時由於濫發鈔票，造成通貨惡性膨脹，物價飛漲，這些鈔票就像燒不着的濕木柴那樣沒用，故稱。

窿 ㊢ lóng ㊝ lung¹

普通話指煤礦坑道。此詞來自方言。

廣州話指窟窿，孔，洞，眼兒。例如：山窿［山窟窿，山洞］| 老鼠窿［老鼠洞］| 穿咗窿［穿了孔］| 刮個窿［扎個眼兒］。

【一】

擘 （一）㊢ bāi ㊝ mag³

是“掰”的異體字。

普通話表示用手把東西分開或折斷。**廣州話**表示撕，例如：擘爛張紙［撕破那張紙］。

廣州話口語沒有“掰”的說法。

（二）㊢ bò ㊝ mag³

兩種話都指大拇指。例如：巨擘。

廣州話還表示張開（眼睛、嘴巴、手指、腿等）。例如：擘開眼［睜開眼睛］| 擘大個嘴［張大嘴巴］| 擘開兩隻手指［張開兩隻手指］。

縱 ⓟ zòng ⓒ zung³

表示：① 地理上南北向的。例
如：縱貫南北。② 從前到後的。
例如：縱深｜成一路縱隊前進。
③ 跟物體的長的一邊平行的。例
如：縱剖面。④ 釋放，放走。例
如：欲擒故縱｜縱虎歸山。⑤ 放
任，不約束。例如：放縱｜縱容｜
縱情。⑥ 縱然。

廣州話又指溺愛，寵。例如：佢
屋企好縱佢嘅［他家裏很溺愛他
的］｜佢畀父母縱壞晒［他讓父母
給寵壞了］。

18 畫

【一】

擺平 ⓟ bǎipíng ⓒ bai²ping⁴

普通話指放平，常用來比喻設法
使各方面平衡。例如：擺平兩邊
的利益｜擺平各方面的關係。

廣州話的"擺平"另外還有幾個意
思：① 處理好事情，解決問題。
例如：兩條村嘅矛盾畀佢擺平咗
［兩個村子的矛盾被他解決了］。
② 收拾，懲治。例如：畀人擺平
咗［讓人收拾了］。③ 打倒在地。
例如：一下就畀對手擺平［一下子
就讓對手打翻在地］。

轉 ⓟ zhuàn ⓒ jun³

指旋轉或繞着某物打轉。

廣州話讀 jun⁶ 時，指：① 漩渦。

例如：喇河水起轉嘅［河水有漩
渦］｜橋墩旁邊有轉，唔游得水［橋
墩邊上有漩渦，不能游泳］。② 人
頭頂上的髮旋。例如：佢有兩個
轉［他有兩個髮旋］。

轉口 ⓟ zhuǎnkǒu ⓒ jun²heo²

指商品經過一個港口運到另一個
港口或通過一個國家運到另一個
國家。

廣州話又指改口，改變説法。例
如：你唔好應承咗又轉口噃［你不
要答應了又改口啊］｜佢好容易轉
口嘅，傾掂嘅嘢要立張字據至得
［他很容易改口的，談好的事要寫
下來才行］。

轉行 ⓟ zhuǎnháng ⓒ jun²hong⁴

指改行，即從一個行業轉到另一
個行業。

普通話又指寫字、打字、排版等
從一行轉到另一行。廣州話一般
不這樣説，多説"換行"。

轆 ⓟ lù ⓒ log¹

普通話不單用，只作為詞素組成
軲轆、轆轤、轆轆等詞。

廣州話可單用，表示：① 輪子，
軲轆。例如：單車轆［自行車輪
子］｜前轆要泵氣［前輪要打氣］｜
線轆［線軲轆，木紗團］。② 圓柱
形的東西。例如：磨轆［磨盤上面
的磨扇］｜蝦轆［大蝦切成的段］。
③ 量詞，用於圓柱形的東西。例
如：一轆木［一段木頭］｜一轆

竹 [一根粗竹竿]｜一轆蔗 [一截甘蔗]。④滾動。例如：山上轆咗嚿石落嚟 [山上滾了一塊石頭下來]｜轆落樓梯 [從樓梯上滾下來]。⑤摔，倒。例如：轆低 [摔倒]｜轆喺牀度 [倒在牀上]。⑥(用輪子) 碾，軋。例如：轆平條路 [把路軋平]｜差啲畀車轆親佢 [差點兒讓車把他軋了]。

鬆　⒄ sōng ⒢ sung¹

表示：① 鬆散，不緊密，不堅實。例如：鬆懈｜鬆弛｜鬆脆。②使鬆，放開。例如：鬆土｜鬆手｜鬆一口氣。③經濟寬裕。例如：手頭寬鬆。④用魚肉、瘦肉等做成的絨狀或碎末狀的食品。例如：魚鬆｜肉鬆。

廣州話又指溜走 (詼諧的説法)。例如：冇事就鬆喋喇 [沒事兒就溜了]｜佢早就鬆咗咯 [他早就溜了]。**廣州話**表示比某個數目略多時，在數詞之後加"鬆啲"，例如：我有一百文鬆啲 [我有一百塊錢多一點]。

【丿】

歸　⒄ guī ⒢ guei¹

表示返回，歸還，歸屬。又表示趨向或集中於某點或某地，例如：百鳥歸巢｜殊途同歸｜落葉歸根｜這些歸他管。

廣州話的"歸"還有家的意思。例如：去歸 [回家]｜翻歸 [回家]。

歸位　⒄ guīwèi ⒢ guei¹wei⁶

指返回到原來的或應有的位置。

廣州話又指整齊，平整。例如：房間執拾過，歸位多咯 [房間收拾過，整齊多了]｜張被摺得好歸位 [被子疊得很平整]。

翻工　⒄ fāngōng ⒢ fan¹gung¹

即"返工"，指因品質不合要求而重新加工或製作。

廣州話另指"上班"。例如：夠鐘翻工咯 [到時間上班了]｜佢今日唔使翻工 [他今天不用上班]。

翻本　⒄ fānběn ⒢ fan¹bun²

指賭博時把輸掉了的錢贏回來。

廣州話的"翻本"所指範圍要大些，泛指得回成本、撈回投資。例如：你承包呢個項目，一年就會翻本 [你承包這個項目，一年就能收回成本]｜放錢落去冇錯嘅，包你好快翻本 [投資下去沒錯的，保你很快就撈回來]。

雞　⒄ jī ⒢ gei¹

指一種家禽。

廣州話還賦予"雞"很多其他含義：① 比喻某些人。不單獨使用，多帶貶義。例如：春瘟雞 [暈頭轉向瞎跑亂闖的人]｜墮落雞 [下流貨。罵女性的話]｜黃腳雞 [好色之徒]。②原指暗娼，現泛指妓女。③指某些食品。例如：糯米雞 [一種點心。糯米和雞塊裏以乾荷葉蒸熟而成]｜芋雞[一種點心。芋頭絲拌米粉油炸而成]｜糖雞[用模子印出人物或動物形狀的糖做食品]。④指某些植物節上長出的芽。例如：蔗雞｜竹雞。⑤指哨子或哨音。例如：吹雞集合｜一聲長雞，比賽結束[長長的哨音響起，比賽結束了]。⑥指扳機。例如：攣雞[扣扳機]｜滑雞[走火]。⑦指某些簧形的東西。例如：香雞[香腳]。以上意思是**普通話**的"雞"所沒有的。

廣州話的"雞"還可以做詞尾，放在某些詞的後面，表示較為輕鬆、詼諧或輕蔑的情感。①做名詞的詞尾。例如：小學雞（或中學雞）[戲稱小學生（或中學生）]。②做數量詞或量詞的詞尾。例如：二撇雞[八字鬍子]｜文雞[元]。③做動詞的詞尾。例如：偷雞[開小差；有意缺席]｜走雞[溜掉；錯失機會]｜漏雞[錯過機會]｜撈雞[得到利益；成功]。④做形容詞的詞尾。例如：棖雞[撒野；粗野蠻橫]｜靜靜雞[靜悄悄]。在**普通話**裏，"雞"沒有以上這些用法。

雞子　🈚jīzǐ 🈶gei¹ji²

普通話指雞蛋。

廣州話指公雞的睾丸。

雞皮　🈚jīpí 🈶gei¹péi⁴

指去掉毛的雞的皮膚。

廣州話又指雞皮疙瘩。例如：起雞皮咯，快啲着衫啦[起雞皮疙瘩了，快穿衣服吧]｜畀佢嚇到我起晒雞皮[被他嚇得我全身起雞皮疙瘩]｜咁鶻突，睇見就起雞皮咯[這麼噁心，看見就要起雞皮疙瘩]！

雞腳　🈚jījiǎo 🈶gei¹gêg³

指雞腿及雞爪子。

廣州話另指把柄，即被人用來攻擊、指摘的過失。例如：唔好畀人捉到雞腳[不要被人家抓住把柄]｜你係唔係有乜嘢雞腳畀人執住[你是不是有甚麼把柄讓人家抓住]？

雞頭　🈚jītóu 🈶gei¹teo⁴

指雞的頭部。

普通話又指多年生水生草本植物芡。

廣州話又指控制、操縱妓女的人。

餼　🈚xì 🈶héi³

普通話用於書面語，指：①糧食，飼料。②活的牲口，生肉。③贈送（糧食，食物）。

廣州話指餵（家禽、家畜），只限於具體的動作。例如：餼豬｜餼雞。

【丶】

雜　🈚zá 🈶zab⁶

表示：①多種多樣的。例如：雜記｜雜燴｜雜貨。②非正項的；非正式的。例如：雜費｜雜務｜雜牌。③混合，摻雜。例如：夾雜｜稗草雜在禾苗中。

廣州話又表示：①家禽、家畜的內臟，雜碎，下水。例如：豬雜｜炒雞雜｜炆牛雜［燜牛內臟］。②葷食。例如：一齋兩雜［兩葷一素］｜佢唔食雜［他不吃葷］。③葷的。例如：雜菜。④粵劇中的丑角。

糧 普 liáng 粵 lêng⁴

指糧食。例如：米糧｜雜糧｜錢糧｜公糧。

廣州話又指薪水，工資。例如：出糧［發工資］｜雙糧［雙工資］。

【一】

斷 （一）普 duàn 粵 dün³

表示判斷，決定，例如：斷定｜診斷｜公斷｜獨斷。又表示絕對（多用於書面語），例如：斷無此事｜斷不可行。

廣州話又表示論（按照某一單位或規格進行交易或計算）：斷克賣［以克為單位出賣］｜斷擔買［整擔整擔地買］｜佢飲酒斷碗嘅［他喝酒以碗為單位計算的］。**普通話**的"斷"沒有這一用法。

（二）普 duàn 粵 tün⁵

表示長條形東西被分成段。例如：砍斷｜樹枝斷了。還表示貨物脫銷。例如：斷市。兩種話沒有區別。

（三）普 duàn 粵 dün⁶

表示斷絕，隔絕。例如：斷水｜斷奶｜斷了來往。兩種話沒有區別。

19畫

【一】

瓊 普 qióng 粵 king⁴

指美玉。

廣州話借指：①凝結，凝固。例如：冷到油都瓊咗［凍得油都凝結了］｜涼粉瓊咗至食得［涼粉凝固了才能吃］。②澄。例如：水太濁，瓊咗至好用［水太濁，澄清了才能用］。③控乾。例如：瓊乾個杯［把杯子控乾］｜雞劏咗之後瓊乾水會好味啲［雞宰了以後控乾水味道要好些］。④人因受驚嚇、失望、感到意外等而目瞪口呆。例如：得到呢個消息，佢眼都瓊晒［知道這個消息，她頓時目瞪口呆］。

礙口 普 àikǒu 粵 ngoi⁶heo²

"礙口"在兩種話裏是完全不同的兩個詞。

普通話"礙口"是指怕難為情或礙於情面而難以開口說話。例如：向人借錢，是很礙口的［問人借錢，係好難開口嘅］。

廣州話的"礙口"則表示人說話不流利，結巴。例如：佢有啲礙口［他有點口吃］。又說"嘍口（leo³ heo²）"。

【丨】

關　⊜ guān　⊜ guan¹

表示關閉，關口，難關，海關，機關，關係等意思。

普通話還用於"關餉"一詞，原指發放軍警的薪金、給養，後泛指發工資。**廣州話**很少使用。

廣州話又有關注、關照意思。例如：一眼關七［比喻要照顧、注意到很多方面的事情］。

廣州話還借用指雞冠。例如：隻雞公個關好紅［那公雞的冠很紅］。

蹺　⊜ qiāo　⊜ kiu²（讀音 hiu¹）

指抬起（腿），豎起（指頭），例如：蹺起二郎腿｜蹺着大拇指。又指踮着腳，例如：蹺起腳才能看到。

廣州話借以表示湊巧，恰巧。例如：想揾佢，咁蹺就撞見佢［正要找他，湊巧就碰見他］｜有咁啱，得咁蹺［俗語。說那麼巧，有那麼巧］。

【丿】

簽　⊜ qiān　⊜ qim¹

兩種話都表示：①在文件、單據等上面寫上自己的姓名或畫上記號。②簡要地寫出要點或意見。

普通話又指粗粗地縫合，例如：簽上幾針｜簽上貼邊。**廣州話**沒有這樣說法。

廣州話又指：①用力刺。例如：

簽豬［殺豬］。②剔。例如：簽牙［剔牙縫兒］。③嫁接。例如：簽荔枝。

邊　⊜ biān　⊜ bin¹

指邊緣，又指界限、方面等。

普通話可以用在時間詞或數詞後，表示接近某一時間或某一數目。例如：中秋邊上天氣有點涼｜營業額到了二十萬邊上。**廣州話**的"邊"沒有這樣的用法。

普通話兩個或幾個"邊"字分別用在動詞前，表示動作同時進行。例如：邊吃飯邊談｜邊走邊說邊笑。**廣州話**一般需在"邊"前加上"一"字，上面例句要說成：一邊食飯一邊傾｜一邊行一邊講一邊笑。

廣州話的"邊"有時可單用作形容詞，表示靠邊。例如：唔好企得咁邊［別站得那麼靠邊］。不過，日常這一"邊"字多說"矕（men³）"。**普通話**的"邊"沒有這一用法。

廣州話的"邊"與普通話最大的差別，就是它被借用作疑問代詞，表示：①哪一。例如：邊個［哪一個］｜邊年［哪一年］｜邊啲［哪一些］。②哪裏，哪兒。例如：喺邊呀［在哪裏呀］？｜你哋去邊［你們去哪兒］？**普通話**的"邊"不能這樣用。

邊位　⊜ biānwèi　⊜ bin¹wei⁶⁻²

普通話指靠邊的位置。

廣州話則指哪一位（人）。例如：

邊位係張先生［哪一位是張先生］？｜邊位先嚟［哪一位先到］？

鏈　㊁ liàn　㊀ lin⁶⁻²

指用金屬或塑膠的小環連起來製成的像繩子的東西，鏈子。

廣州話又指鐘、錶上的發條。例如：鐘鏈｜上鏈。又指手錶或懷錶的金屬錶帶。

鏡子　㊁ jìngzi　㊀ géng³ji²

指具有光滑面，能照見形像的器具。

普通話口語又指眼鏡。**廣州話**沒有這樣的叫法。

鏡面　㊁ jìngmiàn　㊀ géng³min⁶⁻²

指鏡子的表面。

廣州話往往與"起"連用，指：①器物表面像鏡子般光滑。例如：磨到佢起鏡面［把它打磨得像鏡子那麼光滑］。②較厚的衣物因長期未洗滌又磨壓過多而形成的光面。例如：條絨褲囉柚度起鏡面咯，要洗喇［呢子褲屁股那裏起光面了，要洗了］｜睇你幾邋遢，衫袖都起晒鏡面［看你多骯髒，袖子都磨得發亮了］。

【、】

瓣　㊁ bàn　㊀ fan⁶

普通話指花瓣。又指物體分成的部分。

廣州話還有兩個含義：①業務範圍，專業範圍。例如：你搞邊瓣㗎［你搞的甚麼業務］？②量詞。塊，片。例如：右手邊嗰瓣種菜［右邊那塊（地）種菜］。

爆　㊁ bào　㊀ bau³

指猛然破裂或迸出，引申指突然發生、突然出現。

兩種話都指某一種烹調方法，但所指不完全相同。**普通話**的"爆"指用滾油略炸或用滾水略煮。**廣州話**的"爆"僅指用熱油快炒，例如：用蒜頭豆豉爆香佢［用蒜頭豆豉爆炒讓它更香］。

廣州話"爆"的使用範圍很廣，它還有以下意思：①揭露，暴露。例如：爆煲［秘密被泄露］｜督爆［揭穿，揭破］｜爆人陰私［揭露別人的隱私］。②極滿，極多。例如：爆棚［全場滿座］｜爆滿［全場滿座］｜打爆機［打進的電話極多］。③指人心裏有很大的氣。例如：激爆［氣壞］｜吹爆［氣壞］｜嬲爆爆［氣鼓鼓的］。④超出，突破某一極限。例如：爆鐘［超出規定時間工作］｜爆卡［信用卡透支］｜爆咪［形容音量過大］｜爆鏡［形容太漂亮］。⑤盜竊，特指入屋盜竊。例如：爆格［盜竊］｜爆倉［盜竊倉庫］｜爆廠［進廠盜竊］。其中②項意義已被**普通話**吸收，"爆棚、爆滿"已進入**普通話**詞彙。

爆肚　㊁ bàodǔr　㊀ bau³tou⁵

普通話指的是一道菜餚，以牛肚

或羊肚為主要原料，經滾油快炒或用滾水略灼而成。這裏"肚"的讀音要兒化。

廣州話指的是演員演出時臨時自編唱詞或台詞。例如：唔記得台詞，只好臨場爆肚〔忘詞了，只得臨時編詞〕。後來擴展到即席發表演說。例如：臨時叫我喺會上講話，我就爆肚講兩句〔臨時叫我在會上講話，我就即席講兩句〕。

瀝　🈪lì 🈶lég⁶（讀音 lig⁶）

指液體一滴一滴往下落，例如：瀝血。又指一滴一滴往下落的液體，例如：餘瀝。

廣州話又指珠江三角洲的河流汊道。多作地名，例如：大瀝｜橫瀝。

20 畫

【一】

騷　🈪sāo 🈶sou¹

指擾亂，不安定，例如：騷擾｜騷動｜騷亂。又指詩文，例如：文人騷客。還形容人舉止輕佻，作風粗鄙，例如：賣弄風騷。

廣州話又指理睬，搭理（帶輕蔑情緒）。例如：冇人騷佢〔沒有人理睬他〕｜騷都唔騷一下〔理都不理一下〕。

薹　🈪dǔn 🈶den²

表示整批。例如：薹批｜薹買薹賣。

又表示為準備出賣而整批買進。例如：現薹現賣。**廣州話**口語少説。

廣州話的"薹"另表示：①放，放置。例如：啲嘢薹喺度就得嘞〔東西放在這裏就行了〕｜薹落地〔放在地上〕。②指某些人，某一類人。例如：擁薹〔追捧者，崇拜迷戀者〕｜監薹〔長期坐牢的人〕｜香爐薹〔繼承香火的獨苗子〕｜債薹〔負債纍纍的人〕。

馨香　🈪xīnxiāng 🈶hing¹hêng¹

指芳香。

廣州話指名聲好，聲譽好。例如：呢個人好馨香㗎〔這個人聲譽很好〕。

麵　🈪miàn 🈶min⁶

指糧食磨成的粉，特指小麥磨成的粉。又指麵條。

普通話兒化後還指粉末，例如：胡椒麵兒｜藥麵兒。**廣州話**不説"麵兒"，説"粉"。

麵餅　🈪miànbǐng 🈶min⁶béng²

普通話指用麵粉做成的餅。

廣州話指團成餅狀的乾麵條。例如：波紋麵餅｜鞋底麵餅。也省稱"麵"。

【丨】

鹹　🈪xián 🈶ham⁴

指食鹽的味道。

廣州話又指衣服或身體髒，尤指

汗味濃。例如：一件鹹衫［一件髒
衣服］｜件衫鹹晒［衣服髒透了］｜
個仔成身鹹晒［孩子滿身汗味］。

廣州話又指下流的，淫穢的，黃
色的。是"鹹濕"的省稱。例如：
鹹片［淫穢影視片］｜鹹書［黃色
書刊］｜鹹蟲［色鬼］。

鹹水　⊛ xiánshuǐ　⊜ ham⁴sêu²

指含鹽分很多的水。

廣州話指海水。又指一些與海水有
關係的事物，例如：鹹水魚［海魚］｜
鹹水草［一種生長在鹹淡水交界處
的水草］｜鹹水歌［珠江三角洲水上
居民的情歌］。還指港幣或僑匯。

鹹菜　⊛ xiáncài　⊜ ham⁴coi³

指用鹽醃製的某些菜蔬。

廣州話又指酸芥（gài）菜（整棵
泡酸的芥菜。**廣州話**或叫"鹹酸
菜"、"酸菜"。"芥菜"北方多寫
作"蓋菜"）。還包括醃製過的佐餐
小菜（即"鹹餸"），如鹹蘿蔔、鹹
魚、鹹豆製品等。

鹹豬手
　⊛ xiánzhūshǒu　⊜ ham⁴ju¹seo²

指西餐一道菜式，醃製的豬的前
腿。

廣州話又戲指對女性動手非禮的
人。

罌　⊛ yīng　⊜ ang¹ 又 ngang¹

普通話指小口大肚的瓶子。只用

於書面語。

廣州話指小瓦罐，圓形，略扁，
有蓋。例如：鹽罌｜腐乳罌。

【 ﾉ 】

籌　⊛ chóu　⊜ ceo⁴

兩種話的"籌"含義和用法沒有甚
麼不同：①指用來計數或表示順
序的號兒、牌兒。②表示籌劃、
籌措。③指計策、辦法。**廣州話**
表示①義項時多讀變調 ceo⁴⁻²。

廣州話的"籌"還作量詞用，表示動
作的次數。例如：呢篇文章我反覆
睇咗幾籌［這篇文章我反覆看了幾
遍］｜呢籌算你贏［這次算你贏］｜而
家係第幾籌喇［現在是第幾回了］？

另外，**廣州話**"抓鬮"叫"執籌"，
又叫"抽籤"。這裏"籌"是"籤"
的意思，讀 ceo⁴⁻²。

覺醒　⊛ juéxǐng　⊜ gog³xing²

普通話表示醒悟，覺悟。指人由
迷惑而明白，由模糊而認清。例
如：在事實面前他終於覺醒了｜沉
痛的教訓使他覺醒過來。

廣州話表示領悟，明白。例如：
佢好覺醒嘅，一點就明［他領悟力
強，一點就明白］。

鐘　⊛ zhōng　⊜ zung¹

指：①響器，中空，青銅製或鐵
製。②計時器。③鐘點，時間。例
如：八點鐘開會｜他講了十分鐘。

廣州話與量詞"個"搭配表示小時。例如：呢處開車去嗰處要三個鐘[從這裏開車到那裏要三個小時]｜一日計八個鐘[一天算八個小時]。

饒　粵 ráo 廣 yiu⁴

表示豐富，富足。例如：富饒｜豐饒｜饒有風趣。

普通話又表示：①額外添加。例如：饒頭｜再饒上一個。②寬恕。例如：求饒｜寬饒。③雖然，儘管。例如：饒這麼讓着他，他還不滿意。**廣州話**口語沒有這些說法。

【丶】

瀟湘　粵 xiāoxiāng 廣 xiu¹sêng¹

指湘江中游瀟水注入後的一段，即今湖南省零陵縣西北一帶。

廣州話又形容秀氣，苗條，多指女子。例如：你着起呢件衫零舍瀟湘[你穿上這件衣服特別顯得苗條]｜呢對鞋狗晒瀟湘[這雙鞋確實秀氣]｜抵冷貪瀟湘[俗語。為了顯示自己長得秀氣而情願忍受寒冷，少穿衣服]。

21畫

【一】

攝　粵 shè 廣 xib³

表示：①吸收。例如：攝取｜攝食。②攝影。③保養。例如：攝生｜攝護。

廣州話又借以表示：①（把薄的東西）插入，塞入。例如：將信攝入門罅度[把信插進門縫裏]｜攝牙罅[塞牙縫]｜攝蚊帳[掖蚊帳]。②墊。例如：攝穩張台[把桌子墊穩]。③受到冷風侵襲。例如：琴晚貪涼，攝咗一下[昨晚貪涼，受涼了]。

趯　粵 tì 廣 dég³（讀音 tig¹）

指跳躍。僅用於書面語。

廣州話借指：①逃跑，跑。例如：睇你趯得去邊度[看你能逃到哪裏去]！｜細佬哥中意周圍趯[小孩子喜歡到處亂跑]。②驅逐，趕跑。例如：趯走隻狗[把狗趕走]｜趯隻羊出去[把羊趕出去]。

欄　粵 lán 廣 lan⁴

指欄杆。又指養家畜的圈。還指書報版面上用線條或空白隔開的部分。

廣州話變調讀 lan⁴⁻¹ 時，指專門收購和批發某一商品的商店。一般規模較大，有些也兼營零售。例如：魚欄｜豬欄｜果欄｜菜欄。

飆　粵 biāo 廣 biu¹

指暴風。例如：狂飆。

廣州話借用來表示：①噴射，迸出。例如：水喉穿咗，水飆出嚟[水管破了，水噴射出來]。②竄。例如：有生暴人行過，隻狗就飆出嚟[有生人走過，那狗就竄出去]。③出芽。例如：綠豆飆喇

[綠豆出芽了]。④冒出。例如：成身飆冷汗 [全身冒冷汗]｜嚇到尿都飆 [嚇得尿都出來了]。⑤較快地長高。例如：飆高。

霸王　⑪ bàwáng ⑱ ba³wong⁴

本是秦漢間楚王項羽的稱號，現往往用來比喻極端霸道的人。

廣州話還可以用作形容詞；①形容霸道、蠻橫。例如：佢唔講理，好霸王 [他不講道理，很蠻橫]｜你一個人霸咁多個位，霸王啲嘛 [你一個人霸佔了那麼多座位，霸道了吧]。②形容應付錢而拒不付錢的行為。例如：食霸王飯 [吃飯不付錢]｜搭霸王車 [坐車不肯買票]｜睇霸王戲 [看戲不買票]。

露　⑪ lù ⑱ lou⁶

指露水。又表示露天，顯露等意思。

廣州話又指折（zhē），倒騰。例如：露凍啲滾水至飲 [把開水折涼了再喝]。

【丿】

鐵筆　⑪ tiěbǐ ⑱ tid³bed¹

指刻蠟紙用的筆。

普通話又指鏨刀，即刻圖章用的小刀。

廣州話又指鋼釬。例如：攞鐵筆撬 [拿鋼釬撬]｜撬到鐵筆都彎晒 [把鋼釬都撬彎了]。

【、】

爛　⑪ làn ⑱ lan⁶

兩種話都：①指某些固體物質組織被破壞或水分增加後鬆軟。②表示破爛，腐爛。③指頭緒亂。例如：爛賬｜爛攤子。④表示程度極深。例如：把書背得爛熟｜喝得爛醉。

廣州話還表示：①對某事物十分嗜好。例如：爛酒 [嗜酒]｜爛賭 [嗜賭]｜爛食 [好吃，貪吃]｜爛喊 [愛哭]。②粗野，無賴。例如：爛口 [粗話]｜爛仔 [流氓，無賴]｜個嘢好爛，咪同佢行 [那傢伙很無賴，別跟他來往]。③不值得珍惜的，不值錢的。例如：爛命 [把生命看得很低賤]｜爛賤 [很不值錢]。④壞。例如：咪整爛我啲嘢 [別弄壞我的東西]。

爛尾　⑪ lànwěi ⑱ lan⁶méi⁵

指建築工程中途停建或無法竣工。例如：爛尾工程｜爛尾樓。

廣州話所指範圍要大些，凡是事情中途無法進行下去的，都叫爛尾。例如：呢件事我睇會爛尾 [這件事我看會搞不下去]｜嗰個項目最終係爛咗尾 [那個項目最後還是進行不下去]。

【一】

響　⑪ xiǎng ⑱ hêng²

指：①回聲。例如：響應｜迴響。②聲音。例如：聲響。③發出聲音。例如：響起陣陣掌聲｜鐘響了三下。④聲音大。例如：爆炸聲很響。

廣州話又作"喺（hei²）"：①作動詞，在。例如：你聽日響屋企嗎〔你明天在家嗎〕？｜趁大家響度，你快啲講啦〔趁着大家都在這裏，你快點說吧〕。②作介詞，在，於，從。例如：你響書店度等我啦〔你在書店裏等我吧〕｜我響公司開會〔我在公司開會〕｜呢啲嘢響好遠運嚟㗎〔這些東西從很遠的地方運來的〕。

22畫

【一】

攤 　⓿ tān 　⓿ tan¹

①擺開，平鋪。例如：桌面上攤着一張地圖｜有甚麼困難攤開來談。②設在路旁、廣場上的售貨處。例如：地攤｜菜攤｜攤位。③分擔。例如：分攤｜公攤｜攤派。④量詞，用於攤開的糊狀物。例如：一攤稀泥｜一攤鮮血。

普通話又表示：①碰到，落到（多指不如意的事情）。例如：這事攤在誰身上都不好｜這回他可攤上美差了。②一種烹飪方法，把糊狀食物倒在熱鍋中攤開成為薄片。例如：攤面餅｜攤雞蛋。**廣州話**沒有這樣用法。

廣州話又表示：①涼（liàng）（飲料、食品等）。例如：杯茶攤凍啲至飲得〔茶要涼（liàng）涼點才能喝〕。②四肢伸展着仰臥。例如：一翻嚟就攤喺牀度〔一回來就直直地躺在牀上〕。

聽 　⓿ tīng 　⓿ ting³ 又 téng¹

兩種話都表示：①用耳朵接受聲音。例如：聽音樂｜聽不清楚。**廣州話**一般說 téng¹。②聽從，接受。例如：言聽計從｜他聽不進別人的意見。③治理，判斷。例如：聽政｜聽訟｜聽獄。④聽憑，聽任。例如：聽便｜聽之任之｜聽其自然。②③④書面語廣州話讀 ting³。

廣州話又表示聽候，等着。例如：國家唔富強就聽捱打〔國家不富強就要等着挨打〕｜你唔認真對待就聽衰〔你不認真對待就等着倒楣〕。

聽講 　⓿ tīngjiǎng 　⓿ téng¹gong²

普通話指聽人講課或講演。例如：聽講的人很多｜大家都專心聽講。

廣州話又表示聽說。例如：聽講你又高升喇，恭喜恭喜〔聽說你又高升了，恭喜恭喜〕｜聽講對方唔同意，係咪〔聽說對方不同意，是嗎〕？

歡喜 　⓿ huānxǐ 　⓿ fun¹héi²

表示快樂，高興。例如：今天她特別歡喜｜他滿心歡喜參加了慶功會。又表示喜歡，喜愛。例如：他歡喜這個地方｜我歡喜游泳。

表示喜歡、喜愛的時候，兩種話

都既可説"歡喜"又可説"喜歡"。不過,習慣上**普通話**多説"喜歡",**廣州話**多説"歡喜"。

【丿】

鑊　⓹ huò　⓷ wog⁶

古代指大鍋。

現代**普通話**口語沒有"鑊"的説法。從方言引入這個詞指的是鍋。

廣州話的"鑊"指的是炒鍋,圓底無壁,或平底淺壁,用鐵、鋁等金屬製成,多作煎、炒、炸食物用。而平底有壁,壁深而陡,用陶或金屬製造,多用來煮飯、煮水或熬湯熬粥等的鍋,廣州話叫"煲"不叫"鑊"。

【、】

癮　⓹ yǐn　⓷ yen⁵

長時間形成的癖好,例如:煙癮｜酒癮。又泛指濃厚的興趣,例如:戲癮｜棋癮｜他釣魚釣上癮了。

廣州話又指一般興趣,興味。例如:呢啲事我冇癮 [對於這些事,我一點兒興趣都沒有]｜琴日玩得冇癮 [昨天玩得沒興味]。

灒　⓹ zàn　⓷ zan³

普通話表示濺。例如:灒了一身水。這個詞來自方言。

廣州話借用來表示:①淬火。例如:灒下把刀 [把刀淬一淬]。

②熱的東西突然受到冷刺激。例如:灒鑊 [熗鍋]｜白撞雨會灒壞人 [熾熱的晴天突然下陣雨,容易使人生病]。

23 畫

【一】

蘿蔔頭　⓹ luóbotou　⓷ lo⁴bag⁶teo⁴

指蘿蔔主根的頂部。

廣州話在二十世紀三四十年代日本侵略中國時對日本人的蔑稱。

【丨】

曬　⓹ shài　⓷ sai³

表示接受陽光照射,又表示在陽光下接受光和熱。

廣州話又形容陽光充足或強烈。例如:嗰條路冇樹蔭好曬 [那條路沒有樹蔭,曬得厲害]｜呢間屋下晝好曬 [這房子下午陽光很強]。

廣州話還表示:①洗(照片)。例如:曬相 [洗照片]｜曬彩色嘅定係黑白嘅 [洗彩照還是黑白照]?②把自己的情況向大家展示或炫耀,顯擺。例如:曬命 [炫耀自己命運好]｜曬書櫃 [賣弄學問]｜佢又唔知喺度曬乜喇 [又不知道他在顯擺甚麼了]。

蠱惑　⓹ gǔhuò　⓷ gu²wag⁶

普通話是動詞,指迷惑,毒害。

例如：蠱惑人心｜蠱惑群眾。

廣州話是形容詞，形容人詭計多端、狡猾。例如：蠱惑友 [狡猾奸詐的人]｜個嘢周身蠱惑 [那傢伙狡詐透頂]｜佢太蠱惑，小心上當 [他太詭計多端了，小心上當]。

【、】

攣　⒨luán　⒫lün¹

指蜷曲不能伸直。多用於人或動物的肢體。

廣州話又指物體彎曲。例如：呢條棍攣嘅 [這根棍子是彎的]｜鐵筆都撬攣咗 [連鋼釬都撬彎了]。

24 畫
【、】

鷹爪　⒨yīngzhuǎ　⒫ying¹zao²

普通話指鷹的爪子。

廣州話指一種灌木，花像鷹的爪子，綠色，有濃香。

癲　⒨diān　⒫din¹

指精神錯亂。

普通話要結合成雙音詞或多音詞使用，一般不單用。例如：瘋癲｜癲狂。

廣州話口語一般單用。例如：佢癲咗 [他瘋了]｜你癲嘅咩，噉做 [你瘋了嗎，這樣幹]！｜癲婆 [瘋婆子]。

27 畫
【丿】

鱷魚頭　⒨èyútóu
　　　　⒫og⁶(又ngog⁶) yü⁴teo⁴

指鱷魚的頭部。

廣州話用來比喻十分兇狠橫暴的惡霸。

28 畫
【丨】

鑿　⒨záo　⒫zog⁶

指鑿子。又指打孔，挖掘。還表示明確，真實，例如：確鑿｜言之鑿鑿。

廣州話又指：①用指節敲打。例如：鑿頭殼 [敲腦袋]｜鑿門 [敲門]。②強取，偷。例如：幾難至買到嘅球票又畀佢鑿咗去 [這麼難買到的球票又被他強要去了]｜我嘅手機畀人鑿咗 [我的手機被人偷了]。③敲，敲竹槓。例如：鑿咗佢一餐茶 [敲他請了一次客吃茶點]。④幹掉。例如：鑿咗佢 [幹掉他]！

【、】

戇　(一) ⒨gàng　⒫ngong⁶

普通話表示傻。又表示魯莽，説話做事不考慮後果。**普通話**這個詞來自方言。

廣州話 表示：①傻，笨，呆。例如：你都戆嘅，近路唔行行遠路 [你真笨，近路不走走遠路]｜冇人有你咁戆 [沒人像你那麼傻]。② 做事不正經，瘋瘋癲癲。例如：正經啲做，咪喺度戆 [正經點做，別瘋瘋癲癲的]。③胡混。例如：喺遊樂場戆咗成日 [在遊樂場裏混了一整天] ｜成日喺嗰度戆 [整天在那裏胡混] ｜唔知佢戆咗去邊[不知道他到哪裏胡混去了]。

（二）⊜ zhuàng ⊜ zong³

表示剛直。用於書面語"戆直"一詞。

附錄：廣州話拼音方案

一、聲　母

廣州話有十九個聲母，列表如下：

b [p]	**p** [p‘]	**m** [m]	**f** [f]	**w** [w]
d [t]	**t** [t‘]	**n** [n]	**l** [l]	
z (j) [tʃ]	**c** (q) [tʃ‘]	**s** (x) [ʃ]	**y** [j]	
g [k]	**k** [k‘]	**ng** [ŋ]	**h** [h]	
gu [kw]	**ku** [k‘w]			

聲母例字：

b	ba¹	巴	bin¹	邊
p	pa¹	趴	pin¹	偏
m	ma¹	媽	min⁴	眠
f	fa¹	花	féi¹	飛
w	wa¹	蛙	wing⁴	榮
d	da²	打	din¹	癲
t	ta¹	他	tin¹	天
n	na⁴	拿	nin⁴	年
l	la¹	啦	lin⁴	連
z	za¹	渣	zo²	左
j	ji¹	資	ju¹	豬
c	ca¹	叉	céng¹	青（青菜）
q	qi¹	雌	qing¹	青（青年）
s	sa¹	沙	so¹	梳
x	xi¹	思	xu¹	書
y	ya⁵	也	yü¹	於
g	ga¹	家	gin¹	堅
k	ka¹	卡	kung⁴	窮
ng	nga¹	丫	ngeo⁴	牛
h	ha¹	蝦	hin¹	牽
gu	gua¹	瓜	guo²	果

　　ku　　kua¹ 誇　　kuei¹ 虧

聲母説明：

　　(1) b、d、g 分別是雙唇、舌尖、舌根不送氣的清塞音，相當於國際音標的 [p]、[t]、[k]。這三個音與普通話大體相同。英語音節的開頭沒有這些音。英語的 b、d、g 是不送氣的濁塞音，而 p、t、k 是送氣的清塞音，都與廣州話不同。只有出現在 s 之後英語的 p、t、k 才變成不送氣的清塞音，與廣州話的這三個音接近。如 speak（説），stand（站），sky（天空），其中 s 後的 p、t、k 都不送氣。

　　(2) p、t、k 是送氣的 b、d、g，相當於國際音標的 [p‘]、[t‘]、[k‘]。這三個音與普通話和英語都大體相同。

　　(3) m n ng 是與 b d g 同部位的鼻音，相當於國際音標的 [m]、[n]、[ŋ]。m、n 這兩個音與普通話和英語都相同。ng 這個聲母普通話沒有。在連讀的時候，因為語音同化的關係，普通話偶爾會出現這個聲母，如 "東安"、"平安" 中的 "安"，有一個近似 ng 的聲母。英語沒有以 ng 起頭的音節。

　　(4) f 是唇齒清擦音，相當於國際音標的 [f]。這個音與普通話及英語相同。

　　(5) l 是舌尖邊音，相當於國際音標的 [l]。這個音與普通話及英語都相同。

　　(6) h 是喉部清擦音，相當於國際音標的 [h]，與英語的 h 相同。普通話沒有這個聲母。漢語拼音方案的 h 是代表普通話的舌根清擦音 [x]，發音部位比廣州話的要前一些。説普通話的人發這個音時要把舌根放鬆，像呵氣的樣子即可發出來。

　　(7) z 和 j，c 和 q，s 和 x 是相同的聲母，是混合舌葉清塞擦音和擦音，相當於國際音標的 [tʃ]、[tʃ‘]、[ʃ]。本來只用 z、c、s 一套即可，為了使廣州話注音與普通話注音在形式上接近，便於互學，我們把出現在 i、ü 兩個元音之前的 z、c、s 改用 j、q、x，出現在其他元音之前則仍用 z、c、s。

　　普通話沒有相當於廣州話 z、c、s 的聲母。這三個聲母大概在普通話舌尖音 z、c、s 與舌面前音 j、q、x 之間。英語沒有與廣州話 z（或 j）相當的音，但有與廣州話 c（或 q）和 s（或 x）相近似的音，如 charge（記賬）、she（她）中的 ch [tʃ‘] 和 sh [ʃ]，分別近似廣州話的 c（或 q）、s（或 x），但廣州話的發音部位比英語的還要靠前一些。

（8）w、y 屬半元音，發音時略帶摩擦，相當於國際音標的 [w]、[j]。這兩個音與英語的 w、y 相同。普通話沒有這兩個聲母。漢語拼音方案的 w、y 屬元音性質，沒有摩擦成分。

（9）gu、ku 是圓唇化的舌根音 g、k，相當於國際音標的 [kw、k‘w]。發音時雙唇收攏，g 和 u 或 k 和 u 要同時發出。u 在這裏是表示圓唇的符號，屬聲母部分，不是元音，不屬介音性質。這兩個聲母與以 u 開頭的韻母相拼時省去表示圓唇的符號 u，如"姑"是 gu＋u，"官"是 gu＋un，只記作 gu¹ 和 gun¹。"箍"是 ku＋u，只記作 ku¹。但並不是説"姑"、"官"、"箍"等字的聲母是 g、k。在説廣州話的人看來，"姑"、"官"等字與"瓜"、"關"、"光"等字的聲母相同而與"家"、"艱"、"江"等字的聲母不同，前者屬 gu 聲母，後者屬 g 聲母。試比較下面兩組字：

孤 gu＋u　　寡 gu＋a　　　孤 gu＋u　　家 g＋a
觀 gu＋un　光 gu＋ong　　觀 gu＋un　江 g＋ong
冠 gu＋un　軍 gu＋en　　　管 gu＋un　緊 g＋en

左欄兩字的聲母相同，右欄兩字的聲母各不相同。

再從聲母與韻母的結合關係看，也説明上面的看法是正確的。廣州話的 gu、ku 兩個聲母跟韻母的結合關係與 w 這個聲母完全一致。凡是能跟 w 相拼的韻母都能跟 gu 或 ku 相拼（ku 聲母的字少，有些音節無字），凡是不跟 w 相拼的韻母也不跟 gu、ku 相拼。據統計，跟 w 和 gu、ku 相拼的韻母有如下十八個：

	w-		gu-	
a	wa¹	蛙	gua¹	瓜
ai	wai⁶	壞	guai¹	乖
an	wan¹	彎	guan¹	關
ang	wang⁴	橫	guang⁶	逛
ag	wag⁶	劃	guag³	摑
ei	wei¹	威	guei¹	龜

	w-		gu-	
en	wen¹	溫	guen¹	軍
eng	weng⁴	宏	gueng¹	轟
ed	wed¹	屈	gued¹	骨

ing	wing⁴	榮	guing²	炯
ig	wig⁶	域	guig¹	號
o	wo¹	窩	guo²	果
ong	wong²	枉	guong²	廣
og	wog⁶	獲	guog³	國
u	wu¹	烏	g(u)u¹	姑
ui	wui¹	煨	k(u)ui²	潰
un	wun⁶	換	g(u)un¹	官
ud	wud⁶	活	k(u)ud³	括

上表的 "烏" 字是聲母 w 加韻母 u，"姑" 字應該是聲母 gu 加韻母 u。同樣，"潰" 字是聲母 ku 加韻母 ui。所以，儘管為了簡便省去了表示圓唇聲母的符號 u，"姑"、"潰"、"官"、"括" 等字的聲母也應看作是圓唇聲母 gu 或 ku，而不是 g、k。

廣州話中有些原屬 gu、ku 聲母 o、og、ong 韻母的字，如 "過、郭、廣、礦、狂……" 現在有好些人（特別是青少年）讀作 go³、gog³、gong²、kong³、kong⁴……，消失了圓唇作用，這種現象可能成為一種發展趨勢。

（10）從歷史上看，廣州話有一個零聲母（即古影母開口一二等的字，現在有些人讀作元音開頭），廣州有部分人習慣把它讀成舌根鼻音 ng-[ŋ-]，如 "丫" a¹、"埃" ai¹①、"坳" ao³、"晏" an³、"罌" ang¹、"鴨" ab³、"壓" ad³、"鈪" ag³、"歐" eo¹、"庵" em¹、"鶯" eng¹、"握" eg¹、"疴" o¹、"澳" ou³、"安" on¹、"航" ong¹、"惡" og³、"甕" ung³、"屋" ug¹ 等字，又可以讀成 nga¹、ngai¹、ngao³……，這種讀法又是一個普遍的趨勢。

與上述現象相反，廣州和香港有部分人（特別是香港的青少年）把 ng 聲母的字（主要是來自中古疑母陽調類的字）讀作零聲母，如 "牙、牛、偶、眼、我、外……"。

二、韻　母

廣州話有五十三個韻母，另外還有三個是用於外來詞或象聲詞或形

---

① "埃" 本讀 oi¹，但現在廣州人習慣讀 ai¹。

容詞後綴等音節的韻母（這三個韻母沒有字音，出現頻率又比較少，在下表中加括號）列表如下：

韻尾＼元音	a[a]		é[ɛ]	i[i]	o[ɔ]	u[u]	ü[y]	ê[œ]	
-i	ai[ai]	ei[ɐi]	éi[ei]		oi[ɔi]	ui[ui]			
-u	ao[au]	eo[ɐu]		iu[iu]	ou[ou]			êu[øy]	
-m	am[am]	em[ɐm]	(ém)[ɛm]	im[im]					m[m̩]
-n	an[an]	en[ɐn]		in[in]	on[ɔn]	un[un]	ün[yn]	ên[øn]	
-ng	ang[aŋ]	eng[ɐŋ]	éng[ɛŋ]	ing[ɪŋ]	ong[ɔŋ]	ung[ʊŋ]		êng[œŋ]	ng[ŋ̍]
-b	ab[ap]	eb[ɐp]	(éb)[ɛp]	ib[ip]					
-d	ad[at]	ed[ɐt]	(éd)[ɛt]	id[it]	od[ɔt]	ud[ut]	üd[yt]	êd[øt]	
-g	ag[ak]	eg[ɐk]	ég[ɛk]	ig[ɪk]	og[ɔk]	ug[ʊk]		êg[œk]	

韻母例字：

a	[a]	ba³	霸	na⁴	拿
ai	[ai]	bai³	拜	dai³	帶
ao	[au]	bao³	爆	nao⁴	錨
am	[am]	dam¹	擔	tam¹	貪
an	[an]	ban¹	班	dan¹	丹
ang	[aŋ]	pang¹	烹	lang⁵	冷
ab	[ap]	dab³	答	tab³	塔
ad	[at]	bad³	八	dad⁶	達
ag	[ak]	bag³	百	pag³	拍
ei	[ɐi]	bei¹	跛	dei¹	低
eo	[ɐu]	deo¹	兜	teo¹	偷
em	[ɐm]	bem¹	泵	lem⁴	林
en	[ɐn]	ben¹	賓	ten¹	吞
eng	[ɐŋ]	beng¹	崩	deng¹	燈
eb	[ɐp]	neb¹	粒	leb¹	笠
ed	[ɐt]	bed¹	不	ded⁶	凸
eg	[ɐk]	beg¹	北	deg¹	德

é	[ɛ]	mé¹	咩	dé¹	爹
éi	[ei]	béi¹	悲	déi⁶	地
(ém)	[ɛm]	gém¹	□（球賽用）		
éng	[ɛŋ]	béng²	餅	déng¹	釘
(éb)	[ɛp]	géb¹	□（鴨叫聲）		
(éd)	[ɛt]	kéd¹	□（女孩笑聲）		
ég	[ɛk]	bég³	壁	dég⁶	笛
i	[i]	ji¹	脂	qi¹	癡
iu	[iu]	biu¹	標	diu¹	丟
im	[im]	dim²	點	tim¹	添
in	[in]	bin¹	邊	din¹	癲
ing	[ɪŋ]	bing¹	兵	ding¹	丁
ib	[ip]	dib⁶	疊	tib³	帖
id	[it]	bid¹	必	tid³	鐵
ig	[ɪk]	big¹	逼	dig⁶	敵
o	[ɔ]	bo¹	波	do¹	多
oi	[ɔi]	doi⁶	代	toi¹	胎
ou	[ou]	bou¹	煲	dou¹	刀
on	[ɔn]	gon¹	干	ngon⁶	岸
ong	[ɔŋ]	bong¹	幫	dong¹	當
od	[ɔt]	hod³	喝	god³	割
og	[ɔk]	bog³	駁	dog⁶	鐸
u	[u]	fu¹	夫	wu¹	烏
ui	[ui]	bui¹	杯	pui³	配
un	[un]	bun¹	般	pun¹	潘
ung	[ʊŋ]	pung³	碰	dung¹	東
ud	[ut]	bud⁶	勃	pud³	潑
ug	[ʊk]	bug¹	卜	dug¹	督
ü	[y]	ju¹	朱	qu⁵	柱
ün	[yn]	dün¹	端	jun¹	專
üd	[yt]	düd⁶	奪	jud⁶	絕
ê	[œ]	hê¹	靴	lê¹	瀡（吐出）

êu	[øy]	dêu¹	堆	têu¹	推
ên	[øn]	dên¹	敦	lên⁴	輪
êng	[œŋ]	nêng⁴	娘	lêng⁴	良
êd	[øt]	lêd⁶	律	zêd¹	卒
êg	[œk]	dêg³	啄	lêg⁶	略
m	[m̩]	m⁴	唔		
ng	[ŋ]	ng⁴	吳	ng⁵	五

韻母説明：

（1）廣州話有 a、e、é、i、o、u、ü、ê 八個元音。除了 e 之外，其餘七個元音都能單獨作韻母。

（2）元音 a（包括單元音 a 和帶韻尾的 a）是長元音。ai、ao 中的韻尾 i、o（實際音值是 u）很短。a、ai、ao、an、ang 幾個韻母與普通話的大致相同。

（3）元音 e 不能單獨作韻母，相當於國際音標的 [ɐ]，發音時口腔比 a 略閉，舌頭也稍為靠後，而且時間短促，可以看作短的 a。但這兩個元音經常出現在相同的條件之下，對立非常明顯，因此，a [a] 與 e[ɐ] 是兩個不同的元音音位。普通話沒有 e[ɐ] 這個音，gen"根"、geng"更"中的 e[ə] 近似廣州話的 [ɐ]，但開口度沒有 e[ɐ] 大。英語 gun（槍）、but（但是）中的 u 與廣州話的 e[ɐ] 近似，但舌位沒有 e[ɐ] 那麼靠前。由於 e [ɐ] 是個非常短的元音，ei、eo 兩韻中的韻尾 i 和 o（實際音值是 u）就顯得長。

（4）元音 é 除了在 éi 中是短元音，開口度較閉，相當於國際音標的 [e] 之外，其餘各韻中的 é 都是長元音，開口度也較大，相當於國際音標的 [ɛ]。ém、éb、éd 三個韻母只出現在口語裏，含這個韻母的音節都是有音無字的。

（5）元音 i 的讀音與普通話的 i 大致相同。i、iu、in 中的 i 是長元音。ing、ik 中的 i 是短元音，開口度稍大，比國際音標的 [ɪ] 還要開一點，接近 [e]。廣州話的 ing 與普通話的 ing 有明顯的不同。

（6）元音 o 的讀音比普通話的 o 開口度大，相當於國際音標的 [ɔ]，但 ou 中的 o 較閉，相當於國際音標的 [o]。除 ou 外，其餘各韻中的 o 都是長元音。

（7）元音 u 的讀音與普通話的 u 大致相同，相當於國際音標的 [u]，u、ui、un、ud 各韻中的 u 是長元音，前面三個韻母與普通話的 u、 uei(ui)、uen(un) 大致相同。ung、ug 兩個韻中的 u 是短元音，開口度稍大，比國際音標的 [ʊ] 還要開一點，接近 [o]。廣州話的 ung 與普通話的 ung 有明顯的不同。

（8）元音 ü 的讀音與普通話的 ü 大致相同，相當於國際音標的 [y]，單元音 ü 以及帶韻尾的 ü 都是長元音。

（9）元音 ê 相當於國際音標的 [œ]，是圓唇的 [ɛ]，普通話和英語都沒有這個音。法語 neuf（九）中的 eu 近似廣州話的 ê。ê、êng、êg 三個韻母中的 ê 是長元音，êu、ên、êd 三個韻母中的 ê 是短元音，也較閉，相當於國際音標的 [ø]，近似法語 neveu "姪子" 中的 eu。

（10）m、ng 是聲化韻母，是單純的雙唇鼻音和舌根鼻音，能自成音節，不與其他聲母相拼，相當於國際音標的 [m̩]、[ŋ̩]。

（11）以塞音 -b[-p]、-d[-t]、-g[-k] 為韻尾的韻母，普通話沒有。英語雖有以 -p、-t、-k、-b[-b]、-d[-d]、-g[-g] 為收尾的音節，但與廣州話的不同。廣州話的塞音韻尾 -b、-d、-g 不破裂（沒有除阻），發音時只作發這些音的姿勢而不必發出這些音，如 ab 韻，先發元音 a，然後雙唇突然緊閉，作發 b 的姿勢即停止，其餘類推。

（12）上面八個元音之中，é、i、o、u、ê 各有兩個音值：é[ɛ、e]、i[i、ɪ]、o[ɔ、o]、u[u、ʊ]、ê[œ、ø]，由於每個元音的兩個音值出現的條件各不相同，可以互補，兩個音值只作一個音位處理。

廣州話的 m、n、ng 韻尾本來是分得很清楚的，但是現在香港有不少青少年把部分原屬 ng 韻尾的字讀成 n 韻尾。例如 "電燈" 的 "燈" deng¹ 讀成 "墩" den¹，"匙羹" 的 "羹" geng¹ 讀成 "根" gen¹，"學生" 的 "生" sang¹ 讀成 "山" san¹，"文盲" 的 "盲" mang⁴ 讀成 "蠻" man⁴。

三、聲　調

廣州話有六個舒聲調，三個促聲調。根據韻尾的不同，廣州話的音節可分兩類：韻尾為 -i、-u(-o)、-m、-n、-ng 的和不帶任何韻尾的，叫舒聲韻；韻尾為 -b、-d、-g 的叫促聲韻（又叫入聲韻），出現舒聲韻的聲調叫舒聲調，出現促聲韻的聲調叫促聲調（又叫入聲）。中古漢語的平、上、去、入四聲在廣州話已各分化為二，即陰平、陽平、陰上、陽上、陰去、陽去、陰入、陽入。另外，陰入裏頭又因為元音的長短，分化為兩個聲調，一個是原來的陰入（又叫上入），一個叫中入。這樣，廣州話目前一共有九個聲調。列表如下：

調類	舒聲調						促聲調		
	陰平	陽平	陰上	陽上	陰去	陽去	陰入	中入	陽入
調值	˥˧₅₃, ˥₅₅	˥₅₅	˩₁₁	˥˧₃₅	˩₁₃	˧₃₃	˥₅₅	˧₃₃	˨₂₂
例字	分 思	墳 時	粉 史	憤 市	訓 試	份 士	忽 式	發 錫	佛 食

聲調說明：

（1）上面的調號本來把"陰類調"的作單數調，"陽類調"的作雙數調比較合適（即陰平、陽平、陰上、陽上、陰去、陽去、陰入、陽入、中入分別作 1、2、3、4、5、6、7、8、9 調），但廣州話拼音方案聲調的次序已經用 1、2、3 表示陰平（和陰入）、陰上、陰去（和中入），用 4、5、6 表示陽平、陽上、陽去（和陽入），這裏採用廣州話拼音方案標音，調號也採用與之相同的辦法。列表如下：

調號	1	2	3	4	5	6
調類	陰平 陰入	陰上	陰去 中入	陽平	陽上	陽去 陽入
例字	分 fen¹ 忽 fed¹	粉 fen²	訓 fen³ 發 fad³	墳 fen⁴	憤 fen⁵	份 fen⁶ 佛 fed⁶

（2）第 1 調包括陰平和陰入兩類聲調。陰平有高降 ˥˧₅₃ 和高平 ˥₅₅ 兩個調值。除少數字只讀高平調以外，大部分的字都可以讀高降調，或者兼讀高降和高平兩個調值（詳後）。高降調有點像普通話的去聲（第 4 聲），高平調與普通話的陰平（第 1 聲）相同。元音的長短影響入聲調值的長短。廣州話的陰入一般只出現短元音韻，所以陰入的調值應描寫作短的 ˥₅₅。由陰入分化出來的中入只出現長元音，但在近幾十年來，一般人的口語裏，一些由短 a 構成韻母的陰入字有變讀長 a 的趨勢，而聲調仍然是高平調，因而陰入除了有一個短的高平 ˥₅₅ 之外，又增加了一個長的高平 ˥₅₅。如"黑"、"握"、"測"、"乞"等字，原來讀 heg¹、eg¹（或 ngeg¹）、ceg¹、hed¹，屬短陰入，現在口語一般又讀 hag¹、ag¹（或 ngag¹）、cag¹、had¹，屬長陰入。後一種讀法元音都是長的 a，聲調也比前面一種讀法長，其他長元音韻母出現在這個聲調的字都屬長陰入調。

(3) 第 2 調屬陰上調，調值是高升 $\lnot_{35}$，與普通話的陽平相當。在説話時，第 3、4、5、6 等調往往可以變讀為高升調（詳後）。

(4) 第 3 調陰去和中入調值是中平 $\dashv_{33}$。中入是從陰入分化出來的一個調類。屬於這個調類的字原來都是長元音韻，但由於有些字與陰入有對立，如"必" bid[1]，"鼈" bid[3]；"戚" qig[1]，"赤" qig[3]（口語 cég[3]），所以中入已從陰入分化出來，另成一個調類了。和陰入相似，這個屬長元音出現的中入也有少數字是短元音韻的，如上面的"赤"字，作讀書音時（如"赤米"）讀 cég[3]，是長的中入。

(5) 第 4 調陽平的調值是低平 $\lrcorner_{11}$，快讀時稍微有點下降，但一般以低平調為標準。第 5 調陽上的調值是低升 $\lrcorner_{13}$，或稍高一點，接近 $\lrcorner_{24}$，近似普通話上聲的後半截。

(6) 第 6 調包括陽去和陽入兩類聲調，調值是次低平 $\dashv_{22}$。嚴格地説，陽入也有長短兩個調值，凡出現長元音韻母（ab、ad、ag、ég、ib、id、od、og、ud、üd、êg）的屬長陽入調，出現短元音韻母（eb、ed、eg、ig、ug、êd）的屬短陽入調，如"狹" hab[6]、"辣" lad[6]、"額" ngag[6]、"石" ség[6]、"葉" yib[6]、"別" bid[6]、"學" hog[6]、"活" wud[6]、"月" yüd[6]、"藥" yêg[6] 等屬長陽入調，"合" heb[6]、"日" yed[6]、"墨" meg[6]、"敵" dig[6]、"六" lug[6]、"律" lêd[6] 等屬短陽入調。考慮到陰入、陽入長短兩個調的調值高低相同，只是長短不同，而調的長短是由元音的長短引起的，屬條件變讀，因此可以把它們看作一個調的兩個變體。

(7) 陰平調的兩個調值，即高降 $\searrow_{53}$ 和高平 $\lceil_{55}$ 的分合問題，曾經有過各種論述。主要有兩種意見，一是認為陰平調的兩個調值已經分化為兩個不同的調類；一是認為這兩個調值是一個調類的兩個變體。

廣州話特殊字表

表內包括本詞典使用的三類字：

一、廣州話常用的方言字；

二、借來表示廣州話特殊音義的字，其中在群眾中比較通行或字形比較生疏的；

三、《新華字典》沒有收進去的古字。

每個字均注廣州話讀音。異體字加（　）號標明。

以筆畫多少分類。每類按、一｜丿一起筆次序排列。

二畫

乜　med¹，mé¹

四畫

冇　mou⁵

五畫

冚　hem⁶
甴　gad⁶，ged⁶
甶　zad⁶，zed⁶
叻　lég¹，lig¹
（仈）fan²
甩　led¹
氹　tem⁵

六畫

扗　nged¹，ngad⁶
扱　keb¹
吖　a¹
曳　yei⁴，yei⁵
吔　ya²
扱　keb⁶
（屌）dug¹
孖　ma¹

七畫

（汲）sab⁶
扰　dem²
拎　ngem⁴
扻　hem²
奀　ngen¹
呔　tai¹
吽　ngeo⁶
吆　yiu¹
吡　fa⁴
佢　kêu⁵
剢　pei¹

八畫

泅　neb⁶
炆　men¹
魃　dem²
坺　pad⁶
刮　ged¹
掐　kem²
抺　wing⁶
揆　yêng²
拎　ning¹
拃　za⁶
（杬）lam²
杬　yen⁴

（砽）zag³
哔　bid¹
咗　zo²
㕭　ded¹
呷　nib¹
咁　gem³
（啢）yem¹
剁　log¹
肶　dem¹
扁　ké¹
嫲　na²

九畫

粝　hong²
烎　ling³
袂　tai¹
抌　cung³
（揔）ngung²，ung²
歪　mé²
迾　lad⁶
咩　mé¹
咪　mei⁵，mei¹，mei⁶
咭　ked¹，ged¹
哋　déi⁶，déi²

咯　log³
（剃）pei
姣　hao⁴

十畫

浭　gang³
涌　cung¹
埂　ngen⁶
焓　heb⁶
㷫　lem¹，lem³
捯　deo⁶
挭　gang³
（揤）zêd¹
莢　hab³
削　cog³
（趌）ged⁶
挈　ngung²，ung²
唥　lang⁴，lang⁶
啁　teo²
哣　deo⁶
唓　cé¹
哽　geng²，ngeng²
唔　m⁴

呦	miu²	喐	yug¹	喉	hei²	髩	yem⁴
哂	sai³	啱	ngam¹	㗎	ga³，ga⁴	蒽	gêng²
(肨)	mé¹	踩	coi¹	噏	gib¹	摼	kin²
趻	ca¹	唰	wo⁴	嘅	gé³，gé²	摵	qig¹
趷	ged⁶	哋	di¹，did¹	嗱	na¹	摼	heng¹
鹹	dung⁶	艋	meng¹	跔	kê⁴	揼	bed¹
悝	léi⁵	啡	fé¹，fé⁴	鉈	ngag³	揸	dad³
舤	tai⁵	(眲)	ngag¹，	翕	yeb⁶	摷	jiu⁶
(腟)	qi³		ngeg¹	傴	wu³	槓	lung⁵
(破)	cag³	蚜	guai²	腍	nem⁴	睡	zong¹
屘	méi¹	笪	dad³	(腿)	nga⁶	嘜	meg¹
祖	mé¹	鈒	zab⁶			嘢	yé⁵
		腡	léi⁶	**十三畫**		嘥	sai¹
十一畫		舿	cao¹			噉	gem²
		婄	peo³	猛	meng²	瞄	heo¹
澀	ban⁶			摣	ngou⁴	踉	ngen³
淰	nem⁴	**十二畫**		揢	wa²	跔	meo¹
㖠	na¹			捷	lin⁵	骲	bao⁶
粘	jim¹	渧	dei³	搣	mid¹	犅	nin¹
炳	nad³	(焮)	hing³	(趌)	ged⁶	腌	yig¹
焗	gug⁶	焗	wed¹	喪	long²	膁	ngong³
裇	sêd¹	竂	lang¹	嗌	ngai³	嫲	ma⁴
掟	déng³	補	tung	嗱	na⁴		
捽	zêd¹	揞	ngem²	嗲	dé²，dé⁴	**十五畫**	
淋	lem⁶	摘	nam⁵，	啯	go²		
㧯	nga⁶		nam³	略	gag³	(窞)	tem⁵
揯	keng³	捹	la²，la³，	睩	lug¹	諗	tem³
捵	din²		la⁵	(貼)	xid⁶	諗	nem²
搞	wo⁵	揀	dem¹	蜆	méi¹	熠	sab⁶
捎	ngao¹	揙	deb⁶	跊	lêu¹	褸	leo¹
捵	fed¹	揸	sang²	罨	ngeb¹	撍	qim⁴
掹	meng¹，	搵	wen²	煲	bou¹	撟	giu²
	meng³	捐	wed⁶	腩	ded¹	撚	nen²，nin²
埲	bung⁶	(揰)	cung³	腿	dêu³	(撢)	qim⁴
梘	gan²	揗	ten⁴	(傑)	kêu⁵	熁	hing³
(惗)	nem²	掏	feng⁴	嫋	niu¹	(聤)	deb¹
(翷)	yem⁴	椗	ding³	屍	gued⁶	(蕥)	zao³
玷	dim³	棯	nim¹			劏	tong¹
啄	dêng¹	軑	lib¹	**十四畫**		嘭	pang⁴
唪	bang⁴	喑	ngem⁶			嘰	kig¹
唄	wag¹	喫	yag³	(瘇)	na¹	嘣	bang⁴，
皮	pé¹	嗒	dab¹，dab⁶	熇	hug⁶		bang⁶
唓	gua³	喎	wo⁵	煁	hog⁶	噚	ngeb¹
				髧	dem³		

嶓	bo³	餡	mem¹，	蠤	lai¹	寶	deo³
嗫	zab⁶		ngem¹			覰	lei⁶
(嚹)	wag¹	鵤	za⁶	**十八畫**		嘈	geo⁶
(嗱)	zem⁶	墿	bog³	瘣	gui⁶	嘯	la³
馴	fen³	(軀)	yin²	㨆	bog¹	鎊	pang¹
蟴	ji¹	(膪)	za⁶	擸	lab³	劂	cam⁵
踭	zang¹	鮓	za²	嚤	mo¹		
翕	po¹			嚿	hai⁴	**二十一畫以上**	
艕	dou⁶	**十七畫**		嚙	kuag³	癪	jig¹
膶	yên⁶⁻²	癭	zeng²	㗳	lei⁴，léi⁴	趯	deg³
嬲	liu⁴	燶	nung¹	矊	lei⁶	罐	hin³
		(橙)	cên¹	蟧	lou⁴	纈	lid³
十六畫		𪘁	jid¹	蠄	kem⁴	攞	lo²
澌	jid¹	(嗝)	ngeb¹	蹎	guan³	瓛	hin²，hün²
㜽	kuang¹	嚇	bei⁶	餼	héi³	囉	lo¹，lo³
燂	tam⁴	噅	ngei¹	皻	cang¹	饟	céi⁴
(樺)	hong⁶	瞟	cang³	繑	kiu⁵	糯	qi¹
攦	kuai⁴	螺	kêu⁴			(籤)	qim¹
(擝)	meng¹	踹	xin³	**十九畫**		嬟	zan²
揬	sab³	飄	neo¹	壢	lég⁶	爧	lo³
㧿	ngou¹	嬠	cam²	曆	yim²	矓	yi¹
捕	sog¹	簕	leg⁶	曋	yim²	躝	lan¹
㩒	pég³	餸	sung³	瀨	lai²	爐	leng⁶
薳	yün⁵	餲	ngad³	(鶍)	hod³	攣	man¹
嶙	lên¹	鯹	séng³	(膥)	meg⁶	囖	lo¹
嘰	hê¹	銟	gai³	朦	pog¹	(爩)	wed¹
㖿	bud¹	磟	lê¹，lê²	轀	wen³		
嶱	cêu⁴	(薜)	bung⁶				
踴	nam³	頣	ngog⁶	**二十畫**			
		颺	bung⁶	瘗	meg⁶		

參考書目

本書編寫過程中參考了以下書籍，謹向各位編著者致謝。

（一）普通話部分

1、《現代漢語詞典》（第五版）中國社會科學院語言研究所詞典編輯室編，商務印書館出版。

2、《辭海》上海辭書出版社出版。

3、《漢語大字典》（縮印本）漢語大字典編輯委員會編，湖北辭書出版社、四川辭書出版社出版。

4、《古今漢語字典》李潤生主編，漢語大辭典出版社出版。

5、《新編漢語詞典》李國炎、莫衡、單耀海、吳崇康編，湖南人民出版社出版。

6、《古漢語常用字字典》《古漢語常用字字典》編寫組編寫，商務印書館出版。

（二）廣州話部分

1、《廣州話方言詞典》（修訂版）饒秉才、歐陽覺亞、周無忌編著，商務印書館（香港）出版。

2、《廣州話詞典》饒秉才、歐陽覺亞、周無忌編著，廣東人民出版社出版。

3、《普通話廣州話用法對比詞典》周無忌、歐陽覺亞、饒秉才編著，商務印書館（香港）出版。

4、《廣州方言詞典》白宛如編纂，江蘇教育出版社出版。

5、《實用廣州話分類詞典》麥耘、譚步雲編著，商務印書館（香港）出版。

6、《廣州話點解》周無忌著，廣東人民出版社出版。

7、《普通話廣州話的比較與學習》歐陽覺亞著，中國社會科學出版社出版。

8、《簡明香港方言詞典》吳開斌編著，花城出版社出版。

9、《香港粵語慣用語研究》曾子凡著，香港城市大學出版社出版。

10、《廣州音字典》(修訂版) 饒秉才編，廣東人民出版社出版。

11、《廣州話正音字典》詹伯慧主編，廣東人民出版社出版。

12、《廣州話標準音字彙》 周無忌、饒秉才編，商務印書館（香港）
出版。